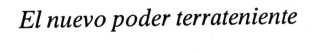

El nuevo poder terrateniente

EDUARDO M. BASUALDO
MIGUEL KHAVISSE

El nuevo poder terrateniente

*Investigación sobre los nuevos y viejos
propietarios de tierras
de la provincia de Buenos Aires*

PLANETA
Espejo de la Argentina

Espejo de la Argentina

Diseño de cubierta: Mario Blanco
Diseño de interiores: Alejandro Ulloa

© 1993, Eduardo Basualdo y Miguel Khavisse

Derechos exclusivos de edición en castellano
reservados para todo el mundo:
© 1993, Editorial Planeta Argentina SAIC
Independencia 1668, Buenos Aires
© 1993, Grupo Editorial Planeta

ISBN 950-742-305-2

Hecho el depósito que prevé la ley 11.723
Impreso en la Argentina

ESTE LIBRO se inscribe en el plan de publicaciones de un programa de investigación sobre la propiedad agropecuaria y sus efectos fiscales. El propósito principal del mismo es evaluar y analizar el impacto que tienen sobre la propiedad rural y los ingresos fiscales las distintas formas de propiedad que están presentes en el sector agropecuario bonaerense. La evolución de la concentración de la propiedad agropecuaria durante las últimas décadas, la composición y características de los grandes terratenientes, la relación entre las formas de propiedad y el impuesto a la tierra, la vinculación entre el funcionamiento de la economía argentina y del sector agropecuario con las modificaciones en la propiedad de la tierra son algunas de las problemáticas que se intentan abordar.

La importancia del tema y las exigencias metodológicas y conceptuales que demanda su análisis hacen ineludible su tratamiento mediante aproximaciones sucesivas. Sólo de esta manera es posible incorporar cada una de las formas de propiedad y analizar sus efectos y su articulación con las restantes.

En este primer volumen se realiza una primera aproximación metodológica y conceptual a las temáticas en cuestión a raíz de la evaluación y el análisis de una de las formas de propiedad más difundidas en el agro bonaerense y pampeano: el condominio. Tratamiento que se encara luego de plantear el tema y explicar las primeras estimaciones sobre la propiedad rural que se efectuaron en base al catastro inmobiliario rural de la Provincia de Buenos Aires.

El segundo volumen se realizará como parte de un proyecto de investigación del CONICET. Las preocupaciones serán las mismas pero el análisis estará centrado en determinar las características y las consecuencias de incorporar las formas de propiedad de mayor expansión durante las últimas décadas en la provincia central de la pampa húmeda: las sociedades y los grupos societarios.

Este trabajo fue patrocinado por el Banco de la Provincia de Buenos Aires a partir de un convenio realizado entre dicha institución y la Facultad Latinoamericana de Ciencias Sociales (FLACSO).

La investigación fue dirigida por Eduardo M. Basualdo, investigador científico del CONICET, y participaron en ella: Miguel Khavisse, Joon Hee Bang, Margarita Richards, Verónica Maceira y como consultores Enrique Arceo y Adela Harispuru.

En varias etapas de la investigación se contó con el apoyo técnico de la Dirección de Política Fiscal del Ministerio de Economía de la Provincia de Buenos Aires. Especialmente importante fue la colaboración del Licenciado Gerardo Otero, de la Licenciada Cristina Crispiani y del Licenciado Marcelo Castillo.

Agradecemos los comentarios realizados por el Doctor Julio H. G. Olivera y por Horacio Verbitsky que permitieron mejorar substancialmente el trabajo final.

Asimismo, queremos agradecer el interés demostrado por el Licenciado Eduardo P. Amadeo en la realización de este trabajo durante su desempeño como presidente del Banco de la Provincia de Buenos Aires y la generosa colaboración de los directivos y el personal de la Inspección General de Justicia nacional y provincial.

ANTECEDENTES

UNA INVESTIGACION sobre *El nuevo poder terrateniente* se presta a una larga serie de equívocos. El más obvio: mezclarse con los *instant books*. No ignoramos que esa clase de libro tiene un importante número de lectores, no tenemos la menor intención de molestarlos, simplemente nos delimitamos para que no se sientan estafados. Es cierto que no es éste, precisamente, nuestro primer trabajo publicado, también es verdad que nuestro lector no tiene por que ser un especialista. Se trata de otra cosa: del genuino interés por averiguar cómo se modifican las relaciones de propiedad y poder puestas para adentro de un bloque social, de cómo modifican estas transformaciones la orientación general de la sociedad argentina y por último, de cómo modifican la vida diaria de cada uno de los que aquí estamos.

Se trata, en suma, de una herramienta de análisis para los que están interesados en pensar con su propia cabeza sin incorporar predigeridos más o menos insustanciales, más o menos a la moda. Como este trabajo forma parte de una cadena de investigaciones independientes pero articuladas entre sí, nos pareció útil contar qué averiguamos antes. El motivo es simple: no partimos del poder terrateniente sino de la organización de la actividad industrial y desentrañando la madeja llegamos hasta los tenedores tradicionales del poder. Pues bien, ya no son tradicionales y las explicaciones relativamente válidas para 1930 forman parte del país que quedó atrás.

Cuando se analiza la trayectoria seguida por la sociedad argentina durante las últimas décadas, no es difícil apreciar que el golpe de Estado de marzo de 1976 tiene un profundo y trágico significado. Allí se despliega un drástico replanteo de las condiciones políticas, sociales y económicas existentes y es, precisamente este replanteo, uno de los puntos de partida de las nuevas tendencias estructurales que gobiernan el capitalismo local.

Con la publicación de *El nuevo poder económico*[1] avanza el análisis de la configuración y el comportamiento de los integrantes del poder económico y social; los beneficiarios del proceso aparecen con nitidez y buena parte de la novela paranoica y trivial (el único beneficiario fue el capital financiero internacional, la gestión de Martínez de Hoz es la de un agente extranjero) queda definitivamente deshecha. Eso no es todo, también queda en evidencia la reconstitución de las condiciones de dominación sobre los trabajadores que la dictadura militar trajo aparejada, para terminar de inteligir el signo de los nuevos tiempos.

Si se quiere la tesis que quedó demostrada es la siguiente: con la interrupción, a partir de 1976, de la etapa de sustitución de importaciones liderada por las firmas industriales extranjeras, *unos pocos grupos económicos y contadas empresas trasnacionales ocuparon el centro de la escena nacional*. Y esta conclusión era relevante por tres motivos.

El primero, de las cientos de miles de empresas que actuaban en la economía argentina *un número reducido detentaba la capacidad de definir el rumbo de la economía en su conjunto*.

El segundo, dicha cúpula no ejercía el predominio sobre el proceso económico por ser, únicamente, dueños de alguna de las grandes empresas industriales; ni siquiera por ser los propietarios de alguna de ellas con varias plantas fabriles, *sino por controlar conjuntos de empresas*; estos conjuntos contienen las de mayores ventas industriales, actuando en los más diversos sectores económicos, con la siguiente particularidad: todas son *propiedad de los mismos accionistas*.

Y tercero y último, esa inserción multisectorial significa que los integrantes de la cúpula tienen *una estrategia empresarial que necesariamente debe tomar en cuenta el conjunto de la economía argentina* y no únicamente un sector de actividad, como es el caso de una firma individual.

Esta caracterización no supone que durante la dictadura militar surgen y se organizan los grupos económicos locales y empresas transnacionales que los constituyen; alude a que en ese momento histórico dichos agentes económicos (presentes en la sociedad argentina) pasan a ocupar, por primera vez, la posición de comando y liderazgo en forma conjunta.

El origen histórico de los grupos económicos locales se remonta, en su mayoría, a la época del modelo agroexportador o a la primera sustitución de importaciones y sólo excepcionalmente, a la segunda etapa de la industrialización sustitutiva. Hacia fines de la "década infame" ellos definieron la propuesta que intentaba reemplazar al crecientemente agotado modelo agroexportador; intentaron reemplazarlo por otro basado en la industrialización exportadora. Esta propuesta expresada por el denominado "Plan Pinedo", elaborado en la década del 40, no prosperó.

Las empresas extranjeras de mayor relevancia, a diferencia de los grupos locales, provienen mayoritariamente de la primera y segunda etapa de sustitución de importaciones; aún así se expandieron decididamente durante la segunda. No todas las firmas transnacionales que impulsaron el proceso de los años 60 y parte de los 70 (segunda etapa de la sustitución) lideraron esta transformación, sólo aquellas que adoptaron una estrategia de diversificación-integración, constituyendo vastos conglomerados empresarios, conservaron la delantera. Muchas otras, especializadas en un sector de la producción industrial, perdieron posiciones a partir de mediados de los años 70 o abandonaron el mercado argentino.

La modificación de la cúpula del poder económico implicaba afirmar, implícitamente, que se había transformado su comportamiento. Nuestro trabajo intentaba una primera aproximación a las causas que motivaron la consolidación de estos agentes económicos. La centralidad de la valorización financiera, a partir de la Reforma Financiera implementada en 1977, era una de ellas. Es que no solo desplazó a la producción industrial como la actividad de mayor rentabilidad, sino que impulsó la desindustrialización y la reestructuración industrial, conjugando altas tasas de interés con disminución de los aranceles a la importación y subvaluación del dólar.

Por eso, la vinculación-articulación empresas financieras con firmas industriales que controlaban los grupos económicos y las empresas extranjeras, adquirió una importancia decisiva; una importancia, conviene recalcarlo, hasta ese momento desconocida.

Igual significación tuvo la reorientación del aparato estatal por parte del Proceso. Antes que nada posibilitó una reasignación de recursos mayoritariamente orientados hacia las empresas vinculadas o controladas por estos capitales. Lo hicieron no solo vía endeudamiento fiscal o previsional, sino a través de la demanda y oferta de bienes o servicios, a los que se debe añadir el manejo de sus precios relativos y del crédito. Sin olvidar, por cierto, el acceso diferencial al sistema financiero así como la política de avales o garantías oficiales.

La estructura conglomeral de estos capitales, tal como lo señaláramos en *El nuevo poder económico*, les permitió participar en aquellas actividades que aparecían como las más dinámicas y de mayor rentabilidad; dinamismo y rentabilidad que conservaron a lo largo de las distintas fases por las que atravesó la política económica de la dictadura militar. En el mismo sentido, la estrategia de integración les permitió llevar a cabo, en el pico de la crisis, una centralización de sus compra-ventas; esa centralización disminuyó las transacciones con el resto de las firmas y, consecuentemente, mantuvo un nivel de actividad diferencial respecto a las empresas que no formaban parte de cada uno de esos conglomerados.

Estas caracterizaciones sobre el comportamiento de los grupos económicos eran probablemente rigurosas pero incompletas; integraban marginalmente, como no podía ser de otro modo en un proceso de construcción sistemático de conocimiento, un elemento central: el endeudamiento externo. En este sentido, *Deuda externa y poder económico en la Argentina*[2] intenta determinar el papel que cumplió la deuda en la reestructuración económica y social.

En términos generales, se puede afirmar que el endeudamiento externo permitió articular *la redistribución del ingreso contra los asalariados con una reestructuración económica sustentada en la centralización del capital*, por una parte y *la concentración de los mercados y la alteración en la importancia relativa de los diferentes sectores económicos e industriales,* por la otra.

En términos más específicos: los grupos económicos y las empresas extranjeras diversificadas-integradas *no solo eran predominantes en la producción industrial* y en el proceso económico en general, *también concentraron una porción de la deuda externa privada.*

Este rasgo adquiere relevancia determinante si se tiene en cuenta, en primer término, que la deuda externa privada fue la que determinó el *ritmo y las modalidades de todo el endeudamiento a partir de 1979.* En segunda instancia, la deuda externa estuvo estrechamente vinculada a la fuga de capitales al exterior. Por último la deuda del sector privado fue transferida (en gran parte, con posterioridad a 1980) al Estado. Esta transferencia se realizó mediante los regímenes de seguro de cambio y la emisión de bonos de la deuda externa.

El análisis del endeudamiento externo no solo nos permitió precisar las causas del predominio que ejercían los grupos económicos y las empresas transnacionales, además posibilitó entender su relación con otros actores decisivos que también ejercen el poder en la Argentina: los bancos acreedores y los organismos financieros internacionales. La coincidencia de sus intereses fue la que hizo posible que el ciclo del endeudamiento externo incorporara una nueva etapa; sucede en 1985 al ponerse en funcionamiento los primeros programas de capitalización de la deuda. En estos programas el objetivo primordial, para los acreedores externos, era *confluir con la privatización de las empresas del Estado*.

Los elementos recién apuntados confirman la existencia de cambios drásticos respecto a la situación imperante antes del proceso dictatorial. Desde 1977 *ya no era la vinculación entre la producción industrial y el Estado el núcleo central del proceso económico y social*; había sido *reemplazado por la relación valorización financiera-salida de capitales al exterior*, con otro tipo de Estado; entonces, necesariamente debía traer aparejada la crisis y la reestructuración industrial.

La cúpula del nuevo poder económico se consolida entonces en base a las diversas *transferencias de recursos que recibe desde el Estado* por múltiples vías y por la valorización de recursos económicos en el mercado financiero interno y externo. Se diluye de esta manera un comportamiento centrado en la inversión productiva realizada con recursos propios y algunos subsidios del Estado; proceso que daba lugar a que los beneficios obtenidos por los sectores empresariales más poderosos se originaran en un aumento de la producción, en una dirección, y de su realización en el mercado interno y en menor medida, también en el externo, en la otra.

La expansión de los sectores sociales más poderosos no estuvo basada en el crecimiento económico; se trató en cambio de un proceso de redistribución del ingreso sumamente acentuado. *La aguda reducción de la participación de los asalariados y de los sectores sociales de menores posibilidades en el ingreso nacional fue la fuente de recursos que hizo posible las transferencias y los subsidios estatales*; sin olvidar por cierto los beneficios financieros que consolidaron a la nueva cúpula del poder económico. No se trató de fenómenos coyunturales, ni siquiera de una característica de mediano plazo, se trató de *una tendencia estructural permanente*.

Claro que la propia regresión y reestructuración manufacturera planteaba interrogantes para nada desdeñables, que conviene señalar con algún detalle. Tanto el análisis de la composición sectorial del producto bruto interno (PBI), como la comparación de los últimos Censos Industriales y la evolución de las encuestas manufactureras indicaban un proceso de involución industrial. ¿Una pérdida de incidencia de este sector en la actividad económica global? ¿Una pérdida congruente con una disminución del número absoluto de las plantas fabriles y de la ocupación?

¿Una reducción de envergadura en la importancia relativa que tenían las distintas actividades que lo componían? Era preciso investigarlo.

Antes que otra cosa se verificó la reducción de la incidencia de las producciones que habían liderado la expansión industrial de los años 60 y 70: el complejo metalmecánico. Al mismo tiempo se elevó la importancia de un conjunto de bienes intermedios, que constituyen la principal base industrial de los grandes grupos económicos locales (químicos-petroquímicos, aluminio, papel, cemento, acero).

La confluencia posterior con una investigación que desarrollamos sobre la industria electrónica en el país [3], permitió, entre otras cosas, indagar los efectos que tuvo la interrupción de los procesos de maduración industrial y tecnológica en dicho sector. La electrónica constituye el núcleo generador y portador del progreso técnico a nivel internacional. A partir de 1976 se inició en la electrónica local un profundo retroceso y desarticulación, inducido por la drástica apertura del mercado en momentos en que se desarrollaba un acelerado cambio tecnológico mundial.

Asimismo, la comparación intercensal permitió percibir un incremento considerable en la concentración de la producción industrial; ese cambio viajó acompañado de un leve aumento en la incidencia ya muy significativa de los grandes establecimientos industriales en el valor de la producción sectorial y, al mismo tiempo, de una reducción muy acentuada del número de asalariados; es decir, todo indicaba que ampliaron en su favor las diferencias de productividad que mantenían respecto de los establecimientos menores.

También se alteraron pronunciadamente las relaciones entre el capital y el trabajo, al reducirse severamente la participación de los salarios en el producto industrial y, además, los niveles de la inversión pública y privada mostraban una caída sistemática y pronunciada desde 1980 en adelante.

Si bien todos estos rasgos de la crisis industrial eran congruentes con la caracterización global existían otros elementos: la instalación de nuevos e importantes emprendimientos industriales; y precisamente estos elementos planteaban la siguiente posibilidad: *la imagen de la crisis tal vez fuese excesivamente monocolor.* Es que dejaba de lado ciertos comportamientos considerados habitualmente marginales, pero que podían resultar relevantes. Para decirlo con claridad: indicarían que, por ejemplo, la caída de la inversión no descendería por debajo de ciertos niveles mínimos.

En efecto, *se verificó una cierta desconcentración regional de la producción industrial,* aún cuando los tradicionales centros industriales del país siguieron siendo los mismos. Dicha desconcentración estaba basada en el traslado de plantas, pero también en la instalación de nuevos establecimientos manufactureros que en gran medida pertenecían, por cierto, a los principales grupos económicos. Entonces, *cabía la siguiente posibilidad: una parte de los beneficios obtenidos de la valorización financiera y de los subsidios estatales, se hubiera canalizado hacia la inversión productiva con el objetivo de afianzar su presencia sectorial.*

Esta problemática la encaramos en *Cara y Contracara de los grupos económicos*[4]. El estudio de *las nuevas plantas industriales* permitió determinar que la mayoría de las nuevos establecimientos fabriles *también se habían instalado con recursos transferidos por el estado mediante la promoción industrial*; de modo que no se trataba de recursos propios, autogenerados; esta certeza despejaba interrogantes genuinos confirmando el drástico diagnóstico inicial.

Eso sí: los subsidios derivados de la promoción industrial *no alimentaron como en otros casos la fuga de capitales al exterior*; los subsidios sirvieron para definir el nuevo perfil industrial, para acrecentar el control de los grandes grupos económicos sobre la producción industrial. En ese trabajo indicábamos que los nuevos emprendimientos estaban dedicados a la producción de bienes intermedios (siderurgia, papel, cemento, petroquímica, insumos textiles, etc.). Es que los grupos económicos, propietarios de los nuevos establecimientos, ya tenían diversas empresas líderes para los que se fabricaban esos insumos. Por eso constatamos que *la estrategia empresarial estuvo basada en consolidar posiciones oligopólicas en una amplia gama de bienes industriales intermedios*; esta operación se materializó en base a los recursos estatales transferidos mediante los regímenes de promoción industrial (tal el caso de Loma Negra, Alpargatas, Bagley, Garovaglio y Zorraquín, etc).

Algunas de las nuevas plantas industriales permitieron, en menor medida, a los grupos propietarios ubicarse en actividades donde eran proveedores o demandantes de un establecimiento propio ya existente; es decir, avanzaron en la integración vertical de sus empresas (tal como Massuh o Acindar). Sólo en algunos pocos casos, estos nuevos establecimientos facilitaron a sus propietarios implementar una estrategia de diversificación, al introducirse en nuevas actividades donde no eran ni proveedoras ni demandantes de las empresas del grupo económico en cuestión (tal el caso de Bridas en la industria papelera o de Alpargatas en la pesquera).

En otro trabajo posterior, *Nuevas formas de inversión de las empresas extranjeras en la industria argentina*[5], pudimos verificar, complementariamente, que *las empresas extranjeras con poca ingerencia en la promoción industrial eran las que más intensamente habían participado en los primeros programas de capitalización de la deuda externa*; se trató de programas vinculados a la instalación de nuevas inversiones (comunicaciones A 1035 y A 1059 del Banco Central en 1987).

El nuevo comportamiento de los sectores más poderosos había incorporado una característica de la industrialización sustitutiva de los años 60 y 70: realizar nuevas inversiones productivas con subsidio estatal. No solo este rasgo había sobrevivido, además había engordado porque ahora el subsidio estatal (el caso de la promoción industrial) ya no representaba una parte más o menos importante de la inversión, por el contrario cubría casi la totalidad. Al tiempo que esto ocurría la inversión estatal, paradójicamente, disminuía vertiginosamente asentando las condiciones de la posterior "quiebra del Estado"; quiebra que se intenta superar mediante un mecanismo curioso: en lugar de revitalizar su capacidad de regulación, se dedican a desmembrarlo produciendo la convergencia entre la privatización de las empresas públicas con la capitalización de la deuda externa.

El desarrollo de estos y otros estudios permitió determinar la composición empresarial de numerosos grupos económicos y firmas extranjeras; todavía no se contaba con un análisis exhaustivo de todos los propietarios y se ignoraba si una o varias de las más grandes empresas industriales pertenecían exactamente al mismo grupo de accionistas.

La investigación se encaró en base al análisis de los propietarios de las 200 empresas industriales de mayores ventas en el país y los resultados obtenidos los publicamos en *¿Quién es Quién? Los dueños del poder económico*[6]. Allí pudimos determinar que *en los años 80 había 30 grupos y otras tantas empresas trasnacionales diversificadas-integradas que controlaban una porción mayoritaria, en cantidad y en ventas, de las 200 empresas industriales más grandes*. En conjunto, eran propietarios *de más de mil firmas* ubicadas en diferentes sectores de la actividad económica y habían tenido una significativa importancia en los procesos de endeudamiento externo, promoción industrial, capitalización de la deuda externa y exportaciones industriales.

Aún antes de determinar acabadamente la estructura empresarial de los integrantes de la cúpula industrial, los primeros análisis de sus actividades económicas permitieron, entre otras cuestiones, detectar que *las sociedades agropecuarias tenían dentro de ellas una presencia difundida*, al menos *más importante de lo que se había presumido previamente*.

No es frecuente que investigadores que trabajan sobre el sector industrial incursionen en el análisis del sector agropecuario. Apartarse de las especializaciones implica abandonar territorios conocidos, recorridos desde diferentes perspectivas. Significa internarse en problemáticas que exigen analizar el acervo de conocimientos existente y desde ese punto de partida incorporar nuevas perspectivas.

Eso no es todo, además es preciso confrontar los instrumentos de análisis con el nuevo problema; esto es, verificarlos; y desde allí reafirmar la utilidad de algunos, replantear la conveniencia de otros, dejando de lado los que solo son aptos para aprehender las características y la evolución industrial.

Por esa vía pudimos constatar que los grupos económicos que tradicionalmente habían sido grandes propietarios de tierras como Bunge y Born o Loma Negra controlaban numerosas sociedades insertas en la actividad agropecuaria, tal como Vivoratá SA, Cosufi SA o Comega SA el primero o Estancias y Cabañas Don Alfredo SA, Estancias Unidas del Sud SA o Estancias y Cabañas El Hornero SA el segundo.

Asimismo, esto se verificó con otros grupos económicos que también eran tradicionales propietarios rurales aunque de menor envergadura como Garovaglio y Zorraquín o Ingenio Ledesma. Pero *lo que más llamaba la atención era que otros grupos económicos más recientes, aunque de gran expansión durante las últimas décadas, contaran entre sus empresas controladas con sociedades dedicadas al quehacer agropecuario*, tal el caso de Pérez Companc, Bridas, IVA, Huancayo, INTA o Arcor, entre otros.

Estos interrogantes sobre la incidencia de los grandes grupos económicos en la propiedad rural nos impulsaron a realizar un primer estudio sobre el tema[7] *(La propiedad agropecuaria en la Zona Deprimida del Salado)*. Allí tomábamos en cuenta únicamente una región de la Provincia de Buenos Aires, dedicada principalmente a la cría de ganado vacuno y constituida por 27 partidos bonaerenses.

Los resultados obtenidos acerca de la composición de los grandes propietarios fueron significativos. Se constató que los grupos económicos con inserción industrial efectivamente *formaban parte de los propietarios con diez mil o más hectáreas y que las tierras de cada uno de ellos no estaban localizadas en un solo partido sino en varios*. También se determinó que *si bien los grandes grupos económicos integraban la lista de los propietarios que contaban con una mayor extensión de tierra, en conjunto era minoritarios dentro de la cúpula terrateniente*.

La presencia de los grupos en la propiedad agropecuaria confirmaba nuestras previsiones iniciales: propietarios de firmas líderes (cuando no son directamente las más significativas) aunque numéricamente minoritarios integran la cúpula terrateniente. Lo realmente llamativo: *los propietarios eminentemente agropecuarios controlan sus propiedades mediante varias sociedades de distinto tipo pero especialmente anónimas*. No se trataba de terratenientes menores, sino los más significativos en cuanto a volumen se refiere.

Era una novedad de suma importancia; indicaba que ya *no únicamente los grandes grupos económicos con inserción industrial, sino también los mayores propietarios eminentemente agropecuarios controlaban sus tierras mediante conjuntos articulados de sociedades pertenecientes a un mismo y específico grupo de accionistas*. Y si bien controlaban una parte mayoritaria de la superficie de sus campos mediante sociedades, ejercían la propiedad del resto a título individual. Es decir combinaban, en distinta proporción, la propiedad societaria con la individual.

El estudio de la propiedad agropecuaria se encaró, inicialmente, para esclarecer algunas características estructurales de quienes lideran la producción industrial; el desarrollo de nuestra investigación nos permitió detectar que las condiciones estructurales de propietarios eminentemente agropecuarios difería de las visiones canónicas. En primer término, *también ellos estaban reorganizando sus formas de propiedad, incorporando la sociedad y los grupos societarios*. Claro que la considerable extensión de las propiedades terratenientes cuestionaba la *aparente* desconcentración de la propiedad agropecuaria desplegada durante las últimas décadas.

Tanto el componente agropecuario de varios de los mayores grupos económicos, como las características propias de los grandes propietarios agropecuarios indicaban la conveniencia de encarar un estudio más vasto que superara las restricciones iniciales y permitiera extraer conclusiones más abarcativas. Esto fue aún más imperativo cuando se sumaron modificaciones decisivas en el contexto económico global que merecen una breve mención.

1989 constituye un momento clave para la sociedad argentina; la conjunción de crisis económica con hiperinflación y "quiebra del Estado" pone de manifiesto que llegaban a su punto culminante los procesos que ya habían comenzado desde el agotamiento del Plan Austral. Estructuralmente, indicaban que el *funcionamiento económico y social centrado en valorizar financieramente los recursos y remitir capitales al exterior había llegado a su fin*.

Los motivos de fondo están vinculados a que la redistribución del ingreso, como herramienta central del ajuste, era ya insuficiente para enfrentar los servicios de la deuda, a los que se deben añadir las transferencias y subsidios estatales a la cúpula del poder económico interno.

Ante la necesidad de definir un rumbo que permitiera superar la crítica situación, se profundizaron las discrepancias entre el poder económico interno y los acreedores externos; pero eso no fue todo, también se consolidaron sus coincidencias. Sin realizar en este lugar un análisis pormenorizado es pertinente señalar que los acuerdos básicos que sustentan las diversas políticas económicas, pivotean sobre la privatización de empresas públicas con capitalización de deuda externa y la concreción de un modelo asentado en la exportación.

En este contexto era indudable que la producción agropecuaria adquiría una importancia de significación en tanto se trata de la producción nacional que tiene mayores ventajas comparativas en el mercado internacional. Ventajas que conservan su término relativo en lo que al mercado interno se refiere, pero que no necesariamente mantendrán igual posición en el mercado internacional.

En síntesis, la configuración del poder en grupos económicos y empresas transnacionales, las primeras evidencias de las transformaciones de la propiedad agropecuaria durante las últimas décadas, el giro copernicano constatado en la marcha de la sociedad argentina permiten entender que una modificación en la composición del bloque terrateniente no puede sino afectar la estructura del poder en su conjunto. En cierto sentido, es casi una obviedad que una transformación del tamaño y la calidad registrada, no puede sino explicarse por profundas rupturas globales de la sociedad argentina. Por eso esta investigación.

Octubre de 1992

Notas

[1] Daniel Azpiazu, Eduardo M. Basualdo y Miguel Khavisse, *El nuevo poder económico en la Argentina de los ochenta*, Editorial Legasa, 1986.

[2] Eduardo M. Basualdo, *Deuda Externa y poder económico en la Argentina*, Editorial Nueva América, 1987.

[3] Hugo Nochteff, *Desindustrialización y retroceso tecnológico en Argentina, 1976-1982* FLACSO-GEL. También: Daniel Azpiazu, Eduardo Basualdo y

Hugo Nochteff, *La revolución tecnológica y las políticas hegemónicas. El complejo electrónico en la Argentina,* Editorial Legasa, 1988.

[4] Daniel Azpiazu y Eduardo M. Basualdo, *Cara y contracara de los Grupos Económicos. Crisis del Estado y promoción industrial,* Editorial Cántaro, 1988.

[5] Eduardo M. Basualdo y Mariana Fusch, *Nuevas formas de inversión de las empresas extranjeras en la industria argentina,* CEPAL, Oficina en Buenos Aires, Doc.de trabajo No. 33, 1989.

[6] Manuel Acevedo, Eduardo Basualdo y Miguel Khavisse, *¿Quién es Quién? Los dueños del poder económico (Argentina 1973-1987),* Editora/12-Pensamiento Jurídico Editora, 1991.

[7] Eduardo M. Basualdo, Miguel Khavisse y Claudio Lozano, *La propiedad agropecuaria en la Zona Deprimida del Salado,* CODESA(Provincia de Buenos Aires)-PNUD, 1988.

Uno

INTRODUCCION: LA PROBLEMATICA DE LA PROPIEDAD

LA PROPIEDAD ES UNA PROBLEMATICA COMPLEJA cuyo estudio debe tener en cuenta las distintas formas en que se ejerce el dominio sobre un determinado bien. Si bien cada una de las formas de propiedad tiene características específicas, la presencia e incidencia de las mismas es cambiante a lo largo del tiempo debido a su naturaleza económica y fundamentalmente social.

Las formas de propiedad más simples, en cuanto al número de sujetos de derecho, son las que ejercen los individuos y las personas jurídicas en forma directa. Dentro de estas últimas, se encuentran las sociedades anónimas, en comandita por acciones, de responsabilidad limitada, etc.

La propiedad que ejercen los individuos constituye la forma más elemental, mientras que la otra es más desarrollada e implica la existencia de la primera como una instancia anterior inmediata (cuando las personas físicas son las accionistas de la sociedad) o mediata (cuando una sociedad es controlada por otra del mismo o de diferente tipo).

Entre las formas simples (personas físicas y personas jurídicas) se establecen vinculaciones de propiedad que dan lugar a otras formas de propiedad más complejas. Las mismas no son una prolongación de las formas simples sino que tienen una entidad propia, que puede o no estar jurídicamente reconocida, y un funcionamiento económico específico diferente del de las demás.

Las formas de propiedad más complejas se originan siempre en la asociación de personas físicas pero se pueden expresar en figuras jurídicas diferentes.

21

Una de ellas es el condominio mediante el cual las personas físicas ejercen un dominio compartido sobre determinado bien. Otra se verifica cuando el dominio sobre el bien lo detentan dos o más sociedades. Finalmente se encuentran los grupos societarios o grupos de sociedades que pertenecen a un determinado conjunto de individuos. Los mismos se pueden conformar mediante las propias sociedades que los constituyen, en cuyo caso unas entidades jurídicas controlan el capital social de otras, o porque determinados individuos son los accionistas de todas ellas y por lo tanto controlan en forma directa su capital social. Estos grupos societarios incluyen a las propiedades individuales, cuando los accionistas controlan una parte de sus activos mediante el grupo de sociedades y otra en forma individual. En síntesis, de todas las alternativas posibles, las formas de propiedad complejas de mayor relevancia son: las asociaciones (entre individuos o entre sociedades de diferentes propietarios) y los grupos de sociedades.

Debido al carácter social de la propiedad, la importancia cuantitativa y cualitativa de las formas de propiedad simples y complejas se transforma cuando se registran modificaciones sustanciales en la estructura y el funcionamiento de la sociedad. Aún dentro de una organización social capitalista, determinadas modificaciones de las condiciones estructurales, impulsa la incorporación de nuevas formas de propiedad y la extinción de otras así como la modificación en el papel que tienen y la importancia que presentan las preexistentes.

Ciertamente, las formas de propiedad no definen por sí mismas el nivel de concentración existente entre los propietarios. Bajo el predominio de una determinada forma de propiedad se pueden registrar variaciones en el grado de concentración. Sin embargo, en una sociedad que se caracteriza por tener una trama social y económica compleja, un aumento en la concentración de la propiedad, implica modificaciones notorias en la gama de las formas de propiedad existentes y en la importancia que asume cada una de ellas.

En la actividad industrial de nuestro país, por ejemplo, la forma de propiedad predominante desde las primeras décadas de este siglo, es la persona jurídica. [1] Tal preeminencia está estrechamente vinculada a la notoria concentración de capital que presenta, ya en esa época, la estructura económica y social del país y da lugar a que se desarrolle un tipo de vinculación de propiedad basada en la articulación de sociedades, especialmente anónimas, que pertenecen a un mismo conjunto de propietarios. A su vez, estos grupos de sociedades industriales se vinculan mediante el control de su capital social con otras firmas que actúan en otras actividades económicas, constituyendo grupos empresarios que pertenecen a propietarios locales (grupos económicos) o a accionistas foráneos (empresas transnacionales diversificadas y/o integradas).

Este tipo de vinculación de propiedad, si bien cobra vida en la primeras décadas del siglo e incluso se intensifica desde fines de los años 50, durante la segunda sustitución de importaciones, especialmente en el caso de las empresas extranjeras, recién es predominante a partir de las drásticas transformaciones que la dictadura militar, que se inició en marzo de 1976, le impuso a la sociedad argentina.[2]

Predominio no significa exclusividad. Dentro de la industria también se encuentran sociedades que no tienen vinculaciones significativas de capital con un número apreciable de firmas que actúan dentro o fuera del sector. Una parte de ellas, las más numerosas, pertenecen a propietarios nacionales (empresas locales independientes), el resto a accionistas residentes en el exterior (empresas extranjeras especializadas). Junto a todas ellas se encuentran las sociedades del Estado y las mixtas, que, en el contexto de las actuales políticas económicas, tienden a extinguirse al transformarse en empresas controladas por uno o más grupos económicos locales y/o empresas extranjeras.

Los trabajos realizados por distintos investigadores indican que las características predominantes en la propiedad agropecuaria difieren de las vigentes en la actividad industrial. De ellos puede inferirse que la propiedad que ejercen los individuos en forma directa es la forma de propiedad de mayor relevancia.

Los estudios y las evidencias estadísticas sobre la propiedad de la tierra en las primeras décadas de este siglo, muestran que los grandes terratenientes bonaerenses no organizaban sociedades sino que personalmente eran propietarios de enormes extensiones de tierras.[3]

La escasa presencia de sociedades propietarias de tierra indica, de por sí, que las vinculaciones de propiedad entre ellas y con las personas físicas eran irrelevantes. El predominio de la persona física en la propiedad agropecuaria era incluso superior a la que ejercía la sociedad en la industria ya que no sólo tiene un predominio abrumador sino que, a diferencia de la sociedad en la industria, no se proyectaba en vinculaciones de alguna significación aunque más no sea entre las propias personas físicas.

En efecto, no sólo eran reducidas las vinculaciones de propiedad que de alguna manera incluyen a las sociedades, sino que eran irrelevantes las asociaciones entre las personas físicas, al menos como para haber despertado la preocupación o el interés de los analistas.

Según los estudios que evalúan la fisonomía actual de la propiedad agropecuaria, sus características históricas seguirían vigentes hasta nuestros días.

El predominio de la persona física como forma básica de la propiedad no sería patrimonio del "modelo agroexportador" ni de la primera etapa de sustitución de importaciones sino que se prolongaría hasta la actualidad. En 1958, momento en que se inicia la segunda etapa de la industrialización sustitutiva, dentro de los 1.280 propietarios que tienen 2.500 o más hectáreas en la Provincia de Buenos Aires, hay 238 sociedades (18,5% de los propietarios) que controlan el 23,8% (1.613.607 hectáreas) de la superficie de la cúpula (6.774.349 hectáreas).[4]

En 1972, ya afianzada la segunda industrialización sustitutiva, se pone de manifiesto un incremento moderado en la importancia relativa de las sociedades en la cúpula de los propietarios bonaerenses. Un estudio oficial que analiza el tema, revela que de los 1.079 propietarios con mayor superficie de tierra, 290 son sociedades (el 27,1%) y que de las 5.761.069 hectáreas que integran la cúpula, 1.599.100 hectáreas pertenecen a sociedades de distinto tipo (el 27,8%) y el resto a propietarios individuales.[5]

En 1980, cuando la dictadura militar ya había interrumpido el proceso de industrialización sustitutiva y se encontraba en plena expansión la valorización financiera y la fuga de capitales al exterior, la presencia de sociedades dentro de los grandes propietarios se hace más notable. Alcanzan a 516 con 2.586.901 hectáreas, por lo cual duplican, aproximadamente, los registros de 1958 y llegan a representar el 39,4% de los grandes propietarios y el 43,4% de la superficie de la cúpula.[6]

En conclusión, de los estudios realizados hasta el momento se puede deducir que la persona física seguiría siendo la forma de propiedad más importante en el agro bonaerense durante las últimas décadas, a pesar de que las sociedades habrían aumentado en forma significativa su incidencia dentro de la cúpula de los propietarios. Aun cuando los trabajos existentes se restringen a evaluar la cúpula de los propietarios bonaerenses, las conclusiones que de ellos se infieren podrían generalizarse al conjunto de los propietarios ya que los más pequeños ejercen, mayoritariamente, la propiedad individual sobre la tierra, recurriendo un número muy escaso de los mismos a las sociedades.

Por otra parte, de dichos estudios se puede deducir que las formas de propiedad complejas mantendrían su escasa importancia histórica. La propiedad de inmuebles rurales compartida entre varias personas físicas sería inexistente o de una importancia tan irrelevante que no amerita ser analizada (ninguno de los estudios la menciona). Las vinculaciones entre sociedades, especialmente los grupos de sociedades agropecuarias que pertenecen a los mismos propietarios, tendrían alguna relevancia en la cúpula debido a que se trata de grupos económicos tradicionales muy específicos, constituyendo, por lo tanto, un fenómeno excepcional de escasa relevancia y no una forma de propiedad difundida que tiene una incidencia global significativa.[7]

Ateniéndose a este diagnóstico, la propiedad rural no sólo diferiría substancialmente de la propiedad industrial sino que se ubicaría en el extremo opuesto. En primer término, mientras que en la industria se registra desde hace largo tiempo un predominio abrumador de las personas jurídicas (especialmente de las sociedades anónimas) en el agro predominaría la propiedad que ejerce directamente la persona física a pesar de que las sociedades han incrementado su incidencia durante las últimas décadas. En segundo lugar, al mismo tiempo que en el quehacer industrial la amplia difusión de las sociedades anónimas desemboca en la conformación de grupos societarios (locales y extranjeros) que devienen en el núcleo determinante de la marcha no sólo de la producción manufacturera sino también de la economía en su conjunto, en el agro pampeano esta forma de propiedad más compleja sería irrelevante a pesar de la mayor presencia de las sociedades como propietarias de tierras.

De los estudios existentes sobre el sector agropecuario no sólo se puede inferir que el agro y la industria mantendrían diferencias decisivas en términos de las formas de propiedad sino también en su comportamiento productivo.

Diversos trabajos destacan que, desde los años 60, se registra una sostenida expansión de la producción pampeana, en la cual la agricultura fue el componente más dinámico aún cuando la ganadería también estuvo presente pero con una incidencia relativamente menos relevante.

La menor expansión de la producción ganadera está relacionada con una marcada reducción de las existencias del ganado ovino y equino. El ganado vacuno, por el contrario, se expandió sobre la base de un apreciable incremento de la productividad que fue posible debido a una reducción del área cultivada con verdeo y una expansión de las pasturas permanentes. Si bien hubo cierto desplazamiento de la ganadería vacuna hacia zonas marginales, el incremento de la misma estuvo centrado en la zona pampeana [8].

La expansión agrícola estuvo estrechamente vinculada a un significativo incremento de la productividad impulsada por la incorporación de innovaciones tecnológicas (como las semillas híbridas), la utilización de nuevos insumos (fertilizantes y herbicidas) y un proceso manifiesto de

25

capitalización (tractores, cosechadoras, etc.). Estas tendencias se articulan con la incorporación de nuevos cultivos como el sorgo primero y la soja después y dan como resultado una producción agrícola sustentada mayoritariamente en cinco cultivos (trigo, maíz, sorgo, girasol y soja).[9]

La expansión del vacuno se conjuga con una reestructuración de la industria frigorífica en la cual desaparecen prácticamente los grandes frigoríficos que constituían, junto a los talleres ferroviarios, la gran industria de principios de siglo. Son reemplazados por nuevas empresas frigoríficas con plantas fabriles de dimensiones significativamente mas pequeñas.

Durante los años 70, se consolida la presencia de nuevos procesos de producción y de trabajo. La incidencia de la soja y del doble cultivo soja-trigo se expande y se hace evidente la existencia de un nuevo tipo de arrendamiento, basado en empresas fuertemente capitalizadas o en productores que además de explotar sus tierras arriendan anualmente numerosas explotaciones.[10] Ambos (empresas o productores) realizan las tareas de siembra y/o cosecha a cambio de una parte variable de la producción obtenida. Un antecedente del contratista actual es el subcontratista que estaba vinculado al arrendamiento por mediería, proceso de trabajo que dio lugar a una alta tecnificación del agro a principios de este siglo.[11]

Es indudable que esta expansión de la producción agropecuaria, basada en la incorporación de equipo y nueva tecnología así como en nuevas formas de producción y de trabajo, estuvo vinculada con la expansión resultante de la segunda etapa de industrialización sustitutiva, aún cuando no se originó exclusivamente en la política agropecuaria de ese momento sino que también influyeron iniciativas que se pusieron en marcha durante los primeros gobiernos peronistas (tales como el papel de la cooperativas en la comercialización y el acceso al crédito para los productores y propietarios más pequeños)[12]. La conjunción de nuevos y anteriores factores determina que a partir de los años 60 se expanda la producción interna de los bienes de capital y de los intermedios así como la infraestructura que demanda un sector agropecuario en expansión.

Esta onda larga de crecimiento de la producción agropecuaria continuó durante los años 80, lo cual contrasta fuertemente con el proceso de desindustrialización que se inicia en 1976 cuando las políticas de la dictadura militar interrumpen el proceso de industrialización sustitutiva.

Por otra parte, los estudios disponibles destacan otra modificación importante. Durante la expansión de las últimas décadas se habría producido una reducción apreciable en el tamaño medio de las explotaciones rurales. Los de mayores dimensiones (más de 10.000 hectáreas) pierden

26

incidencia en la superficie rural al igual que, en algunas provincias, los de 5.000 o más hectáreas e incluso, pero en menor medida, las que superan las 2.500 hectáreas.[13]

Un mayor número de explotaciones con un tamaño medio más reducido es una realidad, que según los estudios sectoriales, signa las nuevas características del agro pampeano. Sin embargo, no es la única ni la más relevante. También se habría registrado durante esta etapa de expansión una desconcentración no ya de las explotaciones sino también de los propietarios. Los grandes propietarios rurales habrían perdido una parte apreciable de su participación en la superficie bonaerense. Dos elementos caracterizarían la desconcentración de la propiedad bonaerense. Por un lado, una reducción significativa en la superficie agropecuaria que controlan los propietarios con 2.500 o más hectáreas, al pasar la misma de 6,7 millones de hectáreas en 1958 a 5,9 millones de hectáreas en 1980. Por otro lado, un incremento en la participación de los propietarios más pequeños de la cúpula al pasar la incidencia de los que tienen entre 2.500 y 5.000 hectáreas del 43,3% al 56,3%.[14]

Aún cuando los estudios sobre el tema no especifican las causas que dan lugar a esta desconcentración de la propiedad agropecuaria, la confluencia de la misma con el predominio de la forma de propiedad individual indicaría que la subdivisión hereditaria ocuparía, cuando menos, un papel destacado.

Si bien para algunos de los trabajos existentes, la disolución de los grandes propietarios agropecuarios no daría lugar a la conformación de un sector social homogéneo, para otros sí ya que el tipo de empresa predominante sería, a juzgar por otros estudios sobre el tema, la que se asienta sobre un comportamiento capitalista en base a la producción agrícola. Por otra parte se asume respecto a las empresas agropecuarias que forman parte de los grupos económicos: "No puede dejar de destacarse la posición poco favorable en que queda la explotación denominada diversificada. Esto es lo que puede explicar que este tipo de establecimiento no posee una importancia decisiva en los que hace a la producción sectorial. Si bien no se dispone de información desagregada, parece medianamente claro que el papel que estos establecimientos cumplen dentro de la agricultura es considerablemente menor al que desempeñan los grupos económicos propietarios en otras áreas de actividad".[15]

No parece arbitrario destacar que estos trabajos afirman, que como resultado de la desconcentración de la propiedad bonaerense se habría consolidado un sector social asentado sobre una organización empresarial centrada en la producción agrícola que teniendo un tamaño intermedio es el motor de la incorporación tecnológica y la capitalización (directa o indirecta) del sector durante las últimas décadas.

Para algunos autores, el predominio de este nuevo sujeto social, inversor, innovador y no especulativo, se habría constituido en un factor determinante del también nuevo comportamiento corporativo de las asociaciones tradicionales del agro pampeano. El énfasis en las reivindicaciones ya no estaría puesto en la problemática de los precios sino en los factores que definen la estructura de costos.[16] Para otros en cambio, estos últimos ocupan un lugar claramente marginal al menos desde la reimplantación de los gobiernos constitucionales, siendo el tema precios absolutamente central.[17]

Se puede deducir de estas afirmaciones que el mundo agropecuario se ubicaría en las antípodas del mundo industrial e incluso del resto de la economía argentina. En un contexto que desde 1976 en adelante y más precisamente a partir de la Reforma Financiera de 1977 y las posteriores y específicas formas de apertura económica y de endeudamiento externo, se caracterizó por estar centrado en la valorización financiera y la fuga de capitales al exterior, aparentemente se desarrollan dos realidades contrapuestas. Expansión y desconcentración por un lado y desindustrialización con concentración por el otro.

Pero lo que es más importante aún, mientras que en el conjunto de la sociedad argentina se consolida el predominio de un sector del capital constituido por grupos económicos y empresas extranjeras diversificadas en base a las transferencias que reciben del Estado, el endeudamiento externo e interno y su poder oligopólico, en ciertos trabajos se estaría afirmando que en el sector agropecuario la expansión productiva habría dado lugar al predominio de un nuevo sector social. Se habría diluido entonces la incidencia de un sector social central en la historia argentina, el cual lideró el modelo agroexportador, enfrentó la industrialización con distribución del ingreso y erosionó la industrialización sustitutiva conducida por el capital extranjero. El nuevo sector social, dentro de esta perspectiva, sería inversor, innovador, sin inserción alguna en la especulación y en la valorización financiera que signó nuestra historia reciente [18].

En este contexto, el presente trabajo se propone analizar la situación de la propiedad agropecuaria y a partir de allí determinar la evolución de la concentración de la misma durante las últimas décadas, evaluar sus repercusiones en términos fiscales e indagar la relación que mantienen los cambios en la propiedad de la tierra con la evolución de la economía global en general y del sector agropecuario en particular.

Los resultados obtenidos permiten afirmar que la propiedad agropecuaria se alteró acentuadamente durante las últimas décadas y que dichos cambios, si bien contienen peculiaridades privativas del sector, se inscriben dentro de la tendencia que comienza a cobrar forma en el conjunto de la economía argentina a partir de mediados de los años 70.

Las transformaciones centrales de la propiedad de la tierra radican en que se han modificado las formas mediante las cuales se la controla. Tienen tanta trascendencia que al incorporarlas se modifica drásticamente la tendencia hacia la desconcentración de la propiedad rural que resulta de los trabajos previos realizados sobre esta problemática. La aparente desconcentración de la propiedad durante las últimas décadas en la provincia que constituye el núcleo de toda la pampa húmeda se transforma entonces, en un proceso de concentración.

La propiedad individual ya no ejerce el liderazgo en la propiedad agropecuaria. Su declinación se expresa en que no es la forma de propiedad con mayor superficie y principalmente en que otras son las se expandieron durante la última época.

La asociación entre personas físicas que expresa el condominio, las sociedades y los grupos societarios son las formas de propiedad predominantes en el agro bonaerense. Ellas, en conjunto, concentran más superficie que la individual y son, especialmente las dos últimas, las que se están difundiendo con mayor rapidez.

La permanencia de los condominios señala la existencia de rasgos propios en la propiedad agropecuaria que la diferencian de la de las restantes actividades económicas. Pero la expansión de la sociedades y la conformación de grupos de sociedades que pertenecen a los mismos accionistas, indican que en el agro se registran procesos similares a los que se expresan en la industria y en el conjunto de la economía argentina.

El condominio y el grupo societario tienen un impacto distinto sobre la concentración de la tierra porque son formas de propiedad que están vinculadas, predominantemente, a propietarios de diferente tamaño. El condominio tiene una presencia difundida en el espectro de propietarios que llega hasta los que tienen menor superficie dentro de la cúpula. En cambio los grupos societarios están sensiblemente concentrados en aquellos que constituyen los propietarios más grandes y poderosos. De allí entonces que el impacto de estos últimos sobre la concentración de la propiedad sea apreciablemente más profundo que el de los condominios.

La significación del condominio es producto de la importancia que tuvo la propiedad individual y de la que tiene actualmente el grupo familiar en la propiedad rural. En efecto, el origen del condominio es la transferencia hereditaria de los inmuebles rurales y por lo tanto contiene la asociación entre individuos que integran una misma familia o rama familiar.

La herencia como origen del condominio indica que se trata de una forma de propiedad de antigua data en la propiedad rural. Pero, al mismo tiempo, el carácter inestable del condominio señala que se trata de un recurso transitorio para evitar la subdivisión de la propiedad que implica la transmisión hereditaria de los bienes.

La respuesta más estable para anular la potencial subdivisión de la propiedad que tiene la herencia, es la organización de sociedades y de grupos societarios. De allí entonces, que en el caso de los grandes propietarios rurales, el condominio debe considerarse como una forma de propiedad que se encuentra en el medio de un camino que se inicia en la propiedad individual y termina en la sociedad. La mayor o menor rapidez del tránsito entre estas formas de propiedad depende de la mayor o menor complejidad de la producción y de la gestión económica de la empresa agropecuaria. Factores que como se verá han actuado con notable intensidad en las décadas pasadas.

La difusión del condominio y de las sociedades se articula con otro proceso que complejiza la situación y su análisis. Durante las últimas décadas los propietarios rurales han llevado a cabo un acentuado proceso de subdivisión de las parcelas que componen el catastro inmobiliario de la Provincia de Buenos Aires. Año tras año, fueron disminuyendo el número de las partidas que tienen una gran extensión y aumenta la cantidad de aquellas con una escasa superficie. Se trata de un proceso de subdivisión catastral y no de la propiedad real. En múltiples ocasiones las nuevas partidas de pequeñas dimensiones tienen como titular al individuo o sociedad que era titular de la partida de gran extensión que desapareció del padrón.

El motivo principal que origina este fenómeno se encuentra en las características que asume el impuesto inmobiliario rural. Como se trata de un gravamen progresivo sobre la valuación fiscal de cada una de las partidas inmobiliarias, mediante la subdivisión de las grandes partidas se logra eludir buena parte del impuesto en cuestión con la consecuente merma en los ingresos fiscales provinciales.

Además de su efecto fiscal, la subdivisión catastral de la tierra al conjugarse con la conformación de condominios y la organización de nuevas sociedades introduce una significativa complejidad. Así por ejemplo, los herederos de una gran propiedad deben determinar sus participaciones en tierras, teniendo en cuenta decenas de partidas inmobiliarias y no unas pocas de ellas lo cual les exige una minuciosa evaluación y negociación de las múltiples alternativas posibles. De allí que al analizarse todos los condominios se identifica una amplia gama de situaciones que permiten afirmar que existen distintos tipos de asociación entre los integrantes de un mismo grupo familiar. En un extremo se encuentran aquellos condominios en que toda la propiedad familiar está compartida por sus integrantes, en el otro los casos en que una parte minoritaria de la tierra se encuentra en dichas condiciones. En estos últimos, en los aparentemente más débiles se hace patente una característica que con mayor o menor intensidad se encuentra presente en los diversos tipos de condominios. Son condominios que en gran medida se establecen entre los propietarios y/o sociedades de un mismo grupo económico.

El hecho de que un mismo propietario controle sus propiedades, simultáneamente, mediante diferentes formas de propiedad, es decir que se verifique la coexistencia del condominio con el grupo societario e incluso con la propiedad individual en un mismo propietario, expresa características y situaciones relevantes de la estructura de la propiedad agropecuaria. Por un lado, indica que se encuentra inmersa en un complejo proceso de transformación y cambio, en el cual hay formas de propiedad declinantes que no terminaron de desaparecer (la que ejercen los individuos) que se articulan con otras en plena expansión (las sociedades) e incluso con otras que tienen un carácter más transitorio (el condominio). Por otro, que la propiedad agropecuaria tiene rasgos propios debido a la idiosincrasia de los distintos sectores sociales que forman parte de la producción agropecuaria lo cual indica que el desarrollo y el resultado del proceso de transformación en marcha también contiene peculiaridades privativas de este sector.

La vigencia del condominio y la expansión de las sociedades tienen un significado productivo inequívoco. En tanto ellas son las formas de propiedad que impiden la subdivisión de la propiedad que impulsa la transmisión hereditaria de la tierra, su permanencia y crecimiento significa que las nuevas funciones de producción que define el proceso de capitalización y cambio tecnológico que se desplegó en el agro pampeano durante las últimas décadas tienen rendimientos crecientes a escala. Su vigencia es la que determina que las grandes propiedades respecto a las más pequeñas tengan mayores rendimientos a lo que indica la relación entre sus tamaños y por lo tanto que los integrantes de una misma familia consideren necesario impedir la subdivisión de la propiedad. Si los rendimientos fueran constantes o decrecientes a escala el condominio y la sociedad serían formas de propiedad declinantes porque para los integrantes del mismo núcleo familiar la subdivisión le significaría un rendimiento igual (en el caso de los rendimientos constantes) que en el caso de mantenerla unida o incluso mayor si los rendimientos fueran decrecientes a escala.

El análisis regional de la estructura de propiedad permite confirmar la permanencia de características productivas de notable importancia. Como en el pasado, dentro de los grandes terratenientes se diferencian distintos tipos de propietarios. Los que tienen sus tierras localizadas exclusivamente en un partido provincial, los que las tienen ubicadas en dos o más partidos de una misma región productiva y los que son propietarios de tierras en diferentes partidos pertenecientes a varias regiones productivas.

La diversificación espacial de las tierras compromete a millones de hectáreas y mantiene una relación directa con el tamaño de los propietarios (a mayor tamaño mayor diversificación). Mediante dicha diversificación se concretan funciones de producción que diluyen las restricciones impuestas por la aptitud natural de cada región productiva. De esta manera, una parte sustancial de los mayores integrantes de la cúpula de los propietarios bonaerenses no pueden ser asimilados con las actividades productivas típicas de la pampa húmeda (criadores, invernadores, agricultores, tamberos) ya que por la diversificación geográfica de sus propiedades, definen funciones de producción que son el resultado de articular diferentes producciones complementarias (cría-invernada) o alternativas (invernada-agricultura o viceversa). Quienes lo hacen neutralizan el riesgo que implica la especialización y son los propietarios con mayor capacidad para conducir al resto de los sectores sociales involucrados en la producción agropecuaria.

El hecho de que la actual cúpula de propietarios presente algunos rasgos estructurales (tierras en varios partidos y regiones) y especialmente el mismo comportamiento de diversificación del riesgo que los grandes propietarios rurales de principios de siglo son indicios que plantean una cuestión relevante. Cabe la posibilidad de que el sector social que se conformó a principios del siglo pasado sobre la base de la propiedad de la tierra permanezca, en lo sustancial, ejerciéndola en la actualidad. En esta alternativa, las notables modificaciones en términos del proceso de producción y de incorporación de tecnología que se verifican durante las últimas décadas no habrían sido acompañadas por la consolidación de un nuevo sector social y la disolución del anterior sino que habría permanecido el que tradicionalmente tuvo en sus manos la propiedad de la tierra en la pampa húmeda. Lo que habría cambiado serían las formas de propiedad mediante las cuales el sector tradicional controla sus tierras.

La manera de controlar la propiedad de la tierra está estrechamente vinculada con las formas y el tipo de producción y con las características que asume la gestión económica, y no solamente productiva, de la empresa agropecuaria. Por lo tanto, los cambios en las formas de propiedad también deben responder, en alguna medida, a las modificaciones que se registran en el proceso de producción y en la complejidad económica de las firmas.

La relación entre los cambios en las formas de propiedad y el funcionamiento sectorial sería débil si los primeros hubiesen sido provocados por la entrada masiva de capitales provenientes de otros sectores económicos, portadores de formas de control diferentes a la vigentes en la propiedad rural. Ciertamente dentro de los mayores propietarios de tierras se encuentran varios de los grandes grupos económicos industriales pero ellos son propietarios de tierras desde las primeras décadas del siglo y por otra parte, los que se incorporan recientemente no son lo suficientemente importantes como para definir cambios de la envergadura que tienen los que se registran durante los últimos años. Descartada dicha posibilidad cabe asumir que las modificaciones en las formas de propiedad están efectivamente relacionadas con el funcionamiento sectorial y que las mismas se expresan a lo largo de los años ya que son procesos de largo plazo, y adquieren especial intensidad en los grandes propietarios porque en ellos se hace más patente la inadecuación entre la forma tradicional de controlar la tierra y las nuevas condiciones productivas y económicas que irrumpen en el sector.

Las evidencias disponibles indican que efectivamente se despliegan cambios profundos en los procesos que constituyen el núcleo central de la producción agropecuaria bonaerense. En 1977, en el mismo año en que se pone en marcha la Reforma Financiera, comienza el ciclo de liquidación ganadera más prolongado de las últimas décadas. El comportamiento tradicional del sector indica que como contrapartida a la liquidación ganadera tendría que generarse una expansión en el área cultivada, es decir en la superficie destinada a la producción agrícola. Pero en este caso no ocurrió ya que la superficie agrícola permanece inalterada durante varios años a pesar de que continúa la liquidación de existencias ganaderas.

Esta alteración que de por sí es decisiva y que plantea interrogantes acerca de las peculiaridades que presenta este nuevo funcionamiento sectorial, es acompañada por otras modificaciones de singular importancia en la inversión y el endeudamiento sectorial.

La inversión agropecuaria también comienza a declinar a partir de

1977, tendencia que se mantiene hasta, por lo menos, mediados de la década del 80. Este comportamiento no expresa procesos generalizados sino específicos de la actividad rural ya que la declinación de la inversión sectorial se inicia varios años antes que la global y la industrial cuyo deterioro se desencadena a partir de 1980.

Durante dichos años también se registra un incremento del endeudamiento sectorial que anteriormente había registrado una fuerte licuación debido a los procesos inflacionarios vigentes a mediados de los años 70. En este caso el comportamiento sectorial es similar al del resto de los sectores económicos.

Ante una situación que se caracteriza por una prolongada liquidación ganadera sin expansión de la superficie cultivada, por un deterioro de la inversión y un incremento del endeudamiento bancario, cabe preguntarse hacia donde se dirigió el excedente sectorial. El contexto global del nuevo comportamiento sectorial indica que el mismo se dirigió hacia la valorización financiera, es decir hacia la variada gama de colocaciones financieras que surgieron durante el período.

La irrupción de la valorización financiera en el funcionamiento de la firma agropecuaria fue acompañada por cambios relevantes en la propia producción agropecuaria. Los precios relativos provocaron que la producción agrícola se concentrara en unos pocos productos que se expandieron rápidamente y cuyo cultivo se caracteriza por tener una acentuada complejidad tecnológica.

La conjunción de un funcionamiento económico sensiblemente más complejo, al incorporar la valorización financiera, con una producción agrícola de mayores requerimientos tecnológicos da como resultado una modificación substancial del núcleo técnico y productivo de la empresa agropecuaria y vuelve inadecuada las formas de propiedad tradicionales en el sector agropecuario. Son especialmente los grandes propietarios quienes acentúan la adopción de nuevas formas de propiedad: la sociedad, especialmente la anónima y la conformación de grupos societarios.

Esta interpretación sobre el comportamiento agropecuario, introduce una nueva similitud con la trayectoria seguida por el sector industrial y la economía en su conjunto. Todos ellos estuvieron vinculados en la valorización financiera, la cual impulsa procesos de concentración que dan como resultado la consolidación de grupos societarios.

[1] En el período 1928-1929 hay 300 sociedades industriales que reúnen un capital de 1.270 millones de pesos. Este último representa el 50% del capital industrial que tienen el conjunto de las sociedades que actúan en el país en ese momento. A este respecto, ver: A. Dorfman, *Historia de la Industria Argentina*, Capítulos XI y XII, Ediciones Solar, 1970.

[2] Ver: - M. Acevedo, E. Basualdo y M. Khavisse, *Quien es Quién en el poder económico (1973-1987)*, Editora 12-Pensamiento Jurídico, 1991.
- D. Azpiazu y E. Basualdo, *Cara y contracara de los grupos económicos. Crisis del Estado y promoción industrial*, Edit. Cántaro, 1989.
- E. Basualdo y M. Fusch, *Nuevas formas de inversión de las empresas extranjeras en la industria argentina*, CEPAL, Oficina Buenos Aires, Doc. de trabajo N 33, 1989.
- E. Basualdo, *Deuda externa y poder económico en la Argentina*, Edit. Nueva América, 1987.
- D. Azpiazu, E. Basualdo y M. Khavisse, *El nuevo poder económico en la Argentina de los años 80*, Edit. Legasa, 1986

[3] Ver: - J. Oddone, *La burguesía terrateniente argentina*, 1930.
- A. Harispuru, *Familia y gran propiedad rural en la Provincia de Buenos Aires (1880-1930)*, Universidad Nacional de La Plata, 1986.
- G. Edelberg, *Guía de propietarios de la Provincia de Buenos Aires*, 1928.

[4] Junta de Planificación Económica de la Provincia de Buenos Aires, *Distribución de la Propiedad Agraria en la Provincia de Buenos Aires*, Desarrollo Económico Nº 1, octubre-diciembre de 1958.

[5] Ministerio de Economía de la Provincia de Buenos Aires, Subsecretaría de Finanzas, Dirección de Recursos, "Distribución de la Propiedad Rural en la Provincia de Buenos Aires", Serie de Estudios Fiscales Nº 7, 1973.

[6] O. Barsky, M. Lattuada, I. Llovet, "Las grandes empresas agropecuarias de la región pampeana" (estudio preliminar), Secretaría de Agricultura, Ganadería y Pesca, 1988.

[7] A este respecto, es pertinente señalar que en el trabajo de la Junta de Planificación Económica de la Provincia de Buenos Aires de 1958, cuando se analiza el padrón de propietarios con más de 5.000 hectáreas de la Dirección General Inmobiliaria de la Provincia de Buenos Aires, se menciona la existencia de un "conjunto económico integrado por varias sociedades". De esta manera, se in-

dica que se detectó la presencia de varias empresas agropecuarias de un grupo económico (presuntamente Bunge y Born).

En el estudio posterior realizado en la Secretaría de Agricultura, Ganadería y Pesca en 1988, se indica que la propiedad que agrupa y coordina varias sociedades es una característica especialmente acentuada entre las sociedades de mayor tamaño, tal los casos de las sociedades de Bunge y Born y de Loma Negra. Luego agrega que "Mucha menor densidad tienen estos entrecruzamientos si la observación se desplaza hasta las sociedades que poseen menores extensiones de tierra. De la lectura de los directorios de las sociedades con tierras que oscilan entre las 2.500 y las 3.000 hectáreas, se desprende que tanto los cruzamientos entre ellas como con las sociedades de mayor tamaño constituyen un número marginal".

[8] Ver a este respecto: L. Cuccia, P. Nicholson, A. Fracchia, D. Heyman y otros *Tendencias y fluctuaciones del sector agropecuario pampeano*, CEPAL-Buenos Aires, documento N 29, 1988.

[9] Ver: E. S. Obschatko, *Los hitos tecnológicos en la agricultura pampeana*, CISEA, 1984.

[10] Ver: I. Llovet, *Tenencia de la tierra y estructura social en la Provincia de Buenos Aires* (1960-1980), CISEA, 1986.

[11] Sobre la relación entre el arrendamiento por mediería y el subcontratista ver: J. F. Sábato *Notas sobre la formación de la clase dominante en la Argentina moderna (1880-1914)*, CISEA, 1979 (pág. 48-49).

[12] Ver: O. Barsky y M. Murmis, *Elementos para el análisis de las transformaciones en la región pampeana*, CISEA, 1986, pág. 104.

[13] Ver: O. Barsky y M. Murmis, op. cit.

[14] Ver: - O. Barsky, M. Lattuada e I. Llovet, op. cit.
- O. Barsky, A. Bocco e I. Llovet, "Evolución y rasgos de la estructura agraria pampeana" en *La Economía Agraria Pampeana*, Asociación Argentina de Economía Agraria, 1988.
- O. Barsky y A. Pucciarelli, "Cambios en el tamaño y el régimen de tenencia de las explotaciones agropecuarias pampeanas", en *El Desarrollo agropecuario pampeano*, INDEC-INTA-IICA, 1991.

[15] Ver: F. Solá, "Los tipos de empresas agropecuarias" en *El desarrollo agropecuario pampeano* INDEC-INTA-IICA, 1991 (pág 491-492). Cabe señalar que en otros trabajos (O. Barsky y M. Murmis, op. cit.) el mencionado predominio de las empresas capitalistas agrícolas está sumamente relativizado.

[16] "El cambio cualitativo en la naturaleza y conducta de los responsables de las decisiones de unidades de producción, que con la agriculturización se han vuelto más especializadas, más rígidas, y por los tanto más vulnerables a los riesgos físicos y a la incertidumbre económica, se constituyó en un factor determinante para que el comportamiento corporativo de las asociaciones tradicionales de productores cambie su contenido esencialmente referido a reivindicaciones de precios de los productos... y expresen demandas crecientes relacionadas con el logro de condiciones que favorezcan la innovación e inversión y la mayor eficiencia y estabilidad económica del sector ...o bien experimenten una progresiva pérdida de representatividad y gravitación ..." H. Pereira, "La modernización agrícola pampeana y sus condicionantes estructurales internos y externos. Una apreciación estratégica" en *La Economía Agraria Argentina*, Asociación Argentina de Economía Agraria, 1988 (pág 257).

[17] "En todo caso, y a pesar de las importantes transformaciones productivas y tecnológicas a que ya nos hemos referido, es notable el escasísimo lugar que ocuparon entre las reivindicaciones públicas del sector materias tales como la propia innovación tecnológica, la provisión de insumos y maquinarias, o el desarrollo de las infraestructuras de almacenaje y de transporte. Constantemente, insistimos, el tema central fue el de los precios". J. Nun y M. Lattuada, *El gobierno de Alfonsín y la Corporaciones Agrarias*, Editorial Manantial, 1991 (pág. 24).

[18] La disímil trayectoria que presuntamente habrían seguido el sector agropecuario y el sector industrial, fue señalada hace ya algunos años por J. Nun. Al realizar un análisis de los trabajos sobre ambos sectores afirma: "Para ponerlo en términos muy esquemáticos, en este caso (se refiere al sector industrial) parece haberse dado un fenómeno casi inverso al sucedido en el sector agrario: en este último, según vimos, se incrementó la producción y se hizo cada vez más heterogénea la composición capitalista de las unidades; en contraste, en el sector industrial la producción declinó al tiempo que se volvía relativamente más homogénea la fracción que generaba cerca de la mitad de su volumen y se convertía de este modo en líder virtual del conjunto". J. Nun, "Vaivenes de un régimen social de acumulación en decadencia" (pág. 99), en J. Nun y J. C. Portantiero (compiladores), *Ensayos sobre la transición democrática en la Argentina*, Ed. Puntosur, 1987.

Dos

LA SUBDIVISION CATASTRAL DE LA TIERRA BONAERENSE

EL ANALISIS DE LA PROPIEDAD RURAL BONAERENSE se realiza en base al catastro inmobiliario rural de la Provincia de Buenos Aires. El mismo contiene cada una de las parcelas o partidas en que se divide la superficie agropecuaria bonaerense.

La clasificación de las mismas de acuerdo a su extensión permite obtener la distribución de la cantidad total de las partidas y de la superficie catastral. Para las últimas décadas, se cuenta con varias evaluaciones de la distribución de la tierra catastral.[19] La primera de ellas se realizó en 1958 y su confrontación con la distribución actual [20] indica que se inscribieron 66.083 partidas nuevas, las que representan el 50,6% de las existentes al principio del período analizado (Cuadro N° 1).

La acentuada expansión del número de partidas que componen el catastro inmobiliario rural es el resultado de una modificación muy pronunciada en la distribución de las parcelas y de la superficie. En ambas variables, el sentido del cambio es similar. Se registra una disminución muy pronunciada de la incidencia que tienen las partidas de mayor superficie y aumentan notablemente la importancia de las más pequeñas, especialmente aquellas que tienen entre 50 y 500 hectáreas (Cuadro N° 2).

Esta primera aproximación a la subdivisión de la tierra catastral, adolece de limitaciones significativas. En primer término, hay una diferencia considerable en la superficie que computan ambos padrones (supera los 2,5 millones de has., prácticamente el 10% de la superficie catastral de 1958). En segundo, ambos padrones dejan de lado las partidas de menores dimensiones (inferiores a 10 hectáreas) y la superficie que

CUADRO Nº 1
Catastro inmobiliario rural:
Distribución de la partidas y de la superficie, 1958 y 1988
según tamaño de las partidas. [1]
(en cantidad y hectáreas)

HECTÁREAS		*PARTIDAS*		*SUPERFICIE*	
POR PARTIDA		1958	1988	1958	1988
10 a	49	59.286	83.960	1.485.968	2.150.313
50 a	299	52.449	90.332	6.516.801	11.536.499
300 a	499	7.992	12.244	3.026.483	4.614.900
500 a	999	6.273	7.289	4.253.198	4.871.915
1000 a	4999	4.418	2.897	8.413.817	4.803.715
más de	5000	283	62	2.239.217	519.917
TOTAL		130.701	196.784	25.935.484	28.497.259

[1] Excluye a los siguientes partidos provinciales: Bahía Blanca, Gral. Pueyrredón, Alte. Brown, Avellaneda, Lanús, Gral. Sarmiento, Gral. San Martín, La Plata, Tigre, Lomas de Zamora, La Matanza, Morón, Pilar y Quilmes.

FUENTE: *Junta de Planificación Económica de la Provincia de Buenos Aires, "Distribución de la Propiedad Agraria en la Provincia de Buenos Aires", Desarrollo Económico Vol.I Nº1, octubre-diciembre 1958 y elaboración propia en base al catastro inmobiliario rural de 1988.*

comprenden 14 partidos provinciales.[21]

Remover estas limitaciones, trae aparejado reemplazar el padrón de 1958, para el cual no hay más información que la ya analizada, por el del año 1972, que no adolece de ninguna de ellas. Los padrones utilizados para realizar la nueva comparación, exhiben un número total de partidas inmobiliarias muy superior a los anteriormente utilizados, debido a la incorporación de los 14 partidos y especialmente a las parcelas de menores dimensiones.

El padrón inmobiliario está compuesto en 1972, por 257.677 partidas, mientras que 16 años más tarde, las mismas se elevan a 312.887 (Cuadro Nº3). El notable incremento de las partidas en ambos años es el resultado de incorporar los partidos faltantes y sobre todo las partidas con menos de 10 hectáreas que suman más de 111 mil en 1988 pero que tienen una incidencia muy pequeña en términos de superficie (el 1,1 % del total).

CUADRO Nº 2
Catastro inmobiliario rural:
Variación y estructura porcentual de las partidas y de la superficie,
según tamaño de las partidas,
entre 1958 y 1988.

HECTÁREAS POR PARTIDA	PARTIDAS				SUPERFICIE			
	Variación 1988-1958		Composición Porcentual		Variación 1988-1958		Composición Porcentual	
	cantidad	%	1958	1988	cantidad	%	1958	1988
10 a 49	24.674	41,6	45,4	42,7	664.345	44,7	5,7	7,5
50 a 299	37.883	72,2	40,1	45,9	5.019.698	77,0	25,1	40,5
300 a 499	4.252	53,2	6,1	6,2	1.588.417	52,5	11,7	16,2
500 a 999	1.016	16,2	4,8	3,7	618.717	14,5	16,4	17,1
1000 a 4999	-1.521	-34,4	3,4	1,5	-3.610.102	-42,9	32,4	16,9
más de 500	221	78,1	0,2	0,0	-1.719.300	-76,8	8,6	1,8
TOTAL	66.083	50,6	100,0	100,0	2.561.775	9,9	100,0	100,0

FUENTE: idem Cuadro Nº 1.

La apertura de 55.210 partidas nuevas se realiza sobre una superficie agropecuaria prácticamente inalterada (entre 1972 y 1988 hay una diferencia de sólo el 0,2% de la superficie), lo cual trae aparejado, necesariamente, una disminución del tamaño medio de las partidas (de 113 a 93 hectáreas) sobre la base de una redistribución de la tierra entre los diferentes estratos de tamaño.

La reasignación de más de 4,2 millones de hectáreas se origina en los estratos de mayor superficie (más de 1.000 hectáreas) y se dirige hacia los más pequeños (entre 50 y 500 hectáreas).

La reducción en el número de partidas y de la superficie en las parcelas más grandes es sumamente importante, especialmente en aquellas con 5.000 o más hectáreas donde desaparecen el 69,1% de las partidas y el 75,1% de la superficie, entre 1972 y 1988. Aún cuando las partidas que tienen entre 1.000 y 4.999 hectáreas disminuyen porcentualmente menos respecto al año inicial, su pérdida en términos absolutos es sumamente relevante: 1.179 partidas y más de 2,6 millones de hectáreas (Cuadro Nº 3).

Las nuevas partidas y la superficie que pierden las parcelas de mayor tamaño convergen, principalmente, hacia las que tienen entre 50 y

41

CUADRO Nº 3
Catastro inmobiliario rural:
Distribución de las partidas y de la superficie, 1972, 1976 y 1988, según tamaño de las partidas.

(A) *NÚMERO DE PARTIDAS Y HECTÁREAS*

HECTÁREAS POR PARTIDA	PARTIDAS			SUPERFICIE		
	1972	1976	1988	1972	1976	1988
hasta 9	87.996	93.211	111.629	306.680	319.473	315.562
10 - 49	76.320	79.362	86.731	1.970.302	2.054.880	2.207.965
50 - 299	72.223	76.545	91.699	8.974.149	9:548.178	11.705.445
300 - 499	9.918	10.634	12.450	3.746.854	4.019.205	4.690.991
500 - 999	6.913	7.293	7.391	4.685.283	4.947.886	4.941.908
1000 - 4999	4.103	3.875	2.924	7.475.830	6.798.826	4.843.997
más de 5000	204	150	63	2.131.782	1.398.271	530.075
TOTAL	257.677	271.070	312.887	29.290.880	29.086.719	29.235.943

(B) *VARIACIÓN Y ESTRUCTURA PORCENTUAL*

HECTÁREAS POR PARTIDA	PARTIDAS					SUPERFICIE				
	Variación 1988-1972		Composición Porcentual			Variación 1988-1972		Composición Porcentual		
	cant.	%	1972	1976	1988	cantidad	%	1972	1976	1988
hasta 9	23.633	26,9	34,1	34,4	35,7	8.882	2,9	1,0	1,1	1,1
10 - 49	10.411	13,6	29,6	29,3	27,7	237.663	12,1	6,7	7,1	7,6
50 - 299	19.476	27,0	28,0	28,2	29,3	2.731.296	30,4	30,6	32,8	40,0
300 - 499	2.532	25,5	3,8	3,9	4,0	944.137	25,2	12,8	13,8	16,0
500 - 999	478	6,8	2,7	2,7	2,4	256.625	5,5	16,0	17,0	16,9
1000 - 4999	-1.179	-28,7	1,6	1,4	0,9	-2.631.833	-35,2	25,5	23,4	16,6
más de 5000	-141	-69,1	0,1	0,1	0,0	-1.601.707	-75,1	7,3	4,8	1,8
TOTAL	55.210	21,4	100,0	100,0	100,0	-54.947	-0,2	100,0	100,0	100,0

FUENTE: Elaboración propia en base al catastro inmobiliario rural, 1988.

299 hectáreas, lo que trae como consecuencia una consolidación de este estrato como el más significativo, al concentrar el 40% de la superficie total del padrón inmobiliario. Le sigue en importancia, el estrato con más de 299 y menos de 500 hectáreas, donde la incorporación de 2.532 parti-

das nuevas incrementan la superficie en más de 900 mil hectáreas (Cuadro Nº 3).

Notas

19 Los estudios realizados sobre el tema son:
- Junta de Planificación Económica de la Provincia de Buenos Aires, op. cit.
- Ministerio de Economía de la Provincia de Buenos Aires, Subsecretaría de Finanzas, Dirección de Recursos, op.cit.
- Ministerio de Economía de la Provincia de Buenos Aires, Subsecretaría de Finanzas, Dirección de Recursos, "Distribución de la Propiedad Rural en la Provincia de Buenos Aires", segunda parte (1958-1972-1976), Provincia de Buenos Aires, 1976.

20 Se trata del padrón inmobiliario rural definitivo de 1988. Es decir, del padrón resultante después de haberse corregido los errores que contenían las partidas con más de 700 has. de superficie.

21 La información disponible sobre el padrón inmobiliario rural del año 1958, excluye los siguientes partidos: Bahía Blanca, General Pueyrredón, Almirante Brown, Avellaneda, Lanús, General Sarmiento, General San Martín, La Plata, Tigre, Lomas de Zamora, La Matanza, Morón, Pilar y Quilmes.

Tres

ESTIMACIONES INICIALES SOBRE
LA PROPIEDAD AGROPECUARIA

LA NOTORIA PROLIFERACION de partidas inmobiliarias y la consecuente reducción de su tamaño medio y de la incidencia de las parcelas de mayores dimensiones no permiten, en sí mismas, realizar inferencias acerca de la evolución y situación en que se halla la propiedad agropecuaria.

Asumiendo posiciones extremas, la misma sería compatible con un proceso de desconcentración de la propiedad agropecuaria siempre que se suponga o demuestre que las nuevas partidas expresan la disolución de las grandes propiedades agropecuarias y la conformación de nuevos propietarios o la expansión de los que hasta ese momento eran pequeños. Por el contrario, se conjugaría con un proceso de concentración de la propiedad rural si se supone o se prueba que las nuevas partidas pertenecen a un conjunto de propietarios que ya tenían cuantiosas extensiones de tierra. Por lo tanto, para evaluar la propiedad agropecuaria es necesario diseñar una metodología y definir una o más estimaciones.

Si bien la evolución y situación del padrón inmobiliario no permite realizar inferencias directas sobre la problemática de la propiedad de la tierra, constituye la fuente de información más idónea para evaluarla. Superior incluso al Censo Agropecuario que tiene como unidad de análisis simplemente al establecimiento rural.

La vinculación entre la partida inmobiliaria y el establecimiento rural es sumamente dificultosa por la falta de información censal sobre las partidas inmobiliarias que abarca cada establecimiento rural. En términos generales se puede afirmar que un establecimiento rural comprende varias parcelas inmobiliarias, en contadas ocasiones coincide con una de ellas y sólo excepcionalmente una parcela comprende varios establecimientos rurales. Por otra parte, también cabe consignar que tanto la parcela como el establecimiento difieren del propietario. Este último, puede tener varios establecimientos y múltiples partidas inmobiliarias.

3.1 Variables y base de datos utilizada para evaluar la propiedad agropecuaria

De la abundante información que contiene el catastro inmobiliario rural se tienen en cuenta, para evaluar la propiedad agropecuaria, las siguientes variables:

- Partido provincial
- Número de la partida inmobiliaria
- Nombre y apellido del titular de la partida inmobiliaria
- Nombre y apellido del destinatario postal
- Dirección del destinatario postal
- Extensión de la partida inmobiliaria
- Valuación fiscal de la partida inmobiliaria

Las dos primeras definen la variable sobre la cual se organiza el resto de la información catastral: la partida inmobiliaria, tratándose ambos de registros numéricos (cada partido provincial y cada partida inmobiliaria tiene asignado un código).

La siguiente identifica a la persona física o jurídica que es titular de la partida, que puede ser el único propietario o sólo uno de ellos. En este último caso, su figuración como titular no se debe a su mayor participación sino que se origina en una selección aleatoria.

El nombre y apellido del destinatario postal y su dirección postal identifican a la persona física o jurídica que recibe el impuesto emitido por la Dirección de Rentas del Ministerio de Economía de la Provincia de Buenos Aires.

Las dos variables siguientes, permiten determinar la superficie en hectáreas y la valuación fiscal de la partida en australes del respectivo año. Sobre esta última, se cuantifica el impuesto inmobiliario rural.

Un ejemplo de la ficha básica, es el siguiente:

-Partido: 092 (Saavedra)
-Partida inmobiliaria: 12.157

-Titular: Rodríguez Juan
-Destinatario Postal: Rodríguez Larreta Pablo y otros
-Dirección Postal: Florida 527, Cap. Fed.
-Superficie (en hectáreas): 514
-Valuación Fiscal (en australes de 1988): 251.756

Para esta investigación las dimensiones del padrón inmobiliario (312.887 partidas) y la heterogeneidad en los criterios para incorporar electrónicamente algunas de las variables hacen imposible considerar, desde el comienzo, todo el catastro inmobiliario. Para superar esta restricción, se definen distintas bases de datos que interactúan entre sí.

La primera de ellas (base de datos original) comprende las partidas inmobiliarias que tienen una valuación fiscal, en diciembre de 1987, de 170 mil australes o más. Esta base de datos abarca 59.440 parcelas con 19.446.202 millones de hectáreas (Ver Diagrama Nº 1).

La otra base de datos está formada por las partidas inmobiliarias que tienen una valuación fiscal inferior a los 170 mil australes en di-

DIAGRAMA Nº 1
Bases de datos utilizadas para determinar las estimaciones de titular, destinatario y titular-destinatario.

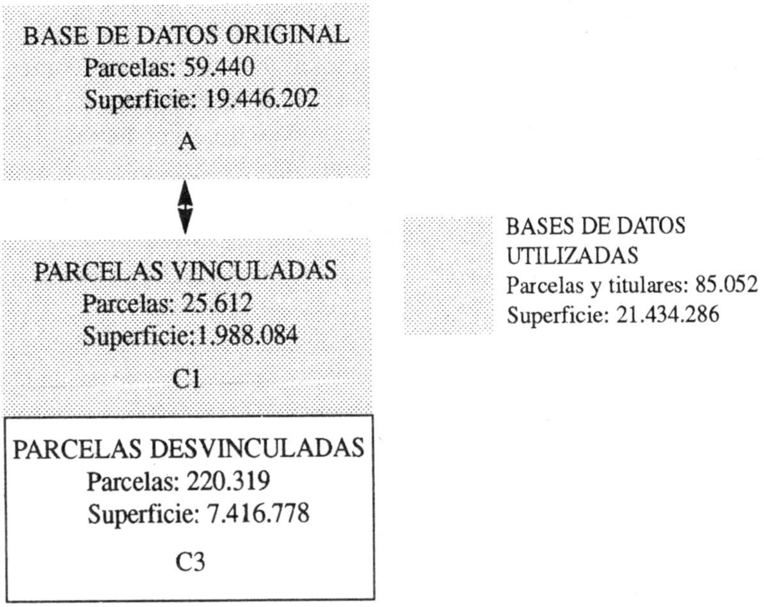

BASE DE DATOS ORIGINAL
Parcelas: 59.440
Superficie: 19.446.202

A

↕

PARCELAS VINCULADAS
Parcelas: 25.612
Superficie:1.988.084

C1

PARCELAS DESVINCULADAS
Parcelas: 220.319
Superficie: 7.416.778

C3

BASES DE DATOS UTILIZADAS
Parcelas y titulares: 85.052
Superficie: 21.434.286

ciembre de 1987. La misma comprende 253.447 parcelas que tienen en conjunto una extensión de 9.404.862 millones de hectáreas.

Dentro de esta última base de datos, se diferencian, por un lado, el conjunto de partidas inmobiliarias que tienen el mismo titular y/o destinatario postal que alguna de las parcelas que forman la base de datos original (A en el Diagrama Nº 1) . La misma está constituida por 25.612 parcelas con 1.988.084 hectáreas (C1 en el Diagrama Nº 1).

Por otro lado, se encuentran las partidas inmobiliarias que están desvinculadas, por propiedad, de las que conforman las bases anteriormente mencionadas (C3 en el Diagrama Nº 1). Las parcelas que forman parte de esta base quedaron fuera de la investigación.

Si bien son las más numerosas y de menor valuación fiscal dentro del catastro inmobiliario, comprometen una superficie total significativamente más baja que la de la base de datos utilizada en la investigación. En efecto, comprenden el 70% de las parcelas y solamente el 25% de la superficie.

Estas bases de datos interactúan entre sí, permitiendo determinar las diferentes estimaciones (titular, destinatario y titular-destinatario) cuyas características específicas serán tratadas seguidamente.

Todas las estimaciones mencionadas se cuantificaron inicialmente sobre la base original de datos (A). Dicha evaluación se realizó con un alto contenido manual y no electrónico, metodología que no es posible aplicar para la identificación de los predios fiscales con una valuación menor a los 170 mil australes (C) que están vinculados por propiedad con los que integran la base original de datos (A) debido a las dimensiones de dicha base (superan los 200 mil partidas). La condición para la búsqueda de estas partidas fue que tuvieran *idéntico titular, destinatario y dirección postal* o al menos *idéntico titular y dirección postal* que las que integran la base original de datos (A), lo cual permite dejar de lado los titulares o los destinatarios postales homónimos que existen en ambas bases de datos.

La interacción de las bases de datos de esta investigación dio como resultado la identificación de 25.612 partidas inmobiliarias con una superficie total de 1.988.084 hectáreas (C1 en el Diagrama Nº 1).

Es pertinente señalar que las condiciones requeridas para que determinada partida se incorpore a la base de datos C1, si bien excluyen los homónimos también subestiman el número de las que deberían ser incorporadas cuando:

No figura el titular, el destinatario postal o la dirección de este último o cuando alguna de estas variables tiene alguna imperfección en la incorporación al archivo electrónico. Se intentó minimizar esta limitación realizando la búsqueda a partir de cada uno de los 59.440 titulares que conforman las bases A del Diagrama Nº 1. De esta manera, se tuvieron en cuenta las distintas maneras en que aparecen escritos el nombre y el apellido de un mismo titular, destinatario o dirección postal.

Como se verá con mayor detenimiento después, en el catastro inmobiliario se pone de manifiesto que los contratos de arrendamientos muchas veces traen aparejados que los arrendatarios se hagan cargo del pago impositivo en cuyo caso figuran como destinatarios postales. En estas circunstancias se puede producir una omisión de las vinculaciones reales cuando se registra una modificación en la situación de arrendamiento en las partidas realmente vinculadas que componen las bases de datos mencionadas ya sea porque las partidas de origen (A) están arrendados y los de destino (C) son explotados por el propietario o viceversa. Lo mismo ocurre cuando las parcelas de origen y de destino están arrendados por diferentes productores.

Las dimensiones del catastro inmobiliario e incluso el tamaño de la base de datos original (A) impiden efectuar un control exhaustivo de la superficie de cada una de las parcelas para identificar los posibles errores en su registro electrónico.

Sin embargo, es pertinente señalar que se realizaron una serie de controles que si bien no fueron totalmente exhaustivos, permitieron determinar que había 710.385 hectáreas de más, principalmente en las partidas inmobiliarias de mayor tamaño (más de 1.000 has.).

En primer término, se efectuó, en la base de datos original (A), la correlación entre la superficie y el valor fiscal de las partidas de cada uno de los partidos bonaerenses. A partir de aquellos valores que diferían significativamente de la tendencia, se detectaron un conjunto de errores en la incorporación electrónica de la superficie.

En segundo lugar, se realizó la verificación de las partidas que con una valuación fiscal menor a 170 mil australes a principios de 1988, tenían una superficie de 1.000 o más hectáreas. Se detectaron 170 partidas que cumplían dichas condiciones, las cuales sumaban una extensión total de 687.792 hectáreas. De ellas se descartaron 11 parcelas con 314.117 hectáreas al constatarse, en la ficha básica, que tenían errores en la incorporación electrónica de la superficie agropecuaria al catastro inmobiliario.

Sobre la base de las correcciones mencionadas, el padrón original fue depurado de los errores originados en la carga electrónica de la información catastral. Las correcciones se realizaron, primordialmente, en las partidas de mayor superficie, de allí que la eliminación de 104 partidas de las cuales 67, una vez corregidas, se reubicaron en otros estratos trajo como consecuencia la reducción de la superficie del padrón original en 710.385 hectáreas (Cuadro Nº 4).

CUADRO Nº 4
Catastro inmobiliario rural:
Distribución de las correcciones efectuadas
en el catastro inmobiliario rural, 1988,
según tamaño de las partidas.
(en valores absolutos y hectáreas)

HECTÁREAS POR PARTIDA	CATASTRO INICIAL				CATASTRO DEFINITIVO	
	Partidas	Correc.	Superficie	Correc.	Partidas	Superficie
hasta 400	298.349	0	17.066.183	0	298.349	17.066.183
401 - 700	9.060	0	4.724.453	0	9.060	4.724.453
701 - 1000	2.612	-77	2.180.436	-65201	2.535	2.115.235
1001 - 3000	2.657	65	4.108.755	94667	2.722	4.203.422
3001 - 5000	161	2	617.401	4174	163	621.575
5001 - 10000	50	-2	336.236	-15122	48	321.114
10001 - 20000	17	-11	230.660	-147512	6	83.148
20001 - 30000	9	-6	215.703	-147844	3	67.859
más de 30000	9	-8	466.501	-433547	1	32.954
TOTAL	312.924	-37	29.946.328	-710385	312.887	29.235.943

FUENTE: Elaboración propia en base al catastro inmobiliario rural, 1988.

En síntesis, como resultado de la interacción de las bases de datos y del control efectuado sobre los registros, la base de datos final utilizada por la investigación está compuesta por 85.052 parcelas con una superficie total de 21.434.286 hectáreas. Esto significa que la muestra utilizada comprende el 27% de las partidas inmobiliarias y el 73% de la superficie agropecuaria de la Provincia de Buenos Aires, de acuerdo al catastro inmobiliario.

Esta significativa representatividad de la muestra en términos de la superficie catastral se origina en la incorporación de todas las partidas de mayor superficie pero también de aquellas que concentran una porción mayoritaria de la superficie que tienen las más pequeñas. En efecto, la muestra toma en cuenta el 100,0% de las partidas y de la superficie de las partidas que tienen una extensión superior a las 700 hectáreas pero también incorpora al 90,5% de las partidas y el 90,8% de la superficie de aquellas que tienen entre 401 y 700 hectáreas. Más aún, incorpora 71 mil partidas menores de 400 hectáreas que tienen, en conjunto, el 56,8 % de las hectáreas del total de dicho estrato (Cuadro Nº 5).

CUADRO Nº 5
Muestra utilizada:
Distribución de las partidas y de la superficie en la muestra
y representatividad porcentual de la misma,
según tamaño de las partidas, 1988.
(en valores absolutos y hectáreas)

HECTÁREAS POR PARTIDA		MUESTRA UTILIZADA		REPRESENTATIVIDAD (% DEL PADRÓN DEFINITIVO)	
		Partidas	*Superficie*	*Partidas*	*Superficie*
hasta	400	71.372	9.697.191	23,9	56,8
401 -	700	8.202	4.291.788	90,5	90,8
701 -	1000	2.535	2.115.235	100,0	100,0
1001 -	3000	2.722	4.203.422	100,0	100,0
3001 -	5000	163	621.575	100,0	100,0
5001 -	10000	48	321.114	100,0	100,0
10001 -	20000	6	83.148	100,0	100,0
20001 -	30000	3	67.859	100,0	100,0
más de	30000	1	32.954	100,0	100,0
TOTAL		85.052	21.434.286	27,2	73,3

FUENTE: Elaboración propia en base al catastro inmobiliario rural, 1988.

3.2 Estimaciones de titular, destinatario y titular-destinatario

Las estimaciones iniciales se definen, tal como lo indican sus denominaciones, en base a dos de las variables que componen el padrón inmobiliario rural: titular y destinatario postal.

El padrón inmobiliario rural se caracteriza, como ya fue señalado, por seguir criterios imprecisos en la incorporación al archivo electrónico de los nombres y apellidos de los titulares, de los destinatarios postales y de la dirección postal. Si bien ello no afecta la precisión en la emisión del impuesto inmobiliario que deben pagar los propietarios por cada una de las partidas inmobiliarias, ya que su identificación y valuación fiscal están precisamente definidas, resulta una seria limitación cuando se trata de identificar, mediante medios electrónicos, el conjunto de partidas inmobiliarias que pertenecen a un mismo propietario.

Teniendo en cuenta que un nuevo registro electrónico de dichas variables era una tarea que superaba las posibilidades de esta investigación, se adoptaron los siguientes criterios, para evaluar la propiedad de la tierra bonaerense:

- Avanzar desde las estimaciones más simples hacia las más complejas utilizando cada una de ellas para realizar controles sobre las anteriores.
- Considerar inicialmente la base de datos original (A en el Diagrama Nº 1) para realizar las distintas estimaciones y posteriormente completarlas con las partidas inmobiliarias que formando parte del resto de las partidas inmobiliarias (C=C1+C3) están vinculadas con las que integran la base original de datos por tener, como ya se dijo, un idéntico titular y destinatario postal o un idéntico titular y dirección postal
- Realizar un exhaustivo control de los agrupamientos de las partidas inmobiliarias que resultan de cada una de las estimaciones como forma de neutralizar las consecuencias de las falencias presentes en el archivo electrónico del padrón inmobiliario.

La primera estimación que se determinó fue la del *titular*, que consiste en agrupar las partidas inmobiliarias que pertenecen a un mismo titular en la base de datos original (A) y en la de las parcelas vinculadas (C1).

En el Cuadro Nº 6 se puede observar un ejemplo de los múltiples agrupamientos de parcelas que se conforman en esta estimación. En este caso específico se trata de un titular (Alberto Juan Duhau) que tiene 3.158 has.en los partidos de Navarro y de Trenque Lauquen fraccionadas en 14 parcelas con un tamaño que va de 379 a 3 hectáreas. La vinculación de las partidas de este titular se indica mediante un código de titular (CODTI) similar para todas ellas (2506).

En este caso, así como en otros que se tratarán posteriormente, se presenta la información tal como aparece en la base de datos catastral lo cual, si bien puede dificultar su lectura, permite observar las imperfec-

CUADRO Nº 6

Estimación de titular:

Ejemplo de un agrupamiento de partidas inmobiliarias debido a que tienen el mismo titular.

PDO	PDA	TITULAR	DESTINATARIO POSTAL	DIRECCIÓN	SUP	CODTI
075	003989	DUHAU ALBERTO JUAN	DUHAU Y NELSON ENRIQUE	ALVEAR 1750	156	2506
075	003993	DUHAU ALBERTO JUAN	DUHAU Y NELSON ENRIQUE	ALVEAR 1750	89	2506
075	003991	DUHAU ALBERTO JUAN	DUHAU Y NELSON E. Y OTS.	ALVEAR 1750	258	2506
075	003982	DUHAU ALBERTO JUAN	ROCHA BLAQUIER MARIA T.	ALVEAR 1750	90	2506
075	003995	DUHAU ALBERTO JUAN	DUHAU Y NELSON E. Y OTS.	ALVEAR 1750	214	2506
107	022575	DUHAU ALBERTO JUAN	DUHALI ENRIQUE J.	ALVEAR 1750	310	2506
107	022574	DUHAU ALBERTO JUAN	DUHALI ENRIQUE J.	ALVEAR 1750	311	2506
107	022577	DUHAU ALBERTO JUAN	DUHALI ENRIQUE J.	ALVEAR 1750	314	2506
107	022562	DUHAU ALBERTO JUAN	DUHALI ENRIQUE J.	ALVEAR 1750	328	2506
107	022567	DUHAU ALBERTO JUAN	DUHALI ENRIQUE J.	ALVEAR 1750	360	2506
107	022570	DUHAU ALBERTO JUAN	DUHALI ENRIQUE J.	ALVEAR 1750	320	2506
107	022564	DUHAU ALBERTO JUAN	DUHALI ENRIQUE J.	ALVEAR 1750	379	2506
075	001352	DUHAU ALBERTO JUAN	DUHAU Y NELSON ENRIQUE	ALVEAR 1750	3	2506
075	001354	DUHAU ALBERTO JUAN	DUHAU Y NELSON ENRIQUE	ALVEAR 1750	26	2506

PDO: Código de partido provincial
PDA: Código de partida inmobiliaria
CODTI: Código de titular

FUENTE: Elaboración propia en base al catastro inmobiliario rural, 1988.

ciones en la carga electrónica de los registros. En el ejemplo analizado las mismas están localizadas exclusivamente en el destinatario postal donde aparece, por ejemplo, mal escrito el apellido paterno (Duhali en vez de Duhau) o con sus dos apellidos (Duhau y Nelson Enrique).

Si bien en el análisis de esta y de las restantes estimaciones, se hace especial hincapié en los propietarios de distinta envergadura que tienen sus propiedades inmobiliarias fraccionadas en múltiples partidas, es pertinente señalar que la distribución de la tierra resultante en cada una de dichas estimaciones incluye también a los propietarios que tienen la totalidad de sus tierras en una sola partida. La cantidad de estos últimos varia de una estimación a otra pero en todas ellas son una proporción considerable del total.

La siguiente estimación fue la de *destinatario*, definida como el agrupamiento de las parcelas que tienen el mismo destinatario postal en las bases de datos mencionadas (A y C1).

En el Cuadro Nº 7 se presenta un ejemplo del agrupamiento de partidas que se registran en esta estimación. Se puede comprobar que a partir de un mismo destinatario postal (Pablo Rodríguez Larreta) se agrupan las partidas de tres titulares (Juan, Pablo y Mercedes Rodríguez Larreta). La vinculación de un destinatario postal con tres titulares se pone de manifiesto en las codificaciones del Cuadro Nº 7, ya que un sólo código de destinatario (CDEST:10295) comprende tres códigos de titular (CODTI:10295, 50292 y 50291).

El mencionado destinatario postal concentra 17.045 has. en los partidos de Saavedra, Azul y Bolívar, divididas en 40 partidas inmobiliarias con un tamaño que oscila entre 951 y 95 hectáreas.

Realizadas las estimaciones de titular y de destinatario, se procedió a determinar la de *persona jurídica*, basada en el agrupamiento de los partidas inmobiliarias que pertenecen a una misma entidad jurídica.

La existencia de las estimaciones de titular y de destinatario tuvieron una significativa importancia para poder identificar y diferenciar las sociedades homónimas. Sobre la base de dichas estimaciones, se realizó un análisis de los agrupamientos de las partidas inmobiliarias tomando en cuenta no sólo la denominación del titular sino también del destinatario postal y su dirección. Este procedimiento permitió diferenciar un conjunto de sociedades que tienen una misma razón social pero que por pertenecer a propietarios distintos (lo cual se expresa por ejemplo, mediante domicilios distintos en la Capital Federal) deben ser consideradas como titulares diferentes.

CUADRO Nº 7

Estimación de destinatario:

Ejemplo de un agrupamiento de partidas

debido a que tienen el mismo destinatario postal.

PDO	PDA	TITULAR	DESTINATARIO POSTAL	DIRECCIÓN	SUP	CODTI	CDEST
092	012157	RODRIGUEZ JUAN	RODRIGUEZ LARRETA PABLO Y OT.	FLORIDA 527	514	10295	10295
092	012154	RODRIGUEZ JUAN	RODRIGUEZ LARRETA PABLO Y OT.	FLORIDA 527	434	10295	10295
092	012153	RODRIGUEZ JUAN	RODRIGUEZ LARRETA PABLO Y OT.	FLORIDA 527	362	10295	10295
092	012158	RODRIGUEZ JUAN	RODRIGUEZ LARRETA PABLO Y OT.	FLORIDA 527	798	10295	10295
092	000044	RODRIGUEZ JUAN	RODRIGUEZ LARRETA PABLO Y OT.	FLORIDA 527	478	10295	10295
006	012359	RODRIGUEZ JUAN	RODRIGUEZ LARRETA PABLO Y OT.	FLORIDA 527	238	10295	10295
006	040332	RODRIGUEZ JUAN	RODRIGUEZ LARRETA PABLO Y OT.	FLORIDA 527	222	10295	10295
006	040334	RODRIGUEZ JUAN	RODRIGUEZ LARRETA PABLO Y OT.	FLORIDA 527	225	10295	10295
006	040341	RODRIGUEZ JUAN	RODRIGUEZ LARRETA PABLO Y OT.	FLORIDA 527	238	10295	10295
006	040339	RODRIGUEZ JUAN	RODRIGUEZ LARRETA PABLO Y OT.	FLORIDA 527	237	10295	10295
006	040345	RODRIGUEZ JUAN	RODRIGUEZ LARRETA PABLO Y OT.	FLORIDA 527	212	10295	10295
006	040343	RODRIGUEZ JUAN	RODRIGUEZ LARRETA PABLO Y OT.	FLORIDA 527	249	10295	10295
006	040330	RODRIGUEZ JUAN	RODRIGUEZ LARRETA PABLO J.Y OT.	FLORIDA 527	188	10295	10295
092	012155	RODRIGUEZ JUAN	RODRIGUEZ LARRETA PABLO Y OT.	FLORIDA 527	322	10295	10295
092	012159	RODRIGUEZ JUAN	RODRIGUEZ LARRETA PABLO Y OT.	FLORIDA 527	393	10295	10295
092	012160	RODRIGUEZ JUAN	RODRIGUEZ LARRETA PABLO Y OT.	FLORIDA 527	704	10295	10295
092	012161	RODRIGUEZ JUAN	RODRIGUEZ LARRETA PABLO Y OT.	FLORIDA 527	951	10295	10295
092	012162	RODRIGUEZ JUAN	RODRIGUEZ LARRETA PABLO Y OT.	FLORIDA 527	426	10295	10295
092	012163	RODRIGUEZ JUAN	RODRIGUEZ LARRETA PABLO Y OT.	FLORIDA 527	606	10295	10295
006	040333	RODRIGUEZ LARRETA PABLO	RODRIGUEZ LARRETA PABLO Y OT.	FLORIDA 527	222	50292	10295

Cuadro Nº 7 (Continuación)

PDO	PDA	CODTI	CDEST				
006	040340	RODRIGUEZ MERCEDES	RODRIGUEZ LARRETA PABLO Y OT.	FLORIDA 527	238	50291	10295
006	040335	RODRIGUEZ MERCEDES	RODRIGUEZ LARRETA PABLO Y OT.	FLORIDA 527	221	50291	10295
006	040337	RODRIGUEZ MERCEDES	RODRIGUEZ LARRETA PABLO Y OT.	FLORIDA 527	222	50291	10295
006	040346	RODRIGUEZ MERCEDES	RODRIGUEZ LARRETA PABLO Y OT.	FLORIDA 527	250	50291	10295
092	012165	RODRIGUEZ MERCEDES	RODRIGUEZ LARRETA PABLO Y OT.	FLORIDA 527	594	50291	10295
092	012167	RODRIGUEZ MERCEDES	RODRIGUEZ LARRETA PABLO Y OT.	FLORIDA 527	619	50291	10295
011	000599	RODRIGUEZ PABLO	RODRIGUEZ LARRETA PABLO	FLORIDA 527	679	50292	10295
006	040338	RODRIGUEZ PABLO	RODRIGUEZ LARRETA PABLO Y OT.	FLORIDA 527	237	50292	10295
006	040342	RODRIGUEZ PABLO	RODRIGUEZ LARRETA PABLO Y OT.	FLORIDA 527	238	50292	10295
006	040344	RODRIGUEZ PABLO	RODRIGUEZ LARRETA PABLO Y OT.	FLORIDA 527	250	50292	10295
006	040331	RODRIGUEZ PABLO	RODRIGUEZ LARRETA PABLO Y OT.	FLORIDA 527	161	50292	10295
011	024340	RODRIGUEZ PABLO	RODRIGUEZ LARRETA PABLO	FLORIDA 527	815	50292	10295
011	024339	RODRIGUEZ PABLO	RODRIGUEZ LARRETA PABLO	FLORIDA 527	700	50292	10295
011	024341	RODRIGUEZ PABLO	RODRIGUEZ LARRETA PABLO	FLORIDA 527	808	50292	10295
011	024343	RODRIGUEZ PABLO	RODRIGUEZ LARRETA PABLO	FLORIDA 527	425	50292	10295
092	012164	RODRIGUEZ PABLO	RODRIGUEZ LARRETA PABLO Y OT.	FLORIDA 527	705	50292	10295
092	012166	RODRIGUEZ PABLO	RODRIGUEZ LARRETA PABLO Y OT.	FLORIDA 527	739	50292	10295
092	012156	RODRIGUEZ PABLO	RODRIGUEZ LARRETA PABLO Y OT.	FLORIDA 527	346	50292	10295
006	002617	RODRIGUEZ PABLO	RODRIGUEZ LARRETA PABLO Y OT.	FLORIDA 527	684	50292	10295
011	024344	RODRIGUEZ PABLO	RODRIGUEZ LARRETA PABLO Y OT.	FLORIDA 527	95	50292	10295

PDO: Código de partido provincial   PDA: Código de partida inmobiliaria
CODTI: Código de titular   CDEST: Código de destinatario

Fuente: Elaboración propia en base al catastro inmobiliario rural, 1988.

Una vez que se determinaron las personas jurídicas se pudo obtener, por diferencia dentro de la estimación de titular, la de *personas físicas*.

Dentro de las personas jurídicas se distinguieron, mediante distintos códigos, entre *sociedades anónimas* (SA), *sociedades en comandita por acciones* (SCA), *sociedades de responsabilidad limitada* (SRL) y *otras* (que incluyen a otro tipo de sociedades, a las distintas entidades estatales y a aquellas que por su defectuoso registro electrónico no pueden ser tipificadas).

Para diferenciar cada una de ellas entre sí y a todas ellas de los propietarios individuales, se partió de la estimación de titular y se las distinguió mediante un código específico a cada una de ellas.

En el Cuadro N° 8 se expone un ejemplo de este tipo de agrupamiento de parcelas. Se trata de la sociedad Establecimientos La Negra Agr. Com. Ind. SCA que tiene 7.083 has. en los partidos de Carmen de Areco, Nueve de Julio y Suipacha, fraccionadas en 34 partidas inmobiliarias con un tamaño que va desde 2.015 a 62 hectáreas. La agregación de las parcelas de esta sociedad viene dada por la conjunción del código de titular (CODTI) y el de sociedad (el de las en comanditas por acciones es 2). Asimismo, este caso también es ilustrativo de los defectos que contienen los registros electrónicos de los nombres de los titulares y los destinatarios postales de las diferentes partidas.

En el caso bajo análisis se puede verificar que el código de titular (CODTI) y el de destinatario coinciden en todas las partidas inmobiliarias, salvo en una de ellas (la 000338 ubicada en el partido 102). Tal diferencia se origina en que el destinatario postal de la misma (Santa María SCA) es una sociedad en comandita diferente de la que figura como destinatario postal de todas las otras partidas (Establecimiento La Negra SCA). Interesa destacar desde ya, que ambas forman parte de un grupo de sociedades que pertenece a los mismos accionistas.

Posteriormente, se realizó la estimación de *titular-destinatario* que es definida como el agrupamiento de las partidas que tienen algún titular o destinatario postal en común.

En el Cuadro N° 9 se trata el caso de la familia Duhau, de la cual forma parte Alberto Juan Duhau, analizado anteriormente a propósito de la estimación de titular. Su tratamiento actual permite observar las modificaciones que se producen entre una y otra estimación. De acuerdo a la estimación de titular-destinatario, se trata de un propietario integrado por 7 titulares (Alberto Juan, Alejandro Carlos, Enrique Urbano, María Cecilia, Miguel Patricio y Enrique Juan Duhau e IVRY SA) que tiene 18.922

has. en los partidos de Navarro, Trenque Lauquen, Gral. Pinto, Gral. Lavalle y Tordillo divididas en 64 partidas inmobiliarias que van desde 3.270 a 1 hectárea.

A los fines de precisar los alcances de las estimaciones es pertinente detener la atención en las modificaciones que se producen en los agrupamientos de las partidas inmobiliarias a medida que se transita desde la estimación de titular a la titular-destinatario.

De una primera evaluación del caso bajo análisis surge claramente que la estimación de titular contiene el mayor número de códigos (7 incluida una partida que es cero), seguida por la de destinatario (4 con dos partidas que son cero) y finalmente la de titular-destinatario con un sólo código. Teniendo en cuenta que la cantidad de códigos determinan el número de propietarios y por lo tanto la superficie agropecuaria que tiene cada uno de ellos, podemos concluir que la de titular es la que mayor fragmentación contiene mientras que la de titular-destinatario es la más abarcativa. Los resultados globales de cada una de ellas mostrarán la cuantía de estas diferencias al considerar toda la provincia y no únicamente un caso.

La mayor cobertura de la estimación de titular-destinatario involucra modificaciones específicas en la codificación de las partidas. Para entenderlos es suficiente considerar dos de los titulares que conforman el caso analizado. Se trata de Enrique Juan Duhau e IVRY SA que aparecen en las cuatro últimas partidas del Cuadro Nº 9. Según la primera estimación (CODTI) ambos titulares constituyen dos propietarios, el primero de lo cuales tiene únicamente una partida (000084 en el partido 105) que obviamente no tiene ningún código porque no se agrupa con ninguna otra. IVRY SA por su parte, tiene tres partidas que se agrupan mediante un mismo código (40497). En la estimación de destinatario (CDEST) ambos titulares pasan a constituir un sólo propietario que tiene 8.452 hectáreas divididas en 4 partidas inmobiliarias ya que estas últimas tienen un mismo destinatario postal (IVRY SA) y por lo tanto un mismo código (4505). En la última estimación (CODTD) ambos titulares ya no son un propietario sino que pasan a formar parte de otro mucho más amplio, teniendo entonces el nuevo código que los agrupa a todos ellos (2506). La vinculación de los titulares analizados con el resto de los titulares se origina en que Enrique Juan Duhau figura como destinatario postal de, como mínimo, 20 partidas inmobiliarias, constituyéndose en uno de los articuladores de todas las partidas de este propietario.

La vinculaciones entre titular y destinatario no comprenden únicamente personas físicas o conjuntos integrados por ellas y sociedades sino

CUADRO N° 8
Persona Jurídica:
Ejemplo de un agrupamiento de partidas debido a que tienen a una misma sociedad como titular.

PDO	PDA	TITULAR	DESTINATARIO POSTAL	DIRECCIÓN	SUP	CODTI	CDEST
018	007841	ESTAB. LA NEGRA AGR. GAN. COM. IND SO	ESTABLECIMIENTOS L. N.	LAVALLE 445	100	2865	2865
018	000870	ESTAB. LA NEGRA AGR. GAN. COM. IND SO	EST. LA NEGRA SCA	LAVALLE 445	156	2865	2865
018	007840	ESTAB. LA NEGRA AGR. GAN. COM. IND SO	ESTABLECIMIENTOS L. N.	LAVALLE 445	99	2865	2865
018	007843	ESTAB. LA NEGRA AGR. GAN. COM. IND SO	LA NEGRA SCA	LAVALLE 445	164	2865	2865
018	007844	ESTAB. LA NEGRA AGR. GAN. COM. IND SO	ESTAB. L.N. AGR. GAN. COM. I	LAVALLE 445	153	2865	2865
018	007845	ESTAB. LA NEGRA AGR. GAN. COM. IND SO	ESTABLECIMIENTOS L. N.	LAVALLE 445	153	2865	2865
018	007837	ESTAB. LA NEGRA AGR. GAN. COM. IND SO	ESTABLECIMIENTOS L. N.	LAVALLE 445	100	2865	2865
018	007839	ESTAB. LA NEGRA AGR. GAN. COM. IND SO	ESTABLECIMIENTOS L. N.	LAVALLE 445	89	2865	2865
018	002398	ESTAB. LA NEGRA AGR. GAN. COM. IND SO	LA NEGRA SCA	LAVALLE 445	176	2865	2865
018	007842	ESTAB. LA NEGRA AGR. GAN. COM. IND SO	ESTABLECIMIENTOS L. N.	LAVALLE 445	62	2865	2865
077	032987	ESTABLECIMIENTOS LA NEGRA AGR. GAN.	ESTANCIA LA NEGRA SC	LAVALLE 445	135	2865	2865
077	033016	ESTABLECIMIENTO LA NEGRA AGR. GAN.	ESTANCIA LA NEGRA SC	LAVALLE 445	150	2865	2865
077	032994	ESTABLECIMIENTO LA NEGRA AGR. GAN.	ESTANCIA LA NEGRA SC	LAVALLE 445	159	2865	2865
077	032998	ESTABLECIMIENTO LA NEGRA AGR. GAN.	ESTANCIA LA NEGRA S	LAVALLE 445	211	2865	2865
077	032986	ESTABLECIMIENTO LA NEGRA AGR. GAN.	ESTANCIA LA NEGRA SC	LAVALLE 445	143	2865	2865
077	032999	ESTABLECIMIENTO LA NEGRA AGR. GAN.	ESTANCIA LA NEGRA S	LAVALLE 445	150	2865	2865
077	032985	ESTABLECIMIENTO LA NEGRA AGR. GAN.	ESTANCIA LA NEGRA SC	LAVALLE 448	143	2865	2865
102	000338	ESTABLECIMIENTO LA NEGRA AGRIC. GA.	SAN MARIA S C A	LAVALLE 445	1565	2865	10741

(Cuadro Nº 8, continuación)

PDO	CODTI				PDA		
102	002839	ESTABLECIMIENTO LA NEGRA AGRICOLA	EST. LA NEGRA SCA	LAVALLE 445	2015	2865	2865
018	008733	ESTABLECIMIENTO LA NEGRA SOC. EN C.	ESTABL. LA NEGRA	LAVALLE 445	102	2865	2865
018	008734	ESTABLECIMIENTO LA NEGRA SOC. EN C.	ESTABL. LA NEGRA	LAVALLE 445	100	2865	2865
018	008732	ESTABLECIMIENTO LA NEGRA SOC. EN C.	ESTABL. LA NEGRA	LAVALLE 445	122	2865	2865
018	008742	ESTABLECIMIENTO LA NEGRA SOC. EN C.	ESTABL. LA NEGRA	LAVALLE 445	176	2865	2865
018	008735	ESTABLECIMIENTO LA NEGRA SOC. EN C.	ESTABL. LA NEGRA	LAVALLE 445	100	2865	2865
018	008741	ESTABLECIMIENTO LA NEGRA SOC. EN C.	ESTABL. LA NEGRA	LAVALLE 445	200	2865	2865
018	008736	ESTABLECIMIENTO LA NEGRA SOC. EN C.	ESTABL. LA NEGRA SCA	LAVALLE 445	100	2865	2865
018	008740	ESTABLECIMIENTO LA NEGRA SOC. EN C.	ESTABL. LA NEGRA	LAVALLE 445	161	2865	2865
018	008739	ESTABLECIMIENTO LA NEGRA SOC. EN C.	ESTABL. LA NEGRA	LAVALLE 445	161	2865	2865
077	011494	ESTABLECIMIENTOS LA NEGRA AGR. GAN.	EST. LA NEGRA SCA	LAVALLE 445	701	2865	2865
077	032988	ESTABLECIMIENTOS LA NEGRA AGR. GAN.	ESTANCIA LA NEGRA S	LAVALLE 445	126	2865	2865
077	032996	ESTABLECIMIENTOS LA NEGRA AGR. GAN.	ESTANCIA LA NEGRA SC	LAVALLE 445	161	2865	2865
077	032984	ESTABLECIMIENTOS LA NEGRA AGR. GAN.	ESTANCIA LA NEGRA SC	LAVALLE 445	141	2865	2865
077	032997	ESTABLECIMIENTOS LA NEGRA AGR. GAN.	ESTANCIA LA NEGRA SC	LAVALLE 445	125	2865	2865
077	033004	ESTABLECIMIENTOS LA NEGRA AGR. GAN.	ESTANCIA LA NEGRA SC	LAVALLE 445	130	2865	2865
018	007428	ESTB. LA NEGRA AGR. GAN. COM. E IND. S	LA NEGRA SCA	LAVALLE 445	119	2865	2865

PDO: Código de partido provincial
PDA: Código de partida inmobiliaria
CODTI: Código de titular

FUENTE: Elaboración propia en base al catastro inmobiliario rural, 1988

CUADRO Nº 9

Estimación de titular-destinatario:
Ejemplo de un agrupamiento de partidas que tienen vinculaciones entre los titulares y los destinatarios postales.

PDO	PDA	TITULAR	DESTINATARIO POSTAL	DIRECCIÓN	SUP	CODTI	CDEST	CODTD
075	003989	DUHAU ALBERTO JUAN	DUHAU Y NELSON ENRIQUE	ALVEAR 1750	156	2506	2506	2506
075	003993	DUHAU ALBERTO JUAN	DUHAU Y NELSON ENRIQUE	ALVEAR 1750	89	2506	2506	2506
075	003991	DUHAU ALBERTO JUAN	DUHAU Y NELSON E. Y OTS.	ALVEAR 1750	258	2506	2506	2506
075	003982	DUHAU ALBERTO JUAN	ROCHA BLAQUIER MARIA T.	ALVEAR 1750	90	2506	10261	2506
075	003995	DUHAU ALBERTO JUAN	DUHAU Y NELSON E. Y OTS.	ALVEAR 1750	214	2506	2506	2506
107	022575	DUHAU ALBERTO JUAN	DUHALI ENRIQUE J.	ALVEAR 1750	310	2506	2506	2506
107	022574	DUHAU ALBERTO JUAN	DUHALI ENRIQUE J.	ALVEAR 1750	311	2506	2506	2506
107	022577	DUHAU ALBERTO JUAN	DUHALI ENRIQUE J.	ALVEAR 1750	314	2506	2506	2506
107	022562	DUHAU ALBERTO JUAN	DUHALI ENRIQUE J.	ALVEAR 1750	328	2506	2506	2506
107	022567	DUHAU ALBERTO JUAN	DUHALI ENRIQUE J.	ALVEAR 1750	360	2506	2506	2506
107	022570	DUHAU ALBERTO JUAN	DUHALI ENRIQUE J.	ALVEAR 1750	320	2506	2506	2506
107	022564	DUHAU ALBERTO JUAN	DUHALI ENRIQUE J.	ALVEAR 1750	379	2506	2506	2506
107	022561	DUHAU ALEJANDRO C.	DUHALI ENRIQUE J.	ALVEAR 1750	336	40493	2506	2506
107	022571	DUHAU ALEJANDRO C.	DUHALI ENRIQUE J.	ALVEAR 1750	263	40493	2506	2506
107	022569	DUHAU ALEJANDRO C.	DUHALI ENRIQUE J.	ALVEAR 1750	287	40493	2506	2506
044	010763	DUHAU ALEJANDRO C.	NELSON SA	ALVEAR 1750	1377	40493	0	2506
107	004934	DUHAU ALEJANDRO C.	DUHALI ENRIQUE J.	ALVEAR 1750	346	40493	2506	2506
075	003990	DUHAU ALEJANDRO C.	DUHAU Y NELSON E. Y OTS.	ALVEAR 1750	122	40493	2506	2506
075	003996	DUHAU ALEJANDRO C.	DUHAU Y NELSON E. Y OTS.	ALVEAR 1750	205	40493	2506	2506
075	003983	DUHAU ALEJANDRO C.	DUHAU Y NELSON E. Y OT.	ALVEAR 1750	89	40493	2506	2506
075	003984	DUHAU ALEJANDRO C.	ROCHA BLAQUIER MARIA T.	ALVEAR 1750	121	40493	10261	2506

075	003992	DUHAU ENRIQUE U.	DUHAU Y NELSON ENRIQUE	ALVEAR 1750	85	40494	2506	2506
107	022573	DUHAU ENRIQUE U.	DUHALI ENRIQUE..	ALVEAR 1750	341	40494	2506	2506
107	022560	DUHAU ENRIQUE U.	DUHALI ENRIQUE..	ALVEAR 1750	294	40494	2506	2506
107	004932	DUHAU ENRIQUE U.	DUHALI ENRIQUE..	ALVEAR 1750	373	40494	2506	2506
075	001813	DUHAU MARIA CECILIA	DUHAU Y NELSON E. Y OT.	ALVEAR 1750	85	40495	2506	2506
075	003994	DUHAU MARIA CECILIA	DUHAU Y NELSON E. Y OTS.	ALVEAR 1750	88	40495	2506	2506
107	022568	DUHAU MARIA CECILIA	DUHALI ENRIQUE I.	ALVEAR 1750	365	40495	2506	2506
107	022572	DUHAU MARIA CECILIA	DUHALI ENRIQUE J.	ALVEAR 1750	289	40495	2506	2506
107	022576	DUHAU MARIA CECILIA	DUHALI ENRIQUE J.	ALVEAR 1750	419	40495	2506	2506
107	022566	DUHAU MIGUEL P.	DUHALI ENRIQUE J.	ALVEAR 1750	324	40496	2506	2506
107	022563	DUHAU MIGUEL P.	DUHALI ENRIQUE J.	ALVEAR 1750	326	40496	2506	2506
107	022565	DUHAU MIGUEL P.	DUHALI ENRIQUE J.	ALVEAR 1750	331	40496	2506	2506
044	010764	DUHAU MIGUEL P.	NELSON JUAN P Y OTRO	ALVEAR 1750	531	40496	0	2506
075	003981	DUHAU MIGUEL P.	DUHAU Y NELSON E. Y OTS.	ALVEAR 1750	111	40496	2506	2506
075	003985	DUHAU MIGUEL P.	DUHAU Y NELSON E. Y OTS.	ALVEAR 1750	100	40496	2506	2506
075	000005	DUHAU ALEJANDRO C.	DUHAU Y NELSON E. Y OT.	AV. ALVEAR 1750	23	40493	2506	2506
075	001352	DUHAU ALBERTO JUAN	DUHAU Y NELSON ENRIQUE	ALVEAR 1750	3	2506	2506	2506
075	001353	DUHAU ALEJANDRO C.	DUHAU Y NELSON ENRIQUE	AV. ALVEAR 1750	2	40493	2506	2506
075	001354	DUHAU ALBERTO JUAN	DUHAU Y NELSON ENRIQUE	AV. ALVEAR 1750	26	2506	2506	2506
075	001811	DUHAU ALEJANDRO C.	DUHAU Y NELSON E. Y OT.	AV. ALVEAR 1750	50	40493	2506	2506
075	005728	DUHAU ALEJANDRO C.	DUHAU Y NELSON E. Y OTS.	AV. ALVEAR 1750	2	2506	2506	2506
075	005729	DUHAU ALEJANDRO C.	DUHAU Y NELSON E. Y OTS.	AV. ALVEAR 1750	1	40493	2506	2506
075	005730	DUHAU ALEJANDRO C.	DUHAU Y NELSON E. Y OTS.	AV. ALVEAR 1750	1	40493	2506	2506
075	005731	DUHAU ALEJANDRO C.	DUHAU Y NELSON E. Y OTS.	AV. ALVEAR 1750	2	40493	2506	2506
075	005732	DUHAU ALEJANDRO C.	DUHAU Y NELSON E. Y OTS.	AV. ALVEAR 1750	2	40493	2506	2506
075	005733	DUHAU ALEJANDRO C.	DUHAU Y NELSON E. Y OTS.	AV. ALVEAR 1750	1	40493	2506	2506

(Cuadro Nº 9, continuación)

PDO	PDA	CODTI	Titular	Destinatario	CODTD		CDEST	CODEST
075	005734	DUHAU ENRIQUE U.	DUHAU Y NELSON ENRIQUE	ADA. ALVEAR 1750	1	40494	2506	2506
075	005735	DUHAU ALEJANDRO C.	DUHAU Y NELSON E. Y OT.	AV. ALVEAR 1750	2	40493	2506	2506
075	005736	DUHAU ALEJANDRO C.	DUHAU Y NELSON E. Y OTS.	AV. ALVEAR 1750	2	40493	2506	2506
075	005737	DUHAU MARIA CECILIA	DUHAU Y NELSON E. Y OT.	ADA. ALVEAR 1750	1	40495	2506	2506
075	005738	DUHAU ALEJANDRO C.	DUHAU Y NELSON E. OTS.	AV. ALVEAR 1750	1	40493	2506	2506
075	005739	DUHAU ENRIQUE U.	DUHAU Y NELSON ENRIQUE	ADA. ALVEAR 1750	2	40494	2506	2506
075	005740	DUHAU ALEJANDRO C.	DUHAU Y NELSON E. Y OTS.	AV. ALVEAR 1750	2	40493	2506	2506
075	005741	DUHAU ALEJANDRO C.	DUHAU Y NELSON E. Y OTS.	AV. ALVEAR 1750	1	40493	2506	2506
075	005742	DUHAU ENRIQUE U.	DUHAU Y NELSON ENRIQUE	ADA. ALVEAR 1750	1	40494	2506	2506
075	005744	DUHAU ENRIQUE U.	DUHAU Y NELSON ENRIQUE	AV. ALVEAR 1750	2	40494	2506	2506
075	005745	DUHAU ENRIQUE U.	DUHAU Y NELSON ENRIQUE	ADA. ALVEAR 1750	1	40494	2506	2506
075	005746	DUHAU ALEJANDRO C.	DUHAU ENRIQUE	AV. ALVEAR 1750	1	40493	2506	2506
075	005748	DUHAU ALEJANDRO C.	DUHAU Y NELSON E. Y OTS.	AV. ALVEAR 1750	3	40493	2506	2506
042	058904	IVRY S A AGR. GAN.	IVRY SAAG	A. VEAR 1750	446	40497	4505	2506
042	000095	IVRY S A AGR. GAN.	IVRY SAAG	A. VEAR 1750	3236	40497	4505	2506
105	000085	IVRY S A AGRIG.	IVRY SAAG	A. VEAR 1750	3270	40497	4505	2506
105	000084	DUHAU ENRIQUE JUAN	IVRY SAAG	A. VEAR 1750	1500	0	4505	2506

PDO: Código de partido provincial
PDA: Código de partida inmobiliaria
CODTI: Código de titular
CDEST: Código de destinatario
CODTD: Código de titular-destinatario

FUENTE: *Elaboración propia en base al catastro inmobiliario rural, 1988.*

que también existen agrupamientos de propietarios compuestos exclusiva o mayoritariamente por personas jurídicas.

En el Cuadro N° 10 se presenta un ejemplo de este tipo de casos. Se trata de un propietario conformado por tres sociedades (Beraza y Hermosilla SA, Bella SA y Yutuyaco SA), con una superficie total de 11.853 hectáreas en el partido de Adolfo Alsina, las cuales están fraccionadas en 16 partidas inmobiliarias que van desde 2452 a 273 hectáreas.

Nuevamente en este caso, se pueden observar las diferencias entre las tres estimaciones. Según la estimación de titular hay 4 propietarios que se diferencian por sus respectivos códigos (incluido el cero). En la estimación de destinatario, los mismos titulares y partidas dan lugar a dos propietarios que también se distinguen por tener códigos diferentes (885 y 11775). Finalmente, en la de titular-destinatario queda un único propietario ya que una de las partidas de Yutuyaco SA (la 001698 del partido 001) tiene como destinatario postal a Bella SA Agropecuaria. Esta sociedad, comprende una partida (la 007012 del partido 001) que tiene como titular a una persona física que no es accionista de las sociedades involucradas y que por lo tanto configura una vinculación económica diferente cuyo análisis se encarará un poco más adelante.

En los dos ejemplos precedentemente comentados, surge claramente que la estimación de titular es la que muestra una fractura mayor de la propiedad de la tierra en tanto contiene un mayor número de propietarios. En el otro extremo, se ubica la de titular-destinatario, que es la más abarcativa. La de destinatario postal se ubica en una situación intermedia. Estas características no son expresiones circunstanciales sino tendencias estructurales, es decir no son privativas de los ejemplos mencionados sino que expresan el comportamiento global de las diferentes estimaciones.

En efecto, en el análisis de los resultados muestrales agregados de las estimaciones mencionadas se ponen de manifiesto, claramente, estas tendencias. A este respecto, en los Cuadros N° 11, N° 12 y N° 13 se puede verificar que la estimación de titular da como resultado la existencia de 41.331 propietarios que descienden a 39.073 en la de destinatario y a 34.202 en la de titular-destinatario. Obviamente la disminución del número de propietarios que se registra entre las estimaciones trae aparejada una modificación de signo contrario en el tamaño medio de los propietarios (de 519 hectáreas a 627 hectáreas, pasando por 549 hectáreas en la de destinatario).

Vinculadas a las diferencias en el número de propietarios y en su tamaño medio, las estimaciones analizadas presentan una distribución de

CUADRO Nº 10

Estimación de titular-destinatario:

Ejemplo de un agrupamiento de partidas

que tienen como titulares a tres sociedades.

PDO	PDA	TITULAR	DESTINATARIO POSTAL	DIRECCIÓN	SUP.	CODTI	CDEST	CODTD
001	018710	BERAZA Y HERMOSILLA SOCIEDAD	BELLA S A AGROPECUAR.	25 DE MAYO 489	276	885	885	885
001	018707	BERAZA Y HERMOSILLA SOCIEDAD	BELLA S A AGROPECUAR.	25 DE MAYO 489	276	885	885	885
001	018708	BERAZA Y HERMOSILLA SOCIEDAD	BELLA S A AGROPECUAR.	25 DE MAYO 489	276	885	885	885
001	005455	BERAZA Y HERMOSILLA SOCIEDAD	BELLA S A AGROPECUAR.	25 DE MAYO 489	274	885	885	885
001	018706	BERAZA Y HERMOSILLA SOCIEDAD	BELLA S A AGROPECUAR.	25 DE MAYO 489	270	885	885	885
001	018709	BERAZA Y HERMOSILLA SOCIEDAD	BELLA S A AGROPECUAR.	25 DE MAYO 489	273	885	885	885
001	018712	BERAZA Y HERMOSILLA SOCIEDAD	BELLA S A AGROPECUAR.	25 DE MAYO 489	273	885	885	885
001	018711	BERAZA Y HERMOSILLA SOCIEDAD	BELLA S A AGROPECUAR.	25 DE MAYO 489	276	885	885	885
001	018705	BERAZA Y HERMOSILLA SOCIEDAD	BELLA S A AGROPECUAR.	25 DE MAYO 489	273	885	885	885
001	015017	YUTUPACO SOC. ANO. AGRO. IND. COM.	YUTUYACO SA	C.CORREO 112	989	60180	11755	885
001	005223	YUTUYACO SOC. A. A. IND. COM.	YUTUYACO SA	C.CORREO 112	624	60180	11755	885
001	005214	YUTUYACO SOC. A. A. IND. COM.	YUTUYACO SA	C.CORREO112	626	60180	11755	885
001	000418	YUTUYACO SOC. A. A. IND. Y COM.	YUTUYACO SA	C.CORREO 112	1250	60180	11755	885
001	001698	YUTUYACO SOC. COM.COL.	BELLA S A AGROPECUAR.	25 DE MAYO 489	1000	60180	885	885
001	000094	BELLA S A AGR.	BELLA S A AGROPECUAR.	25 DE MAYO 489	2452	40180	885	885
001	006588	BELLA SOC. ANO. AG.	BELLA S A AGROPECUAR.	25 DE MAYO 489	2445	40180	885	885
001	007012	GONZALEZ CONSTANTINO JULIAN	YUTUYACO SA	C.CORREO 11	317	0	11755	885

PDO: Código de partido provincial   PDA: Código de partida inmobiliaria

CODTI: Código de titular   CDEST: Código de destinatario

CODTD: Código de titular-destinatario

FUENTE: Elaboración propia en base al catastro inmobiliario rural, 1988

los propietarios, de las partidas y de la superficie por estrato de tamaño significativamente diferentes. En la estimación de titular, todas estas variables pero especialmente las dos últimas, tienden a concentrarse en los tamaños inferiores.

Ciertamente, la importancia de los estratos de menor tamaño en la misma es muy inferior a la presente en el catastro inmobiliario pero más acentuada que la resultante de las otras dos estimaciones. En la de destinatario, comienzan a incrementarse la importancia de los estratos de tamaño más grandes (más de 5.000 hectáreas), rasgo que se hace más intenso en la de titular-destinatario. Se trata de una reasignación de partidas inmobiliarias y de superficie que se origina en los estratos menores (1.000 hectáreas o menos) y se dirige hacia los mayores (más de 5.000) y en la cual los estratos intermedios (que son los relativamente más relevantes, especialmente el que comprende a los que tienen entre 1.001 y 3.000 hectáreas) son los menos afectados.

En el Cuadro N° 14 se cuantifica la reasignación de las partidas y de la superficie entre las estimaciones extremas considerando los estratos agrupados que se mencionaron precedentemente.

En términos de la primera variable, las partidas, el tránsito desde la estimación de titular a la de titular-destinatario trae aparejado la redistri-

CUADRO N° 11
Estimación de titular:
Distribución de los propietarios, partidas y superficie
según tamaño de los propietarios, 1988,
(en valores absolutos y hectáreas).

Hectáreas por propietario	Propietarios		Partidas		Superficie	
	cantidad	%	cantidad	%	hectáreas	%
hasta 400	27.811	67,29	40145	47,20	4.693.79	21,90
401 - 700	5.860	14,18	12.865	15,13	3.101.674	14,47
701 - 1000	2.646	6,40	7.376	8,67	2.216.771	10,34
1001 - 3000	4.158	10,06	16.359	19,23	6.721.570	31,36
3001 - 5000	572	1,38	4.155	4,89	2.183.058	10,18
5001 - 10000	225	0,54	2.283	2,68	1.496.133	6,98
10001 - 20000	47	0,11	903	1,06	595.844	2,78
20001 - 30000	7	0,02	526	0,62	169.614	0,79
más de 30000	5	0,01	440	0,52	255.831	1,19
TOTAL	41.331	100,00	85.052	100,00	21.434.286	100,00

FUENTE: Elaboración propia en base al catastro inmobiliario rural, 1988.

66

CUADRO.Nº 12
Estimación de destinatario:
Distribución de los propietarios, partidas y superficie según tamaño de los propietarios.
(en valores absolutos y hectáreas)

Hectáreas por propietario	Propietarios		Partidas		Superficie	
	cantidad	%	cantidad	%	hectárea	%
hasta 400	25.946	66,40	37.576	44,18	4.311.678	20,12
401 - 700	5.534	14,16	12.725	14,96	2.927.806	13,66
701 - 1000	2.559	6,55	7.543	8,87	2.148.311	10,02
1001 - 3000	4.071	10,42	17.211	20,24	6.639.142	30,97
3001 - 5000	615	1,57	4.693	5,52	2.341.338	10,92
5001 - 10000	274	0,70	3.029	3,56	1.827.582	8,53
10001 - 20000	61	0,16	1.321	1,55	791.680	3,69
20001 - 30000	8	0,02	511	0,60	188.462	0,88
más de 30000	5	0,01	443	0,52	258.287	1,21
TOTAL	39.073	100,00	85.052	100,00	21.434.286	100,00

FUENTE: Elaboración propia en base al catastro inmobiliario rural, 1988.

CUADRO Nº 13
Estimación de titular-destinatario:
Distribución de los propietarios, partidas y superficie según tamaño de los propietarios.
(en valores absolutos y hectáreas)

Hectáreas por propietario	Propietarios		Partidas		Superficie	
	cantidad	%	cantidad	%	hectáreas	%
hasta 400	22.034	64,42	33.204	39,04	3.720.216	17,36
401 - 700	4.923	14,39	12.231	14,38	2.605.662	12,16
701 - 1000	2.282	6,67	7.228	8,50	1.911.966	8,92
1001 - 3000	3.869	11,31	18.017	21,18	6.346.638	29,61
3001 - 5000	633	1,85	5.494	6,46	2.423.652	11,31
5001 - 10000	346	1,01	4.623	5,44	2.326.412	10,85
10001 - 20000	83	0,24	1.908	2,24	1.122.223	5,24
20001 - 30000	20	0,06	1.210	1,42	460.558	2,15
más de 30000	12	0,04	1.137	1,34	516.959	2,41
TOTAL	34.202	100,00	85.052	100,00	21.434.286	100,00

FUENTE: Elaboración propia en base al catastro inmobiliario rural, 1988.

bución de 7.723 partidas que salen del estrato de los que tienen hasta
1.000 hectáreas y se dirigen principalmente al de mayor extensión
(4.726) y en menor medida al intermedio, entre 1.001 y 5.000 hectáreas,
donde se localizan los 2.997 partidas restantes. Dentro del estrato de más
de 5.000 hectáreas, los más grandes (de 20.001-30.000 y más de 30.000)
incrementan su importancia relativa en más del 160% aproximadamente,
mientras que los dos restantes en un 100%.

Considerando la superficie que se reasigna al pasar de una a otra
estimación, se puede verificar que el primer estrato (hasta 1.000 hectáreas) pierde casi 1.775.000 hectáreas y el segundo (entre 1.001 y 5.000
hectáreas) poco menos de 135 mil hectáreas. Todas ellas se localizan en
el estrato superior (más de 5.000 hectáreas). Dentro de este último, nuevamente los dos de mayores dimensiones son los que incrementan relativamente su incidencia relativa por encima del 100% mientras que los
dos restantes lo hacen por debajo de dicho registro.

Los cambios reseñados tienen una magnitud tal que, en términos
históricos, tomar una u otra estimación implica señalar, en principio, una
tendencia hacia la desconcentración (estimación de titular) o a la concentración (estimación de titular-destinatario) de la propiedad de la tierra

CUADRO Nº 14
Estimación de titular-destinatario:
Redistribución de las partidas y de la superficie
entre la estimación de titular y la de titular-destinatario,
según tamaño de los propietarios, 1988.

(A) *Partidas*

Hectáreas por propietario	Estimación de titular		Estimación de titular-destinatario		Redistribución de partidas
	cantidad	%	cantidad	%	
hasta 1000	60.386	71,0	52.663	61,9	-7.723
1001 - 5000	20.514	24,1	23.511	27,6	2.997
más de 5000	4.152	4,9	8.878	10,4	4.726
5001 - 10000	2.283	2,7	4.623	5,4	2.340
10001 - 20000	903	1,1	1.908	2,2	1.005
20001 - 30000	526	0,6	1.210	1,4	684
más de 30000	440	0,5	1.137	1,3	697
TOTAL	85.052	100,0	85.052	100,0	

(B) SUPERFICIE

Hectáreas por propietario	Estimación de titular		Estimación de titular-destinatario		Redistribución de la superficie
	cantidad	%	cantidad	%	
hasta 1000	10.012.236	46,7	8.237.844	38,4	-1.774.392
1001 - 5000	8.904.628	41,5	8.770.290	40,9	-134.338
más de 5000	2.517.422	11,8	4.426.152	20,6	1.908.730
5001 - 10000	1.496.133	7,0	2.326.412	10,9	1.643.442
10001 - 20000	595.844	2,8	1.122.223	5,2	772.190
20001 - 30000	169.614	0,8	460.558	2,1	279.489
más de 30000	235.831	1,2	516.959	2,4	261.948
TOTAL	21.434.286	100,0	21.434.286	100,0	

FUENTE: Elaboración propia en base al catastro inmobiliario rural, 1988.

bonaerense. En efecto, los estudios oficiales realizados sobre la propiedad agropecuaria y que ya fueron mencionados, revelan que en 1958 los propietarios con 5.000 o más hectáreas tenían 3,8 millones de hectáreas, extensión superior a la que resulta de la estimación de titular (2,5 millones de hectáreas) pero inferior a la de titular-destinatario (4,4 millones de hectáreas).

En este contexto, es aconsejable indagar las causas que originan las diferencias que presentan los resultados de las estimaciones bajo análisis. Para ello, es imprescindible diferenciar y evaluar las distintas formas de propiedad que se tienen en cuenta en cada caso.

En la estimación de titular las formas de propiedad están restringidas a la que ejercen las personas físicas y las personas jurídicas. En tanto la titularidad de cada partida, por definición, la ejerce un individuo o una sociedad, no hay posibilidades de que se puedan expresar otras formas de propiedad, aún cuando las mismas existan en la realidad.

En la de destinatario, la restricción que acarrea la existencia de dos alternativas únicas desaparece ya que a partir de un mismo destinatario postal se pueden detectar una gama de vinculaciones económicas reales que se establecen entre personas físicas, entre sociedades o entre ambas. Sin lugar a dudas, estas posibilidades no están basadas en la naturaleza de las formas de propiedad sino en un comportamiento específico pero generalizado de los propietarios agropecuarios que permite captar dichas

69

vinculaciones económicas mediante el entrecruzamiento de los titulares y los destinatarios. De allí que, como se observa en el ejemplo de los hermanos Rodríguez Larreta, un mismo destinatario postal permite agrupar las partidas de tres titulares.

En la estimación de titular-destinatario, se amplian las posibilidades que contiene la anterior para captar más acabadamente las vinculaciones económicas diferentes a la propiedad que ejercen las personas físicas o las jurídicas. La propia definición dota a esta estimación de una mayor capacidad para detectar más acabadamente vinculaciones económicas más complejas ya que la existencia de dos o más titulares con un mismo destinatario postal, revela (salvo excepciones que serán tratadas luego) que se trata inmuebles rurales con una administración y gestión unificada que se originan en vinculaciones de propiedad. Los casos de la familia Duhau (Cuadro Nº 9) y de las sociedades Beraza y Hermosilla SA, Bella SA y Yutuyaco SA (Cuadro Nº 10) son ejemplos cabales de lo dicho.

En los Cuadros Nº 15 y Nº 16 se puede observar la incidencia de las distintas formas de propiedad al considerar las dos situaciones extremas que definen la estimación de titular y la de titular-destinatario. En la primera de ellas hay 35.449 propietarios que tienen 14.676.731 hectáreas (68,5 % de la superficie total) que son personas físicas y 5.882 propietarios con 6.757.555 hectáreas (31,5 % del total) que son sociedades. Entre ambas median evidentes y acentuadas diferencias en el tamaño medio de los propietarios (414 hectáreas en la primera y 1.149 en las segundas) que están vinculadas a una distribución de las partidas y la superficie muy diferente en cada una de ellas. En las personas físicas la principal concentración se verifica en los estratos menores (propietarios de hasta 3.000 hectáreas) donde convergen el 96% de las partidas y el 87% de la superficie. Por el contrario, en las personas jurídicas los porcentajes decisivos de dichas variables se concentran en los estratos intermedios (de 1.000 a 3.000 hectáreas) pero también en los mayores (más de 3.000 hectáreas).

En la estimación de titular-destinatario (Cuadro Nº 16) al expresarse la presencia de otras formas de propiedad, se modifica la polarización anterior. Desaparecen 7.552 personas físicas y 1.084 personas jurídicas que dan lugar a la irrupción de 1.507 propietarios nuevos que se caracterizan por tener vinculaciones diferentes a las anteriores. Estos nuevos propietarios, generan una redistribución de 17.440 partidas inmobiliarias y 4.636.915 hectáreas, de las cuales 13.252 partidas y 3.224.214 hectáreas provienen de las personas físicas y el resto (4.188 partidas y 1.412.701 hectáreas) de las personas jurídicas.

Cuadro N° 15
Estimación de titular:
Distribución de propietarios, partidas y superficie de las formas de propiedad según tamaño de los propietarios.

A) VALORES ABSOLUTOS

HECTÁREAS POR PROPIETARIO	PERSONAS FÍSICAS			PERSONAS JURÍDICAS			TOTAL		
	prop.	*part.*	*hectáreas*	*prop.*	*part.*	*hectáreas*	*prop.*	*part.*	*hectáreas*
hasta 400	25.461	36.289	4.323.887	2.350	3.856	369.904	27.811	40.145	4.693.791
401 - 700	4.958	10.732	2.614.449	902	2.133	487.225	5.860	12.865	3.101.674
701 - 1000	1.985	5.473	1.658.865	661	1.903	557.906	2.646	7.376	2.216.771
1001 - 3000	2.681	9.750	4.197.795	1.477	6.609	2.523.775	4.158	16.359	6.721.570
3001 - 5000	245	1.481	927.805	327	2.674	1.255.253	572	4.155	2.183.058
5001 - 10000	97	830	629.128	128	1.453	867.005	225	2.283	1.496.133
10001 - 20000	18	280	223.368	29	623	372.476	47	903	595.844
20001 - 30000	3	8	68.480	4	518	101.134	7	526	169.614
más de 30000	1	1	32.954	4	439	222.877	5	440	255.831
TOTAL	35.449	64.844	14.676.731	5.882	20.208	6.757.555	41.331	85.052	21.434.286

B) PORCENTAJES

HECTÁREAS POR PROPIETARIO	PERSONAS FÍSICAS			PERSONAS JURÍDICAS			TOTAL		
	prop.	part.	hectáreas	prop.	part.	hectáreas	prop.	part.	hectáreas
hasta 400	71,82	55,96	29,46	39,95	19,08	5,47	67,29	47,20	21,90
401 - 700	13,99	16,55	17,81	15,33	10,56	7,21	14,18	15,13	14,47
701 - 1000	5,60	8,44	11,30	11,24	9,42	8,26	6,40	8,67	10,34
1001 - 3000	7,56	15,04	28,60	25,11	32,70	37,35	10,06	19,23	31,36
3001 - 5000	0,69	2,28	6,32	5,56	13,23	18,58	1,38	4,89	10,18
5001 - 10000	0,27	1,28	4,29	2,18	7,19	12,83	0,54	2,68	6,98
10001 - 20000	0,05	0,43	1,52	0,49	3,08	5,51	0,11	1,06	2,78
20001 - 30000	0,01	0,01	0,47	0,07	2,56	1,50	0,02	0,62	0,79
más de 30000	0,00	,00	0,22	0,07	2,17	3,30	0,01	0,52	1,19
TOTAL	100,00	100,00	100,00	100,00	100,00	100,00	100,00	100,00	100,00

FUENTE: Elaboración propia en base al catastro inmobiliario rural, 1988.

Cuadro Nº 16
Estimación de titular-destinatario:
Distribución de los propietarios, partidas y superficie de las formas de propiedad según el tamaño de los propietarios.

A) VALORES ABSOLUTOS

HECTÁREAS POR PROPIETARIO	PERSONAS FÍSICAS			PERSONAS JURÍDICAS			OTRAS VINCULAC. ECONÓM.			TOTAL		
	prop.	part.	hectáreas	prop.	part.	hectáreas	prop	part.	hectáreas	prop.	part.	hectáreas
hasta 400	19.885	28.970	3.379.242	2.003	3.327	301.511	146	907	39.463	22.034	33.204	3.720.216
401 - 700	4.028	9.139	2.121.818	712	1.715	384.618	183	1.377	99.226	4.923	12.231	2.605.662
701 - 1000	1.600	4.585	1.335.501	541	1.594	457.181	141	1.049	119.284	2.282	7.228	1.911.966
1001 - 3000	2.127	7.493	3.327.406	1.166	5.210	1.990.215	576	5.314	1.029.017	3.869	18.017	6.346.638
3001 - 5000	175	893	651.482	251	1.932	963.272	207	2.669	808.898	633	5.494	2.423.652
5001 - 10000	71	439	450.996	96	969	654.007	179	3.215	1.221.409	346	4.623	2.326.412
10001 - 20000	8	63	104.336	21	316	270.039	54	1.529	747.848	83	1.908	1.122.223
20001 - 30000	2	9	48.782	4	518	101.134	14	683	310.642	20	1.210	460.558
más de 30000	1	1	32.954	4	439	222.877	7	697	261.128	12	1.137	516.959
TOTAL	27.897	51.592	11.452.517	4.798	16.020	5.344.854	1.507	17.440	4.636.915	34.202	85.052	21.434.286

B) PORCENTAJES

HECTÁREAS POR PROPIETARIO	PERSONAS FÍSICAS			PERSONAS JURÍDICAS			OTRAS VINCULAC. ECONÓM.			TOTAL		
	prop.	part.	hectáreas	prop.	part.	hectáreas	prop.	part.	hectáreas	prop.	part.	hectáreas
hasta 400	71,28	56,15	29,51	41,75	20,77	5,64	9,69	5,20	0,85	64,42	39,04	17,36
401 - 700	14,44	17,71	18,53	14,84	10,71	7,20	12,14	7,90	2,14	14,39	14,38	12,16
701 - 1000	5,74	8,89	11,66	11,28	9,95	8,55	9,36	6,01	2,57	6,67	8,50	8,92
1001 - 3000	7,62	14,52	29,05	24,30	32,52	37,24	38,22	30,47	22,19	11,31	21,18	29,61
3001 - 5000	0,63	1,73	5,69	5,23	12,06	18,02	13,74	15,30	17,44	1,85	6,46	11,31
5001 - 10000	0,25	0,85	3,94	2,00	6,05	12,24	11,88	18,43	26,34	1,01	5,44	10,85
10001 - 20000	0,03	0,12	0,91	0,44	1,97	5,05	3,58	8,77	16,13	0,24	2,24	5,24
20001 - 30000	0,01	0,02	0,43	0,08	3,23	1,89	0,93	3,92	6,70	0,06	1,42	2,15
más de 30000	0,00	0,00	0,29	0,08	2,74	4,17	0,46	4,00	5,63	0,04	1,34	2,41
TOTAL	100,00	100,0	100,00	100,00	100,00	100,00	100,00	100,00	100,00	100,00	100,00	100,00

FUENTE: *Elaboración propia en base al catastro rural, 1988.*

Confrontando los Cuadros Nº 15 y Nº 16, se puede verificar que la reasignación de partidas y de superficie, afecta de una forma homogénea a los diferentes estratos de tamaño tanto en el caso de las personas físicas como en el de las jurídicas. Esta situación que caracteriza a las formas de propiedad que se ubican en el origen de la reasignación cambia drásticamente cuando se detiene la atención en el lugar de destino de las mismas. Las partidas y la superficie que pertenece a los nuevos propietarios se ubican en los estratos de tamaño de mayor superficie con una intensidad superior incluso a la que presenta la misma distribución en el caso de las personas jurídicas. Esto se debe a que, tal como los ponen de manifiesto los ejemplos específicos precedentemente tratados, los propietarios que desaparecen de las personas físicas y jurídicas, convergen entre sí para dar lugar a un nuevo propietario que tiene una superficie igual al total que tenían los que lo integran. De allí que la desaparición de 8.641 propietarios dé lugar a la conformación de, solamente, 1.507 nuevos propietarios.

Las marcadas diferencias en la distribución de la superficie se ponen de manifiesto cuando se confrontan el tamaño medio de los propietarios en los tres casos. Las personas físicas tienen un promedio de 411 hectáreas, las jurídicas 1.114 hectáreas y los nuevos propietarios 3.077 hectáreas.

A partir de estos resultados, es imprescindible profundizar el análisis acerca de la cantidad y características que tienen las vinculaciones económicas que conviven dentro de la estimación de titular -destinatario.

La hipótesis inicial era que el entrecruzamiento del titular con el destinatario permitía captar el conjunto de las formas de propiedad, simples y complejas existentes en el agro bonaerense, lo cual implicaba haber encontrado un "atajo" metodológico que evitaba tener que definir otras formas más complejas y encarar trabajos de mayor envergadura.

Para comprobar su veracidad se realizaron múltiples estudios de casos de personas físicas y/o jurídicas, en base a las asociaciones de las personas físicas y de la nómina de accionistas y de directores de las sociedades.

Sobre dicha base se estableció que los nuevos propietarios que se generan a partir de la estimación titular-destinatario se constituyen, efectivamente, a partir de vinculaciones de propiedad. Es decir que capta las formas de propiedad simples (persona física y persona jurídica) pero también las vinculaciones de propiedad que caracterizan a las formas de propiedad complejas como la asociación entre personas físicas y los grupos societarios.

Los casos de la familia Duhau y de las sociedades Bella SA, Beraza y Hermosilla SA y Yutuyaco SA son elocuentes a este respecto, ya que en ambos casos el agrupamiento de las partidas se origina, efectivamente, en relaciones de propiedad. Sin embargo, lo que también ponen al descubierto estos casos así como otros muchos que fueron estudiados, es que son, únicamente, una parte del total de sociedades y personas físicas (y por lo tanto de las propiedades inmobiliarias) que en la realidad componen a estos propietarios. Específicamente para los casos mencionados se comprobó que las propiedades agropecuarias de la familia aludida precedentemente, son significativamente más extensas y que las sociedades aludidas son sólo algunas de las que integran el grupo de sociedades al que pertenecen.

También, las evaluaciones realizadas permitieron establecer que la estimación en cuestión capta otras vinculaciones económicas que no están basadas en relaciones de propiedad. Algunas de ellas referidas a propiedades rurales familiares que presumiblemente funcionan conjuntamente, otras basadas en los que pueden denominarse "arrendamientos estables" y finalmente las derivadas de la administración de establecimientos rurales que son las de menor importancia.

Ejemplos de las primeras, es decir de las vinculaciones económicas que se establecen con otros miembros del grupo familiar cuyas propiedades funcionan, presuntamente, en forma articulada pero sin mediar relaciones jurídicas de propiedad entre ellos, serán analizados más adelante, cuando se aborde la temática de los condominios.

Por otra parte, están los "arrendamientos estables", es decir aquellos arrendamientos que tienen varios años de antigüedad y en los cuales el arrendatario asume el pago de la carga impositiva, figurando, en consecuencia como destinatario postal de la misma. En el Cuadro Nº 17 se presenta un caso en donde el entrecruzamiento entre titular y destinatario no es el resultado de vinculaciones derivadas de la propiedad sino de un presunto contrato de arrendamiento. Se trata de un propietario constituido por BREMUR SA y la familia Deferrari que controla 7.508 hectáreas en los partidos de González Chávez, San Cayetano y Tres Arroyos divididos en 30 fracciones. Los elementos disponibles llevan a asumir que BREMUR SA aparece como destinatario postal de la mencionada familia debido presuntamente a un contrato de arrendamiento o, lo que es menos probable, a un acuerdo de administración pero no a vínculos de propiedad, debido a que la mencionada sociedad no es propiedad de la familia Deferrari sino de la familia Brea-Murphy.

En efecto, la asamblea de accionistas realizada en 1989 permite

CUADRO Nº 17
Estimación de titular-destinatario:
Ejemplo de un agrupamiento de partidas
originada en un presunto acuerdo de arrendamiento.

PDO	PDA	TITULAR	DESTINATARIO POSTAL	DIRECCIÓN	SUP.	CODTI	CDEST	CODTD
051	003373	BREMUR S. A.	SOJO ENRIQUE	JUNCAL 615	219	1200	0	1200
051	011584	BREMUR S. A.	BREMUR S.A.	JUNCAL 615	178	1200	1200	1200
051	011708	BREMUR S. A.	BREMUR S.A.	JUNCAL 615	133	1200	1200	1200
051	010462	BREMUR S. A.	BREMUR S.A.	JUNCAL 615	165	1200	1200	1200
051	011583	BREMUR S. A.	BREMUR	JUNCAL 615	206	1200	1200	1200
051	011707	BREMUR S. A.	BREMUR S.A.	JUNCAL 615	208	1200	1200	1200
051	000536	BREMUR S. A.	BREMUR S.A.	JUNCAL 615	194	1200	1200	1200
051	011709	BREMUR S. A.	BREMUR S.A.	JUNCAL 615	131	1200	1200	1200
051	011521	DEFERRARI CARLOS ALBERTO	DEFERRARI CARLOS A.	C. CORREO 119	241	40249	0	1200
051	010464	DEFERRARI EDMUNDO AMERICO	BREMUR S.A.	JUNCAL 615	220	40250	1200	1200
051	010463	DEFERRARI EDMUNDO AMERICO	BREMUR S.A.	JUNCAL 615	220	40250	1200	1200
051	003374	DEFERRARI EDMUNDO AMERICO	BREMUR S.A.	JUNCAL 615	220	40250	1200	1200
116	005127	DEFERRARI EDMUNDO AMERICO	DEFERRARI EDMUNDO	JUNCAL 691	435	40250	2196	1200
116	007801	DEFERRARI EDMUNDO AMERICO	DEFERRARI EDMUNDO A.	JUNCAL 691	238	40250	2196	1200
116	007802	DEFERRARI EDMUNDO AMERICO	DEFERRARI EDMUNDO A.	JUNCAL 691	433	40250	2196	1200
108	052436	DEFERRARI JAVIER FERNANDO	DEFERRARI R. M. Y OTS.	CALLAO 1584	387	80212	0	1200
051	011993	DEFERRARI RAMON MARIA	DEFERRARI EDMUNDO A.	JUNCAL 691	280	80211	2196	1200
051	003372	DEFERRARI RAMON MARIA	DEFERRARI EDMUNDO A.	JUNCAL 691	188	80211	2196	1200

(*Cuadro Nº 17, continuación*)

PDO	PDA	CODTI	CDEST		CODTD		
051	011994	DEFFERRARI RAMON MARIA	DEFFERRARI EDMUNDO A.	JUNCAL 691	141	80211	2196	1200
051	011995	DEFFERRARI RAMON MARIA	DEFFERRARI EDMUNDO A.	JUNCAL 69	140	80211	2196	1200
116	007800	DEFFERRARI CARLOS ALBERTO	DEFFERRARI F. LUIS	C. CORREO 119	238	40249	0	1200
108	053502	DEFFERRARI CARLOS ALBERTO	DEFFERRARI EUG. A. DE	C. CORREO 119	91	40249	0	1200
108	035962	DEFFERRARI CLAUDIA MARIA	DEFFERRARI MERCEDES	LIBERTADOR 3000	204	0	2201	1200
051	011519	DEFFERRARI EDMUNDO AMERICO	DEFFERRARI EDMUNDO A.	JUNCAL 691	239	40250	2196	1200
051	011520	DEFFERRARI EDMUNDO AMERICO	DEFFERRARI EDMUNDO A.	JUNCAL 691	313	40250	2196	1200
051	011523	DEFFERRARI EDMUNDO AMERICO	DEFFERRARI EDMUNDO A.	JUNCAL 691	494	40250	2196	1200
051	011522	DEFFERRARI EDMUNDO AMERICO	DEFFERRARI MERCEDES	C. CORREO 119	247	40250	2201	1200
051	006604	DEFFERRARI EDMUNDO AMERICO	DE FERRARI EDMUNDO A.	C. CORREO 119	358	40250	2196	1200
116	005079	DEFFERRARI FRANCISCO LUIS	DEFFERRARI EDMUNDO A.	JUNCAL 691	238	0	2196	1200
116	005080	DEFFERRARI JAVIER FERNANDO	DEFFERRARI EDMUNDO A.	JUNCAL 691	238	80212	2196	1200
108	035963	DEFFERRARI MERCEDES EUGENIA	DEFFERRARI MERCEDES	LIBERTADOR 3000	179	0	2201	1200
051	004453	DEFFERRARI EDMUNDO AMERICO	DEFFERRARI EDMUNDO	C.CORREO 119	715	40250	2196	1200
051	006605	BREA MARIA CRISTINA	BREMUR S.A.	JUNCAL 615	147	0	1200	1200

PDO: *Código de partido provincial*
PDA.:   *Código de partida inmobiliaria*
CODTI: *Código de titular*
CDEST: *Código de destinatario*
CODTD: *Código de titular-destinatario*

FUENTE: *Elaboración propia en base al catastro inmobiliario rural, 1988* comprobar que el 99,9% del capital de BREMUR SA pertenecen a Teodosio C. Brea mientras que el 0,1% restante es propiedad de Josefina Murphy de Brea.

Finalmente, también están presentes pero como se dijo en una medida significativamente menor, los propietarios que tienen una administración común y en las cuales al figurar el administrador como destinatario postal de las mismas genera el agrupamiento de todas ellas a pesar de que en la realidad pertenecen a propietarios distintos *e independientes entre sí*.

En conclusión, la estimación de titular-destinatario no puede tomarse como una estimación concluyente sobre la propiedad agropecuaria porque si bien capta las formas de propiedad complejas lo hace fragmentariamente tanto porque los casos que aparecen en realidad tienen mayores dimensiones como porque muchos de los casos que existen no son captados por ella. También porque aun cuando minoritariamente, están presentes en ella vinculaciones económicas que no se sustentan en relaciones de propiedad. Finalmente, porque la separación entre una y otra situación (formas de propiedad complejas y otras vinculaciones económicas) no es posible a menos que se encare un análisis de caso por caso, tarea que sólo se justificaría si las dos restricciones anteriores (los arrendamientos estables y las administraciones comunes) no existieran.

A pesar de que esta estimación no pueda considerarse como definitiva o concluyente, debe ser tomada muy en cuenta porque brinda enormes posibilidades analíticas debido a la riqueza de vinculaciones económicas que contiene. Pero lo que es significativamente más importante, ella genera un avance cualitativo en la problemática de la propiedad agropecuaria al establecer que la misma no se ejerce, exclusivamente mediante las personas físicas o las personas jurídicas sino que también están presentes y tienen suma importancia las formas más complejas de propiedad tal como la asociación entre personas físicas y los grupos societarios. Yendo más lejos aún, si se tiene en cuenta la forma fragmentaria en que capta las formas de propiedad compleja, la estimación de titular-destinatario pone en tela de juicio el predominio que tradicionalmente ejercieron las personas físicas sobre las otras formas de propiedad en el agro pampeano.

Cuatro

ESTIMACION DE PROPIETARIO

4.1 Importancia de los condominios
en la propiedad agropecuaria

Analizar la fisonomía de la propiedad agropecuaria considerando el titular y el destinatario postal acarrea una severa simplificación porque supone que todas las propiedades inmobiliarias tienen exclusivamente un sólo propietario. Sin embargo este supuesto no se condice con el hecho de que numerosos establecimientos rurales pertenecen a varias personas, realidad que se expresa en los usos y costumbres del quehacer agropecuario. Cuando en el medio rural se quiere identificar al propietario de determinada estancia se alude, en reiteradas ocasiones, al "campo de los Pereyra Iraola" por ejemplo y no al de "Rafael Pereyra Iraola", no ocurriendo lo mismo cuando el propietario es una sociedad, en cuyo caso se señala que se trata del "campo de Comega" por ejemplo o en términos más amplios del "campo de Bunge y Born".

Ciertamente, las consecuencias de considerar un solo titular o todos los propietarios de cada una de las partidas inmobiliarias son relevantes. En la primera alternativa, la propiedad rural basada en la asociación de varios personas se puede captar parcialmente mediante la estimación de titular-destinatario como lo demuestra el ejemplo de la familia Duhau analizado precedentemente. Pero dicha estimación no sólo deja afuera un número muy significativo de casos sino que los que capta no pueden diferenciarse de las otras vinculaciones económicas (por ejemplo los "arrendamientos estables") que también están presentes en dicha estimación. Por el contrario, cuando se toman en cuenta todos los propietarios y no únicamente el que figura como titular, se pueden identificar todas las propiedades que tienen la propiedad compartida pudiéndose entonces evaluar las distintas maneras en que se despliegan dichas asociaciones.

Si bien los trabajos recientes no analizan estas asociaciones, las mismas no sólo son relevantes en términos cuantitativos sino que tienen una antigua existencia por estar vinculadas, en la propiedad agropecuaria, a la transmisión hereditaria de la tierra. En efecto, la propiedad compartida de inmuebles rurales se plasma en el condominio, forma de propiedad que no se origina, generalmente, en una relación contractual sino que proviene de una sucesión. De allí entonces que los propietarios del condominio sean integrantes de un mismo grupo familiar teniendo la mayoría de ellos, como se verá con detalle más adelante, el mismo apellido. [22]

En términos jurídicos, el condominio es la propiedad indivisa que ejercen varios individuos y/o sociedades sobre una cosa mueble o inmueble y que puede originarse en una disposición de última voluntad (por medio de un testamento se puede establecer que una propiedad no sea dividida por el término de cinco años) o de un contrato (por ejemplo la compra de un bien en común). Asimismo, una propiedad queda en condominio entre los herederos mientras no se realice la partición de la herencia. [23]

Cada condómino está facultado a disponer de su parte indivisa (venderla, gravarla, etc.) pero no puede ejercer, sin el acuerdo del resto de los condóminos, acto alguno de propiedad sobre el mismo. Las decisiones se toman por mayoría absoluta, siendo el voto de cada condómino proporcional a su participación en la propiedad común. Para tomar decisiones, se requiere la presencia de todos los condóminos y el que funciona como administrador es un mandatario de los restantes. Cualquier condómino puede solicitar la división del condominio, limitándose la validez de los acuerdos para renunciar al pedido de división a un lapso máximo de cinco años, que puede ser renovado.

La propiedad que ejerce el condómino es distinta a la forma en que la ejerce la persona física pero también diferente a la de las sociedades. Un condómino puede vender su parte, en cualquier momento, a un tercero sin que sea necesario, como ocurre en las sociedades de personas, el consentimiento de los demás condóminos. Asimismo, el condómino tiene la posibilidad de solicitar la división del condominio y poner fin de esta manera a esta forma de propiedad compartida. Las sociedades en cambio, solo pueden disolverse antes de la expiración del plazo para el cual han sido creadas, siempre que medie la decisión de los socios o se configure algún otro supuesto legal (quiebra, imposibilidad de lograr el objeto de creación, pérdida de capital, etc.).

El conjunto de normas jurídicas que rigen la existencia del condominio le imponen un carácter inestable o transitorio. Rasgo que debe ser tenido muy en cuenta, en el momento de interpretar las transformaciones que se registran en la propiedad agropecuaria durante las últimas décadas e intentar delinear sus tendencias futuras.

Esta forma de propiedad tiene una presencia muy significativa en la propiedad agropecuaria bonaerense tanto por la cantidad de partidas inmobiliarias como por la superficie rural que se encuentran en esas condiciones.

En la muestra del catastro rural bonaerense considerada en este trabajo, hay 25.054 partidas inmobiliarias en condominio que en conjunto tienen 5.953.521 hectáreas, las cuales representan el 29,5% de las partidas y el 27,8% de la superficie que componen la muestra (Cuadro Nº 18),

CUADRO Nº 18
Catastro inmobiliario rural:
Distribución e incidencia de los condominios
en la muestra, según el tamaño de las partidas, 1988.

HECTÁREAS	*MUESTRA*		*TOTAL DE CONDOMINIOS*			
POR PARTIDA	*Partidas*	*Superficie (Has.)*	*Partidas*	*% del estrato*	*Superficie (Has.)*	*% del estrato*
hasta 400	71.372	9.697.191	21.401	30,0	3.041.674	31,4
401 - 700	8.202	4.291.788	2.321	28,3	1.211.284	28,2
701 - 1000	2.535	2.115.235	665	26,2	554.264	26,2
1001 - 3000	2.722	4.203.422	623	22,9	937.048	22,3
3001 - 5000	163	621.575	31	19,0	119.224	19,2
5001 - 10000	48	321.114	12	25,0	73.800	23,0
10001 - 20000	6	83.148	1	16,7	16.227	19,5
20001 - 25000	3	67.859	0	0,0	0	0,0
más de 25000	1	32.954	0	0,0	0	0,0
TOTAL	85.052	21.434.286	25.054	29,5	5.953.521	27,8

FUENTE: Elaborado en base al catastro inmobiliario rural, 1988.

En términos de los estratos de tamaño, la incidencia de los condominios en las partidas y la superficie del conjunto de la muestra, es ma-

Padrón inmobiliario:
Distribución de la cantidad de partidas y de la superficie
de los condominios que pertenecen a personas físicas
y a personas jurídicas, según el tamaño de las partidas, 1988.

A) PARTIDAS

HECTÁREAS POR PARTIDA	TOTAL		PERS. FÍSICAS		PERS. JURÍDICAS	
	Partidas	%	Partidas	%	Partidas	%
hasta 400	21.401	85,4	21.159	85,6	242	70,6
401 - 700	2.321	9,3	2.269	9,2	52	15,2
701 - 1000	665	2,7	646	2,6	19	5,5
1001 - 3000	623	2,5	596	2,4	27	7,9
3001 - 5000	31	0,1	28	0,1	3	0,9
5001 - 10000	12	0,1	12	0,1	0	0,0
10001 - 20000	1	0,0	1	0,0	0	0,0
20001 - 30000	0	0,0	0	0,0	0	0,0
más de 30000	0	0,0	0	0,0	0	0,0
TOTAL	25.054	100,0	24.711	100,0	343	100

B) SUPERFICIE

HECTÁREAS POR PARTIDA	TOTAL		PERSONAS FÍSICAS		PERS. JURÍDICAS	
	Hectáreas	%	Hectáreas	%	Hectáreas	%
hasta 400	3.041.674	51,1	2.998.339	51,6	43.335	30,40
401 - 700	1.211.284	20,4	1.184.335	20,4	26.949	18,90
701 - 1000	554.264	9,3	538.198	9,3	16.066	11,27
1001 - 3000	937.048	15,7	892.828	15,4	44.220	31,02
3001 - 5000	119.224	2,0	107.239	1,9	11.985	8,41
5001 - 10000	73.800	1,2	73.800	1,3	0	0,00
10001 - 20000	16.227	0,3	16.227	0,3	0	0,00
20001 - 30000	0	0,0	0	0,0	0	0,00
más de 30000	0	0,0	0	0,0	0	0,00
TOTAL	5.953.521	100,0	5.810.966	100,00	142.555	100,00

FUENTE: *Elaboración propia en base al catastro inmobiliario rural, 1988.*

yor en aquellos más pequeños (30,0% y 31,4% respectivamente) y decrece a medida que aumenta el tamaño, no existiendo ningún condominio en los dos estratos mayores (Cuadro N⁰ 18). Si se analiza la distribución de los condominios, se comprueba que en el estrato más pequeño (menos de 400 hectáreas) se concentran el 85,4% de las partidas y el 51,1% de la superficie (Cuadro N⁰ 19).

Si bien desde el punto de vista legal los integrantes del condominio pueden ser individuos y/o sociedades, en la realidad una abrumadora mayoría de ellos son el resultado de la asociación de personas físicas. En efecto, en el Cuadro N⁰ 19 se verifica que el 98,6% de los titulares de las partidas en condominio son individuos y solamente el 1,4% sociedades.[24] De las 343 personas jurídicas que participan como titulares en los condominios, 220 son sociedades anónimas y 79 sociedades en comandita por acciones.

La importancia de los condominios radica no sólo en su impacto directo (su incidencia en la cantidad de partidas y en la superficie agropecuaria) sino también en que generan una variada gama de relaciones de propiedad. Este efecto indirecto de los condominios involucra a un cuantioso número de propietarios y por lo tanto de partidas inmobiliarias y superficie rural.

En el Diagrama N⁰ 2 se expone un caso cuyo análisis permite observar los efectos indirectos que generan los condominios en términos de la propiedad agropecuaria. Se trata de las propiedades de Elsa E. M. Pickenpack y Enrique Pablo Pickenpack en el partido de Carmen de Patagones.

Si se analiza este caso de acuerdo a la estimación de titular y por lo tanto se dejan de lado los condóminos, se obtiene dos propietarios (Elsa E.M. y Enrique Pablo Pickenpack) que tienen, respectivamente, 10.896 y 4.110 hectáreas. Dichas extensiones son el resultado de sumar la superficie de las dos partidas en que cada uno de ellos figura como titular, es decir 9.435 y 1.461 hectáreas para el primer propietario y 1.940 y 2.170 hectáreas para el segundo.

Por el contrario, si se tienen en cuenta al titular y también a los condóminos de cada una de las parcelas así como a sus respectivas participaciones, se obtiene un propietario (que comprende a dos personas físicas) con cuatro partidas inmobiliarias y una superficie de 15.006 hectáreas.

De esta forma, mediante el condominio se expresa una forma de propiedad basada en la asociación de personas físicas que redefine la distribución de la tierra al agrupar las parcelas inmobiliarias que figuran con diferentes titulares.

A partir de lo dicho se puede afirmar que en la propiedad agropecuaria no están presentes únicamente la que ejercen los individuos y las

DIAGRAMA Nº 2
Condominio:
Forma en que se vinculan mediante la propiedad
los integrantes de un grupo familiar (familia Pinckenpack)

Partido	Partida	Titular	Destinatario	Has.	Condómino	Participación
Carmen de Patagones	2967	**Pickenpack Elsa E. M.**	Pickenpack Elsa E. M.	9.435	**Pickenpack Enrique Pablo**	50% de la partida
Carmen de Patagones	0926	**Pickenpack Elsa E. M.**	Pickenpack Elsa E. M.	1.461	**Pickenpack Enrique Pablo**	50% de la partida

Partido	Partida	Titular	Destinatario	Has.	Condómino	Participación
Carmen de Patagones	0943	**Pickenpack Enrique Pablo**	Pickenpack Enrique Pablo	1.940	**Pickenpack Elsa E. M.**	50% de la partida
Carmen de Patagones	0802	**Pickenpack Enrique Pablo**	Pickenpack Enrique Pablo	2.170	**Pickenpack Elsa E. M.**	50% de la partida

Fuente: Elaboración propia en base al catastro inmobiliario rural, 1988.

sociedades, sino que también tiene una presencia difundida los condominios. Sin embargo, la estimaciones que se realizaron hasta este momento, no los han considerado o lo han hecho en forma fragmentaria.

La de titular, al tomar en cuenta solamente el propietario que aleatoriamente se considera como titular de la partida, subestima muy pronunciadamente las tierras que efectivamente tiene cada propietario porque deja de lado las relaciones de propiedad que determinan el resto de los condóminos. Asimismo, por la misma razón, incrementa artificialmente y de manera significativa, el número de propietarios existentes.

La de destinatario, si bien permite una mejor aproximación que la anterior a la distribución de la tierra considerando la propiedad de la misma, detecta sólo una parte ínfima de las relaciones de propiedad que determinan los condominios al mismo tiempo que incorpora otras relaciones económicas.

La de titular-destinatario es la que permite evaluar la propiedad de la tierra más ajustadamente. Sin embargo, tampoco capta acabadamente las relaciones derivadas de los condominios y, como se dijo anteriormente, contiene otras vinculaciones económicas como las propiedades familiares que funcionan coordinadamente así como las distorsiones derivadas de los denominados "arrendamientos estables" en tanto incorpora las tierras arrendadas por determinado propietario y desestima las arrendadas por éste a otros productores.

Finalmente es pertinente señalar que la codificación de persona jurídica y también la de persona física adolecen de las mismas limitaciones que la de titular ya que, por la metodología utilizada, dichas codificaciones operan en base a dicha estimación.

La incorporación de los condominios en el análisis de la propiedad, implica realizar una nueva estimación que tenga en cuenta todos los efectos directos e indirectos que los mismos traen aparejados. Con esta intención se adoptó la *estimación de propietario* definida como el agrupamiento de las partidas inmobiliarias que pertenecen a personas físicas y/o jurídicas que comparten la propiedad de algunas de ellas, figurando como titulares o condóminos en el padrón inmobiliario.

4.2 Variables y bases de datos

Metodológicamente, esta estimación es significativamente más compleja que las anteriores porque exige la incorporación de una nueva variable y a partir de ella de otras bases de datos que interactúan entre ellas y con las preexistentes.

La nueva variable que se incorpora consiste en el nombre y el apellido de los otros propietarios (condóminos) y su participación porcentual en cada una de las partidas que están en condominio. En todas ellas, el condómino que figura como titular es únicamente uno de los propietarios y se elige aleatoriamente y no debido a su mayor participación en el condominio. Además de aleatorio, el titular no es fijo ya que muy frecuentemente se modifica de un año a otro. La incorporación de esta variable da lugar a la conformación de dos bases de datos.

En primer término, se incorpora la Base de Condóminos (B) que está constituida por los propietarios de las partidas inmobiliarias (condóminos) que no figuran como titulares de los mismos (Diagrama Nº 3). Esta base está compuesta por 48.036 condóminos que participan en la propiedad de 19.498 parcelas que integran la base de datos original. En segundo lugar, se incorpora otra base que contiene a los condóminos de las partidas que integran la base C (C2+C4).

La interacción de la base de datos original (A) con la base de condóminos (B) permite identificar las parcelas relacionadas por tener propietarios comunes ya sea porque uno de los titulares es condómino del otro o porque ambos tienen condóminos comunes.

DIAGRAMA N° 3
Bases de datos utilizadas en la estimación de propietario.

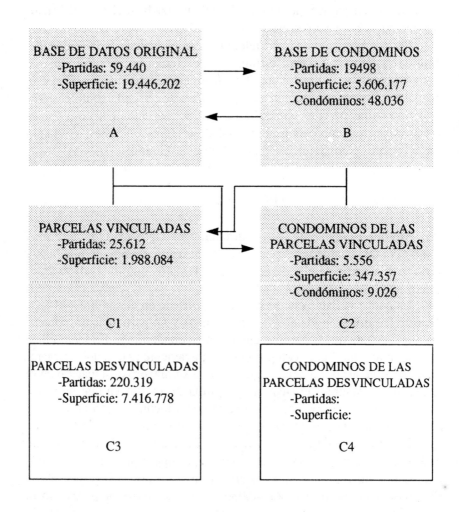

Asimismo, la interacción de ambas con la base que contiene el resto de las partidas inmobiliarias y sus titulares (C1+C3) y la que abarca a los condóminos de ellas (C2+C4) permite identificar las partidas que se vinculan a partir del titular o de los condóminos. Sobre la base de este último procedimiento se obtienen, tal como se observa en el Diagrama Nº 3, la base de parcelas vinculadas (C1) y de condóminos de las parcelas vinculadas (C2).

Cabe señalar que en esta investigación, no se realizaron todas las interacciones posibles entre las mencionadas bases de datos (Diagrama Nº 4). Como se explicó precedentemente se identificaron, las partidas inmobiliarias de la base C que estaban vinculadas por su propiedad con la base original (A) y con la de condóminos (B) pero no se prosiguió la búsqueda en base a los *nuevos* propietarios (ya sea que figuren como titulares o condóminos) de las parcelas incorporadas (C1 y C2). A juzgar por la drástica disminución del número de condóminos a medida que disminuye el tamaño de las partidas, la no realización de las mencionadas interacciones no parece dejar de lado agrupamientos significativos.

Mayor trascendencia parecen tener, sobre todo cuando se quieren relacionar los resultados obtenidos de la muestra con la superficie total bonaerense, no haber agrupado las partidas inmobiliarias que teniendo todas ellas una valuación fiscal menor a 170 mil australes en diciembre de 1987, pertenecen a un mismo propietario o conjunto de ellos. Cuando efectivamente se relacionen los resultados de la muestra con la superficie total de la provincia se estará suponiendo que las partidas que están fuera de la primera (220.319 con 7.416.778 hectáreas tal como figura en la base C3 del Diagrama Nº 3) no dan lugar a ningún tipo de agrupamiento, es decir que pertenecen a propietarios distintos, lo cual no es cierto porque entre ellas también se producen agrupamientos de propiedad, aun cuando los mismos tienen menor incidencia que los efectivamente computados.

La interacción de los nuevos propietarios que se agregan, es decir aquellos que no figuran en la base A y B, con los titulares y los condóminos de las parcelas desvinculadas (C3 y C4) permiten identificar relaciones de propiedad cuando coinciden el nombre del titular y del destinatario postal o el nombre del titular y la dirección postal.

4.3 Distribución de la superficie agropecuaria

Sobre esta base metodológica se determinó la distribución de los propietarios, partidas y superficie de acuerdo a los estratos de tamaño de

DIAGRAMA Nº 4
Interacciones entre las bases de datos
no realizadas en la investigación.

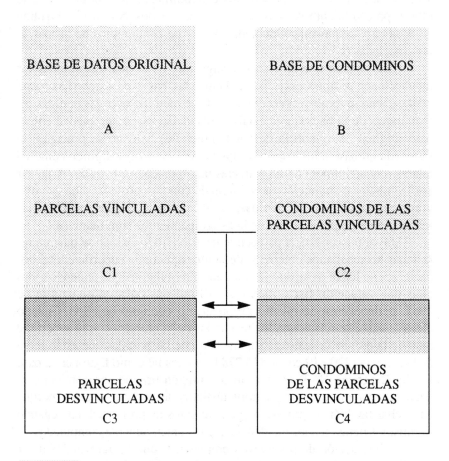

BASE DE DATOS UTILIZADA EN LA INVESTIGACION

PARCELAS VINCULADAS A PARTIR DE LAS SUCESIVAS
INTERACCIONES

los propietarios. Los resultados de la estimación de propietario, indican que hay 33.729 propietarios que en promedio tienen 2,5 partidas y una superficie promedio de 635 hectáreas. La significación que tienen surge con claridad si se tiene en cuenta que las 85.052 partidas inmobiliarias que componen la muestra se distribuyen ahora entre 33.729 propietarios, lo cual indica que se han agrupado el 62,3% de las partidas inmobiliarias que componen la muestra (Cuadro N° 20).

En la distribución de los propietarios de acuerdo a los estratos que indican la cantidad de hectáreas de cada propietario se percibe una marcada discrepancia respecto a la que presentan las partidas y sobre todo la superficie agropecuaria. En efecto, los propietarios que tienen hasta 400 hectáreas representan el 61,2% de los propietarios totales pero controlan una proporción menor de las partidas (38,4%) y más baja aún de la superficie (17,4%).

A la inversa, los propietarios con más de 30 mil hectáreas son únicamente 6 (0,02% del total) pero tienen 475 partidas (0,6%) y 294.902 hectáreas (1,4%). Entre ambos extremos, se encuentran los propietarios con mayor incidencia en términos de superficie, aquellos que tienen en-

CUADRO N° 20
Estimación de propietario:
Distribución de los propietarios, partidas y superficie
según el tamaño de los propietarios (1988).
(en valores absolutos y hectáreas)

HAS. POR *PROPIETARIO*	*PROPIETARIOS*		*PARTIDAS*		*SUPERFICIE*		*TAMAÑO MEDIO*	
	cant.	*%*	*cant.*	*%*	*hectárea*	*%*	*part./prop.*	*has./prop.*
hasta 400	20.642	61,2	32.640	38,4	3.728.899	17,4	1,6	180,6
401 - 700	5.331	15,8	13.484	15,9	2.822.903	13,2	2,5	529,5
701 - 1000	2.509	7,4	8.111	9,5	2.105.628	9,8	3,2	839,2
1001 - 3000	4.237	12,6	19.601	23,0	6.921.500	32,3	4,6	1.633,6
3001 - 5000	626	1,9	4.975	5,8	2.393.212	11,2	7,9	3.823,0
5001 - 10000	297	0,9	3.371	4,0	1.964.556	9,2	11,4	6.614,7
10001 - 20000	67	0,2	1.478	1,7	855.338	4,0	22,1	12.766,2
20001 - 30000	14	0,04	917	1,1	347.348	1,6	65,5	24.810,6
más de 30000	6	0,02	475	0,6	294.902	1,4	79,2	49.150,3
TOTAL	33.729	100,00	85.052	100,00	21.434.286	100,0	2,5	635,5

FUENTE: Elaboración propia en base al catastro inmobiliario rural, 1988.

tre 1.001 y 3.000 hectáreas ya que concentran el 32,3% de la misma y el 12,6% y el 23,0% de las partidas y de la superficie muestral respectivamente.

Si bien no llaman la atención las marcadas diferencias en la superficie media de los estratos, en tanto los mismos se definen sobre la base

91

de la superficie, sí lo hacen las acentuadas diferencias en la cantidad promedio de partidas que tiene cada uno de ellos. En efecto, mientras que los primeros estratos tienen en promedio 1,6 y 2,5 partidas por propietario, los de mayor superficies tienen 65,5 y 79,2 respectivamente (Cuadro N° 20).

Los resultados de la estimación de propietario son producto de una acentuada redistribución de las partidas y de la superficie que componen la muestra catastral que se origina en las partidas menores que tienen hasta 1.000 hectáreas y se dirige hacia los estratos de mayor tamaño.

El cuadro N° 21 indica, en términos de las partidas, que los estratos más pequeños (hasta 1.000 hectáreas) pierden 27.874 partidas de las cuales 21.691 se localizan en el estrato que tiene de 1.001 a 5.000 hectáreas y 6.182 en el de más de 5.000 hectáreas. En términos de superficie, señala que se reasignan 7.446.784 hectáreas, de las cuales el 60% (4.489.715) tienen como destino el estrato intermedio y el 40% restante (2.957.069) el de más de 5.000 hectáreas. Si bien, dentro del estrato de mayor superficie, el 55% de las partidas y de la superficie que recibe, engrosan las de los propietarios que tienen entre 5.001 y 10.000 hectáreas, cabe destacar que los de más de 30 mil hectáreas reciben 474 partidas y 261.948 hectáreas, cuando en el padrón inmobiliario hay solamente una partida de 32.954 hectáreas.

La estimación de propietario también trae como consecuencia una modificación del número de propietarios y de la distribución de las partidas y la superficie que resultan de las estimaciones iniciales. Una primera confrontación entre ellas, provee resultados sugerentes. Por una parte, la de propietario, en términos de concentración, considerando por ejemplo los propietarios com más de 5.000 hectáreas, se ubica entre la de destinatario y la de titular-destinatario ya que dichos propietarios concentran 3,5 millones de hectáreas mientras que en las otras los mismos propietarios tienen 3,1 millones de hectáreas y 4,4 millones de hectáreas, respectivamente. Por otra, presenta un número total de propietarios (33.729) menor a cualquiera de las otras, inclusive la de titular-destinatario (34.202) (ver Cuadros N° 11, 12 y 13).

Ambos rasgos indican que si bien la estimación de propietario genera un mayor agrupamiento de partidas que la de titular-destinatario, el mismo opera con mayor intensidad en los estratos de menor tamaño. En efecto, la reasignación de partidas que se produce cuando se confrontan ambas estimaciones, indica que al pasar de la de titular-destinatario a la de propietario hay 2.637 partidas que se desplazan desde los propietarios

CUADRO Nº 21
Estimación de propietario:
Redistribución de las partidas y de la superficie
entre el catastro inmobiliario y la estimación de propietario, 1988.

(A) PARTIDAS

HECTÁREAS POR PROPIETARIO	CATASTRO INMOBILIARIO		ESTIMACIÓN DE PROPIETARIO		REDISTRIBUCIÓN DE PARTIDAS
	cantidad	%	cantidad	%	
hasta 1000	82.109	96,540	54.235	63,77	-27.874
1001 - 5000	2.885	3,392	24.576	28,90	21.691
más de 5000	58	0,068	6.241	7,34	6.183
5001 - 10000	48	0,056	3.371	3,96	3.323
10001 - 20000	6	0,007	1.478	1,74	1.472
20001 - 30000	3	0,004	917	1,08	914
más de 30000	1	0,001	475	0,56	474
TOTAL	85.052	100,00	85.052	100,00	

(B) SUPERFICIE

HECTÁREAS POR PROPIETARIO	CATASTRO INMOBILIARIO		ESTIMACIÓN DE PROPIETARIO		REDISTRIBUCIÓN DE SUPERFICIE
	cantidad	%	cantidad	%	
hasta 1000	16.104.214	75,13	8.657.430	40,39	-7.446.784
1001 - 5000	4.824.997	22,51	9.314.712	43,46	4.489.715
más de 5000	505.075	2,36	3.462.144	16,15	2.957.069
5001 - 10000	321.114	1,50	1.964.556	9,17	1.643.442
10001 - 20000	83.148	0,39	855.338	3,99	772.190
20001 - 30000	67.859	0,32	347.348	1,62	279.489
más de 30000	32.954	0,15	294.902	1,38	261.948
TOTAL	21.434.286	100,00	21.434.286	100,0	

FUENTE: Elaboración propia en base al catastro inmobiliario rural, 1988.

con más de 5.000 hectáreas hacia los que tienen una menor extensión, lo cual trae aparejado la redistribución de 964.008 hectáreas en la misma dirección (Cuadro Nº 22). Si se tienen en cuenta que la estimación de titular-destinatario capta parcialmente la presencia de los grupos de sociedades y la de propietario no lo hace, surge claramente que la mayor concentración de tierra en la cúpula de los propietarios que presenta la primera de las estimaciones mencionadas está estrechamente, aún cuando no exclusivamente, vinculada a esos fragmentos de grupos societarios que capta la de titular-destinatario y que por definición no están presentes en la de propietario.

4.4 Incidencia de las distintas formas de propiedad en la estimación de propietario

Teniendo como marco los resultados agregados de la estimación de propietario, es posible ahondar el análisis evaluando la importancia que asumen las distintas formas de propiedad que conviven en ella. El primer paso para hacerlo, es confrontar sus alcances con el de las estimaciones iniciales para de esta manera poder determinar cuales son las modificaciones que introducen los condominios.

En términos cualitativos, se puede afirmar que la primera estimación (titular) capta plenamente las formas simples de propiedad (la que ejercen las personas físicas y las personas jurídicas) y ninguna de las formas de propiedad complejas (Cuadro Nº 23).

La de destinatario, además de las formas simples, capta muy fragmentariamente las formas complejas (condominio, grupo económico y asociación de sociedades) e incorpora relaciones económicas que no son portadoras de vinculaciones de propiedad (tal como los "arrendamientos estables" y las administraciones de campos).

La de titular-destinatario, mejora la anterior porque tiene una superior captación de las formas complejas pero aún así lo hace fragmentariamente. Por otra parte, incorpora los agrupamientos de partidas originados en vinculaciones en acuerdos o contratos para la administración de los inmuebles y de arrendamiento.

Asimismo, están presentes parcialmente las vinculaciones económicas que se establecen con otros integrantes del grupo familiar. Esto que sin duda no es correcto desde el punto de vista estrictamente jurídico (ya que no hay constancia en el catastro inmobiliario de que las partes hayan establecido acuerdos legales al respecto) no parece ser igual en términos económicos ya que hay elementos para asumir que todos ellos forman parte de una misma unidad económica.

Finalmente, tal como se puede observar en el Cuadro Nº 23, la esti-

CUADRO Nº 22
Estimación de propietario:
Redistribución de las partidas y de la superficie
entre la estimación de titular-destinatario y la de propietario
según tamaño de los propietarios, 1988.

(A) *PARTIDAS*

HECTÁREAS POR PROPIETARIO	ESTIMACIÓN DE TITULAR-DESTINATARIO		ESTIMACIÓN DE PROPIETARIO		REDISTRIBUCIÓN DE PARTIDAS
	cantidad	%	cantidad	%	
hasta 1000	52.663	61,9	54.235	63,8	1.572
1001 - 5000	23.511	27,6	24.576	28,9	1.065
más de 5000	8.878	10,4	6.241	7,3	-2.637
5001 - 10000	4.623	5,4	3.371	4,0	1.252
10001 - 20000	1.908	2,2	1.478	1,7	430
20001 - 30000	1.210	1,4	917	1,1	293
más de 30000	1.137	1,3	475	0,6	662
TOTAL	85.052	100,0	85.052	100,0	

B) *SUPERFICIE*

HECTÁREAS POR PROPIETARIO	ESTIMACIÓN DE TITULAR-DESTINATARIO		ESTIMACIÓN DE PROPIETARIO		REDISTRIBUCIÓN DE SUPERFICIE
	cantidad	%	cantidad	%	
hasta 1000	8.237.844	38,4	8.657.430	40,4	419.586
1001 - 5000	8.770.290	40,9	9.314.712	43,5	544.422
más de 5000	4.426.152	20,6	3.462.144	16,2	-964.008
5001 - 10000	2.326.412	10,9	1.964.556	9,2	-361.596
10001 - 20000	1.122.223	5,2	855.338	4,0	-266.885
20001 - 30000	460.558	2,1	347.348	1,6	-113.210
más de 30000	516.959	2,4	294.902	1,4	-222.057
TOTAL	21.434.286	100,0	21.434.286	100,0	

FUENTE: Elaboración propia en base al catastro inmobiliario rural, 1988.

mación de propietario capta plenamente no sólo las formas simples sino también una de las formas de propiedad complejas, la asociación entre

Cuadro Nº 23

**Presencia de las formas de propiedad
en las estimaciones de titular, destinatario,
titular-destinatario y propietario.**

ESTIMACIONES REALIZADAS	FORMAS DE PROPIEDAD						OTRAS VINCULACIONES ECONÓMICAS			
	Personas Físicas	Persona Jurídica				Condominio	Grupo Económico	Otras propiedades familiares	Arrendamientos	Administraciones
		S.A.	S.C.A	S.R.L.	Otras					
TITULAR	alto	alto	alto	alto	alto					
DESTINATARIO	alto	alto	alto	alto	alto	muy fragmentario	muy fragmentario	muy fragmentario	muy fragmentario	muy fragmentario
TITULAR-DESTINATARIO	alto	alto	alto	alto	alto	fragmentario	fragmentario	fragmentario	fragmentario	fragmentario
PROPIETARIO	alto	alto	alto	alto	alto	alto				

Nivel de captación alto

Nivel de captación fragmentario

Nivel de captación muy fragmentario

Fuente: Elaboración propia

individuos que se expresa mediante los condominios. A esto se le agrega otra cualidad que consiste en que deja de lado el efecto perturbador que genera en las estimaciones de destinatario y sobre todo de titular-destinatario, la presencia de los "arrendamientos estables" y de las administraciones de los inmuebles. Sin embargo, tiene la limitación que, como se verá en detalle más adelante, deja de lado la otra forma de propiedad compleja que es relevante en la propiedad agropecuaria y que sí estaba presente, aún cuando fragmentariamente, en las anteriores formas de propiedad: los grupos societarios.

La mayor o menor cobertura que tienen las formas de propiedad no constituye una problemática abstracta o metodológica sino que al poner en juego la captación adecuada o no de millones de hectáreas, define directamente la distribución de la propiedad de la tierra, es decir la cantidad de propietarios y la superficie agropecuaria que los mismos poseen.

Cuando se afirma que una estimación mutila las formas de propiedad existentes en el agro bonaerense, significa que aquellas que capta están profundamente distorsionadas porque arbitrariamente engloban la superficie agropecuaria de las formas que no se toman en cuenta. Así por ejemplo, la estimación de titular al ignorar la existencia de las formas de propiedad complejas, le atribuye a las formas simples, que sí tiene en cuenta, la superficie agropecuaria de las primeras, sobrevaluando muy significativamente la cantidad de propietarios (individuales y societarios) que en la realidad existen.

Lo mismo ocurre cuando la captación de ciertas formas de propiedad es fragmentaria y es acompañada por otras relaciones económicas, como es el caso de la estimación de destinatario y de titular-destinatario. En efecto, al no poder diferenciar los agrupamientos de titulares, partidas y superficie que se originan en relaciones de propiedad de aquellos otros que son el resultado de contratos de arrendamiento o de acuerdos para la administración de las propiedades rurales, se vuelve inútil el intento de discriminar las distintas formas de propiedad. De esta forma aun en estas estimaciones, no hay otra opción que mantener las formas simples de propiedad con las mismas distorsiones mencionadas precedentemente.

Para verificar la magnitud que adquieren las reasignaciones de las partidas y de la superficie entre las distintas formas de propiedad, en el Cuadro Nº 24 se cuantifican las mismas cuando se considera como punto inicial la estimación de titular-destinatario y como lugar de destino la de propietario.

Considerando la estimación inicial (titular-destinatario) se puede verificar que las 51.592 partidas y las 11.452.517 hectáreas que concentran las personas físicas se dirigen en partes iguales, cuando se pasa a la estimación de propietario, a las propias personas físicas y a los condominios (el 47% de las partidas y el 52% de la superficie para las primeras y el 53% y el 48% de las respectivas variables para los condominios).

Las personas jurídicas al transitar de una a otra estimación, permanecen prácticamente inalteradas (el 94% de las partidas y de la superficie).

Por último, la categoría "otras vinculaciones", presente en la estimación titular-destinatario, es la que más se fragmenta al pasar a la estimación de propietario. Esto sucede en las tres formas de propiedad de destino. El 61% de sus partidas y el 54% de la superficie terminan localizándose en los condominios, el 23% y el 29% de dichas variables en las personas jurídicas y el resto en las personas físicas.

La fragmentación de las otras vinculaciones económicas significa que una proporción considerable de los propietarios que formaban este agregado retornan a su situación original (personas físicas o jurídicas). Así por ejemplo, el caso de las sociedades analizadas en el Cuadro Nº 10. En la estimación de propietario Beraza y Hermosilla SA, Bella SA y Yutuyaco SA se fracturan en tres propietarios, a pesar de que pertenecen a los mismos propietarios, debido a que no tienen partidas inmobiliarias que estén compartidas entre ellas y que sean por lo tanto condominios. Pero así como se dejan de captar relaciones de propiedad que efectivamente existen, también se fracturan agrupamientos que se generaban en acuerdos de arrendamiento y no en vinculaciones de propiedad. Esto ocurre con el caso de la familia Deferrari y BREMUR SA (Cuadro Nº 17) que en la estimación de propietario se fractura en dos partes, lo cual es absolutamente correcto desde el punto de vista de la propiedad. Dicha fragmentación también indica que la parte mayoritaria de los propietarios, permanece en los condominios ya sea en la misma situación, perdiendo una parte de las parcelas las cuales vuelven a integrar las formas simples de propiedad o reagrupándose con otros. Así por ejemplo, el propietario que conformaban algunos integrantes de la familia Rodríguez Larreta (Cuadro Nº 7) se mantiene con idéntica conformación en la estimación de propietario ya que sus vinculaciones estaban basadas en el condominio. No ocurre lo mismo con la familia Duhau (Cuadro Nº 6), agrupamiento en el cual las partidas que tienen como titular a IVRY SA pasan a engrosar las de las personas jurídicas, donde dicha sociedad es un nuevo propietario independiente a pesar de ser, efectivamente, una de las propiedades de la mencionada familia.

La reasignación de partidas y de superficie tratada precedentemente

CUADRO Nº 24
Reasignación de las partidas inmobiliarias y la superficie
entre la estimación de titular-destinatario (origen)
y la de propietario (destino)
según las formas de propiedad.

A) PARTIDAS

PROPIETARIO TITULAR-DESTINATARIO		DESTINO			
		Personas Físicas	Personas Jurídicas	Condominios	TOTAL
O R I G E N	Personas Físicas	24.311 (88) (47)	89 (..) (..)	27.193 (71) (53)	51.592 (61) (100)
	Personas Jurídicas	167 (1) (1)	15.127 (79) (94)	726 (2) (5)	16.020 (19) (100)
	Otras	2.938 (11) (17)	3.949 (21) (23)	10.553 (27 (61)	17.440 (20) (100)
	TOTAL	27.415 (100) (32)	19.166 (100) (23)	38.471 (100) (45)	85.052 (100) (100)

B) SUPERFICIE

PROPIETARIO TITULAR-DESTINATARIO		DESTINO			
		Personas Físicas	Pers. Jurídicas	Condominios	TOTAL
O R I G E N	Personas Físicas	5.919.197 (87) (52)	43.742 (1) (..)	5.489.578 (67) (48)	11.452.517 (53) (100)
	Personas Jurídicas	72.030 (1) (1)	5.012.280 (78) (94)	260.544 (3) (5)	5.344.854 (25) (100)
	Otras	803.346 (12) (17)	1.330.618 (21) (29)	2.502.861 (30) (54)	1.330.618 (21) (100)
	TOTAL	6.794.515 (100) (32)	6.386.788 (100) (30)	8.252.983 (100) (39)	8.252.983 (100) (100)

FUENTE: Elaboración propia en base al catastro inmobiliario rural, 1988.

es el resultado de transitar de la estimación de titular-destinatario a la de propietario. Sin embargo, moverse en el sentido inverso también permite aprehender ciertos características relevantes.

Deteniendo la atención en la estimación de destino, se puede verificar que una proporción claramente mayoritaria de las personas físicas (el

88%) se originan en el reagrupamiento de las propias personas físicas. Lo mismo ocurre con las personas jurídicas pero en este caso tienen una relevancia mayor las que provienen de los propietarios que integraban las otras vinculaciones económicas. En los condominios la situación es diferente porque la proporción mayoritaria de partidas y de superficie no proviene de las otras vinculaciones económicas que aportan el 27% de sus partidas y el 30% de su superficie sino de las personas físicas que le proveen el 71% y el 67% de las mismas respectivamente. Esto significa que la estimación de titular-destinatario solamente capta como una forma de propiedad diferenciada de las formas simples, sólo el 30% de la superficie total que comprometen los condominios. De allí entonces que precedentemente se afirmó que dicha estimación capta fragmentariamente las formas complejas de propiedad.

Se puede concluir entonces que la incorporación de los condominios, trae aparejada una acentuada redistribución en la superficie que, hasta este momento, tienen las personas físicas y las otras vinculaciones económicas y que prácticamente no afecta a las personas jurídicas, lo cual es congruente con el hecho de que esta forma de propiedad no proviene normalmente de un acto voluntario sino de una imposición que se origina debido a una situación sucesoria.

Tal es la magnitud de la redistribución de partidas inmobiliarias y de superficie que genera la existencia de los condominios que los mismos devienen en la forma de propiedad más relevante de acuerdo al número de partidas y la extensión de la tierra.

Una evaluación más pormenorizada de la nueva situación (Cuadro Nº 25) permite afirmar que los condominios comprenden 13.321 propietarios que tienen 38.471 parcelas y una superficie rural de 8.252.983 hectáreas, es decir el 39,5%, el 45,2% y el 38,5% del total, respectivamente. En la nueva situación, las personas físicas tienen 14.862 propietarios (44,1% del total), 27.415 partidas (32,2%) y 6.794.515 hectáreas (31,7% de la superficie muestral). Las personas jurídicas por su parte, tienen 5.546 propietarios (16,4%), 19.166 partidas (22,5%) y 6.386.788 hectáreas (29,8%).

Al confrontar estas evidencias con las estimaciones iniciales se puede afirmar que los condominios replantean notoriamente la incidencia de la propiedad de las personas físicas y prácticamente no afectan la participación de las personas jurídicas. Esto se origina en el hecho de que, básicamente, los condominios se sustentan en la asociación que concretan un conjunto de individuos para ejercer la propiedad de la tierra. *De allí entonces que las estimaciones iniciales sobreestiman con*

CUADRO Nº 25
Estimación de propietario:
Distribución de los propietarios, partidas y superficie
de las distintas formas de propiedad
según tamaño de los propietarios, 1988.

A) *VALORES ABSOLUTOS*

HECTÁREAS POR PROPIETARIO	PERSONAS FÍSICAS			PERSONAS JURÍDICAS			CONDOMINIOS			TOTAL		
	prop.	part.	hectáreas	prop.	part.	hectáreas	prop.	part.	hectáreas	prop.	part.	hectáreas
hasta 400	10.090	14.307	1.842.865	2.225	3.664	346.213	8.327	14.669	1.539.821	20.642	32.640	3.728.899
401 - 700	2.372	4.972	1.248.243	849	2.008	458.125	2.110	6.504	1.116.535	5.331	13.484	2.822.903
701 - 1000	931	2.489	776.733	621	1.777	524.769	957	3.845	804.126	2.509	8.111	2.105.628
1001 - 3000	1.298	4.493	2.052.707	1.384	6.193	2.355.395	1.555	8.915	2.513.398	4.237	19.601	6.921.500
3001 - 5000	118	704	446.360	307	2.528	1.178.119	201	1.743	768.733	626	4.975	2.393.212
5001 - 10000	43	347	273.413	125	1.437	851.196	129	1.587	839.947	297	3.371	1.964.556
10001 - 20000	8	100	94.348	27	602	348.960	32	776	412.030	67	1.478	855.338
20001 - 30000	1	2	26.892	4	518	101.134	9	397	219.322	14	917	347.348
más de 30000	1	1	32.954	4	439	222.877	1	35	39.071	6	475	294.902
TOTAL	14.862	27.415	6.794.515	5.546	19.166	6.386.788	13.321	38.471	8.252.983	33.729	85.052	21.434.286

B) PORCENTAJES

HECTÁREAS POR PROPIETARIO	PERSONAS FÍSICAS			PERSONAS JURÍDICAS			CONDOMINIOS			TOTAL		
	prop.	part	hectáreas	prop.	part.	hectáreas	prop.	part.	hectáreas	prop.	part.	hectáreas
hasta 400	67,89	52,19	27,12	40,12	19,12	5,42	62,51	38,13	18,66	61,20	38,38	17,40
401 - 700	15,96	18,14	18,37	15,31	10,48	7,17	15,84	16,91	13,53	15,81	15,85	13,17
701 - 1000	6,26	9,08	11,43	11,20	9,27	8,22	7,18	9,99	9,74	7,44	9,54	9,82
1001 - 3000	8,73	16,39	0,21	24,95	32,32	36,88	11,67	23,17	30,45	12,56	23,05	32,29
3001 - 5000	0,79	2,57	6,57	5,54	13,18	18,44	1,51	4,53	9,31	1,86	5,85	11,16
5001 - 10000	0,29	1,27	4,02	2,25	7,50	13,33	0,97	4,13	10,18	0,88	3,96	9,17
10001 - 20000	0,05	0,36	1,39	0,49	3,14	5,46	0,24	2,02	4,99	0,20	1,74	3,99
20001 - 30000	0,01	0,01	0,40	0,07	2,70	1,58	0,07	1,03	2,66	0,04	1,08	1,62
más de 30000	0,01	0,00	0,49	0,07	2,29	3,49	0,01	0,09	0,47	0,02	0,56	1,38
TOTAL	100,00	100,00	100,00	100,00	100,00	100,00	100,00	100,00	100,00	100,00	100,00	100,00

FUENTE: *Elaboración propia en base al catastro inmobiliario rural, 1988.*

*distinta intensidad la incidencia de la propiedad que ejercen las perso-
nas físicas, debido a que no tienen en cuenta a los condominios como
una forma de propiedad específica sino que la consideran, por distintos
motivos, como parte de la que ejercen los individuos.*

Ahora bien, confrontando la estimación de propietario no ya con las estimaciones iniciales sino con las características históricas que presenta la propiedad agropecuaria, se extraen conclusiones más importantes aún. La irrupción de los condominios como una forma de propiedad diferente de las formas simples, replantea el predominio que históricamente detentó la propiedad individual en el sector agropecuario. Aquella sobre la cual, según los estudios realizados hasta el momento, se conformó inicialmente un sector agropecuario sumamente concentrado y posteriormente se desplegó un proceso de desconcentración muy marcado (entre los años 40 y los 60) para luego seguir descendiendo pero en menor medida (entre los 60 y los 80) no ejerce, al menos en la actualidad, tal predominio sino que tiene una importancia equivalente, por la superficie que compromete, a las restantes formas de propiedad. Sin lugar a dudas, este replanteo de las formas de propiedad vigentes en el agro bonaerense no es neutral respecto a la evolución de la concentración de la misma, sino que por el contrario es previsible que modifique las tendencias que las distintas valuaciones realizadas establecieron considerando únicamente las formas de propiedad tradicionales mediante las cuales se ejercía la propiedad del sector.

Las tres formas de propiedad que están presentes en esta estimación, tienen una extensión media por propietario que presenta diferencias apreciables entre ellas. Tal como surge del Cuadro Nº 25, las personas jurídicas son las que tienen, siempre en promedio, los propietarios con mayor extensión (1.152 hectáreas), seguidas por los condominios (620 hectáreas) y las personas físicas (457 hectáreas).

Igual situación se registra en el número de partidas inmobiliarias que presenta cada una de ellas. Mientras que en las sociedades asciende a 3,5 en los condominios y en las personas físicas es de 2,9 y 1,8 partidas por propietario, respectivamente. Es pertinente destacar que estos promedios resultan de considerar los individuos, las sociedades y los condominios que son propietarios de tierras mediante múltiples partidas inmobiliarias y aquellas otras cuyas extensiones de tierra coinciden, en cada caso, con una única partida o parcela.

Los promedios aludidos son el resultado de agregar propietarios de tamaños muy distintos dentro de cada forma de propiedad que se pueden apreciar determinando la distribución de las variables según el tamaño de los propietarios (Cuadro Nº 25). Su análisis indica que en las personas físicas todas las variables (propietarios, partidas y superficie) tienden a concentrarse en los tamaños menores. Mientras que en las sociedades y en los condominios, en los estratos de tamaño intermedio y mayor. En todas las formas de propiedad el estrato que concentra mayor superficie es el de los propietarios que tienen entre 1.001 y 3.000 hectáreas.

Los 1.010 propietarios que constituyen la cúpula, los que tienen más de 3.000 hectáreas, controlan 5.855.356 hectáreas (27,3% de la superficie muestral) teniendo por lo tanto cada uno, en promedio, 5.797 hectáreas. Esta cúpula resulta de la convergencia de 171 propietarios individuales que tienen 873.967 hectáreas (15% de la superficie) y 1.154 partidas (10,3%) con 467 personas jurídicas que controlan 2.702.286 hectáreas (46%) y 5.524 partidas (49,2%) y 372 condominios que tienen en conjunto una extensión de 2.279.103 hectáreas (38,0%) y 4.538 partidas (40,5%).

Las personas jurídicas comprenden una variada gama de sociedades, las cuales tienen una incidencia marcadamente distinta en la propiedad agropecuaria bonaerense. Las sociedades anónimas son, sin lugar a dudas, las de mayor importancia tanto por su cantidad como por las partidas inmobiliarias y la superficie que les pertenece.

De acuerdo a la estimación de propietario, en 1988, hay 3.566 sociedades anónimas que son propietarias de 4.203.566 hectáreas mediante 12.256 partidas. Luego, en orden de importancia, se encuentran, a considerable distancia, las sociedades en comandita por acciones que en 1988 son 1.308 entidades con una superficie de 1.672.647 hectáreas y 4.546 parcelas inmobiliarias. El resto de las entidades jurídicas (sociedades de responsabilidad limitada, instituciones religiosas, fundaciones, sociedades de hecho, instituciones estatales, etc.) tienen una importancia minoritaria. De hecho todas ellas en conjunto son 672 entidades que tienen 510.575 hectáreas y 2.364 partidas (Cuadro Nº 26).

En términos de la distribución de los propietarios, partidas y superficie según los estratos de tamaño, las sociedades anónimas tienen mayor incidencia relativa en los estratos de mayores dimensiones (de más de 5.000 hectáreas) mientras que las sociedades en comandita por acciones la tienen en los estratos intermedios (entre 1.000 y 5.000 hectáreas). Las otras entidades tienen una distribución de las variables concentrada en los estratos menores (menos de 700 hectáreas) y mayores (más de 20.000 hectáreas), con una importancia relativa muy escasa en los estratos intermedios. Esta polarización está relacionada con la presencia de la propiedad estatal en el extremo superior y las entidades privadas en el otro.

A pesar de que las sociedades anónimas tienen mayor importancia en la cúpula, su superficie promedio por propietario es inferior a las en comandita por acciones (1.181 contra 1.279 hectáreas respectivamente). En el resto de las entidades jurídicas, dicho promedio es muy inferior a la de las anteriores (764 hectáreas). Finalmente, es pertinente señalar que la cantidad de partidas por propietario es similar en todas ellas (3,5 partidas por propietario), lo cual indica que, siempre en promedio, las diferentes sociedades parcelaron sus propiedades con una intensidad semejante.

4.5 Formas de propiedad y tipos de condominios

Las formas simples de propiedad cobran vida a partir de una persona física o una persona jurídica. Cada una de ellas puede controlar sus inmuebles mediante una sola partida inmobiliaria o a través de múltiples parcelas. La simplicidad que las caracteriza, no da lugar a que dentro de cada una de ellas se presenten vinculaciones de propiedad de distintas características e intensidad.

Por el contrario, en las formas complejas y específicamente en la asociación entre personas físicas que se expresan mediante los condominios se generan vinculaciones de propiedad de distinta intensidad entre los individuos que participan de ella, las cuales se encadenan entre sí y dan como resultado una trama intrincada de relaciones, algunas de las cuales son muy intensas mientras que otras son débiles y en muchos casos aparentemente difusas.

La compleja condición del condominio plantea la necesidad de establecer criterios metodológicos básicos para determinar su contenido y alcances. Así por ejemplo, ¿hay que tomar en cuenta solamente los condóminos que son propietarios de un porcentaje significativo de la partida y dejar de lado los que detentan una participación minoritaria? Del mismo modo, ¿se deben considerar como parte del condominio las partidas que pertenecen en su totalidad a un propietario que además participa como condómino en otras partidas inmobiliarias o se deben de dejar de lado estas últimas?

Los problemas metodológicos sólo pueden resolverse de una manera correcta teniendo en cuenta la naturaleza del objeto bajo estudio. Desentrañar la naturaleza del condominio es entonces no sólo una tarea necesaria sino también ineludible para explicitar los criterios metodológicos utilizados y poder certificar la importancia que asume esta forma de propiedad, la cual fue precedentemente evaluada.

Las características centrales del condominio en el sector agropecuario no pueden aprehenderse si no se tiene en cuenta que está directa y estrechamente asociado a un determinado grupo familiar. El condominio y la familia constituyen aspectos de una misma problemática en tanto el primero supone la existencia de la propiedad familiar y de su transmisión hereditaria. Por lo tanto, la asociación entre individuos que encarna el condominio tiene una especificidad muy precisa por ser los condóminos integrantes de una misma familia.

La notable importancia del grupo familiar en la propiedad agropecuaria se origina en las características históricas que tuvo el proceso de apropiación de la tierra. La relevancia del condominio, por su parte, radica en que es la forma de propiedad compleja más primaria que le permite al grupo familiar impedir la subdivisión de la propiedad que le impone la transmisión hereditaria de la tierra. Sin embargo, el carácter inestable o transitorio del condominio indica que es una primera iniciativa para impedir la subdivisión de la propiedad debida a la transmisión hereditaria pero no es una respuesta definitiva. De allí que el condominio deba dar cabida a dos respuestas alternativas: la separación de los inmuebles que le corresponden a cada uno de los condóminos o la consolidación de la propiedad compartida mediante el tránsito hacia formas mas estables de propiedad que puede ser la sociedad o el grupo societario según las dimensiones o características de las propiedades familiares. Estas posibilidades deben compatibilizar tres requisitos simultáneamente. El primero de ellos es que debe asegurarle a cada uno de los integrantes la participación en la propiedad familiar que le corresponde, medida en términos del valor venal de la tierra. El siguiente, es que debe darle a cada uno de ellos la posibilidad de explotar individualmente su correspondiente extensión de tierra aún cuando el resto del grupo familiar decida reafirmar la propiedad compartida de las suyas. El último, consiste en que estas alternativas se tienen que materializar tomando en cuenta las características y dimensiones concretas que tiene la propiedad familiar en cuestión. Es decir, considerando la superficie total y su valor venal pero también si las tierras se concentran en un sólo lugar o están dispersas en varios partidos de una misma o varias regiones productivas. El problema se vuelve más complejo aún, cuando todo lo anterior se conjuga con un marcado proceso de subdivisión catastral de la tierra que, como se demostró anteriormente, es una realidad vigente en la Provincia de Buenos Aires.

El conjunto de elementos que determinan el contenido específico del condominio traen aparejado la posibilidad de que no siempre el mismo abarque a toda la propiedad familiar. Obviamente, la extensión del condominio nunca supera las dimensiones de la propiedad familiar pero no necesariamente es siempre idéntica a ella. Tiene dimensiones más reducidas cuando la dispersión geográfica de la propiedad familiar o la acentuada subdivisión catastral determinan que para respetar las correspondientes participaciones de los miembros de la familia, se adjudique la propiedad de una o mas partidas exclusivamente a algunos de ellos. Sin embargo, salvo excepciones, aún así la unidad económica sigue siendo la propiedad familiar, reflejando el condominio sólo una parte de una realidad más vasta.

La situación de precariedad y de indefinición que expresa el condominio puede mantenerse largo tiempo, tanto más cuanto más preventiva sea su conformación. En múltiples ocasiones el condominio se constituye antes de la transmisión hereditaria de la tierra, cuando están presentes las cabezas del grupo familiar. En todos ellos se trata de una decisión tomada para prevenir la desaparición de alguna de ellas. Asimismo, el tránsito hacia formas de propiedad más estables, específicamente la formación de grupos societarios, son compatibles con la sobrevivencia de algunas partidas inmobiliarias en condominio. Ambas formas de propiedad no sólo no son excluyentes entre sí, sino que como luego se verá con más detalle conviven aún en grupos societarios de larga data.

Reemplazar el condominio por la sociedad o el grupo societario compromete necesariamente una prolongada y muchas veces conflictiva, negociación familiar y sobre todo profundos cambios en la concepción tradicional sobre la propiedad y la explotación rural. A este respecto, es ilustrativo traer a colación la visión de uno de los promotores de estos cambios dentro de los grandes propietarios rurales:

"Felizmente las circunstancias quisieron que la explotación de La Biznaga se conservara indivisa entre todos los herederos". "Fácil es comprender que resultaba imposible encarar políticas a largo plazo con inversiones de importancia cuando la unidad de la explotación estaba constantemente amenazada por la voluntad de cualquier heredero y sujeta a la incógnita de su muerte y de las nuevas voluntades que habrían de intervenir. Por otra parte, y como toda inversión debía ubicarse necesariamente en una hijuela determinada, se creaba automáticamente el problema de compensar a los demás propietarios. Era cosa de locos. ¿Como pensar en esas condiciones en tecnificar y en crear las infraestructuras de sostén si un día podíamos encontrarnos con que no disponíamos más que de la tercera o la décima parte de la tierra para la cual había sido dimensionado el aparato productivo?

"A principios de 1961 tuvimos algunas reuniones de familia. En ellas planteé la necesidad de salir de ese impasse. No era posible hacer lo que el perro del hortelano: que no come ni deja comer. O se vendían esas valiosas tierras para que cada uno hiciera lo que quisiera con lo suyo o se estructuraba una sociedad anónima que asegurara la indivisibilidad de la explotación y sobre esa base, recién sobre esa base indispensable, lanzarnos a crear una moderna empresa agraria. Lo único que no se podía hacer era continuar como hasta entonces porque ello implicaba mantener inactivo un enorme capital y correr el riesgo de una justa expropiación.

"Muchas veces me pregunto cómo se logró dar este gran salto sin el cual nada de lo que se hizo después hubiese sido posible. No deben ustedes olvidar que no es fácil hacer comprender a quien sabe desde que nació que se es propietario de esta vaca o de aquel molino, que un día se puede comenzar a ser propietario de una parte alícuota de una serie de vacas o de una serie de molinos sin que ninguno de ellos le pertenezcan realmente. No olviden ustedes que el hombre de campo tiene una noción posesiva de la propiedad. Y ustedes no me van a creer si les digo que tenemos socios que todavía nos hablan de su fracción aunque reconocen que por una de esas cosas que inventan los abogados, nada es de nadie."[25]

En este contexto conceptual, es pertinente examinar los criterios que se adoptaron en este trabajo para determinar y evaluar los condominios, los cuales serán ilustrados posteriormente mediante el análisis de diversos tipos de condominios.

La íntima relación del condominio con el grupo familiar y la estructura jurídica que lo sustenta hicieron que se descartara de plano la posibilidad de atribuirle a cada uno de los condóminos la superficie que les corresponde de acuerdo a su participación en cada partida en condominio y considerarlos como propietarios individuales. Ello, a pesar de ser cuantitativamente inapelable, hubiera implicado la desaparición de esta forma de propiedad que tiene entidad propia y es diferente a la que ejercen tanto las sociedades como los individuos por sí mismos.

Debido a los mismos motivos, se tuvieron en cuenta el conjunto de interrelaciones que abarcan los condominios, es decir tanto el efecto directo como indirecto que ellos generan. De allí entonces que se consideraron como parte del mismo las partidas que legalmente son condominios y también las partidas que pertenecen individualmente a uno o más condóminos. Si se hubiera procedido de otra manera, por ejemplo dejando de lado las que son propiedad individual de alguno de los condóminos, se habría mutilado la propiedad familiar que sustentan a los condominios. Sin embargo cabe advertir, tal como se mostrará posteriormente,

CUADRO N° 26

Estimación de propietario:
Distribución de los propietarios, partidas y superficie de los distintos tipos de personas jurídicas según tamaño de los propietarios.

A) VALORES ABSOLUTOS

HECTÁREAS POR PROPIETARIO	SOCIEDADES ANÓNIMAS			SOC. EN C. POR ACCIONES			OTRAS PERS. JURÍDICAS			TOTAL		
	prop.	part.	hectáreas	prop.	part.	hectáreas	prop.	part.	hectáreas	prop.	part.	hectáreas
hasta 400	1.416	2.344	211.111	379	584	82.691	430	736	52.411	2.225	3.664	346.213
401 - 700	547	1.306	295.781	22	491	119.348	80	211	42.996	849	2.008	458.125
701 - 1000	394	1.112	333.762	173	435	145.719	54	230	45.288	621	1.777	524.769
1001 - 3000	894	4.027	1.517.567	407	1.863	703.694	83	303	134.134	1.384	6.193	2.355.395
3001 - 5000	202	1.657	776.200	90	749	347.831	15	122	54.088	307	2.528	1.178.119
5001 - 10000	87	994	603.104	32	346	209.257	6	97	38.835	125	1.437	851.196
10001 - 20000	20	467	259.896	5	78	64.107	2	57	24.957	27	602	348.960
20001 - 30000	3	207	72.075	0	0	0	1	311	29.059	4	518	101.134
más de 30000	3	142	134.070	0	0	0	1	297	88.807	4	439	222.877
TOTAL	3.566	12.256	4.203.566	1.308	4.546	1.672.647	672	2.364	510.575	5.546	19.166	6.386.788

B) PORCENTAJES

HECTÁREAS POR PROPIETARIO	SOCIEDADES ANÓNIMAS			SOC. EN C. POR ACCIONES			OTRAS PERS. JURÍDICAS			TOTAL		
	prop.	part.	hectáreas	prop.	part.	hectáreas	prop.	part.	hectáreas	prop.	part.	hectáreas
hasta 400	39,71	19,13	5,02	28,98	12,85	4,94	63,99	31,13	10,27	40,12	19,12	5,42
401 - 700	15,34	10,66	7,04	16,97	10,80	7,14	11,90	8,93	8,42	15,31	10,48	7,17
701 - 1000	11,05	9,07	7,94	13,23	9,57	8,71	8,04	9,73	8,87	11,20	9,27	8,22
1001 - 3000	25,07	32,86	36,10	31,12	40,98	42,07	12,35	12,82	26,27	24,95	32,31	36,88
3001 - 5000	5,66	13,51	18,46	6,88	16,48	20,80	2,23	5,16	10,59	5,54	13,19	18,44
5001 - 10000	2,44	8,11	14,35	2,45	7,61	12,51	0,89	4,10	7,61	2,25	7,50	13,33
10001 - 20000	0,56	3,81	6,18	0,38	1,72	3,83	0,30	2,41	4,89	0,49	3,14	5,46
20001 - 30000	0,08	1,69	1,71	0,00	0,00	0,00	0,15	13,16	5,69	0,07	2,70	1,58
más de 30000	0,08	1,16	3,19	0,00	0,00	0,00	0,15	12,56	17,39	0,07	2,29	3,49
TOTAL	100,00	100,00	100,00	100,00	100,00	100,00	100,00	100,00	100,00	100,00	100,00	100,00

FUENTE: Elaboración propia en base al catastro inmobiliario, 1988.

que las partidas individuales se consideran como tales en el momento de determinar la participación de cada integrante familiar en el total.

A pesar de que se consideraron los efectos directos e indirectos que generan los condominios, en numerosos casos no se captan los alcances reales de la unidad económica, la propiedad familiar, debido a que no se incorporaron como parte de ellos, las partidas inmobiliarias que pertenecen individualmente a uno o más integrantes del grupo familiar pero que no comparten la propiedad de ninguna de las partidas en condominio.

Habiendo explicitado los criterios básicos es imprescindible analizar las características y la importancia de las diferentes vinculaciones de propiedad que se desarrollan a partir de los condominios. Para estos fines se adopta una tipología general que tiene en cuenta todas las formas de propiedad y se analizan una serie de ejemplos que sólo constituyen un primer esbozo que en todos los casos deben ser, necesariamente, profundizados en estudios posteriores. Esta temática es la que se aborda a continuación.

Propietario único: Consiste en la partida o conjunto de ellas que posee una persona física o jurídica a título exclusivamente individual, es decir sin compartir con otros la propiedad de ninguna de sus parcelas. Estos propietarios que no establecen ninguna asociación (no participan de ningún condominio) son los que conservan su forma de propiedad original siendo, por lo tanto, personas físicas o personas jurídicas. En ambas formas de propiedad, están presentes propietarios que controlan sus tierras mediante múltiples partidas inmobiliarias y aquellos que los hacen mediante una partida única.

Condominio cerrado: Comprende el agrupamiento de partidas en el cual todas ellas son condominios que pertenecen a un determinado conjunto de personas físicas y/o jurídicas. Para que se verifique este tipo de propiedad es necesario que como mínimo haya un encadenamiento de propietarios entre las diferentes parcelas lo cual implica que no necesariamente cada uno de ellos debe participar en la propiedad de todas las parcelas ni tampoco en la misma proporción. Este es el único tipo de condominio que comprende tanto a propietarios que controlan sus tierras mediante múltiples partidas inmobiliarias como a los que lo hacen a través de una partida única.

El caso presentado en el Diagrama N° 2 es un ejemplo de aquellos agrupamientos en donde todas las partidas inmobiliarias pertenecen a los

111

individuos involucrados. En ese caso específico, ambos condóminos (Elsa E. M. Pickenpack y Enrique Pablo Pickenpack) tienen igual participación (50%) en la propiedad de las cuatro partidas inmobiliarias.

Sin embargo este tipo de condominio no es privativo, como en el ejemplo analizado, de los propietarios de un número reducido de parcelas, en las cuales los condóminos tienen la misma participación en la propiedad de las mismas, sino que también constituye una forma de propiedad difundida entre los propietarios con numerosas partidas inmobiliarias y en las cuales los condóminos tienen participaciones disímiles.

El caso que se expone en el Cuadro Nº 27, alude a la segunda de las variantes mencionadas. Se trata de un condominio de 5.039 hectáreas que pertenece a diversos integrantes de la familia Reynal-Ayerza (Martín Justo Cipriano, Pablo, Angélica Paula, Miguel y Pedro Eugenio). Sus tierras están subdivididas en cinco partidas localizadas geográficamente en el partido bonaerense de General Villegas.

El condominio Reynal-Ayerza constituye un ejemplo de aquellos en donde una parte de los condóminos tienen diferente participación pero todos ellos participan en la misma proporción en todas las partidas. Al respecto, en el Cuadro Nº 27 B se verifica que Martín J. C. Reynal, cabeza de la familia, es propietario del 43% de todas las partidas que componen este condominio, mientras que el resto de los integrantes del grupo familiar, sus hijos menores, tienen, cada uno de ellos, el 14,25% de cada una de las partidas inmobiliarias.

La simplicidad de este condominio contrasta con la complejidad que presenta la estructura de las propiedades agropecuarias de la familia Reynal-Ayerza de las cuales éste condominio es sólo una parte. Sin encarar un análisis exhaustivo la información disponible permite afirmar que este grupo familiar es propietario de dos sociedades anónimas agropecuarias (Estancias San Juan SA y Estancias y Colonias Santa Paula SA) durante la década de los 80. Los propietarios de sus acciones son las cabezas de la familia y todos sus hijos, tanto aquellos que participan del condominio analizado anteriormente como los restantes que no lo hacen[26].

El condominio de la familia Reynal-Ayerza expresa la forma en que se estructura una parte de los condominios cerrados pero no es representativo de aquellos que tienen una distribución de las participaciones más compleja. Este es el caso, por ejemplo, del condominio constituido por integrantes de la familia Carrique (Guillermo Jorge, Guillermo Nelson, Patricia Elena, Alicia María, Magdalena y Fernando Luis y Fernando Daniel Carrique así como Zulma Noemí Iturrioz) que tiene 5.754

CUADRO Nº 27 A
Estimación de propietario:
Ejemplo de un propietario que tiene
todas sus partidas en condominio (condominio cerrado).

PDO	PDA	PROPIETARIO	DESTINATARIO POSTAL	DIRECCIÓN	SUP.	CODTI	CDEST	CODTD	CODPR	C
050	020410	REYNAL M. JUSTO C.	REYNAL M. Y OTS.	R SAENZ PEÑA 1160	772	0	10143	10143	10143	C
050	020412	REYNAL PABLO	REYNAL JUSTO C.	R SAENZ FEÑA 1160	680	10143	0	10143	10143	C
050	020411	REYNAL PABLO	REYNAL M. Y OTROS	R SAENZ FEÑA 1160	728	10143	10143	10143	10143	C
050	001881	REYNAL PABLO	REYNAL MARTIN Y OTR.	R SAENZ FEÑA 1160	2143	10143	10143	10143	10143	C
050	020413	REYNAL PEDRO EUGENIO	REYNAL M. Y OTROS	R SAENZ FEÑA 1160	716	0	10143	10143	10143	C

PDO: *Código de partido provincial* CODTI: *Código de titular* CODTD: *Código de titular-destinatario*
PDA: *Código de partida inmobiliaria* CDEST: *Código de destinatario* CODPR: *Código de propietario*
C: *Condominio*

FUENTE: *Elaboración propia en base al catastro inmobiliario rural, 1988.*

CUADRO N⁰ 27 B
Estimación de propietario:
participación porcentual de los condóminos
en cada una de las partidas (condominio cerrado).

PDO	PDA	SUP	REYNAL MARTIN J. CIPRIANO	REYNAL PABLO	REYNAL ANGELICA PAULA	REYNAL MIGUEL EUGENIO	REYNAL PEDRO
050	020410	772	43,00	14,25	14,25	14,25	14,25
050	020412	680	43,00	14,25	14,25	14,25	14,25
050	020411	728	43,00	14,25	14,25	14,25	14,25
050	001881	2.143	43,00	14,25	14,25	14,25	14,25
050	020413	716	43,00	14,25	14,25	14,25	14,25
TOTAL %		5.039 (100,0)	2.167 (43,00)	718 (14,25)	718 (14,25)	718 (14,25)	718 (14,25)

PDO : Código de partido provincial
PDA : Código de partida inmobiliaria

FUENTE: Elaboración propia en base al catastro inmobiliario rural, 1988.

hectáreas fraccionadas en 11 partidas ubicadas en los partidos de Guaminí, Coronel Suárez y Adolfo Alsina (Cuadro Nº 28 A).

Si bien en este caso todas las partidas están en condominio, ninguno de los condóminos participa en la propiedad de todas ellas y en la mayoría tienen diferente participación, salvo el caso de Magdalena, Fernando Luis y Fernando Daniel Carrique que, tal como consta en el Cuadro Nº 28 B, tienen el 50% en todas las partidas en que participan. Es pertinente señalar que, si bien ninguno de los condóminos figura como propietario en todas las partidas, todos ellos se entrelazan mediante las vinculaciones que establecen Guillermo Nelson y Fernando Daniel Carrique.

El tratamiento de este caso permite volver a insistir sobre algunos aspectos que caracterizan la naturaleza del condominio. Como se dijo anteriormente esta forma de propiedad redefine el número y el tamaño

CUADRO Nº 28 A

Estimación de propietario:
Ejemplo de un propietario que tiene
todas sus partidas en condominio (condominio cerrado).

PDO	PDA	PROPIETARIO	DESTINATARIO POSTAL	DIRECCIÓN	SUP.	CODPR	CDEST	CODTD	CODPR	C
052	002484	CARRIQUE ALICIA M.	GUESALAGA E. Y OTS.	CATTANEO	411	0	0	0	8103	C
052	000077	CARRIQUE FERNANDO D.	CARRIQUE FERNANDO		211	8103	8102	8103	8103	C
052	002985	CARRIQUE FERNANDO D.	CARRIQUE GUILLERMO		534	8103	8103	8103	8103	C
052	002485	CARRIQUE FERNANDO D.	CARRIQUE GUILLERMO		583	8103	8103	8103	8103	C
052	000193	CARRIQUE FERNANDO L.	CARRIQUE FERNANDO		518	50234	8102	8103	8103	C
052	005378	CARRIQUE FERNANDO L.	CARRIQUE FERNANDO L.		347	50234	8102	8103	8103	C
052	000191	CARRIQUE GUILLERMO J.	CARRIQUE GUILLERMO		587	0	8103	8103	8103	C
052	000190	CARRIQUE GUILLERMO N.	CARRIQUE FERNANDO		238	50235	8102	8103	8103	C
052	000763	CARRIQUE GUILLERMO N.	CARRIQUE FERNANDO		500	50235	8102	8103	8103	C
024	001709	CARRIQUE MAGDALENA	CARRIQUE ELVIRA		1099	0	0	0	8103	C
001	018740	ITURRIOZ ZULMA NOEMI	CARRIQUE GUILLERMO	C.CORREO 31	636	0	8103	8103	8103	C

PDO: Código de partido provincial
PDA: Código de partida inmobiliaria
C: Condominio

CODTI: Código de titular
CDEST: Código de destinatario

CODTD: Código de titular-destinatario
CODPR: Código de propietario

FUENTE : Elaboración propia en base al catastro inmobiliario rural, 1988.

CUADRO Nº 28 B
Estimación de propietario:
Participación porcentual de los condóminos
en cada una de las partidas (condominio cerrado).

PDO	PDA	HAS.	ITURRIOZ ZULMA NOEMI	CARRIQUE GUILLERMO JORGE	CARRIQUE GUILLERMO NELSON	CARRIQUE PATRICIA ELENA	CARRIQUE ALICIA MARIA	CARRIQUE MAGDALENA	CARRIQUE FERNANDO LUIS	CARRIQUE FERNANDO DANIEL
001	018740	636	66,7	11,1	—	11,1	11,1	—	—	—
024	001709	1.099	—	—	—	—	—	50,0	50,0	—
052	000077	211	—	—	50,0	—	—	—	—	50,0
052	000190	238	—	—	50,0	—	—	—	—	50,0
052	000191	587	—	33,3	—	33,3	33,3	—	—	—
052	000193	518	—	—	—	—	—	50,0	—	50,0
052	000763	500	—	—	50,0	—	—	—	—	50,0
052	002484	411	—	—	33,3	33,3	33,3	—	—	—
052	002485	583	—	50,0	50,0	—	—	—	—	—
052	002985	534	—	—	50,0	—	—	—	—	50,0
052	005378	437	—	—	—	—	—	50,0	50,0	—
TOTAL HECT.		5.754 (100,0)	424,2 (7,4)	557,6 (9,7)	1.169,9 (20,3)	402,9 (7,0)	402,9 (7,0)	1.027,0 (17,8)	768,0 (13,3)	1.000,5 (17,4)

PDO: Código de partido provincial
PDA: Código de partida inmobiliaria

FUENTE: Elaboración propia en base al catastro inmobiliario rural, 1988.

de los propietarios pero no diluye la superficie de tierra que tiene cada uno de los condóminos. En efecto, los que eran 7 titulares pasan a ser un propietario con una superficie igual a la suma de la que tenían todos ellos. Sin embargo, todos los individuos que forman parte de este propietario no tienen la misma cantidad de tierra, sino que la misma está en función de su participación específica en cada una de las partidas inmobiliarias.

Tal como puede observarse en el Cuadro Nº 28 B, los condóminos tienen diferentes extensiones que van de 403 hectáreas en el caso de Patricia Elena y Alicia María Carrique a 1.027 hectáreas en el caso de Magdalena Carrique. Las distintas superficies que tiene cada uno de ellos implica una determinada participación porcentual en la superficie total (en las dos primeras alcanza al 7,0% y en el otro al 17,8%). Esta participación es semejante a la de los accionistas en una sociedad pero a diferencia de estos, en el caso analizado no se expresa en la tenencia de acciones sino directamente en términos de la superficie de la propiedad familiar.

Tanto en el caso de la familia Carrique como en el anteriormente tratado y en los que se analizaran posteriormente, la participación porcentual de cada uno de los condóminos en el total de la propiedad familiar no proviene directamente del catastro inmobiliario sino que se determinó sobre la base de la superficie que tienen las partidas inmobiliarias en que cada uno participa, lo cual sí consta en el catastro.

Asimismo, el caso actualmente analizado permite verificar que si en vez de considerar un propietario con 5.754 hectáreas se hubiera optado, por asumir que se trataba de 8 (la cantidad de condóminos) con una extensión de tierra equivalente a su respectiva participación en cada una de las partidas inmobiliarias involucradas (procedimiento que se descartó desde el comienzo) hubieran desaparecido todas las interrelaciones entre los condóminos y por lo tanto el condominio como forma específica de propiedad. Es decir que bajo tal criterio se habría introducido una distorsión derivada de transitar de una situación caracterizada por la propiedad común que ejercen varios individuos sobre un inmueble a otra sustentada en la propiedad individual. Si se hubiera adoptado este enfoque en el caso de los condominios, idéntico reduccionismo habría que realizar con el resto de las formas de propiedad. Así, los inmuebles que pertenecen a un grupo de sociedades habría que asignarlos a cada una de ellas como si fueran propietarios distintos y estas a su vez habría que dividirlas de acuerdo a la participación de cada accionista y finalmente determinar la superficie que tiene cada uno de estos individuos. Mas aun, para ser consecuentes este mismo procedimiento habría que aplicarlo en el caso de los otros sectores económicos (industriales, comerciales, etc.). En síntesis, siempre es cuantitativamente posible reducir las formas complejas de propiedad a la más simple, la propiedad individual, pero ello no hace sino distorsionar las características que adopta la propiedad en la realidad.

Condominio semicerrado: Abarca el conjunto de partidas en el cual entre el 50% y el 99% de ellas son condominios que pertenecen a un determinado número de personas físicas y/o jurídicas. Para que se registre este tipo de condominio es necesario no sólo que, al igual que en el condominio cerrado, haya, como mínimo, propietarios comunes entre las diferentes parcelas sino que también entre el 50% y el 1% de las partidas sean propiedad exclusiva de algunos de los condóminos.

Este y los tipo de condominios que le siguen, comprende a los que están integrados por un conjunto de partidas inmobiliarias cuya propiedad comparten diversos integrantes de un grupo familiar pero también por otras partidas que son propiedad exclusiva de alguno de los condóminos de las anteriores.

En el Cuadro Nº 29 A se expone un ejemplo de este tipo de condominios. Se refiere a un propietario constituido por distintos integrantes de la familia Casado Sastre-Marín (Carlos Pedro Juan, María Esther, Mercedes María, Pablo Carlos Mario y Pedro María Carlos) que tiene 12.176 hectáreas fraccionadas en 15 partidas que están ubicadas en los partidos de General Belgrano, Mar Chiquita y Pila.

Por otra parte, tal como se observa en el Cuadro Nº 29 B, de las quince parcelas de este propietario, hay doce que son condominios. En dos de ellos, los condóminos son Mercedes María Casado, Pablo Carlos Mario Casado e Ignacio Carlos Casado Marín. En los 10 restantes, participan los dos primeros propietarios de las partidas anteriores con el resto de los integrantes de la familia.

Los condominios semicerrados y este caso en particular permiten incorporar nuevas precisiones acerca de los alcances que tienen las interrelaciones que desencadenan los condominios. A diferencia de lo que ocurre en los condominios cerrados, en los semicerrados se agrupan partidas inmobiliarias que pertenecen a un sólo propietario, siempre y cuando el mismo participe en otras que sí están en condominio. En el caso de la familia Casado Sastre-Marín (Cuadro Nº 29 B), se puede verificar a este respecto, que tres de sus integrantes (María Esther, Carlos Pedro y

Cuadro Nº 29 A
Estimación de propietario:
Ejemplo de un propietario que tiene la mayoría
de sus partidas en condominio (condominio semicerrado).

PDO	PDA	TITULAR	DESTINATARIO POSTAL	DIRECCIÓN	SUP.	CODTI	CDEST	CODTD	CODPR	C
069	033855	CASADO CARLOS P. J.	(*)	CORDOBA 645	498	60321	1574	1573	1573	C
069	033856	CASADO CARLOS P. J.	(*)	CORDOBA 645	498	60321	1574	1573	1573	C
083	002058	CASADO CARLOS P. J.	CASADO CARLOS P.	CORDOBA 645	1625	60321	1574	1573	1573	
083	002057	CASADO MARIA ESTHER	C. DE AYARRAGARAY M. E.	CORDOBA 645	1430	40322	1573	1573	1573	C
069	033851	CASADO MARIA ESTHER	CASADO MARIA E. M. DE	CORDOBA 645	450	40322	1573	1573	1573	C
069	001510	CASADO MARIA ESTHER	CASADO MARIA E. M. DE	CORDOBA 645	449	40322	1573	1573	1573	C
036	015099	CASADO MERCEDES M.	MARIN DE CASADO M. E.	CORDOBA 645	1073	40323	1573	1573	1573	C
036	015098	CASADO MERCEDES M.	CASADO M. MARIA Y OTS.	CORDOBA 645	1079	40323	0	1573	1573	C
069	001511	CASADO PABLO C. M.	(*)	CORDOBA 645	585	1573	1573	1573	1573	C
069	033854	CASADO PABLO C. M.	(*)	CORDOBA 645	585	1573	1573	1573	1573	C
069	033852	CASADO PABLO C. M.	CASADO MARIA E. M. DE	CORDOBA 645	450	1573	1573	1573	1573	C
069	033853	CASADO PABLO C. M.	CASADO MARIA E. M. DE	CORDOBA 645	450	1573	1573	1573	1573	C
069	033858	CASADO PABLO C. M.	(*)	CORDOBA 645	560	1573	1573	1573	1573	C
069	033857	CASADO PABLO C.	(*)	CORDOBA 645	560	1573	1573	1573	1573	C
083	002056	CASADO PEDRO M. C.	CASADO PEDRO MARIA C.	CORDOBA 645	1884	0	0	0	1573	C

PDO: *Código de partido provincial*
PDA.: *Código de partida inmobiliaria*
C: *Condominio*

CODTI: *Código de titular*
CDEST: *Código de destinatario*

CODTD: *Código de titular-destinatario*
CODPR: *Código de propietario*

(*) *Al faltar el nombre del destinatario postal se ha supuesto que coincide con el destinatario correspondiente al mismo propietario en otra partida.*

FUENTE: *Elaboración propia en base al catastro inmobiliario rural, 1988.*

CUADRO Nº 29 B
Estimación de propietario:
Participación porcentual de los condóminos
en cada una de las partidas (condominio semicerrado).

PDO	PDA	HECTÁREAS	CASADO MERCEDES MARIA	CASADO MARIN IGNACIO C.	CASADO PABLO CARLOS M.	CASADO MARIA ESTHER	CASADO CARLOS PEDRO	CASADO PEDRO MARIA C.
036	015098	1.079	33.3	33.3	33.3			
036	015099	1.073	33.3	33.3	33.3			
069	001510	449	20.0		20.0	20.0	20.0	20.0
069	033851	450	20.0		20.0	20.0	20.0	20.0
069	033852	450	20.0		20.0	20.0	20.0	20.0
069	033853	450	20.0		20.0	20.0	20.0	20.0
069	033854	585	20.0		20.0	20.0	20.0	20.0
069	033855	498	20.0		20.0	20.0	20.0	20.0
069	033856	498	20.0		20.0	20.0	20.0	20.0
069	033857	560	20.0		20.0	20.0	20.0	20.0
069	033858	560	20.0		20.0	20.0	20.0	20.0
083	002056	1.884				100.0		
083	002057	1.430					100.0	
083	002058	1.625						100.0
TOTAL -Hectár. -%		12.176 (100,0)	1.743,4 (14,2)	717,4 (5,9)	1.743,2 (14,2)	2.447,0 (20,1)	2.642,0 (21,7)	2.901,0 (23,9)

PDO: Código de partido provincial
PDA: Código de partida inmobiliaria

FUENTE: Elaboración propia en base al catastro inmobiliario rural, 1988.

Pedro María Casado) tienen cada uno de ellos una partida inmobiliaria en la cual son propietarios únicos (100%).

Con estos elementos iniciales (que ciertamente en este y en los restantes casos deben ser profundizados mediante estudios específicos) es posible confrontar el criterio adoptado con la otra opción metodológica y por-supuesto conceptual. De haber adoptado esta última en el caso analizado se habría partido el condominio en cuatro partes. Una de ellas compuesta por todas las partidas en condominio y las restantes integradas por cada una de las partidas que tienen un propietario individual. Esto traería aparejado que una misma persona sería integrante de un condominio y al mismo tiempo un propietario individual. Pero lo que constituye el problema de fondo es que se habría desnaturalizado el contenido básico del condominio que está sustentado en el grupo familiar. De esta manera, la mencionada partición u otras alternativas, habrían respetado la realidad catastral pero distorsionado seriamente la realidad de la propiedad. A este respecto, cabe insistir en que la cantidad de partidas inmobiliarias que tiene un sólo propietario pero que integran un condominio depende de las participaciones que tiene cada condómino en la superficie total, de la distribución geográfica que tienen las tierras y del número de partidas en que está subdividida el conjunto de la superficie. Esta última a su vez, está en función, como se verá posteriormente con mayor detalle, del pago del impuesto inmobiliario rural (dada una determinada superficie, cuanto mayor es el número de partidas inmobiliarias menor es el impuesto devengado) y por lo tanto de la intensidad que adquiere en cada caso la elusión de la carga impositiva. La conjunción de estos elementos da como resultado una o, lo que es mas común, varias alternativas para asignar las participaciones de los diversos condóminos en la superficie total.

En el caso del condominio de la familia Casado Sastre-Marín, se subdividió la superficie total, a lo largo del tiempo y hasta 1988, en 15 parcelas. Asimismo, resulta evidente que se siguió un patrón de asignación de las participaciones entre los condóminos diferente para cada uno de los partidos en que tiene propiedades. En las dos parcelas ubicadas en el partido de General Belgrano participan tres condóminos con partes iguales (33,3%) en cada una de ellas. Las 10 partidas localizadas en el partido de Mar Chiquita se dividen proporcionalmente entre cinco de ellos (dos de los cuales participan en las partidas anteriores) y finalmente las 3 partidas ubicadas en el partido de Pila, quedaron como propiedad individual de 3 de ellos que además participan como condóminos en las 10 parcelas anteriores.

De acuerdo al valor venal de la tierra y a lo que le corresponde a cada uno, esta es una de las formas posibles que puede adoptar la participación de cada uno de los integrantes de la familia, pero no la única. Así por ejemplo, dado que las partidas localizadas en el partido de General Belgrano tienen una extensión y una valuación fiscal semejante (460 mil australes de 1988 aproximadamente), se podría suponer que su valor venal también es similar. Si esto es cierto, uno de los condóminos que tiene el 33,3% de cada una de ellas podría tener el 66,6% de una de ellas y nada en la otra y por lo tanto los dos restantes pasarían a tener, cada uno de ellos, el 16,7% de la primera y el 50% de la segunda. De la misma forma, podría haberse adoptado una asignación diferente en la cual todas las partidas inmobiliarias estuvieran en condominio, siempre y cuando la resultante de la misma respetara la participación que le corresponde a cada uno en el total de la valuación venal de la superficie agropecuaria que ellos controlan.

Por lo tanto, si se excluyen las partidas entrelazadas que tienen un propietario único, se mutila la superficie real y la participación que tiene cada uno de los integrantes del grupo familiar.

Es relevante destacar que aun incluyéndolas no se garantiza necesariamente la integración de la superficie real que tiene la unidad económica en cuestión. Esto ocurre, cuando uno o más miembros del grupo familiar concretan su participación en el conjunto de la tierra, mediante la propiedad de una o más partidas en las cuales son propietarios únicos, sin participar en ningún condominio con el resto pero manteniéndose articulado al grupo familiar al funcionar sus inmuebles rurales junto con los del resto de la familia y recibir utilidades y ganancias en proporción a su participación en el conjunto.

Determinar en estos casos si se trata de propietarios individuales o, por el contrario, de integrantes de un mismo conjunto económico, es sumamente dificultoso porque implica disponer de la información necesaria para analizar su funcionamiento económico.

Sin embargo hay elementos indirectos dentro del catastro inmobiliario (tales como el nombre del destinatario postal o la dirección postal) que pueden indicar que presumiblemente ello es así. Este tipo de situaciones no son excepcionales, así por ejemplo en el condominio bajo análisis hay dos hijos del matrimonio Casado Sastre-Marín (Rafael Casado y Juan Carlos Casado) que tiene cada uno de ellos, únicamente una partida inmobiliaria en el partido de General Belgrano con una extensión de 1.702 y 1.456 hectáreas respectivamente (Cuadro Nº 29 C). En ambos casos, el domicilio postal es el mismo que el del resto del grupo familiar (Córdoba 645, Cap.Fed.).

Ellos fueron considerados como propietarios individuales al disponerse solamente de elementos indirectos y no de evidencias fehacientes que los vinculen patrimonialmente al resto de las propiedades familiares. La determinación de las participación total que tiene cada integrante en la propiedad familiar se vuelve mas compleja cuando los inmuebles que les pertenecen están ubicados en varias provincias. En dichas cir-

CUADRO Nº 29 C
Estimación de propietario:
Partidas inmobiliarias que pertenecen
a integrantes de la familia Casado Sastre-Marín
y no forman parte del condominio.

pdo	pda	propietario	dest. postal	dirección	sup.	codti	cdest	codtd	codpr	c
083	002059	CASADO J. C.	CASADO J. C.	CORDOBA 645	1456	0	0	0	0	
083	000200	CASADO R. C.	CASADO R. C.	CORDOBA 645	1702	0	0	0	0	

PDO: Código de partido provincial   CODTI: Código de titular
CODTD: Código de titular-destinatario   PDA: Código de partida inmobiliaria
CDEST: Código de destinatario   CODPR: Código de propietario
C: Condominio

FUENTE: Elaboración propia en base al catastro inmobiliario rural, 1988.

cunstancias la determinación de la misma considerando solamente la Provincia de Buenos Aires da resultados distorsionados ya que en la realidad también habría que imputar la extensión de las posesiones extraprovinciales. Si bien no se disponen de evidencias, es pertinente mencionar que estas circunstancias podrían estar presentes en la familia Casado Sastre-Marín ya que por una lado las participaciones de sus integrantes son muy diferentes aún cuando se las estime de acuerdo a la valuación fiscal y no a la superficie y por otro lado, hay dos hijos (María y Carlos Casado) que no figuran como condóminos ni como propietarios individuales en el padrón inmobiliario rural bonaerense a pesar de que uno de ellos figura como destinataria de una partida en condominio con su apellido de casada (María Casado de Ayarragaray).

Condominio semiabierto: Comprende el conjunto de partidas en el cual entre el 25% y el 49% de ellas pertenecen a un determinado número de personas físicas y/o jurídicas. Los requisitos mínimos respecto a los propietarios son semejantes a los requeridos por los anteriores tipos de condominio, salvo en el porcentaje de las partidas que son propiedad exclusiva de uno o más condóminos.

El caso de la familia Ayerza-Madero es un ejemplo de este tipo de condominio (Cuadro Nº 30 A). Es un propietario constituido por una parte de la mencionada familia (Héctor José Ayerza, Mercedes Josefina Ayerza de Ruiz Guiñazú y sus hijos Teresa, Mercedes y Jacinto) que tiene 3.993 hectáreas y 12 partidas inmobiliarias en los partidos de General Alvarado, General Guido y Mar Chiquita.

Este condominio, tal como se observa en el Cuadro Nº 30 B, se estructura a partir de dos hermanos (Héctor J. y Mercedes J. Ayerza) que de acuerdo a la superficie tienen una participación muy disímil (1.358 hectáreas para el primero y 2.635 hectáreas para la segunda incluyendo la participación de sus hijos).*

Si se evalúa la participación de ambos condóminos teniendo en cuenta la valuación fiscal y no la superficie rural, se comprueba que la valuación fiscal de las parcelas del primero más su respectiva participación en las restantes, asciende a 1,7 millones de australes aproximadamente, cifra similar a la que tienen los otros condominios. Es decir que las participaciones de acuerdo a la valuación fiscal son significativamente más parejas que tomando en cuenta la extensión del condominio (50,2% para el primero y 49,8% para todos los restantes).

---

* Es pertinente señalar que cabe la posibilidad que la partida inmobiliaria que pertenece exclusivamente a Mercedes Josefina Ayerza de Ruiz Guiñazú y a sus hijos (la 003337 del partido de General Guido con 2.041 hectáreas) se haya integrado a este condominio debido a la división de las propiedades de la familia de su marido (Ruiz Guiñazú). Avala esta suposición el hecho que sea el único inmueble del condominio que se encuentra en el partido de General Guido y que el nombre del destinatario postal sea Ruiz Guiñazú. Esta hipótesis fue dejada de lado, transitoriamente, debido a que su constatación exigiría un estudio exhaustivo del caso, analizando, entre otros aspectos, la conformación de la estructura de parentesco de cada una de las familias involucradas y el origen de sus respectivas propiedades así como su situación actual en base a la información del Registro de la Propiedad de la Provincia de Buenos Aires. De todas maneras, si esta hipótesis fuese cierta, no se alteraría una mayor complejidad debido a que se trataría de un condominio sustentado en las propiedades de una familia que se acrecientan debido a la propia familia. No fue posible acceder a la documentación necesaria para develar estas incógnitas porque la partida en cuestión es por ahora provisoria ya que, al parecer, la sucesión de los Ruiz Guiñazú no ha concluido aún.

CUADRO Nº 30 A

Estimación de propietario:

**Ejemplo de un propietario que tiene una minoría
de sus partidas en condominio (condominio semiabierto).**

PDO	PDA	PROPIETARIO	DESTINATARIO POSTAL	DIRECCIÓN	SUP.	CODTI	CDEST	CODTD	CODPR	C
069	010597	AYERZA HECTOR JOSE	AYERZA HECTOR JOSE	LIBERTADOR 662	81	40141	630	634	634	
033	000511	AYERZA HECTOR JOSE	AYERZA HECTOR JOSE	LIBERTADOR 662	304	40141	630	634	634	
069	010606	AYERZA HECTOR JOSE	AYERZA HECTOR Y OT.	LIBERTADOR 662	155	40141	630	634	634	
069	010599	AYERZA HECTOR JOSE	AYERZA HECTOR Y OT.	LIBERTADOR 662	107	40141	630	634	634	
069	010593	AYERZA HECTOR JOSE	MADERO DE AYERZA M.	LIBERTADOR 662	127	40141	634	634	634	
069	010598	AYERZA HECTOR JOSE	MADERO DE AYERZA M.	LIBERTADOR 662	89	40141	634	634	634	
069	010590	AYERZA HECTOR JOSE	MADERO DE AYERZA M.	LIBERTADOR 662	254	40141	634	634	634	C
069	010607	AYERZA HECTOR JOSE	MADERO DE AYERZA M.	LIBERTADOR 662	158	40141	630	634	634	
037	003337	AYERZA MAERCEDES J.	RUIZ GUIJAZU	BOLIVAR 483	2041	634	0	634	634	C
069	010592	AYERZA MERCEDES J.	AYERZA DE M.	LIBERTADOR 662	265	634	634	634	634	C
033	079133	AYERZA MERCEDES J.	AYERZA MERCEDES	BOLIVAR 483	258	634	634	634	634	
069	010596	AYERZA MERCEDES J.	AYERZA M. MADERO DE	LIBERTADOR 662	154	634	634	634	634	C

PDO: Código de partido provincial
PDA: Código de partida inmobiliaria
C: Condominio
CODTI: Código de titular
CDEST: Código de destinatario
CODTD: Código de titular-destinatario
CODPR: Código de propietario

FUENTE : Elaboración propia en base al catastro inmobiliario rural, 1988.

CUADRO Nº 30 B
Estimación de propietario:
Participación de los condóminos en cada una de las partidas
(condominio semiabierto).

PDO	PDA	HECTÁREAS	VALUACIÓN (en miles)	AYERZA HÉCTOR JOSÉ	AYERZA MERCEDES JOSEFINA	RUIZ GUIÑAZU TERESA	RUIZ GUIÑAZU M. FATIMA	RUIZ GUIÑAZU JACINTO S.
033	000511	304	650,4	100,0	—	—	—	—
033	079133	258	608,1	—	100,0	—	—	—
037	003337	2.041	771,6	—	40,0	20,0	20,0	20,0
069	010590	254	290,2	50,0	50,0	—	—	—
069	010592	265	231,8	50,0	50,0	—	—	—
069	010593	127	151,9	100,0	—	—	—	—
069	010596	154	172,0	50,0	50,0	—	—	—
069	010597	81	100,5	100,0	—	—	—	—
069	010598	89	103,4	100,0	—	—	—	—
069	010599	107	116,9	100,0	—	—	—	—
069	010606	155	138,2	100,0	—	—	—	—
069	010607	158	135,0	100,0	—	—	—	—
TOTAL HAS.		3.993 (100,0)		1.357,5 (34,0)	1.410,2 (35,3)	408,2 (10,2)	408,2 (10,2)	408,2 (10,2)
TOTAL VAL. (en miles)			3.470,1 (100,0)	1.743,4 (50,2)	1.263,8 (36,4)	154,3 (4,4)	154,3 (4,4)	154,3 (4,4)

PDO: Código de partido provincial

PDA: Código de partida inmobiliaria

FUENTE: Elaboración propia en base al catastro inmobiliario, 1983

CUADRO Nº 30 C:

Estimación de propietario:

Partidas inmobiliarias que pertenecen a integrantes

de la familia Ayerza-Madero y no integran el condominio.

PDO	PDA	PROPIETARIO	DESTINATARIO POSTAL	DIRECCIÓN	SUP.	VAL.	CODTI	CDEST	CODTD	CODPR	C
107	012055	MADERO M. DE LAS MERC.	M. DE AMERZA MERCEDES	LIBERTADOR 662	791	647,4	40143	634	634	40143	
107	005798	MADERO M. DE LAS MERC.	M. DE AMERZA MERCEDES	LIBERTADOR 662	1581	1187,7	40143	634	634	40143	
033	079132	MADERO MERCEDES	AYERZA HECTOR JOSE	LIBERTADOR 662	700	1466,6	40143	630	634	40143	
033	069066	RUIZ JACINTO IGNACIO	RUIZ GUIÑAZU I.	BOLIVAR 483	127	442,9	0	0	634	0	

PDO: *Código de partido provincial*

PDA: *Código de partida inmobiliaria*

C: *Condominio*

CODTI: *Código de titular*

CDEST: *Código de destinatario*

CODTD: *Código de titular-destinatario*

CODPR: *Código de propietario*

FUENTE: Elaboración propia en base al catastro inmobiliario rural, 1988.

Es importante señalar, que también en este caso hay propiedades familiares que son excluidas por no estar relacionadas mediante la propiedad, a pesar de que hay evidencias que permiten asumir que forman parte del mismo conjunto económico y de que su inclusión define el contenido productivo real del condominio en cuestión.

Se trata de una partida inmobiliaria de 127 hectáreas con 443 mil australes de valuación fiscal. La misma se ubica en el partido de General Alvarado y su titular es Jacinto Ignacio Ruiz Guiñazú que se agrupa con las que componen el condominio analizado únicamente en la estimación de titular-destinatario (Cuadro Nº 30 C).

Si se tomara en cuenta la valuación fiscal de la mencionada partida se desequilibrarían las participaciones entre las dos ramas familiares que originan el condominio, nuevamente en favor de los Ayerza-Ruiz Guiñazú (Héctor J. Ayerza tendría el 45% aproximadamente, mientras que su hermana e hijos el 55% restante).

Más importante aún es señalar que quedan afuera del condominio, los inmuebles de la cabeza actual de la familia. En el padrón inmobiliario rural figuran tres partidas inmobiliarias a nombre de María de las Mercedes Madero de Ayerza que tienen una superficie total de 3.072 hectáreas en los partidos de General Alvarado y de Trenque Lauquen. Al igual que en el caso anterior, estas partidas tampoco se agrupan con el resto de las que forman el condominio analizado de acuerdo a la estimación de propietario y sí lo hacen en la estimación de titular-destinatario debido a que la propietaria figura como destinataria postal en varias partidas (en la tres últimas que integran el Cuadro Nº 30 A).

Si se tiene en cuenta a todo el grupo familiar (los que constituyen el condominio analizado y los que están fuera del mismo y son considerados como propietarios individuales) la participación de sus integrantes, de acuerdo a la valuación fiscal de la tierra, sería de 46% para Madero-Ayerza (la madre), de 30% para Ayerza-Ruiz Guiñazú (la hija y sus descendientes) y de 24% para Ayerza-Madero (el hijo), aproximadamente.

De ser así, en términos productivos estaríamos frente a un propietario que mediante sus propiedades articula la cría de ganado con la terminación del mismo, ya que Madero-Ayerza tiene sus inmuebles rurales principalmente en la zona de invernada y el resto de las ramas familiares exclusivamente en la zona de cría.

En conclusión, en este caso las vinculaciones de propiedad que capta el condominio, son una parte de la superficie agropecuaria de la que presumiblemente integra todo el conjunto económico basado en el grupo familiar.

También este caso aporta otros elementos novedosos respecto a los anteriores. En primer término, ilustra la discrepancias existentes, en muchos casos, entre la superficie y la valuación fiscal así como la forma de estimar mediante esta última variable la participación de cada una de las partes en el condominio.

En segundo lugar, ejemplifica el tipo de relaciones familiares, de carácter presuntamente económico, que capta la estimación de titular-destinatario y que desaparecen en la estimación de propietario. El contenido económico de las relaciones entre los integrantes del condominio y los que quedan fuera del mismo, se puede asumir no sólo por el "entrecruzamiento" de titulares y destinatarios postales sino también porque al integrarlos, se equilibran las participaciones entre todos ellos y sobre todo porque cobra forma la naturaleza productiva de la unidad económica que queda mutilada cuando se considera el condominio por un lado y el resto de la familia por otro.

Finalmente y vinculado a lo anterior, el equilibrio de las participaciones de los distintos integrantes del grupo familiar en la propiedad de la tierra indica que cada uno de ellos tiene una importancia similar en las decisiones relativas a la gestión económico-productiva del conjunto de establecimientos que comprenden sus tierras. Dicho de otra manera, dicho equilibrio indicaría que los diferentes establecimientos componen una "empresa" agropecuaria cuya estrategia productiva y económica es definida por todas las partes involucradas en la propiedad de sus tierras.

Condominio abierto: Consiste en el conjunto de partidas en el cual menos del 25 % de ellas pertenecen a un determinado conjunto de personas físicas y/o jurídicas. Nuevamente en este tipo de propiedad, los requisitos en relación a los propietarios son semejantes a los de los condominios anteriores, excepto en la proporción de las partidas que pertenecen exclusivamente a alguno de los condominos.

Estos condominios son aparentemente los más difusos por la escasa proporción de partidas en condominios que los integran, lo cual erróneamente podría interpretarse como la expresión de propiedades familiares que prácticamente se han escindido y que conservan algunos resabios de una intensa relación anterior que actualmente ya no existe o está en vías de extinción. La realidad parece ser otra a juzgar por las características que presentan un número significativo de los casos que integran este tipo de condominio. Se trata de condominios que lejos de escindirse, están iniciando el tránsito hacia otras formas complejas de propiedad, la formación de grupos societarios, o que ya han conformado un grupo societario y las partidas en condominio constituyen restos "arqueológicos" de una situación pretérita o un recurso marginal para equilibrar las participaciones accionarias que tienen algunos de los propietarios en el conjunto de las sociedades. Este carácter residual o marginal determina que mediante este tipo de condominios se capten sólo fragmentos de propiedades que en la realidad son más vastas y complejas. Ciertamente, dentro de estos parámetros generales hay una gama amplia de situaciones concretas que se intentan ilustrar a continuación mediante diversos casos.

El primero de ellos, consiste en un propietario que transita hacia la formación de un grupo societario o que al menos, para controlar la propiedad de sus tierras, combina el condominio con la sociedad. Se trata de un propietario integrado por varios integrantes de la familia Cárdenas (Emilio Jorge, Manuel Augusto, María Magdalena, María Teresa, Mercedes María y Emilio) con 13.134 hectáreas fraccionadas en 29 partidas ubicadas en los partidos de Benito Juárez, Tapalqué, Cañuelas, Maipú y Nueve de Julio (Cuadro Nº 31A).

Tal como se observa en el Cuadro Nº 31 B, cuatro de sus partidas pertenecen a condominios donde están presentes, con diferente participación, todos los integrantes de la familia Cárdenas, salvo Manuel Augusto.

Sobre la base de los criterios utilizados hasta este momento, podría afirmarse que la inclusión de Manuel Augusto Cárdenas dentro de este propietario constituye un arbitrariedad ya que, a pesar de tener el mismo apellido, se encuentra desvinculado del resto de las personas físicas al ser el propietario único de todas las partidas inmobiliarias en que figura como titular.

Efectivamente constituye una arbitrariedad pero la misma esta fundada en la aplicación de un criterio metodológico que se adoptó para resguardar el carácter de este tipo de condominios y que será explicitado a través del caso bajo análisis.

La familia Cárdenas, además de las partidas mencionadas, es propietaria de dos sociedades: Las Mercedes de Ezcurra SCA (que figura como destinataria postal de la última partida consignada en el Cuadro Nº 31 A) y Santa Amelia SCA. En la propiedad de la primera de ellas participan todos los integrantes de la familia, salvo Manuel Augusto. En la propiedad de la segunda, lo hacen Manuel Augusto (con la mayoría accionaria) y Emilio Cárdenas como socio comanditado con el 2% del capital social. Si bien en este momento, dicha participación puede parecer exigua como para justificar la integración de las propiedades de Manuel Augusto Cárdenas al condominio analizado, no lo será una vez analizada

CUADRO Nº 31₄ A

Estimación de propietario:
Ejemplo de un propietario que tiene unas pocas partidas en condominio (condominio abierto).

PDO	PDA	PROPIETARIO	DESTINATARIO POSTAL	DIRECCIÓN	SUP.	COTDI	CDEST	CODTD	CODPR	C
053	013940	CARDENAS EMILIO JORGE	CARDENAS EMILIO	POSADAS 1359	371	40309	1522	1522	1522	
053	004742	CARDENAS EMILIO JORGE	CARDENAS EMILIO	POSADAS 1359	373	40309	1522	1522	1522	
053	008895	CARDENAS EMILIO JORGE	CARDENAS M. T. Y OT.	PARERA 153	100	40309	9122	1522	1522	
053	015131	CARDENAS EMILIO JORGE	CARDENAS M. T. Y OT.	PARERA 153	258	40309	9122	1522	1522	
104	002129	CARDENAS MANUEL A.	CARDENAS EMILIO	POSADAS 1359	681	40310	1522	1522	1522	
104	000151	CARDENAS MANUEL A.	CARDENAS EMILIO	POSADAS 1359	843	40310	1522	1522	1522	
104	000153	CARDENAS MANUEL A.	CARDENAS EMILIO	POSADAS 1359	337	40310	1522	1522	1522	
104	004156	CARDENAS MANUEL A.	CARDENAS EMILIO	POSADAS 1359	155	40310	1522	1522	1522	
104	005036	CARDENAS MANUEL A.	CARDENAS EMILIO	POSADAS 1359	113	40310	1522	1522	1522	
104	005043	CARDENAS MANUEL A.	CARDENAS EMILIO	POSADAS 1359	100	40310	1522	1522	1522	
104	005044	CARDENAS MANUEL A.	CARDENAS EMILIO	POSADAS 1359	163	40310	1522	1522	1522	
104	005045	CARDENAS MANUEL A.	CARDENAS EMILIO	POSADAS 1359	107	40310	1522	1522	1522	
104	005049	CARDENAS MANUEL A.	CARDENAS EMILIO	POSADAS 1359	77	40310	1522	1522	1522	
104	005209	CARDENAS MANUEL A.	CARDENAS EMILIO	POSADAS 1359	100	40310	1522	1522	1522	
053	004692	CARDENAS MARIA M.	CARDENAS MARIA T.	PARERA 163	535	40311	9122	1522	1522	
05	008896	CARDENAS MARIA M.	CARDENAS, MARIA T.	PARERA 163	754	40311	9122	1522	1522	

Cuadro Nº 31 a, continuación

PDO	PDA									C
053	013990	CARDENAS MARIA M.	CARDENAS EMILIO	POSADAS 1359	780	40311	1522	1522	1522	
053	008897	CARDENAS MARIA T.	EMILIO CARDENAS	POSADAS 1359	299	1522	1522	1522	1522	
053	000908	CARDENAS MARIA T.	CARDENAS EMILIO	POSADAS 1359	811	1522	1522	1522	1522	
053	000274	CARDENAS MARIA T.	CARDENAS EMILIO	POSADAS 1359	1013	1522	1522	1522	1522	
066	004108	CARDENAS MARIA T.	CARDENAS EMILIO	POSADAS 1359	1105	1522	1522	1522	1522	C
066	002377	CARDENAS MARIA T.	CARDENAS EMILIO	POSADAS 1359	480	1522	1522	1522	1522	C
053	015132	CARDENAS MARIA T.	CARDENAS M. T. Y OT.	PARERA 163	247	1522	9122	1522	1522	
053	015133	CARDENAS MARIA T.	CARDENAS M. T. Y OT.	PARERA 163	266	1522	9122	1522	1522	
066	000149	CARDENAS MERCEDES M.	CARDENAS M. DE OCA., E.	PARERA 163	890	40312	1522	1522	1522	C
066	002472	CARDENAS MERCEDES M.	CARDENAS EMILIO	POSADAS 1359	753	40312	1522	1522	1522	
053	013942	CARDENAS MERCEDES M.	CARDENAS EMILIO	POSADAS 1359	445	40312	1522	1522	1522	
053	013941	CARDENAS MERCEDES M.	CARDENAS EMILIO	POSADAS 1359	441	40312	1522	1522	1522	
077	021050	CARDENAS MERCEDES M.	LAS M DE EZCURRA SCA	RECONQUISTA 379	537	40312	5061	1522	1522	C

PDO: *Código de partido provincial*
PDA: *Código de partida inmobiliaria*
C: *Condominio*

CODTI: *Código de titular*
CDEST: *Código de destinatario*

CODTD: *Código de titular-destinatario*
CODPR: *Código de propietario*

FUENTE : *Elaboración propia en base al catastro inmobiliario rural, 1988.*

CUADRO Nº 31 B
Estimación de propietario:
Participación porcentual de los condóminos
en cada una de las partidas (condominio abierto).

PDO	PDA	HECTÁREAS	CARDENAS EMILIO JORGE	CARDENAS MANUEL AUGUSTO	CARDENAS MARIA MAGDALENA	CADERNAS MARIA TERESA	CARDENAS MERCEDES MARIA	CARDENAS EMILIO
053	000274	1.013				100.0		
053	000908	811				100.0		
053	004692	535			100.0			
053	004742	373	100.0					
053	008895	100	100.0					
053	008896	754			100.0			
053	008897	299				100.0		
053	013940	371	100.0					
053	013941	441					100.0	
053	013942	445					100.0	
053	013990	780			100.0			
053	015131	258	100.0					
053	015132	247				100.0		
053	015133	266				100.0		
066	000149	890					100.0	
066	002377	480	25.0		25.0	25.0	25.0	

(Cuadro Nº 31 b, continuación)

066	002472	753	25.0		25.0	25.0	25.0	
066	004108	1.105	12.5		12.5	50.0	12.5	12.5
077	021050	537	20.0		20.0	20.0	20.0	20.0
104	000151	843		100.0				
104	000153	337		100.0				
104	002129	681		100.0				
104	004156	155		100.0				
104	005036	113		100.0				
104	005043	100		100.0				
104	005044	163		100.0				
104	005045	107		100.0				
104	005049	77		100.0				
104	005209	100		100.0				
TOTAL -HECTÁR.		13.134	1.655,9	2.676,0	2.622,8	3.604,1	2.329,7	245,5
-%		(100,0)	(12,6)	(20,4)	(19,9)	(27,4)	(17,8)	(1,9)

FUENTE : Elaboración propia en base al catastro inmobiliario rural, 1988.

la forma en que se estructuran los grupos económicos agropecuarios que ciertamente difieren de la que ostentan los grupos económicos predominantemente industriales. Hecha esta salvedad, es pertinente recalcar que en el caso analizado la relación de propiedad entre Manuel Augusto Cárdenas y el resto de la familia se establece en las sociedades y no en los condominios.

Otro ejemplo, que en este caso ejemplifica el papel subalterno que cumple el condominio en los grupos societarios, es el que se presenta en el Cuadro Nº 32 A. Se trata de un propietario constituido por personas físicas (Maria Inés Bemberg, Miguel Blas De Ganay, Pablo Esteban De Ganay y Andrés Eduardo De Ganay) y por personas jurídicas (Feiba SA, Isalema SA, Manderlay SA y Pamian SA) que tiene 27.430 hectáreas subdivididas en 43 partidas inmobiliarias que están localizadas en los partidos de Carlos Casares, Necochea, Monte, Pellegrini, General Alvarado y General Pueyrredón.

Este propietario no tiene todas sus partidas vinculadas entre titulares y destinatarios ya que, como lo indica el código de titular-destinatario (CODTD) del Cuadro Nº 32 A, la primera de ellas no se articula con el resto. Tampoco tiene un domicilio o un apellido común en todas sus partidas.

El hecho de que este propietario tenga únicamente 5 partidas en condominio y de que no reúna ninguna de las cualidades mencionadas anteriormente, podría significar que, en la realidad, no hay un solo propietario sino tantos como el número de titulares que controla las 43 partidas. Bajo tal supuesto, la estimación de titular sería la que expresaría la verdadera situación en términos de la propiedad, mientras que la estimación de propietario sería arbitraria.

La visión que se asumiría en ese caso sería que se trata de 8 propietarios que, teniendo tierras a título personal, se asociaron para adquirir unas pocas parcelas de tierra, debido a hechos fortuitos como la posibilidad de comprar una parcela lindante con las propiedades de dos o más de ellos, los requerimientos del tipo de producción que encararán, etc.

Adoptar esta interpretación alternativa sería distorsionar la naturaleza que tiene este condominio ya que las personas físicas que comprende este propietario son las dueñas (mayoritarias o minoritarias) de las personas jurídicas que también lo integran. En términos estrictos, este propietario es sólo una parte de una realidad empresarial mucho más vasta, que comprende múltiples firmas localizadas en diversas actividades económicas (industriales, agropecuarias, etc.): el conglomerado empresarial extranjero Bemberg.[27]

CUADRO Nº 32 A
Estimación de Propietario:
Ejemplo de un condominio con unas pocas partidas en condominio (condominio abierto)

PDO	PDA	PROPIETARIO	DESTINATARIO POSTAL	DIRECCIÓN	SUP	CODTI	CDEST	CODTD	CODPR	C
016	010896	BEMBERG MARIA INES C.	STA ROSA ESTANCIAS SA	SARMIENTO 3159	278	10744	10744	10744	1701	C
016	010894	C FEDERAL	PAMIAN AGSCA	PERON 667	714	60013	6538	1701	1701	
076	001762	DE GANAY M. B. F. H.	DAMIAN S C A	CANGALLO 667	977	40349	2075	1701	1701	
073	004036	DE GANAY PABLO E. M.	GANAY PABLO DE	PERON 667	1008	40350	2135	1701	1701	
081	004976	FEIBA S A	FEIBA SA	PERON 667	283	1701	3125	1701	1701	
033	044510	FEIBA S A	FEIBA SA	PERON 667	279	1701	3125	1701	1701	
081	007134	FEIBA S A	FEIBA SA	PERON 667	346	1701	3125	1701	1701	
081	007135	FEIBA S A	FEIBA SA	PERON 667	286	1701	3125	1701	1701	
033	057687	FEIBA S A	FEIBA SA	PERON 667	1392	1701	3125	1701	1701	
033	044511	FEIBA S A	FEIBA SA	TTE PERON 667	48	1701	3125	1701	1701	
033	044508	FEIBA S A	FEIBA SA	PERON 667	1389	1701	3125	1701	1701	
033	000011	FEIBA S A	FEIBA SA	PERON 667	176	1701	3125	1701	1701	
081	000259	FEIBA S. C. A.	FEIBA SA	PERON 667	1260	1701	3125	1701	1701	
081	008768	FEIBA S. C. A.	FEIBA SA	PERON 667	1260	1701	3125	1701	1701	
076	063500	FEIBA S. A.	FEIBA SA	TTE J D PER 667	3291	1701	3125	1701	1701	
016	016863	GANAY ANDRES E. S. H.	PAMIAN S C A	PERON 667	1388	0	6538	1701	1701	C
016	016867	GANAY MIGUEL B. F. H.	PAMIAN S C A	PERON 667	1216	40349	6538	1701	1701	
016	010895	GANAY PABLO E. M. H.	BEMBERG DE DEGANAY M.	CANGALLO 667	407	40350	2135	1701	1701	C
016	016864	GANAY PABLO E. M. H.	PAMIAN S C A	PERON 667	1019	40350	6538	1701	1701	C
045	424111	ISALEMA S A	ISALEMA SA	SAN MARTIN 232	105	40352	4480	1701	1701	
045	424114	ISALEMA S A	ISALEMA SA	SAN MARTIN 232	94	40352	4480	1701	1701	

(Cuadro Nº 32 a, continuación)

PDO	PDA	Propietario	Titular/Destinatario	Domicilio		CODPR		CODTD	CDEST
045	021541	ISALEMA S A	ISALEMA SA	SAN MARTIN 232	168	40352	4480	1701	1701
045	424115	ISALEMA S A	ISALEMA SA	SAN MARTIN 232	110	40352	4480	1701	1701
045	424109	ISALEMA S A	ISALEMA SA	SAN MARTIN232	161	40352	4480	1701	1701
045	424108	ISALEMA S A	ISALEMA SA	SAN MARTIN 23	101	40352	4480	1701	1701
045	424116	ISALEMA S A	ISALEMA SA	SAN MARTIN 232	106	40352	4480	1701	1701
045	424117	ISALEMA S A	ISALEMA SA	SAN MARTIN 232	151	40352	4480	1701	1701
045	424118	ISALEMA S A	ISALEMA SA	SAN MARTIN 232	160	40352	4480	1701	1701
045	424113	ISALEMA S A	ISALEMA SA	SAN MARTIN 232	109	40352	4480	1701	1701
016	017434	ISALEMA S A	ISALEMA SA	SARMIENTO 3159	811	40352	4480	1701	1701
045	424112	ISALEMA S A	ISALEMA SA	SAN MARTIN 232	105	40352	4480	1701	1701
045	424110	ISALEMA S A	ISALEMA SA	SAN MARTIN 232	91	40352	4480	1701	1701
016	016868	ISALEMA S C A	PAMIAN S C A	PERON 667	1081	40352	6538	1701	1701
045	375477	ISALEMA S. A.	FEIBA S A	PERON 667	73	40352	3125	1701	1701
073	011365	ISALEMA S. A.	FEIBA	PERON 667	1010	40352	3125	1701	1701
045	375478	ISALEMA S. A.	ISALEMA S.A.	SAN MARTIN 232	73	40352	4480	1701	1701
073	009539	MANDERLAY A.G.S.C.A.	QUILQUIHUE SRL	PERON 667	507	40356	9134	1701	1701 C
073	010630	MANDERLAY A.G.S.C.A.	PAMIAN AGSCA	RIVADAVIA 64	230	40356	6538	1701	1701
073	011014	MANDERLAY A.G.S.C.A.	QUILQUIHUE SRL	PERON 667	705	40356	9134	1701	1701
076	078707	MANDERLAY A.G. CDA POR	DAMIAN S C POR ACCIO	PERON 667	1021	40356	2075	1701	1701
073	008758	MANDERLAY A.G. S C A	PAMIAN AGSCA	PERON 667	742	40356	6538	1701	1701
073	007149	PAMIAN A.G. S C P A	DE GANAY PABLO	PERON 667	200	60013	2135	1701	1701
081	008769	PROVINCIA DE BS AS	FEIBA S A	PERON 667	2499	1701	3125	1701	1701

PDO: Código de partido provincial
PDA: Código de partida inmobiliaria
C: Condominio

CODTI: Código de titular
CDEST: Código de destinatario

CODTD: Código de titular-destinatario
CODPR: Código de propietario

FUENTE : Elaboración propia en base al catastro inmobiliario rural, 1988.

CUADRO Nº 32 B
Estimación de propietario. Participación porcentual de los condóminos en cada una de las partidas inmobiliarias.

PDO	PDA	SUP.	A	B	C	D	E	F	G	H	I	J	K	L	M	N
016	010894	714	50,0						100.0							
016	010895	407			50,0								50.0			
016	010896	278		S/D	S/D	S/D	S/D	S/D	S/D	S/D	S/D	S/D		S/D	S/D	S/D
016	016863	1.388	50,0											S/D		
016	016864	1.019	S/D			S/D	S/D	S/D	S/D		S/D			100.0	S/D	S/D
016	016867	1.216														100.0
016	016868	1.081														100.0
016	017434	811														
033	000011	176													100.0	
033	044508	1.389													100.0	
033	044510	279													100.0	
033	044511	48													100.0	
033	057687	1.392													100.0	
045	021541	168														100.0
045	375477	73														100.0
045	375478	73														100.0
045	424108	101														100.0
045	424109	161														100.0
045	424110	91														100.0
045	424111	105													100.0	
045	424112	105														100.0
045	424113	109														100.0
045	424114	94														100.0
045	424115	110														100.0
045	424116	106														100.0
045	424117	151														100.0

(Cuadro Nº 32 b, continuación)

PDO	PDA	Sup.	A	B	C	D	E	F	G	H	I	J	K	L	M	N
045	424118	100														100,0
073	004036	1.008	100,0													
073	007149	200														
073	008758	742					100,0									
073	009539	507					50,0		50,0							
073	010630	230					100,0									
073	011014	705					100,0									
073	011365	1.010							100,0							100,0
076	001762	977							50,0							
076	063500	3.291					100,0									
076	078707	1.021												100,0		
081	000259	1.260													100,0	
081	004976	283													100,0	
081	007134	346													100,0	
081	007135	286													100,0	
081	008768	1.260													100,0	
081	008769	2.499													100,0	
TOTAL SUP.		**27.430**	2019	21	225	134	3086	134	1302	21	134	21	694	2306	12643	4643
%		**(100,0)**	(7,4)	(0,1)	(0,8)	(0,5)	(11,3)	(0,5)	(4,7)	(0,1)	(0,5)	(0,1)	(2,5)	(8,4)	(46,1)	(16,9)

A: GANAY PABLO ESTEBAN MARCOS HUBERTO
B: BEMBERG MARIA INES CARMEN
C: BEMBERG MARIA ROSA JOVITA JOSEFINA
D: BEMBERG MARIA FRANCISCA VICTORIA
I: DALGA SCA

E: MANDERLAY AGR. GAN. SCA
F: CUARTO CRECIENTE SA COM. INM. AGR.
G: PAMIAN AGR. GAN. SCA
H: BEMBERG OTTO EDUARDO ISIDORO MAR
N: ISALEMA SA

J: BEMBERG SANTIAGO HUBERTO LU
K: GANAY ANDRES EDUARDO SANTIAGO HUBERTO
L: DE GANAY MIGUEL BLAS FEDERICO HUBERTO
M: FEIBA SA

PDO: código de partido provincial.
PDA: código de partida inmobiliaria.

FUENTE : Elaboración propia en base al catastro inmobiliario rural, 1988.

Tal como se adelantó previamente, en este y otros casos, mediante los condominios se capta sólo una parte de las propiedades rurales del mencionado conglomerado. El resto de las propiedades, aparecen como si fueran personas jurídicas independientes porque no tienen partidas en condominio con los accionistas del conglomerado ni tampoco con las otras sociedades que lo integran. El hecho de que mediante el condominio no se pueda acceder al grupo propietario no hace más que corroborar que ambas formas de propiedad tienen una entidad propia. La existencia en la forma de propiedad más evolucionada de algunos restos de la primigenia es la que permite captar algunos fragmentos de la propiedad que actualmente se estructura bajo otra lógica. Esta misma condición preanuncia que estos condominios en tanto constituyen una rémora, pasarán a integrar otra forma de propiedad cuando se determinen y evalúen los grupos societarios.

En este contexto, resulta evidente que en estos casos, la determinación de la participación de cada uno de los condóminos, sobre la base de la superficie o de la valuación fiscal de las partidas, no tiene ninguna utilidad en tanto son únicamente una parte de una propiedad significativamente más amplia.

El caso de la familia Bemberg es un ejemplo de la presencia de este tipo de condominio en un conglomerado que tiene una significativa incidencia industrial. Sin embargo, los mismos también están presentes en los grandes y tradicionales grupos societarios que son fundamentalmente agropecuarios y que, por lo tanto, no tienen una inserción significativa en la producción industrial. Un ejemplo de estos últimos se analiza a continuación.

En el Cuadro N° 33 A se puede observar el condominio constituido por algunos integrantes de la familia Gómez Alzaga que comprende 21 partidas inmobiliarias con una superficie total de 25.825 hectáreas ubicadas en los partidos de 9 de Julio, Coronel Suárez, Guaminí, Ayacucho y 25 de Mayo.

En este caso hay solamente dos partidas en condominio. La primera de ellas está ubicada en Coronel Suárez y es una de las más extensas del catastro inmobiliario (9.340 hectáreas). Su propiedad es compartida por una de las cabezas de la familia (Carlos Indalecio María Gómez Alzaga) con uno de sus hijos (Fernando Gómez Alzaga). La otra, de menor extensión (1.256 hectáreas), pertenece a las dos personas que son las cabezas familiares (Carlos I. M. Gómez Alzaga y María Josefina Sánchez Elía) (Cuadro N° 33 B).

También en este caso, el condominio capta sólo una parte de las nu-

Cuadro Nº 33 A
Estimación de propietario:
Ejemplo de un propietario que tiene una pocas partidas en condominio (condominio abierto)

PDO	PDA	PROPIETARIO	DESTINATARIO POSTAL	DIRECCIÓN	SUP.	CODTI	CDEST	CODTD	CODPR	C
077	000087	GOMEZ ALZAGA CARLOS	GOMEZ ALZAGA C.I M	CORRIENTES 378	904	40056	311	315	40056	
077	001217	GOMEZ ALZAGA C. I.	GOMEZ ALZAGA CARLOS	CORRIENTES 378	1578	40056	311	315	40056	
077	000081	GOMEZ ALZAGA F. F.	GOMEZ ALZAGA F.	CORRIENTES 378	763	40057	3075	315	40056	
024	001610	GOMEZ CARLOS I. M.	ESTANCIAS JULIANAS SA	CORRIENTES 1894	9340	40056	0	315	40056	C
052	009566	GOMEZ CARLOS I.	GOMEZ CARLOS I.	VILLEGAS 590	229	40056	311	315	40056	
052	005417	GOMEZ CARLOS I. M.	GOMEZ ALZAGA C. I.M	CORRIENTES 378	470	40056	311	315	40056	
077	000309	GOMEZ CARLOS I. M.	GOMEZ ALZAGA	CORRIENTES 378	350	40056	311	315	40056	
005	004868	GOMEZ CARLOS I. M.	ALZAGA CARLOS Y M	CORRIENTES 378	376	40056	311	315	40056	
005	009419	GOMEZ CARLOS I. M.	ALZAGA CARLOS	CORRIENTES 378	417	40056	311	315	40056	
005	009418	GOMEZ CARLOS I. M.	GOMEZ ALZAGA C I	CORRIENTES 378	319	40056	311	315	40056	
005	009420	GOMEZ CARLOS I. M.	ALZAGA CARLOS Y M	CORRIENTES 378	350	40056	311	315	40056	
052	003161	GOMEZ CARLOS I. M.	LA TRINIDAD SAAC	CORRIENTES 378	1267	40056	0	315	40056	
077	008782	GOMEZ CARLOS I. M.	C I M GOMEZ ALZAGA	CORRIENTES 378	1256	40056	311	315	40056	C
109	000435	GOMEZ CARLOS I. M.	GOMEZ ALZAGA CARLOS	CORRIENTES 378	2076	40056	311	315	40056	
052	009223	GOMEZ FERNANDO F.	GOMEZ ALZAGA F.	C. CORREO 116	610	40057	3075	315	40056	
109	019062	GOMEZ FERNANDO F.	GOMEZ ALZAGA F.	CORRIENTES 378	970	40057	3075	315	40056	
052	003160	GOMEZ FERNANDO F. J.	GOMEZ ALZAGA F.	C. CORREO 116	3104	40057	3075	315	40056	
052	009228	GOMEZ FERNANDO F. J.	GOMEZ ALZAGA F.	C. CORREO 116	337	40057	3075	315	40056	
052	009227	GOMEZ FERNANDO F. J.	GOMEZ ALZAGA F.	C. CORREO 116	366	4005	73075	315	40056	
077	033813	GOMEZ FERNANDO F. J.	GOMEZ ALZAGA F.	CORRIENTES 378	596	40057	3075	315	40056	
052	003159	GOMEZ FERNANDO F. J.	GOMEZ ALZAGA F.	ALSINA 934	147	40057	3075	315	40056	

PDO: Código de partido provincial
PDA: Código de partida inmobiliaria
C: Condominio

CODTI: Código de titular
CDEST: Código de destinatario

CODTD: Código de titular-destinatario
CODPR: Código de propietario

FUENTE: Elaboración propia en base al catastro inmobiliario rural, 1988.

Cuadro Nº 33 B
Estimación de propietario:
Participación porcentual de los condóminos
en cada una de las partidas (condominio abierto)

PDO	PDA	SUPERFICIE	GOMEZ ALZAGA CARLOS I. M.	GOMEZ ALZAGA FERNANDO F. J.	SANCHEZ MARIA J.
077	000087	904	100,0		
077	001217	1.578	100,0		
077	000081	763		100,0	
024	001610	9.340	50,0	50,0	
052	009566	229	100,0		
052	005417	470	100,0		
077	000309	350	100,0		
005	004868	376	100,0		
005	009419	417	100,0		
005	009418	319	100,0		
005	009420	350	100,0		
052	003161	1.267	100,0		
077	008782	1.256	50,0		50,0
109	000433	2.076	100,0		
052	009223	610		100,0	
109	019062	970		100,0	
052	003160	3.104		100,0	
052	009228	337		100,0	
052	009227	366		100,0	
077	033813	596		100,0	
052	003159	147		100,0	
TOTAL		25.825	13.634	11.563	628
%		(100,0)	(52,8)	(44,8)	(2,4)

PDO: *Código de partido provincial*
PDA: *Código de partida inmobiliaria*

FUENTE: *Elaboración propia en base al catastro inmobiliario rural, 1988.*

merosas y extensas propiedades agropecuarias que esta familia controla mediante la propiedad individual y también a través de sociedades de diferente tipo, dos de las cuales figuran como destinatarias postales de las partidas en condominio (Estancias Julianas SA y La Trinidad SA).

Asimismo, interesa destacar que tanto los condóminos como otros integrantes de la familia Gómez Alzaga también administran los inmuebles rurales de otras ramas de la familia Alzaga, la cual es una renombrada y tradicional propietaria de tierras en la Provincia de Buenos Aires y en otras provincias pampeanas y extra-pampeanas. Entre ellas también se establecen condominios que incluso involucran a sociedades anónimas. El acta del directorio del 10 de octubre de 1986 de Huiña SA es ilustrativa a este respecto. Luego de afirmar que la presidenta de la sociedad (Mercedes Paunero Peña de Zavalía) presentó el estado contable y le cedió la palabra al apoderado general Doctor Carlos Gómez Alzaga, informa que el Señor Santiago F. J. de Alzaga Unzué dio lectura a la memoria correspondiente al cuarto ejercicio social, en la cual se explica, entre otras cosas, que: ".... Durante el ejercicio bajo reseña la Sociedad continuó con la explotación conjunta del establecimiento de campo denominado La Centella ubicado en los partidos de 25 de Mayo y Alberti, Provincia de Buenos Aires, y ejerciendo la administración de dicha explotación conjunta. Cabe destacar que en el curso del ejercicio pasado se procedió a la división del condominio que nuestra sociedad tenía con Agropecuaria Pichi-Lu SA, Cheuquelelfú SA y Huillin Hue SA, sobre el mencionado establecimiento de campo, resultando Huiña SA adjudicataria de la parcela 842 N ubicada en el partido de 25 de Mayo con una superficie de 66 Ha. 6 a. 71 ca. En dicha parcela se encuentran localizadas las principales mejoras de la Estancia de modo que nuestra Sociedad se encuentra en condiciones óptimas para desempeñar su función de Administradora de la explotación conjunta. Por otra parte la Sociedad es propietaria de haciendas vacunas y yeguarizos y es titular de contratos de pastoreo y capitalización que existen en La Centella".

Ciertamente es imprescindible tener en cuenta que las cuatro sociedades que participan del condominio pertenecen a los mismos propietarios pero aún así no puede dejar de llamar la atención que una vez disuelto el condominio, permanezca la administración conjunta del establecimiento La Centella y que la misma este en manos de Huiña SA que es propietaria de sólo 66 hectáreas cuando Agropecuaria Pichilu SA tiene, según el padrón inmobiliario de 1988, 1.474 hectáreas, Cheuquelelfú SA 1.770 hectáreas y Hullin Hue SA 2.174 hectáreas. No es este el momento de efectuar un análisis de los grupos societarios para lo cual es necesario contar con más elementos pero sí de destacar la variada y estrecha articulación que mantienen las distintas formas de propiedad.

Finalmente, en términos metodológicos, cabe insistir en que en la medida de las posibilidades y especialmente en aquellos casos en donde las relaciones de propiedad eran más débiles, se investigó la existencia de relaciones entre personas físicas y personas jurídicas para, de esta forma, confirmar la organicidad de las vinculaciones de propiedad que se expresaban mediante los condominios o descartarlas en el caso de que las mismas fueran producto de participaciones claramente circunstanciales.

Expuesta la tipología de los condominios y habiéndose ilustrado la complejidad que asumen los mismos es ineludible preguntarse acerca de la importancia que tienen ya no sólo las formas de propiedad sino también los diversos tipos de condominio en el total de propietarios, parcelas y superficie agropecuaria.

A este respecto, en el Cuadro Nº 34 se confirma nuevamente que los condominios, si bien abarcan menos propietarios que las personas físicas, son los más importantes en términos de las partidas y de la superficie. Pero lo que es, en este momento, más relevante es que se verifica que dentro de los mismos, los condominios cerrados son los que tienen una mayor incidencia, cualquiera sea la variable considerada. Ellos concentran el 27,3%, el 17,6% y el 15,5% del total de los propietarios, las partidas y la superficie que comprende la muestra considerada. En el

CUADRO Nº 34
Estimación de Propietario:
Distribución de las propietarios, partidas y superficie
según las distintas formas de propiedad y tipos de condominio

TIPO DE PROPIETARIO	PROPIETARIOS		PARTIDAS		SUPERFICIE	
	Cantidad	%	Cantidad	%	Hectáreas	%
- Propietarios únicos	20.408	60,5	46.581	54,8	13.181.303	61,5
a) Personas físicas	14.862	44,1	27.415	32,3	6.794.515	31,7
b) Personas jurídicas	5.546	16,4	19.166	22,5	6.386.788	29,8
- Condominios	13.321	39,5	38.471	45,2	8.252.983	38,5
a) Condominio cerrado	9.223	27,3	14.949	17,6	3.323.485	15,5
b) Condominio semicerrado	2.384	7,1	10.662	12,5	2.395.143	11,2
c) Condominio semiabierto	1.132	3,4	6.744	7,9	1.359.597	6,3
d) Condominio abierto	582	1,7	6.116	7,2	1.174.758	5,5
TOTAL	33.729	100,0	85.052	100,0	21.434.286	100,0

FUENTE: *Elaboración propia en base al catastro inmobiliario rural, 1988.*

otro extremo se encuentran los condominios abiertos que reúnen el 1,7% de los propietarios y el 7,2% y el 5,5% de las partidas y la superficie muestral, respectivamente. De los condominios que se encuentran en una situación intermedia, los semicerrados son los que tienen una participación más elevada en las variables consideradas. [28]

Las discrepancias manifiestas en la participación que presentan cada uno de los distintos tipos de condominios en los propietarios y la superficie total, preanuncia una diferencia substancial en la extensión media que presenta cada uno de ellos. En efecto, mientras que en los condominios cerrados, cada propietario tiene, en promedio 360 hectáreas, en el extremo opuesto, es decir en los condominios abiertos cada uno de ellos tienen, también en promedio 2.018 hectáreas.

4.6 Cualidades presentes en las formas de propiedad y en los distintos tipos de condominios

Todos los tipos de propietarios, más allá de su importancia en el total de propietarios, partidas y superficie, tienen un conjunto de atributos que indican que las relaciones de propiedad se definen en un espacio único e irrepetible dentro del padrón inmobiliario rural. Que sea así, es metodológicamente relevante porque reafirma la consistencia de las propias relaciones de propiedad que se detectaron y descarta la posibilidad de que se trate de vinculaciones meramente coyunturales. Pero también analíticamente es importante porque permite caracterizar más acabadamente esta forma de propiedad.

El primero de los atributos aludidos precedentemente, está relacionado con una variable del padrón que no ha sido utilizada para definir ninguna estimación: la dirección postal. Se trata de determinar, la proporción de propietarios y en consecuencia de partidas y superficie que tienen una misma dirección postal.

Debido a que en múltiples casos, especialmente los grandes propietarios, se combina la dirección del establecimiento rural con la de su domicilio en Capital Federal y también a que los serios problemas en la incorporación electrónica de la información exige una minuciosa revisión de cada uno de los propietarios, se optó por definir un límite mínimo y un límite máximo. El primero de ellos consiste en considerar los propietarios que tienen la misma dirección en el 70% o más de sus parcelas, mientras que en el límite máximo se exige que el 100% de las partidas cumplan dicho requisito.

En el Cuadro Nº 35 se observa que el 91,7% de los propietarios de la muestra tienen la misma dirección en el 70% o más de sus partidas inmobiliarias. Esta proporción tan significativa de los propietarios trae como consecuencia que el 84,9% de las partidas y el 84,3% de la superficie cumplan dicha condición.

Un alto porcentaje de todas las formas de propiedad tienen la misma dirección en el 70% o más de sus partidas. Sin embargo, las diferencias entre ellas, son, en este caso, más marcadas ya que en las personas físicas el 95,2% cumplen esta condición, mientras que en los condominios el 88,0% lo hace.

Dentro de los condominios las diferencias son más marcadas. En los cerrados, 94,5% de los propietarios cumplen la condición de domicilio. Por el contrario, en los condominios semiabiertos y abiertos se verifican los porcentajes menores, pero aún siendo así, los propietarios que tienen el 70% o más de las partidas con igual dirección son el 71,0% y el

CUADRO Nº 35
Estimación de propietario:
Distribución de los propietarios, partidas y superficie
que tienen igual dirección en el 70% o más de sus partidas
según las formas de propiedad y los distintos tipos de condominios.

Tipo de propietario	*Propietarios*		*Partidas*		*Superficie*	
	Cantidad	*% del Total**	*Cantidad*	*% del Total**	*Hectáreas*	*% del Total**
- *Propietarios únicos*	19.210	94,1	41.835	89,8	11.780.991	89,4
a) Personas físicas	14.154	95,2	25.062	91,3	6.210.882	91,4
b) Personas jurídicas	5.056	91,3	16.773	87,7	5.570.109	87,2
- *Condominios*	11.716	88,0	30.334	78,8	6.278.989	76,1
a) Condominio cerrado	8.716	94,5	13.539	90,6	3.001.507	90,3
b) Condominio semicerrado	1.757	73,7	7.601	71,3	1.635.485	68,3
c) Condominio semiabierto	804	71,0	4.810	71,3	891.036	65,5
d) Condominio abierto	439	75,4	4.384	71,7	750.961	63,9
TOTAL	30.926	91,7	72.169	84,9	18.059.980	84,3

* *Se trata de la participación % sobre el respectivo total consignado en el Cuadro Nº 34.*

Fuente: Elaboración propia en base al catastro inmobiliario rural, 1988.

75,4% del total respectivo. En términos de la superficie dichos porcentajes son algo menores pero igualmente mayoritarios al llegar al 65,5% y al 63,9% respectivamente.

Al considerar el límite máximo (100% de las partidas con igual dirección) se obtienen para el total de propietarios, partidas y superficie, resultados obviamente menores pero igualmente relevantes (Cuadro N° 36). Ocurre lo mismo cuando se analizan las distintas formas de propiedad pero las diferencias mencionadas en el caso anterior se amplían.

Entre los condominios se establecen diferencias muy marcadas. Mientras que en los condominios cerrados, la importancia de los casos que tienen igual domicilio en todas sus partidas es sumamente elevado, en los condominios semiabiertos y especialmente en los abiertos, dicha participación disminuye marcadamente. Esto último, esta vinculado a que en este tipo de propietarios está difundido el uso de varios domici-

CUADRO N° 36
Estimación de propietario:
Distribución de los propietarios, partidas y superficie
que tienen igual dirección en el 100% de sus partidas
según las formas de propiedad y los distintos tipos de condominios.

TIPO DE PROPIETARIO	PROPIETARIOS		PARTIDAS		SUPERFICIE	
	Cantidad	% del Total*	Cantidad	% del Total*	Hectáreas	% del Total*
- Propietarios únicos	18.325	89,4	32.803	70,4	9.772.617	74,1
a) Personas físicas	13.679	91,9	21.741	79,2	5.603.716	82,5
b) Personas jurídicas	4.556	82,3	11.062	57,8	4.168.901	65,3
- Condominios	10.594	79,5	21.108	54,9	4.445.858	53,9
a) Condominio cerrado	8.491	92,1	12.214	81,7	2.815.024	84,7
b) Condominio semicerrado	1.352	56,7	4.567	42,8	911.795	38,1
c) Condominio semiabierto	540	47,7	2.605	38,6	449.449	33,1
d) Condominio abierto	211	36,3	1.722	28,2	269.590	22,9
TOTAL	28.829	85,5	53.911	63,4	14.218.475	66,3

* Se trata de la participación % sobre el respectivo total consignado en el Cuadro N° 34.

FUENTE: Elaboración propia en base al catastro inmobiliario rural, 1988.

lios, en donde uno de ellos es el principal y los restantes complementarios. De allí, la marcada disparidad en la incidencia que tienen en el respectivo total, los condominios abiertos con igual domicilio en el 70% o más de sus partidas (Cuadro Nº 35) y los que lo tienen en el 100 % de sus partidas (Cuadro Nº 36).

El segundo atributo que presentan los diferentes tipos de propietarios está estrechamente vinculado a la importancia que asumen las familias en la propiedad de la tierra y que determina otra característica común en las partidas que pertenecen a un mismo propietario: el apellido. Obviamente, esto no es válido para las personas jurídicas, para las cuales se considera igual denominación de la sociedad.

Para evaluar su importancia, se determinó la existencia de, por lo menos, un mismo apellido (o nombre en el caso de las sociedades) en las partidas inmobiliarias que pertenecen a cada propietario, considerando para ello, tanto a los titulares como a los condóminos existentes en cada partida.

Al igual que en el caso del domicilio, en éste se considera un límite mínimo y uno máximo. El primero consiste en determinar la cantidad de propietarios que tienen un mismo apellido en el 70% o más de sus partidas y el segundo, en el 100% de las mismas. Los motivos son, además de las evidentes deficiencias en la incorporación electrónica de la información, las distorsiones que provocan, entre otros, el uso indistinto del apellido original y el de casamiento o el uso indistinto de todo o una parte de los apellidos compuestos.

Tal como se observa en el Cuadro Nº 37, los propietarios que tienen, como mínimo, un apellido común en el 70% o más de sus partidas son absolutamente mayoritarios (99,4%). Preponderancia que se repite en términos de las partidas (98,3%) y de la superficie muestral (98,1%).

Deteniendo la atención en las formas de propiedad, se verifica que las variaciones que se registran entre ellos son muy poco significativas. Así por ejemplo, en términos de los propietarios se verifica que el 99,9% de las personas físicas y jurídicas y el 98,5% de los condominios totales tienen el mismo apellido en el 70% o más de sus partidas.

La existencia de un mismo apellido en, prácticamente, todos los propietarios individuales y las personas jurídicas no puede llamar la atención ya que por definición se trata de propietarios únicos. En realidad, dichos propietarios tienen que tener el 100% de sus partidas con el mismo apellido, si no es así se debe a las distorsiones que generan los mencionados problemas en el registro electrónico y el uso indistinto de todo o una parte de los apellidos compuestos. No ocurre lo mismo con

Estimación de propietario:
Distribución de los propietarios, partidas y superficie
que tienen un mismo apellido en el 70% o más de sus partidas
según las formas de propiedad y los distintos tipos de condominios.

TIPO DE PROPIETARIO	PROPIETARIOS		PARTIDAS		SUPERFICIE	
	Cantidad	% del Total*	Cantidad	% del Total*	Hectáreas	% del Total*
- Propietarios únicos	20.389	99,9	46.490	99,8	13.152.361	99,8
a) Personas físicas	14.857	99,9	27.378	99,7	6.772.857	99,7
b) Personas jurídicas	5.532	99,9	19.112	99,9	6.379.504	99,7
- Condominios	13.123	98,5	37.103	96,4	7.883.801	95,5
a) Condominio cerrado	9.201	99,8	14.870	99,5	3.302.238	99,4
b) Condominio semicerrado	2.305	96,7	10.173	95,4	2.262.432	94,5
c) Condominio semiabierto	1.066	94,2	6.320	93,7	1.260.468	92,7
d) Condominio abierto	551	94,7	5.740	93,9	1.058.663	90,1
TOTAL	33.512	99,4	83.593	98,3	21.036.162	98,1

* *Se trata de la participación % sobre el respectivo total consignado en el Cuadro Nº 34.*

FUENTE: *Elaboración propia en base al catastro inmobiliario rural, 1988.*

los condominios, donde los propietarios de las partidas son siempre dos o más. En ellos, la alta significación del mismo apellido es sumamente importante porque indica que tienen un carácter familiar absolutamente mayoritario.

Las diferencias entre los distintos tipos de condominios, si bien son más pronunciadas, tampoco son significativas. Considerando los casos extremos, los propietarios que tienen un apellido común en el 70% o más de sus partidas, representan en los condominios cerrados el 99,8% del total, mientras que en los condominios abiertos son el 94,7% del total respectivo.

Tomando en cuenta los propietarios que tienen un apellido común en todas sus partidas (Cuadro Nº 38), se observa una participación muy significativa en todas las formas de propiedad, aún cuando entre ellas las diferencias son más marcadas que en el caso anterior (igual apellido en el 70% o más de las partidas).

Las variaciones entre los distintos tipos de condominios son pro-

CUADRO N⁰ 38
Estimación de propietario:
Distribución de los propietarios, partidas y superficie
que tienen un apellido común en todas las partidas
según las formas de propiedad y los distintos tipos de condominios.

TIPO DE PROPIETARIO	PROPIETARIOS		PARTIDAS		SUPERFICIE	
	Cantidad	% del Total*	Cantidad	% del Total*	Hectáreas	% del Total*
- Propietarios únicos	20.114	98,6	43.323	93,0	12.223.761	92,7
a) Personas físicas	14.749	99,2	26.585	96,9	6.573.321	96,7
b) Personas jurídicas	5.365	96,9	16.738	87,5	5.650.440	88,5
- Condominios	12.544	94,2	31.355	81,5	6.547.628	79,3
a) Condominio cerrado	9.161	99,3	14.645	97,9	3.260.497	98,1
b) Condominio semicerrado	2.075	87,0	8.106	76,0	1.756.805	73,3
c) Condominio semiabierto	894	79,0	4.770	70,7	906.788	66,7
d) Condominio abierto	414	71,1	3.834	62,7	623.538	53,1
TOTAL	32.658	96,8	74.678	87,8	18.771.389	87,6

* Se trata de la participación % sobre el respectivo total consignado en el Cuadro N⁰ 34.

FUENTE: Elaboración propia en base al catastro inmobiliario rural, 1988.

nunciadas, especialmente en términos de partidas y de superficie. Así por ejemplo, confrontando situaciones extremas, en los condominios cerrados, los propietarios que tienen un mismo apellido en todas sus partidas, controlan el 98,1% de la superficie total y en el caso de los condominios abiertos, solamente el 53,1% de la superficie total que comprenden los mismos.

Los propietarios que no presentan ninguna de los dos cualidades (domicilio y apellido) son un número sumamente reducido y tienen una incidencia insignificante en el total de propietarios, partidas y superficie. En efecto, las estimaciones realizadas al respecto indican que, como máximo, los propietarios que no cumplen con alguna de dos condiciones son 105 (3,1% de los propietarios totales), los cuales tienen 1.459 partidas inmobiliarias (1,7% de las totales) y 467.531 hectáreas (2,2% de la superficie total).

Es pertinente señalar que una proporción significativa de los propietarios que no tienen ninguno de los atributos mencionados, están constituidos por la conjunción de personas y sociedades, tal como el caso del conglomerado extranjero Bemberg, analizado precedentemente.

En síntesis, las formas de propiedad que están presentes en la estimación analizada presentan, en mayor o menor medida pero siempre en una forma significativa, un conjunto de atributos que al mismo tiempo que reafirman la consistencia de la vinculaciones de propiedad que las originan, les imprimen características complementarias relevantes.

Los individuos, las sociedades y los condominios tienen un domicilio postal común en la mayoría de sus partidas. Si bien en el caso de los condominios dicha característica es menos importante debido a que hay una mayor combinación entre los domicilios de las explotaciones y el de residencia de los condóminos.

Asimismo, también todas ellas tienen una proporción absolutamente mayoritaria de los propietarios con un mismo apellido o nombre en el caso de las sociedades. Este rasgo no es llamativo, como ya se adelantó, en el caso de los propietarios individuales y de los societarios pero sí es relevante en el caso de los condominios.

4.7 Condominios y transferencia hereditaria. *Inferencias productivas*

Todas las evidencias analizadas corroboran que los condominios se estructuran sobre la base del núcleo familiar y se originan en el hecho de que constituyen una de las formas de propiedad que impide la subdivisión de la propiedad debido a la sucesión hereditaria. La transmisión hereditaria de los bienes es un fenómeno social que permanentemente tiende a provocar la desconcentración de la propiedad, cuando la misma se ejerce en forma individual.

En este contexto, el condominio es la forma más primaria de neutralizar dicho proceso ya que permite mantener las dimensiones de la propiedad original, incorporando a cada uno de los integrantes familiares con una participación, cuantificada en tierra, equivalente, seguramente, a sus derechos hereditarios.

Ciertamente, los distintos tipos de sociedades son también otra vía para neutralizar la disgregación de la propiedad que genera la herencia pero que por su naturaleza son cualitativamente más estables que el condominio. En ellas la propiedad original se mantiene sin modificaciones, teniendo los herederos su respectiva participación en acciones y no en tierras.

Tanto el condominio como la sociedad anulan el efecto desconcentrador de la transmisión hereditaria porque permiten mantener las dimensiones originales de la propiedad y eventualmente acrecentarla mediante adquisiciones posteriores. De esta manera, el fraccionamiento de la propiedad individual es compatible con altos niveles de concentración de la propiedad agropecuaria porque, aún cuando aumente el número de socios, permanece inalterable la superficie agropecuaria original.

Si la transmisión hereditaria es un elemento que permanentemente tiende a generar la desconcentración de la propiedad de la tierra y el condominio la forma más elemental o primaria de impedirla o neutralizarla, cabe preguntarse acerca de los factores económicos que impulsan a los grandes propietarios a impedir la subdivisión real de la tierra.

El hecho de que las formas de propiedad que preservan el tamaño de las propiedades (condominios y sociedades) tengan una participación sobresaliente en la superficie agropecuaria, indica que entre el tamaño de la propiedad y la envergadura de la tasa de beneficio hay una relación precisa. Significa que el mantenimiento de la superficie original les garantiza a los propietarios una tasa de beneficio individual sustancialmente mayor a la que obtendría cada uno de ellos una vez disuelto el condominio y dividida la tierra, es decir a la que obtendrían como propietarios individuales de sus respectivas tierras. Si por el contrario, la tasa de beneficio de cada uno de los condominos no fuese mayor, los condominios serían una forma de propiedad escasamente difundido o con una escasa duración ya que su disolución puede ser reclamada por cualquiera de los involucrados y ejercer a partir de allí la propiedad individual sobre sus tierras.

La obtención de una tasa de beneficio creciente a medida que aumenta la extensión de la propiedad, sólo puede ser el resultado, en el sector agropecuario, de una función de producción que esté basada en rendimientos crecientes a escala. Es decir, en formas de producción que dan como resultado un incremento más que proporcional en la producción obtenida así como una disminución de los costos del mismo tenor, a medida que aumenta la superficie explotada. Esta es la única manera en que los condóminos pueden obtenerla, siguiendo juntos y no separándose, puesto que en ninguno de los dos casos pueden determinar el nivel de los precios de los productos que comercializan.

Aludir a una única función de producción es sólo un punto de partida, teniendo en cuenta las diferencias significativas que presentan la producción ganadera y agrícola. Asumiendo, que en la producción agropecuaria bonaerense conviven, por lo menos, dos funciones de producción, podría ocurrir que dichas características (economías crecientes a escala) fuesen patrimonio de una de ellas y no de la otra. En ese caso se mantendría la tradicional diferencia entre una ganadería extensiva basada en grandes propiedades y una agricultura sostenida en la existencia de propietarios más pequeños.

Sin embargo, los elementos disponibles hasta el momento indican que las formas de propiedad complejas y específicamente el condominio tiene una presencia generalizada que abarca tanto las regiones típicamente ganaderas como las principalmente agrícolas. Por lo tanto, esta presencia difundida estaría indicando que las economías crecientes a escala estarían presentes en las funciones de producción ganadera y agrícola pero también en aquellas que optimizan la combinación entre la producción ganadera y agrícola que, como lo indican trabajos recientes sobre el sector, comprenden una extensión mayoritaria de la superficie provincial.[29]

Esta caracterización no significa que los notables cambios productivos y tecnológicos que se registran en la producción agropecuaria durante las últimas décadas no modificaron las funciones de producción sectoriales sino que las mismas impulsan la vigencia de la gran propiedad agropecuaria.

Por definición, procesos de capitalización, introducción de nuevas tecnologías, modificación en el proceso de trabajo e incorporación de nuevos productos como los que se registran en el agro pampeano redefinen drásticamente la fisonomía de la función de producción en tanto son elementos constitutivos de la misma.

Si bien aún no están disponibles los resultados censales que permitan determinar el tamaño de la explotación que predomina actualmente en la producción agropecuaria, los estudios disponibles indican que hasta los años 70, su dimensión media disminuye.[30] Si esta situación se mantiene o se acentúa en la actualidad estaría indicando que las nuevas condiciones productivas tienden a consolidar explotaciones más reducidas que las vigentes con las funciones de producción anteriores.

Para comprender el significado de este posible cambio en el tamaño de las explotaciones, es apropiado detener la atención en su contenido conceptual. En el último Censo Agropecuario se considera que la explotación, unidad censal, es la unidad de organización de la producción, con una superficie no menor de 500 metros cuadrados, ubicada dentro de los límites de una misma provincia, que independientemente del número de parcelas (contiguas o no contiguas) produce bienes agropecuarios, tienen una misma gestión y utiliza los mismos medios de producción y parte de la misma mano de obra. Un único productor (propietario, arrendatario, aparcero, etc.) puede dirigir varias explotaciones agropecuarias.[31] Por lo tanto, en esta definición se jerarquiza la organización de la producción y no el tipo de bien producido lo cual la diferencia de manera significativa de la unidad censal que se tiene en cuenta en la actividad industrial, el establecimiento manufacturero, en tanto este último se basa en la homogeneidad del producto fabricado abarcando una misma planta industrial varios establecimientos industriales, cuando en una misma fábrica se elaboran diversos productos industriales.

De lo dicho se puede inferir que la eventual disminución del tamaño medio de las explotaciones estaría indicando una modificación del tamaño óptimo de la unidad productiva a partir del incremento de la productividad que se registran en la producción agrícola y también, aún cuando en menor cuantía, en la ganadera debido a los ya mencionados procesos de capitalización y cambio tecnológico en el agro.

En principio esto nada dice sobre la concentración de la producción aun cuando la magnitud de la disminución en la superficie de las grandes explotaciones hacia comienzos de la década del 70 permite inferir que deben haber perdido incidencia en la misma, a menos que su productividad relativa haya aumentado significativamente. Pero lo que es más importante para el tema que aborda este trabajo, nada dice sobre la propiedad de la tierra porque, teniendo en cuenta las definiciones precedentes, cabe la posibilidad cierta, de que la disminución del tamaño medio de las explotaciones sea, en buena parte, resultado de un proceso de reorganización de la producción por el cual un gran establecimiento dio lugar a varios que siguen perteneciendo a los mismos propietarios. Si esto fuera así, la desaparición de muchos de las grandes explotaciones de más de 5.000 hectáreas, no significaría la desaparición de las grandes estancias ganaderas sino la reorganización de las mismas en base a explotaciones más pequeñas debido a la disponibilidad de nuevas tecnologías pero bajo similares condiciones de propiedad.

La vigencia de nuevas funciones de producción con un tamaño medio de establecimiento más reducido no necesariamente trae aparejada una disgregación de la gran propiedad. La misma no solamente es compatible sino que consolida e impulsa la expansión de la gran propiedad agropecuaria cuando rigen las economías crecientes a escala que, en el caso de asumir que se registra una disminución del tamaño medio de los establecimientos, no están ya vinculadas a un mayor tamaño de la unidad productiva sino a otros elementos que están en juego en la producción global, como la articulación de la producción de los diferentes establecimientos, incorporación y desarrollo de nueva tecnología, nivel de los costos financieros, etc. Proceso que se ve significativamente reforzado cuando se desarrolla en un contexto económico donde predomina la valorización financiera, la cual le otorga ventajas adicionales, para nada despreciables sino más bien decisivas, a la gran propiedad respecto a las de menor tamaño.

La contradicción entre la transferencia hereditaria y los rendimientos crecientes a escala que persisten en las nuevas funciones de producción explican la conformación de formas de propiedad complejas, como el condominio, que se conjuga con otro proceso que fue analizado detalladamente al comienzo de este trabajo, el cual, si bien se origina en otros factores, influye de diversas maneras en esta problemática.

Se trata de la creciente subdivisión catastral de la tierra que, como luego se verá en detalle, se genera en el comportamiento de los grandes propietarios rurales dirigido a eludir el pago del impuesto inmobiliario rural vigente en la Provincia de Buenos Aires. La convergencia de una creciente subdivisión catastral con las diversas participaciones de los condóminos da como resultado una compleja gama de situaciones en la cual hay condominios que están basados en un conjunto de partidas en las cuales participan todos los condóminos y otros donde se combinan partidas con titulares únicos con otras en condominio en donde están presentes también los anteriores.

Por otra parte, las economías de escala de las grandes propiedades no se ven afectadas por la estructura impositiva debido, como se verá posteriormente, a la significativa elusión fiscal de los grandes propietarios que se origina en la aguda subdivisión catastral. La misma es otro factor que refuerza las desventajas de los propietarios de menor tamaño.

En conclusión, para la emergencia de los condominios se conjugan tres procesos relevantes en el sector agropecuario que son la transmisión hereditaria, las nuevas condiciones productivas sustentadas en funciones de producción que tienen rendimientos crecientes a escala y la subdivisión catastral de la tierra destinada, principalmente, a eludir la carga fiscal.

4.8 Limitaciones de la estimación de propietario

La estimación de propietario es superior a cualquiera de las estimaciones iniciales ya que elimina las perturbaciones que originan, especialmente, los "arrendamientos estables" e incorpora plenamente una de las formas complejas: el condominio. Sin embargo deja de lado, la forma de propiedad compleja que devino como predominante a partir de las transformaciones estructurales que introdujo la dictadura militar en el país: los grupos de sociedades o grupos económicos.

Al dejar de lado una de las formas complejas de propiedad (los grupos económicos o grupos de sociedades que pertenecen a los mismos propietarios) el número de propietarios y la superficie comprometida están distorsionadas, fuertemente sobrevaluadas, porque los propietarios individuales, las sociedades e incluso los condominios que forman parte de los grupos económicos, son considerados separadamente como tales y no como integrantes de esta última forma de propiedad, que es lo que realmente constituyen en la realidad.

Estas distorsiones serían irrelevantes sólo si las formas de propiedad que se dejan de lado fuesen de escasa importancia. Este es el caso de la asociación de sociedades, en tanto las mismas constituyen puntos de articulación entre propietarios diferentes (sociedades o grupos económicos). Pero no parece ser el caso de los grupos económicos o societarios a juzgar por las evidencias disponibles ya que las mismas indican que se trata de una forma de propiedad sumamente relevante y en acelerada expansión.

Tanto el significativo número de sociedades, no solamente anónimas sino también en comandita por acciones, y su crecimiento desde los años 70 así como los múltiples entrecruzamientos de propiedad entre sociedades y de estas con individuos y condominios que se han detectado hasta el momento, permiten afirmar que se trata de una forma de propiedad que no es privativa de los grandes grupos económicos con inserción agropecuaria sino que también es una forma difundida entre los propietarios tradicionales que tienen sus activos ubicados, centralmente, en la actividad agropecuaria. [32]

Un ejemplo de la reasignación de tierras así como de la disminución del número de propietarios que se produce cuando se consideran los grupos societarios, es el grupo de sociedades que pertenecen a la familia De Apellaniz. Se trata de un tradicional propietario bonaerense [33] que controla, como mínimo, 33.107 hectáreas mediante 13 sociedades y 48 partidas inmobiliarias (Cuadro N° 39).

Si bien la mayor parte de sus tierras están localizadas en el partido de Ayacucho (poco más de 28 mil hectáreas), también tiene propiedades rurales en otros partidos de la zona de cría, como Rauch e incluso en partidos que corresponden a la zona agrícola del Norte (en San Antonio de Areco y B. Mitre) y la zona agrícola del Sur (Lobería).

Sus sociedades tienen diferentes extensiones de tierra (de 452 hec-

156

CUADRO Nº 39

Cantidad de partidas, superficie y localización de las propiedades que pertenecen a las sociedades del grupo agropecuario De Apellaniz.

SOCIEDADES Y TITULARES	PDAS.	SUPERFICIE	PARTIDO	CODTI	CDEST	CODTD	CODPR	C
1. Estancia Anaquel SA	4	2.094	Rauch, Ayacucho y S. A. de Areco	2855	2855	2855	2855	-
2. Estancia El Divisadero SA	1	2.698	Ayacucho	-	-	-	-	-
3. Estancia El Castillo SA	8	1.852	Lobería	2614	2614	2614	2614	-
4. Estancia La Invernada SA	6	4.357	Ayacucho	2928	2928	2928	2928	-
5. Estancia Marbosu SA	7	4.339	Ayacucho	2978	2978	2978	2978	-
6. La Barbada SA	1	1.125	Ayacucho	-	-	-	-	-
7. La Boleada SA	1	1.271	Ayacucho	-	-	-	-	-
8. Las Espuelas SA	8	2.077	Lobería y S. A. de Arecc	5054	5054	5054	5054	-
9. El Pasuco SA	1	548	Ayacucho	-	-	-	-	-
10. San José de Langueyu SA	1	452	Ayacucho	-	-	-	-	-
11. Estancia Sta. Catalina del Perdido	7	4.614	Ayacucho	2877	2877	2877	2877	-
12. Estancia El Rincón SA	3	3.697	Ayacucho y B. Mitre	2862	2862	2862	2862	-
13. Estancia El Carmen SA	9	3.983	Ayacucho	2912	2912	2912	2912	-
TOTAL	48	33.107						

CODTI: Código de titular
CDEST: Código de destinatario

CODTD: Código de titular-destinatario
CODPR: Código de propietario

C: Condominio

FUENTE: Elaboración propia en base al catastro inmobiliario rural, 1988.

táreas en el caso de San José de Langueyu SA a 4.357 hectáreas por parte de Estancias La Invernada SA) estando ubicadas en un mismo partido (como los casos mencionados) o en diferentes pertenecientes a distintas regiones (como Estancia Anaquel SA, Las Espuelas SA o Estancia El Rincón SA).

En este grupo societario, los códigos correspondientes a las estimaciones iniciales (titular, destinatario, titular-destinatario) realizadas para evaluar la propiedad de la tierra, indican que ninguna de las sociedades se agrupa con las otras. Lo mismo ocurre en la estimación de propietario, debido a que todas estas entidades jurídicas son propietarias únicas de todas sus partidas inmobiliarias. Dicho de otra forma, ninguna de ellas tiene partidas que estén en condominio con otras sociedades (Cuadro Nº 39).

Por lo tanto, en las estimaciones iniciales y aun en la de propietario, estas 13 sociedades se consideran como otros tantos propietarios, formando parte, cada una de ellas, del respectivo estrato de tamaño de acuerdo a su extensión. Si se considera que la cúpula está formada, como lo hacen los estudios realizados durante las últimas décadas, por los propietarios de 2.500 o más hectáreas, seis de estas sociedades la integrarían como propietarios independientes, mientras que las otras siete entidades jurídicas no figurarían debido a que la superficie de sus tierras es inferior al mencionado límite.

La incapacidad que tienen todas las estimaciones realizadas, incluso la de propietario, de captar este grupo de sociedades perteneciente a los mismos propietarios, desaparece cuando se incorpora la otra forma de propiedad compleja: los grupos económicos. En ese caso tendríamos un solo propietario que formaría parte de la cúpula, con una superficie de 33.107 hectáreas que las controla mediante 13 sociedades anónimas.

A los fines de remarcar los límites de la estimación de propietario, es apropiado insistir, en el caso analizado, acerca del impacto sobre el número y el tamaño de propietarios que se produce cuando de dicha estimación se pasa a otra que considera los grupos societarios. Dentro de la cúpula, desaparecerían seis propietarios que tienen, en conjunto, 23.688 hectáreas y por debajo de la misma, desaparecerían otros siete que tienen 9.419 hectáreas. Como contrapartida, se incorporaría un propietario en la cúpula que tendría 33.107 hectáreas (la suma de las hectáreas que desaparecieron). El saldo sería entonces, en términos globales, una notoria reducción del número de propietarios y un incremento también notable en el tamaño del que se incorpora en tanto sus tierras resultan igual a la suma de las que pertenecían a todos los propietarios que desaparecieron. En términos de las formas de propiedad, se produciría una reducción en el número y superficie de las personas jurídicas y aparecería un propietario con una superficie equivalente en los grupos societarios.

Las limitaciones de la estimación de propietario, también se expresan en los propietarios que además de sus propiedades rurales tienen una inserción industrial muy significativa y que por lo tanto, integran los conglomerados económicos mas poderosos de la Argentina. Este es el caso del grupo Loma Negra, que al mismo tiempo que es uno de los intereses oligopólicos que controla la producción de cemento en el país, es propietario de grandes extensiones de tierra en diversas provincias. [34]

En la Provincia de Buenos Aires, el grupo económico Loma Negra tiene, como mínimo, 103.375 hectáreas que controla mediante 6 sociedades y 51 partidas inmobiliarias (Cuadro Nº 40).

Sus tierras bonaerenses están mayoritariamente localizadas en las zonas que determinan el núcleo del circuito ganadero, es decir en la zona de cría y de invernada. Específicamente, en la primera de ellas tiene tierras en los partidos de: Olavarría (localidad donde también tiene radicados importantes establecimientos fabriles para la producción de cemento), Azul, Tandil, Laprida y Tapalqué. En la segunda, sus tierras se localizan en los partidos de Carlos Tejedor y Pehuajó. Fuera de las mismas, tiene inmuebles rurales en el partido de González Chávez (zona agrícola del Sur). La extensión de sus sociedades es relativamente grande (la más pequeña es Ayan Pitin SAAGC con 2.724 hectáreas) y con pocas partidas inmobiliarias, incluso Estancias Unidas del Sur SA, teniendo en cuenta el agudo proceso de subdivisión catastral de la tierra registrado en las últimas décadas.

Nuevamente en este caso, los códigos correspondientes a las estimaciones realizadas incluso a la de propietario, indican que ninguna de estas sociedades se vincula con el resto por tener, por ejemplo, destinatarios postales en común o participar en algún condominio. Por lo tanto, todas ellas aparecen como titulares, destinatarios o propietarios (según la estimación de que se trate) independientes, lo cual provoca que, en términos de la cúpula agropecuaria, se tenga 6 propietarios en tanto todas tienen más de 2.500 hectáreas.

Cuando se incorporan todas las formas de propiedad, a partir de considerar los grupos de sociedades, esta situación se transforma drásticamente. En ese caso, se tendría un solo propietario con 103.375 hectáreas y desaparecerían los 6 propietarios anteriormente mencionados. Por lo tanto, al considerar el grupo económico Loma Negra, se registraría una disminución del número de propietarios y un incremento acentuado de su tamaño y cambiarían las formas de propiedad ya que disminuirían

CUADRO Nº 40

Cantidad de partidas, superficie y localización de las propiedades inmobiliarias que pertenecen a las sociedades del grupo económico Loma Negra.

SOCIEDADES Y TITULARES	PDAS.	SUPERFICIE	PARTIDO	CODTI	CDEST	CODTD	CODPR	C
1. COCYF SA Cia. Com. Financ.	1	11.227	C. Tejedor	-	-	-	-	-
2. Estancias del Litoral - Camba SA	4	2.967	Olavarría y Tapalqué	2967	2967	2967	2967	-
3. Estancias Unidas del Sud SA	41	70.692	Olavarría, G. Chávez y Laprida	2879	2879	2879	2879	-
4. Estancias Arg. El Hornero SA	1	9.752	Pehuajó	-	-	-	-	-
5. Ayan Piün SAAGC	1	2.724	Azul	-	-	-	-	-
6. Las Cortaderas SAC	3	5.913	Tandil, Azul y Olavarría	5048	5048	5048	5048	-
TOTAL	51	103.375						

CODTI: *Código de titular*
CDEST: *Código de destinatario*
CODTD: *Código de titular-destinatario*
CODPR: *Código de propietario*
C: *Condominio*

FUENTE : *Elaboración propia en base al catastro inmobiliario rural, 1988.*

el número y la superficie de las personas jurídicas y aparecería un propietario en los grupos económicos que tendría la misma superficie que el conjunto de sociedades anteriormente consideradas.

El caso de la familia De Apellaniz y el de Loma Negra ilustran las limitaciones que tiene la estimación de propietario para captar dos sujetos sociales diferentes: los grupos de sociedades exclusivamente agropecuarias y los grandes grupos económicos. En ambos casos, las estimaciones utilizadas no agrupan ni siquiera alguna de sus sociedades. Asimismo, el conjunto de sus inmuebles rurales los controlan, exclusivamente, mediante sociedades sin que participen otras formas de propiedad.

Cabe advertir que sería un error extraer, a partir de los casos de la familia De Apellaniz y de Loma Negra, como una conclusión general que las estimaciones iniciales no captan absolutamente nada de los grupos societarios. Por el contrario, cabe señalar que las evidencias disponibles hasta el momento, permiten afirmar que en numerosos casos, dichas estimaciones e incluso la de propietario captan estos agrupamientos pero lo hacen en forma fragmentaria, parcial.

Asimismo, dichas evidencias indican que los grupos societarios comprenden no solamente entidades jurídicas sino también a condominios e incluso a individuos, los cuales son accionistas de las sociedades del grupo económico en cuestión. Ambos aspectos predominan en los grupos de sociedades agropecuarias pero incluso están presentes en algunos de los grandes grupos industriales.

El caso del conglomerado extranjero Bemberg mencionado previamente es un ejemplo de lo dicho. Las propiedades agropecuarias del grupo económico Ingenio Ledesma es otro que permite ilustrar los casos que son captados fragmentariamente por las estimaciones realizadas y están compuestos por sociedades, condominios e individuos.

Este último grupo económico, de reconocida importancia industrial en la producción de azúcar y papel [35], es un significativo propietario de tierras en la Provincia de Buenos Aires. Allí controla, como mínimo, 21.943 hectáreas a través de 43 partidas inmobiliarias que tienen como titulares a diversas sociedades e individuos que en algunas de sus propiedades establecieron condominios (Cuadro Nº 41).

Los inmuebles rurales de este grupo económico se localizan, principalmente, en las zonas que determinan el circuito ganadero. En la cría de ganado vacuno actúan las sociedades La Bellaca SA y La Biznaga SA que tienen, respectivamente, 6.275 y 5.335 hectáreas en los partidos de 25 de Mayo y de Roque Pérez. A la terminación de ganado vacuno se dedica Magdala SA que es propietaria de 6.454 hectáreas en el partido de

CUADRO Nº 41

Cantidad de partidas, superficie y localización de las propiedades inmobiliarias que pertenecen a las sociedades y los accionistas del grupo económico Ingenio Ledesma.

SOCIEDADES Y TITULARES	PDAS.	SUPERFICIE	PARTIDO	CODTI	CDEST	CODTD	CODPR	C
1. Magdala SAACIFM	23	6.454	Pehuajó	5524	5524	5524	5524	-
2. La Bellaca SAACIFM	9	6.275	25 de Mayo	4679	4679	4679	4679	-
3. La Biznaga SAACIFM	7	5.335	R. Pérez	5335	5335	5524	5335	-
4. San Agustín SA	2	877	B. Mitre y S.A de Areco	10565	10565	10565	10565	-
5. Blaquier Rodolfo José	2	2.516	Gral. Lamadrid	1060	1060	1060	1060	-
6. Blaquier Carlos Pedro T.	1	384	Salto	-	-	-	1060	C
7. Oliveira Cezar Rafael C.	1	102	Gral.Pueyrredón	-	-	-	-	-
TOTAL	45	21.943						

CODTI: Código de titular
CDEST: Código de destinatario
CODTD: Código de titular-destinatario
CODPR: Código de propietario
C: Condominio

FUENTE : Elaboración propia en base al catastro inmobiliario rural, 1988.

Pehuajó. También en la zona de cría (partido de General Lamadrid) tiene 2.516 hectáreas Rodolfo J. Blaquier (accionista del grupo económico).

Este grupo económico, también tiene propiedades en otras regiones bonaerenses. En la zona agrícola del Norte, se localizan las tierras de San Agustín SA (partidos de B. Mitre y San Antonio de Areco) y de otro accionista del grupo económico. Carlos P. T. Blaquier (partido de Salto). Finalmente, en el partido de General Pueyrredón, Rafael C. A. Oliveira Cezar tiene un predio de una extensión reducida.

Los códigos de las estimaciones indican que se producen agrupamientos de partidas pertenecientes a diferentes titulares en la estimación de titular-destinatario y de propietario.

Tal como se observa en el Cuadro Nº 41, los códigos de la Magdala SA y de La Biznaga SA son los mismos (5524) en la estimación de titular-destinatario. Esto se debe a que una de las 23 partidas (la 025451) que pertenecen a la primera sociedad tiene como destinataria postal a la Biznaga SA, es decir a que se produce un "entrecruzamiento" de titular y destinatario entre ellas. Cabe mencionar que no aparecen vinculaciones entre ellas en la estimación de destinatario, debido a que, para simplificar, se consigna el total de partidas inmobiliarias y no cada una de ellas.

Por otra parte, se puede observar que Rodolfo J. Blaquier y Carlos P. T. Blaquier tienen el mismo código (1060) en la estimación de propietario. Este agrupamiento se origina en que la partida que tiene como titular al último de los nombrados es un condominio, en el cual participa Rodolfo J. Blaquier y otros accionistas del grupo analizado (Luis M. Blaquier, María Blaquier, Martín C. Blaquier y Pedro C. P. Blaquier), todos ellos con el 16,66 %.

En síntesis, al recorrer las estimaciones se produce en la de titular-destinatario un agrupamiento por el cual desaparecen dos propietarios (Magdala SA y La Biznaga SA) y aparece uno nuevo que tiene 11.789 hectáreas (la superficie total de las dos anteriores). Cuando se pasa a la de propietario, nuevamente Magdala SA y La Biznaga SA pasan a ser propietarios independientes pero se agrupan las partidas que tienen como titulares a dos accionistas del grupo, debido a que una de ellas es condominio.

Ahora bien, si se toma en cuenta el grupo de sociedades como forma de propiedad, se produciría la consolidación de todos los titulares, la superficie y las partidas del grupo Ingenio Ledesma. Al computárselo como un propietario, se eliminan 4 sociedades anónimas (Magdala SA, La Biznaga SA, La Bellaca SA y San Agustín SA) que eran hasta ese momento propietarios independientes, un propietario individual de escasa importancia (Rafael C. A. Oliveira Cezar) y un condominio (formado por Carlos P. T. y Rodolfo J. Blaquier).

Los casos analizados (De Apellaniz, Loma Negra e Ingenio Ledesma) son, únicamente, tres ejemplos de los numerosos grupos societarios que actúan en el agro bonaerense. Por otra parte, los mismos no se encuentran, salvo Loma Negra, entre los que tienen la mayor superficie agropecuaria de la Provincia de Buenos Aires.

A pesar de ello, en conjunto, provocan efectos de considerable significación sobre el número de propietarios y la superficie agropecuaria que se concentra en la cúpula. En efecto, la incorporación de los casos analizados implica la desaparición de 27 propietarios independientes, 13 de los cuales formaban parte de la cúpula mientras que los 14 restantes tenían menos de 3.000 hectáreas. Por otra parte, en conjunto comprometen 161 mil hectáreas, las cuales representan casi el 2,8% de la superficie agropecuaria que concentran los propietarios de la cúpula (5,8 millones de hectáreas). Aproximadamente, el 85 % de dicha superficie proviene de los 13 propietarios que integraban la cúpula y el 15% restante de los 14 que tenían menos de 3.000 hectáreas.

Esta disminución del número de propietarios y la reasignación de la superficie rural no hacen sino señalar la trascendencia que asumen los grupos societarios cuando se los incorpora como una de las formas de propiedad vigentes en la propiedad agropecuaria.

NOTAS

[22] La presencia difundida del condominio y su carácter familiar, rescatan la importancia de un enfoque que fue muchas veces criticado y dejado de lado en los estudios recientes sobre la propiedad agropecuaria: el análisis familiar.

[23] Respecto a las características jurídicas de los condominios, ver: E. Arceo, *Sociedades comerciales, política impositiva y estructura de la propiedad agraria*, FLACSO-Banco de la Provincia de Buenos Aires, 1990, mimeo.

[24] En términos estrictos, la preeminencia de las asociaciones entre personas físicas se tendría que determinar tomando en cuenta todos los propietarios de cada condominio y no únicamente el titular del mismo. Esta metodología implica codificar más de 100 mil nombres, distinguiendo las personas físicas de las sociedades. Esta evaluación no se realizó debido a la evidente y abrumadora mayoría de individuos que hay en esta forma de propiedad.

[25] Carlos P. Blaquier, *La empresa agraria argentina*, Ediciones CEN, 1967, pág. 11/13. Carlos P. Blaquier analiza en esta conferencia el proceso de formación de las sociedades agropecuarias del grupo económico Ingenio Ledesma, del cual es uno de los principales accionistas.

[26] Cabe señalar, como ejemplo, que el capital social de Estancias San Juan SA, sociedad fundada en 1938, se distribuye en 1985 de la siguiente manera:

1.	Reynal, Martín J. C.	46,29 %
2.	Ayerza de Reynal, María T.	0,91 %
3.	Reynal Ayerza, Martín Federico	43,71 %
4.	Reynal Ayerza, Iván A.	0,91 %
5.	Reynal Ayerza, Esteban	0,91 %
6.	Reynal Ayerza, Diego Jorge	0,91 %
7.	Reynal Ayerza, Santiago	0,91 %
8.	Reynal Ayerza, Pablo	0,91 %
9.	Reynal Ayerza, Miguel	0,91 %
10.	Reynal Ayerza, Pedro Eugenio	0,91 %
11.	Reynal Ayerza de Cayol, María T.	0,91 %
12.	Reynal Ayerza, Alejandro F.	0,91 %
13.	Reynal Ayerza, Angélica	0,91 %
	TOTAL	100,00 %

[27] El 7 de abril de 1948 el poder ejecutivo nacional, mediante el decreto 9.997, le retiró la personería jurídica a todas las sociedades anónimas de los herederos de Otto Sebastian Bemberg en la Argentina, por incurrir en una simulación jurídica destinada a encubrir el patrimonio de Federico Otto Bemberg y Otto Eduardo Bemberg.

Dentro de estas sociedades, que estaban controladas por "Brasserie Argentine Quilmes" con sede en Francia, se encontraban algunas exclusivamente agropecuarias tales como: Santa Rosa Estancias SA, SA Frutícola "Idahome", SA Agrícola Ganadera e Inmobiliaria Santa Margarita, Invernadas San Sebastián SA Agrícola Ganadera, Colonias y Estancias El Rodeo SAAG. El mencionado decreto fue reproducido en *Realidad Económica* Nº 14, 1973.

La estructura y la evolución del conglomerado extranjero Bemberg entre 1973 y 1987, pueden ser consultadas en: M. Acevedo, E. Basualdo y M. Khavisse, op. cit.

[28] Un criterio alternativo para definir los distintos tipos de propietarios es considerar la importancia que tiene la superficie de los condominios y no el número de partidas que cumplen dicha condición. Considerando este nuevo criterio si bien no se producen cambios en los dos primeros tipos de propietarios

(propietario único y condominio cerrado) sí se modifican los restantes. Así por ejemplo, el condominio semicerrado comprendería los agrupamientos de partidas en las cuales entre el 50% y 99% de su *superficie* pertenece a un determinado conjunto de personas físicas y/o jurídicas mientras que el condominio abierto aludiría a los conjuntos de partidas en los cuales menos del 25% de la *superficie* pertenece a un determinado conjunto de personas físicas y/o jurídicas.

Cuando se deja de lado la cantidad de partidas en condominio y se adopta la superficie de las mismas como el criterio básico para definir la tipología de propietarios se acentúa la incidencia de los propietarios únicos y los condominios cerrados. En efecto, en ese caso los mismos concentran el 88,0% de los propietarios, el 72,6% de las parcelas y el 77,1% de la superficie total de la muestra considerada. En el otro extremo, los condominios semiabiertos y los abiertos disminuyen su participación al tener el 4,6%, el 11,7% y el 10,3% respectivamente en las variables consideradas.

[29] Ver P. Gómez, M. A. Peretti, J. Pizarro y A. Cascardo op. cit, 1991.

[30] Ver O. Barsky y A.Pucciarelli, op cit., 1991

[31] D. Keller y C. Sabalain "Reflexiones sobre el Censo Nacional Agropecuario de 1988", en *Desarrollo agropecuario pampeano,* INDEC-INTA-IICA, 1991 (página 749/750).

[32] Una aproximación al impacto que tienen los grupos de sociedades en la propiedad agropecuaria puede encontrarse en: E. Basualdo, M. Khavisse y C. Lozano, *La propiedad agropecuaria en la Zona Deprimida del Salado,* CODESA-PNUD, 1988 (mimeo).

Cabe advertir que dicho trabajo está basado, territorialmente, en los 27 partidos bonaerenses que forman la cuenca del Salado y metodológicamente en la estimación de destinatario. A partir de esta última, se agruparon las partidas de las sociedades que integraban los grupos societarios que tienen propiedades en dichos partidos. Teniendo en cuenta los avances metodológicos realizados y los resultados obtenidos, se puede afirmar que dicho trabajo subvalúa la concentración de la propiedad en la zona porque como ya se constató, es la de menor captación de las formas complejas. Asimismo, si se consideran los resultados regionales para el conjunto de la provincia se incurre en una notoria subvaluación de la concentración, ya que como también se confirmó, al regionalizarse disminuye la misma.

[33] A este respecto, cabe mencionar que José De Apellaniz durante la primeras décadas del siglo fue delegado argentino para los acuerdos comerciales con Chile así como miembro de las comisiones encargadas del censo agrícola,

construcción del mercado a término y elevadores de granos. En términos de la representación gremial, no solo fue miembro de la Sociedad Rural Argentina y de la Bolsa de Comercio sino que ocupó, en distintas oportunidades, cargos destacados en ambas instituciones (10 en la primera y 3 en la segunda).

A principios de siglo era propietario de 25 mil hectáreas en Ayacucho y de mil en el partido de Saavedra. En 1928, la familia De Apellaniz figura como propietaria de 38.381 hectáreas en la Provincia de Buenos Aires. H. Nochteff, "Contribución al análisis de la implantación sectorial de la clase dominante argentina (1880-1914). El caso de los grupos directivos de la Unión Industrial Argentina y la Sociedad Rural Argentina", mimeo, 1979.

[34] En relación a la estructura y expansión reciente del grupo económico Loma Negra, ver: M. Acevedo, E. Basualdo y M. Khavisse, op. cit., así como D. Azpiazu y E. Basualdo, op.cit.

[35] La estructura y expansión del grupo económico Ingenio Ledesma puede consultarse en: M. Acevedo, E. Basualdo y M. Khavisse, op. cit. y en D. Azpiazu y E. Basualdo, op. cit.

Cinco

CARACTERISTICAS REGIONALES Y PRODUCTIVAS
DE LA PROPIEDAD AGROPECUARIA

5.1 Primera aproximación global

La evaluación y el análisis del catastro inmobiliario rural y de las estimaciones iniciales sobre la distribución de la propiedad agropecuaria (titular, destinatario, etc.) se realizaron tomando en cuenta a la Provincia de Buenos Aires en su conjunto. Lo mismo ocurrió con la estimación de propietario. En ninguna de ellas se indagó acerca de la importancia que tienen las diferentes regiones que componen la provincia. Realizar este análisis en el caso de la estimación de propietario es insoslayable en tanto, dicha estimación, constituye una aproximación mucho más acabada al tema en cuestión.[36]

A los fines de analizar las características regionales y productivas globales de la propiedad agropecuaria se adopta la tipología definida por D. Slutzky en 1968.[37] Sin embargo recientemente se han publicado estudios muy precisos e importantes sobre la determinación de las regiones que componen la zona pampeana basados en el análisis del comportamiento productivo reciente de las mismas.[38] Estos trabajos se utilizarán posteriormente para determinar específicamente los rasgos productivos de las distintas formas de propiedad.

El criterio para definir los partidos que integran cada región es el tipo de producción predominante en cada uno de ellos. En este sentido, el mencionado trabajo clasifica los partidos según la superficie destinada a cultivos o a praderas para pastoreo, a partir de lo cual se determina el predominio agrícola o ganadero en cada uno de ellos. Los agrícolas son aquellos que tienen, como mínimo, el 25% de su superficie con cultivos, el resto son ganaderos.

Dentro de los partidos ganaderos se diferencian los que se dedican a la cría de ganado de los que predominantemente están especializados en la terminación del mismo. Los partidos de cría son aquellos en donde predominan los pastos naturales, los de invernada en los que las forrajeras tienen mayor importancia.

Finalmente, se considera que la zona tambera abarca los partidos en que predominan las forrajeras pero donde el 50%, aproximadamente, de las explotaciones son tambos.

Las 6 regiones resultantes son las siguientes: Zona agrícola del Norte, Zona agrícola del Sur, Zona de invernada, Zona de cría, Zona tambera y Gran Buenos Aires.[39]

El análisis de las diversas regiones permite determinar la presencia de diferencias significativa respecto a la propiedad de la tierra. En términos generales, se pueden diferenciar las regiones que presentan una estructura de propiedad relativamente concentrada de aquellas otras que, por el contrario, presentan una distribución de la propiedad relativamente desconcentrada.

Las regiones agrícola del sur, de invernada y de cría son las de una mayor concentración relativa de la propiedad. En conjunto, comprenden más de 17 millones de hectáreas (el 81,1% de la superficie de la muestra), tienen la superficie por propietario y por partida inmobiliaria más elevado y el 15% de su extensión, aproximadamente, pertenece a propietarios que tienen más de 5.000 hectáreas (Cuadro Nº 42).

La región agrícola del sur abarca, tal como su nombre lo indica, la zona sur de la provincia de Buenos Aires, lindando en el noreste con la cuenca del Salado y en el noroeste con la zona de invernada. Se trata de una región en la cual, si bien predominan los cultivos, la ganadería tiene una presencia significativa. Es la más extensa de la provincia de Buenos Aires (6.566.921 hectáreas), la de mayor número de propietarios (8.864) y de partidas (20.030) teniendo sus propietarios, en promedio, 740,9 hectáreas. Su distribución de la tierra, indica que los 118 propietarios más grandes tienen 1.379 partidas y 1.066.644 hectáreas (el 16,2 % de su extensión en la muestra).

La Zona de cría comprende 24 partidos ubicados en la cuenca deprimida del Río Salado. En el norte, limita con la región lechera y la agrícola del norte. En el oeste con la de invernada y en el sur con la agrícola del Sur. Se trata de una zona donde predominan los pastos naturales y por lo tanto, la cría de ganado vacuno. Por su extensión (5.857.850

170

CUADRO Nº 42
Estimación de propietario:
Distribución regional de los propietarios, partidas y superfice según tamaño de los propietarios, 1988.

REGIONES Y TAMAÑO (EN HECTÁREAS)	PROPIETARIOS		PARTIDAS		SUPERFICIE		SUPERFICIE MEDIA	
	cantidad	%	cantidad	%	hectáreas	%	has/partida	has/propiet.
1. Zona Agrícola del Sur	8.864	100,0	20.030	100,0	6.566.921	100,0	327,9	740,9
hasta 1000	7.208	81,3	11.900	59,4	2.541.591	38,7	213,6	352,6
1001 - 5000	1.538	17,4	6.751	33,7	2.958.686	45,1	438,3	1.923,7
más de 5000	118	1,3	1.379	6,9	1.066.644	16,2	773,5	9.039,4
2. Zona Agrícola del Norte	7.923	100,0	19.309	100,0	2.184.399	100,0	113,1	275,7
hasta 1000	7.562	95,4	16.094	83,3	1.454.435	66,6	90,4	192,3
1001 - 5000	344	4,3	2.895	15,0	593.916	27,2	205,2	1.726,5
más de 5000	17	0,2	320	1,7	136.048	6,2	425,2	8.002,8
3. Zona de Invernada	6.852	100,0	17370	100,0	4.962.408	100,0	285,7	724,2
hasta 1000	5.541	80,9	10.092	58,1	1.938.846	39,1	192,1	349,9
1001 - 5000	1.239	18,1	6.163	35,5	2.398.515	48,3	389,2	1.935,8
más de 5000	72	1,1	1.115	6,4	625.047	12,6	560,6	8.681,2

4. Zona de cría	6.414	100,0	15.247	100,0	5.857.850	100,0	384,2	913,3
hasta 1000	4.804	74,9	7.947	52,1	2.047.144	34,9	257,6	426,1
1001 - 5000	1.499	23,4	5.896	38,7	2.878.916	49,1	488,3	1.920,6
más de 5000	111	1,7	1.404	9,2	931.790	15,9	663,7	8.394,5
5. Zona Tambera	4.777	100,0	10.837	100,0	1.759.410	100,0	162,4	368,3
hasta 1000	4.453	93,2	8.877	81,9	1.150.812	65,4	129,6	258,4
1001 - 5000	311	6,5	1.785	16,5	505.386	28,7	283,1	1.625,0
más de 5000	13	0,3	175	1,6	103.212	5,9	589,8	7.939,4
6. Gran Buenos Aires	1.077	100,0	2.258	100,0	103.298	100,0	45,7	96,0
hasta 1000	1.066	99,0	2.030	89,9	81.037	78,4	39,9	76,1
1001 - 5000	10	0,9	226	10,0	14.342	13,9	63,5	1.434,2
más de 5000	1	0,1	2	0,1	7.919	7,7	3.959,5	7.919,0
TOTAL	35.907	100,0	85.051	100,0	21.434.286	100,0	252,0	597,0
hasta 1000	30.634	85,3	56.940	66,9	9.213.865	43,0	161,8	300,8
1001 - 5000	4.941	13,8	23.716	27,9	9.349.761	43,6	394,2	1.892,3
más de 5000	332	0,9	4.395	5,2	2.870.660	13,4	653,2	8.646,6

FUENTE: Elaboración propia en base al catastro inmobiliario rural, 1988.

hectáreas), le sigue en importancia a la agrícola del Sur y presenta un tamaño medio de sus partidas inmobiliarias (384 hectáreas) y de sus propietarios (913 hectáreas) superior al resto de las regiones. De sus 6.414 propietarios, hay 111 que tienen inmuebles rurales mayores a 5.000 hectáreas, los cuales comprenden el 15,9% de su superficie (Cuadro Nº 42).

La zona de invernada se encuentra localizada en el noroeste, lindando en el norte con la provincia de Santa Fe y en el oeste con La Pampa. En ella, predomina el cultivo de forrajeras destinado al engorde de ganado vacuno. Por su extensión, es la tercera región en importancia (4.962.408 hectáreas) y la segunda de acuerdo al número de propietarios y de partidas inmobiliarias. De sus 6.852 propietarios, hay 72 que teniendo más de 5.000 hectáreas concentran el 12,6% de su superficie.

Las regiones que presentan una mayor desconcentración relativa de la propiedad son la agrícola del norte y la zona tambera. En conjunto tienen una superficie cercana a los 4 millones de hectáreas (el 18% de la superficie muestral) y los grandes propietarios concentran el 6% de la tierra aproximadamente.

La región agrícola del norte abarca 26 partidos ubicados en el extremo norte de la provincia, por debajo de la provincia de Santa Fe y el Río Paraná. Es una zona eminentemente agrícola, orientada tradicionalmente hacia el cultivo del maíz y más recientemente también al de la soja. Comprende el 10,2% de la superficie muestral y los 17 propietarios con mayor superficie de tierras controlan el 12,6% de su extensión (136.048 hectáreas).

La región tambera comprende los partidos que rodean al Gran Buenos Aires. Se trata de un conjunto de partidos relativamente pequeños que en conjunto suman 1.759.410 hectáreas. Es una región eminentemente ganadera donde, a diferencia de las otras, predomina la cría de ganado holando argentino, base de su principal actividad productiva: la lechería. De sus 4.777 propietarios, los 13 más grandes controlan el 5,9% de la superficie regional (103.212 hectáreas).

Los partidos que conforman el conglomerado del Gran Buenos Aires constituyen un caso particular no asimilable al resto de las regiones bonaerenses. Aún cuando en la cúpula se encuentra el 7,7% de su superficie en poder de un solo propietario, tiene un grado de concentración menor a las restantes regiones debido a que el 78,4% de su superficie pertenece a propietarios con 1.000 o menos hectáreas.

La imagen de que la concentración de la propiedad en la provincia de Buenos Aires, disminuye a medida que se avanza desde la periferia provincial hacia las regiones aledañas al Gran Buenos Aires y la Capital

Federal, debe considerarse sólo como una primera aproximación a la problemática regional. Su carácter preliminar se origina en que omite el análisis de las interrelaciones de propiedad que vinculan a los diferentes partidos de una misma región, las cuales están basadas en la existencia de propietarios que tienen inmuebles rurales en diversos partidos. Pero, más importante aún, en que supone que las distintas regiones son, en términos de propiedad, áreas independientes, cerradas en sí mismas. Es decir, supone que no existen propietarios que debido a la dispersión de sus inmuebles rurales, determinan vinculaciones entre dos o más regiones.

Los casos específicos que se analizaron precedentemente, ponen de manifiesto la importancia que asume la localización de los inmuebles de un propietario en distintos partidos bonaerenses.

Tal es su importancia que en la misma regionalización de la propiedad rural se pone de manifiesto la articulación de las distintas regiones mediante la propiedad ya que una porción apreciable de los grandes propietarios agropecuarios tienen dispersos sus inmuebles rurales en más de una de las grandes regiones mencionadas precedentemente.

Si bien esta problemática, es analizada en detalle más adelante, su tratamiento actual es inevitable debido a que la regionalización trae aparejada alteraciones significativas en la cantidad de propietarios así como en la distribución de las partidas y de la superficie provincial.

El Cuadro Nº 42 indica que la suma total de los propietarios existentes en cada una de las regiones, es de 35.907. Al compararla con el resultado obtenido de la estimación de propietario para toda la provincia (33.729 según consta en el Cuadro Nº 20) se verifica una diferencia de 2.178 en favor del primero. Tal discrepancia se origina, mayoritariamente, en los propietarios de más de 5.000 hectáreas que tienen propiedades en más de una región ya que, en el Cuadro Nº 42, son contabilizados tantas veces como el número de regiones en que tienen inmuebles.

La atomización de los grandes propietarios que trae aparejada la regionalización, también genera efectos desconcentradores en la distribución de las partidas y de la superficie. Al confrontar el Cuadro Nº 42 con el Nº 22, se constata que los propietarios de 5.000 o más hectáreas pierden 1.846 partidas y 591.484 hectáreas, mientras que los que tienen entre 1.001 y 5.000 hectáreas pierden 860 partidas pero incrementan su superficie en 35.049 hectáreas.

El efecto desconcentrador de la regionalización es un rasgo trascendente a tener en cuenta ya que impide expandir al conjunto de la provincia los resultados que se obtienen para una región específica.

De esta manera, la imagen de que las tierras de los grandes propietarios se encuentran localizadas exclusivamente en determinado partido bonaerense siendo todas ellas contiguas, debe ser descartada, al menos como característica predominante de las mismas. Más aún, la presencia de grandes propietarios con tierras ya no en más de un partido sino en varias regiones es la primera expresión de la intensidad y alcance que mantiene un rasgo que ya estaba presente en la propiedad agropecuaria a fines del siglo pasado.

5.2 Las características regionales de las distintas formas de propiedad

Habiendo descripto el contexto global, es pertinente analizar la vinculación que mantienen las formas de propiedad con las regiones productivas. Indagar si entre ellas se registra una heterogeneidad productiva que permita identificar sus diferentes especializaciones o, si por el contrario, presentan un grado de homogeneidad suficiente como para afirmar que todas ellas están presentes en las diferentes producciones sectoriales con una intensidad similar.

Una primera aproximación al tema en cuestión, permite afirmar que la distribución de los propietarios y de la superficie no expresa diferencias de tal magnitud que indiquen especializaciones productivas específicas en cada una de ellas.

Las tres regiones de mayor importancia en términos de la superficie en cada una de las formas de propiedad son las mismas que para el total provincial de la muestra. Tal como se observa en el Cuadro Nº 43 C, la zona agrícola del sur, la de invernada y la de cría son las de mayor importancia tanto en el total como en las diferentes formas de propiedad y abarcan en conjunto el 81%, aproximadamente, de cada una de ellas.

Por otra parte, en términos de la cantidad de propietarios, las tres regiones más importantes en el total provincial (zona agrícola del sur, del norte y la de invernada) son también las más relevantes en las personas físicas y en los condominios. En las personas jurídicas, se produce una alteración ya que la zona de cría concentra el 18,6% de las sociedades agropecuarias superando a la agrícola del norte que tiene el 16,9% de los mismos (Cuadro Nº 43 A).

En las zonas más pequeñas (agrícola del norte, tambera y Gran Buenos Aires) no se observan mayores diferencias entre las formas de propiedad, en términos de la distribución de la superficie, salvo la mayor incidencia de las sociedades en el Gran Buenos Aires.

En relación a los propietarios, las diferencias más significativas entre ellas radican en la menor importancia relativa de los mismos en las sociedades que actúan en la zona agrícola del norte (representan el 16,90% de las sociedades cuando son el 22,07 % en el total de la muestra) y en la mayor incidencia relativa que presentan las sociedades que tienen tierras en el Gran Buenos Aires (8% del total de sociedades mientras que en el total muestral son el 3%).

La existencia de una homogeneidad considerable entre ellas no significa que no haya ninguna diferencia, sino que las que existen no tienen entidad para definir especializaciones diferenciales.

Efectivamente, cuando se profundiza el análisis se identifican características en las sociedades agropecuarias que se contraponen con las presentes en los propietarios individuales y en los condominios.

Tomando en cuenta la distribución regional de la superficie que presenta cada una de las formas de propiedad, se percibe que en las personas jurídicas las zonas más importantes son las primordialmente ganaderas (zona de cría y de invernada) y luego la zona agrícola del sur (con muy escasa diferencia respecto a las dos primeras). En la propiedad individual y los condominios la de mayor incidencia es la agrícola del sur (33 % y el 31 % de la superficie total, respectivamente), seguida por la

CUADRO Nº 43 A
Estimación de propietario:
Distribución de los propietarios que componen
las distintas formas de propiedad
según las distintas regiones bonaerenses.

REGIONES	FORMAS DE PROPIEDAD							
	Pers. Físicas		Pers. Jurídicas		Condominios		TOTAL	
	cant.	%	cant.	%	cant.	%	cant.	%
1. Agrícola del Sur	4.047	26,33	1.305	21,58	3.512	24,24	8.864	24,69
2. Agrícola del Norte	3.268	21,26	1.022	16,90	3.633	25,07	7.923	22,07
3. De Invernada	2.940	19,13	1.212	20,05	2.700	18,63	6.852	19,08
4. De Cría	2.846	18,52	1.123	18,57	2.445	16,87	6.414	17,86
5. Tambera	1.985	12,91	901	14,90	1.891	13,05	4.777	13,30
6. Gran Buenos Aires	285	1,85	483	7,99	309	2,13	1.077	3,00
TOTAL	15.371	100,00	6.046	100,00	14.490	100,00	35.907	100,00

FUENTE : Elaboración propia en base al catastro inmobiliario rural, 1988.

CUADRO Nº 43 B
Estimación de propietario:
Distribución de las partidas inmobiliarias que integran
las distintas formas de propiedad
según las distintas regiones bonaerenses.

REGIONES	FORMAS DE PROPIEDAD						TOTAL	
	Pers. Físicas		Pers. Jurídicas		Condominios			
	cant.	%	cant.	%	cant.	%	cant.	%
1. Agrícola del Sur	6.737	24,57	4.352	22,71	8.941	23,24	20.030	23,55
2. Agrícola del Norte	5.908	21,55	3.708	19,35	9.693	25,20	19.309	22,70
3. De Invernada	5.480	19,99	4.441	23,17	7.449	19,36	17.370	20,42
4. De Cría	5.129	18,71	3.320	17,32	6.798	17,67	15.247	17,93
5. Tambera	3.667	13,38	2.334	12,18	4.836	12,57	10.837	12,74
6. Gran Buenos Aires	494	1,80	1.011	5,27	754	1,96	2.259	2,66
TOTAL	27.415	100,00	19.166	100,00	38.471	100,00	85.052	100,00

FUENTE : Elaboración propia en base al catastro inmobiliario rural, 1988.

CUADRO Nº 43 C
Estimación de propietario:
Distribución de la superficie que comprenden
las distintas formas de propiedad
según las distintas regiones bonaerenses.

REGIONES	FORMAS DE PROPIEDAD						TOTAL	
	Pers. Físicas		Pers. Jurídicas		Condominios			
	cant.	%	cant.	%	cant.	%	cant.	%
1. Agrícola del Sur	2.275.581	33,49	1.690.889	26,47	2.600.451	31,51	6.566.921	30,64
2. Agrícola del Norte	655.491	9,65	625.304	9,79	903.604	10,95	2.184.399	10,19
3. De Invernada	1.441.847	21,22	1.752.893	27,45	1.767.668	21,42	4.962.408	23,15
4. De Cría	1.796.305	26,44	1.766.851	27,66	2.294.694	27,80	5.857.850	27,33
5. Tambera	600.917	8,84	499.755	7,82	658.738	7,98	1.759.410	8,21
6. Gran Buenos Aires	24.374	0,36	51.096	0,80	27.828	0,34	103.298	0,48
TOTAL	6.794.515	100,00	6.386.788	100,00	8.252.983	100,00	21.434.286	100,00

FUENTE : Elaboración propia en base al catastro inmobiliario rural, 1988.

zona de cría (27 % aproximadamente) y luego, con menor importancia, la de invernada (21 % aproximadamente).

Teniendo en cuenta que las formas de propiedad presentan una relativa homogeneidad en su distribución regional, cabe indagar si exhiben contrastes en la importancia relativa que tienen los propietarios de distinto tamaño en cada una de las regiones considerando las mismas variables.

Cuando se compara la importancia relativa de cada uno de los estratos de tamaño en cada región bonaerense (Cuadro Nº 44), se verifica la existencia de diferencias sistemáticas entre las distintas formas de propiedad que son las que originan las discrepancias que se ponen de manifiesto al comparar la superficie media de los propietarios individuales, las sociedades y los condominios.

Como se mencionó anteriormente para el total provincial, las sociedades son las que exhiben la superficie promedio por propietario más elevada, seguidas por los condominios y finalmente por las personas físicas (Cuadro Nº 25). Estas diferencias se repiten cuando se considera cada una de las regiones bonaerenses debido a que sistemáticamente, sin excepciones, las sociedades en relación a las otras dos formas de propiedad tienen una mayor proporción de sus propietarios y superficie en el estrato de mayor tamaño (más de 5.000 hectáreas) y una menor proporción de ambos en el de menor tamaño (hasta 1.000 hectáreas). Las diferencias entre los condominios y las personas físicas son menos nítidas (también lo es el tamaño medio de los propietarios) a pesar de lo cual los primeros tienen una menor proporción de sus propietarios y superficie en el primer estrato, salvo en el Gran Buenos Aires.

Si se analizan las diferentes formas de propiedad, considerando separadamente cada una de las regiones, se incrementa el número de propietarios que tenían las personas físicas, las sociedades y los condominios cuando se consideró a la provincia en su conjunto. Se comprobó ya que la regionalización trae aparejada un aumento en el número de propietarios (2.178 propietarios más) debido a aquellos que tienen sus inmuebles rurales en varias regiones productivas. Ahora bien, si se compara el número de propietarios de cada una de las formas de propiedad sin regionalizar (Cuadro Nº 25) con los existentes luego de regionalizar la provincia (Cuadro Nº 44 A) se comprueba que del mencionado incremento (2.178) hay 1.169 propietarios que provienen de los condominios, 509 de las personas físicas y 500 de las personas jurídicas. La evaluación de la importancia relativa de los mismos, es decir respecto al total correspondiente al Cuadro Nº 25, indica que los propietarios con tierras en más de una región se encuentran, principalmente, en los condominios

CUADRO Nº 44 A

Estimación de propietario:

Distribución de los propietarios que integran las distintas formas de propiedad según las distintas regiones bonaerenses y tamaño de los propietarios.

REGIONES Y TAMAÑO (EN HECTÁREAS)	PERSONAS FÍSICAS		PERSONAS JURÍDICAS		CONDOMINIOS		TOTAL	
	cantidad	%	cantidad	%	cantidad	%	cantidad	%
1. Agrícola del Sur	4.047	100,00	1.305	100,00	3.512	100,00	8.864	100,00
hasta 1000	3.508	86,68	833	63,83	2.867	81,63	7.208	81,32
1001 - 5000	516	12,75	431	33,03	591	16,83	1.538	17,35
más de 5000	23	0,57	41	3,14	54	1,54	118	1,33
2. Agrícola del Norte	3.268	100,00	1.022	100,00	3.633	100,00	7.923	100,00
hasta 1000	3.200	97,92	859	84,05	3.503	96,42	7.562	95,44
1001 - 5000	64	1,96	154	15,07	126	3,47	344	4,34
más de 5000	4	0,12	9	0,88	4	0,11	17	0,21
3. De Invernada	2.940	100,00	1.212	100,00	2.700	100,00	6.852	100,00
hasta 1000	2.619	89,08	633	52,23	2.289	84,78	5.541	80,87
1001 - 5000	313	10,65	543	44,80	383	14,19	1.239	18,08
más de 5000	8	0,27	36	2,97	28	1,04	72	1,05

(Cuadro Nº 44 A, continuación)

4. De Cría	2.846	100,00	1.123	100,00	2.445	100,00	6.414	100,00
hasta 1000	2.398	84,26	576	51,29	1.830	74,85	4.804	74,90
1001 - 5000	436	15,32	505	44,97	558	22,82	1.499	23,37
más de 5000	12	0,42	42	3,74	57	2,33	111	1,73
5. Tambera	1.985	100,00	901	100,00	1.891	100,00	4.777	100,00
hasta 1000	1.915	96,47	766	85,02	1.772	93,71	4.453	93,22
1001 - 5000	67	3,38	127	14,10	117	6,19	311	6,51
más de 5000	3	0,15	8	0,89	2	0,11	13	0,27
6. Gran Buenos Aires	285	100,00	483	100,00	309	100,00	1.077	100,00
hasta 1000	284	99,65	475	98,34	307	99,35	1.066	98,98
1001 - 5000	1	0,35	7	1,45	2	0,65	10	0,93
más de 5000	0	0,00	1	0,21	0	0,00	1	0,09
TOTAL	15.371	100,00	6.046	100,00	14.490	100,00	35.907	100,00
hasta 1000	13.924	90,59	4.142	68,51	12.568	86,74	30.634	85,31
1001 - 5000	1.397	9,09	1.767	29,23	1.777	12,26	4.941	13,76
más de 5000	50	0,33	137	2,27	145	1,00	332	0,92

FUENTE: Elaboración propia en base al catastro inmobiliario rural, 1988.

CUADRO Nº 44 B
Estimación de Propietario:
Distribución de las partidas inmobiliarias que integran
las distintas formas de propiedad según las regiones bonaerenses
y tamaño de los propietarios.

REGIONES Y TAMAÑO (EN HECTÁREAS)	PERSONAS FÍSICAS		PERSONAS JURÍDICAS		CONDOMINIOS		TOTAL	
	cantidad	%	cantidad	%	cantidad	%	cantidad	%
1. Agrícola del Sur	6.737	100,00	4.352	100,00	8.941	100,00	20.030	100,00
hasta 1000	5.099	75,69	1.525	35,04	5.276	59,01	11.900	59,41
1001 - 5000	1.502	22,29	2.199	50,53	3.050	34,11	6.751	33,70
más de 5000	136	2,02	628	14,43	615	6,88	1.379	6,88
2. Agrícola del Norte	5.908	100,00	3.708	100,00	9.693	100,00	19.309	100,00
hasta 1000	5.471	92,60	2.119	57,15	8.504	87,73	16.094	83,35
1001 - 5000	393	6,65	1.385	37,35	1.117	11,52	2.895	14,99
más de 5000	44	0,74	204	5,50	72	0,74	320	1,66
3. De Invernada	5.480	100,00	4.441	100,00	7.449	100,00	17.370	100,00
hasta 1000	4.250	77,55	1.105	24,88	4.737	63,59	10.092	58,10
1001 - 5000	1.187	1,66	2.776	62,51	2.200	29,53	6.163	35,48
más de 5000	43	0,78	560	12,61	512	6,87	1.115	6,42

(Cuadro Nº 44 B, continuación)

4. De Cría	5.129	100,00	3.320	100,00	6.798	100,00	15.247	100,00
hasta 1000	3.598	70,15	975	29,37	3.374	49,63	7.947	52,12
1001 - 5000	1.446	28,19	1.819	54,79	2.631	38,70	5.896	38,67
más de 5000	85	1,66	526	15,84	793	11,67	1.404	9,21
5. Tambera	3.667	100,00	2.334	100,00	4.836	100,00	10.837	100,00
hasta 1000	3.305	90,13	1.557	66,71	4.015	83,02	8.877	81,91
1001 - 5000	310	8,45	684	29,31	791	16,36	1.785	16,47
más de 5000	52	1,42	93	3,98	30	0,62	175	1,61
6. Gran Buenos Aires	494	100,00	1.011	100,00	754	100,00	2.259	100,00
hasta 1000	493	99,80	872	86,25	666	88,33	2.031	89,91
1001 - 5000	1	0,20	137	13,55	88	11,67	226	10,00
más de 5000	0	0,00	2	0,20	0	0,00	2	0,09
TOTAL	27.415	100,00	19.166	100,00	83.471	100,00	85.052	100,00
hasta 1000	22.216	81,04	8.153	42,54	26.572	69,07	56.941	66,95
1001 - 5000	4.839	17,65	9.000	46,96	9.877	25,67	23.716	27,88
más de 5000	360	1,31	2.013	10,50	2.022	5,26	4.395	5,17

FUENTE: Elaboración propia en base al catastro inmobiliario rural, 1938.

CUADRO Nº 44 C
Distribución de Propietario:
Distribución de la superficie que integra las formas de propiedad según las regiones y tamaño de los propietarios.

REGIONES Y TAMAÑO (EN HECTÁREAS)	PERSONAS FÍSICAS		PERSONAS JURÍDICAS		CONDOMINIOS		TOTAL	
	hectáreas	%	hectáreas	%	hectáreas	%	hectáreas	%
1. Agrícola del Sur	2.275.581	100,00	1.690.889	100,00	2.600.451	100,00	6.566.921	100,00
hasta 1000	1.144.088	50,28	353.517	20,91	1.043.986	40,15	2.541.591	38,70
1001 - 5000	934.179	41,05	887.046	52,46	1.137.461	43,74	2.958.686	45,05
más de 5000	197.314	8,67	450.326	26,63	419.004	16,11	1.066.644	16,24
2. Agrícola del Norte	655.491	100,00	625.304	100,00	903.604	100,00	2.184.399	100,00
hasta 1000	539.665	82,33	269.519	43,10	645.251	71,41	1.454.435	66,58
1001 - 5000	94.917	14,48	282.178	45,13	216.821	24,00	593.916	27,19
más de 5000	20.909	3,19	73.607	11,77	41.532	4,60	136.048	6,23
3. De Invernada	1.441.847	100,00	1.752.893	100,00	1.767.668	100,00	4.962.408	100,00
hasta 1000	856.898	59,43	300.725	17,16	781.223	44,20	1.938.846	39,07
1001 - 5000	523.123	36,28	1.160.675	66,21	714.717	40,43	2.398.515	48,33
más de 5000	61.826	4,29	291.493	16,63	271.728	15,37	625.047	12,60

(Cuadro N° 44 C, continuación)

4. De Cría	1.796.305	100,00	1.766.851	100,00	2.294.694	100,00	5.857.850	100,00
hasta 1000	963.980	53,66	295.569	16,73	787.595	34,32	2.047.144	34,95
1001 - 5000	754.076	41,98	1.079.580	61,10	1.045.260	45,55	2.878.916	49,15
más de 5000	78.249	4,36	391.702	22,17	461.839	20,13	931.790	15,91
5. Tambera	600.917	100,00	499.755	100,00	658.738	100,00	1.759.410	100,00
hasta 1000	453.001	75,38	239.312	47,89	458.499	69,60	1.150.812	65,41
1001 - 5000	107.824	17,94	210.682	42,16	186.880	28,37	505.386	28,72
más de 5000	40.092	6,67	49.761	9,96	13.359	2,03	103.212	5,87
6. Gran Buenos Aires	24.374	100,00	51.096	100,00	27.828	100,00	103.298	100,00
hasta 1000	22.941	94,12	32.655	63,91	25.441	91,42	81.037	78,45
1001 - 5000	1.433	5,88	10.522	20,59	2.387	8,58	14.342	13,88
más de 5000	0	0,00	7.919	15,50	0	0,00	7.919	7,67
TOTAL	6.794.515	100,00	6.386.788	100,00	8.252.983	100,00	21.434.286	100,00
hasta 1000	3.980.573	58,59	1.491.297	23,35	3.741.995	45,34	9.213.865	42,99
1001 - 5000	2.415.552	35,55	3.630.683	56,85	3.303.526	40,03	9.349.761	43,62
más de 5000	398.390	5,86	1.264.808	19,80	1.207.462	14,63	2.870.660	13,39

FUENTE: *Elaboración propia en base al catastro inmobiliario rural, 1988.*

y en las sociedades (el número de propietarios se incrementa al regionalizar en el 9% aproximadamente, en cada uno de ellos) y en menor medida en las personas físicas (la cantidad de propietarios se incrementa en el 3,4%).

Asimismo, la regionalización genera efectos desconcentradores disímiles dentro de cada una de las formas de propiedad. En las personas jurídicas y los condominios la regionalización provoca, la reducción del número de propietarios y de la superficie de los propietarios que tienen más de 5.000 hectáreas y el incremento de ambas variables en los restantes estratos. Por el contrario, en las personas físicas, los efectos desconcentradores son menores ya que el estrato intermedio (entre 1.001 y 5.000 hectáreas) es el más afectado.

En síntesis, las características regionales de las formas de propiedad presentes en la estimación de propietario, indican que ninguna de ellas está nítidamente especializada en la agricultura o en la ganadería pero que sí tienen diferencias sistemáticas en el tamaño medio de los propietarios donde, al igual que cuando se considera a la provincia como una unidad, la mayor superficie media les corresponde a las sociedades seguidas luego por los condominios y finalmente por las personas físicas.

Finalmente, se evidencia que los propietarios multiregión son relativamente más importantes y su presencia es más desconcentradora en los condominios y las personas jurídicas que en las personas físicas. Sin embargo, cabe destacar que con los elementos hasta aquí disponibles nada se puede afirmar sobre las características productivas que tienen los propietarios multipartidos. Es decir si están principalmente asentados en zonas ganaderas o agrícolas o si por el contrario no están especializados en tanto sus propiedades articulan zonas agrícolas y ganaderas.

5.3 El impacto de los propietarios con tierras en más de un partido provincial en la articulación productiva del agro bonaerense

Las condiciones productivas que presenta el territorio provincial es una temática que tradicionalmente despertó el interés tanto de los analistas sectoriales como de los propios sectores sociales involucrados en la producción. Sobre ella hay un conjunto de estudios que indagan acerca de sus características regionales e incluso numerosos trabajos que abordan este tipo de análisis para determinado partido provincial o incluso para zonas específicas que forma parte de algunos de ellos.

Esta valiosa línea de investigación permite determinar las posibilidades y el tipo de producción que generan las unidades de producción ubicadas en las diferentes regiones, partidos o zonas bonaerenses a partir de las condiciones naturales de los suelos, de la tecnología disponible y de los bienes de capital existentes. Sin embargo, es pertinente destacar que la unidad productiva, que se materializa mediante el establecimiento rural, es diferente de la unidad económica que se encarna en el propietario.

Las características productivas de un propietario son determinadas por el establecimiento rural sólo en el caso de que este último sea su único inmueble rural. Cuanto mayor sea el número de establecimientos y más intensas sus diferencias productivas mayor será la distancia que medie entre las condiciones productivas de cada uno de los establecimientos y las de la unidad económica, en tanto las de esta última son el resultado del funcionamiento articulado de todos los establecimientos que pertenecen al mismo propietario.

La diferenciación entre el establecimiento rural (la unidad productiva) y la unidad económica (el propietario) no es ociosa en tanto, tal como se constató anteriormente, la presencia de propietarios con inmuebles rurales en más de una región productiva es lo suficientemente importante como para distorsionar el grado de concentración de la propiedad cuando se lo evaluaba a partir de cada una de las regiones que componen la provincia.

Dichas evidencias permiten corroborar que en la propiedad agropecuaria se mantienen características primigenias, como se desprende del análisis sobre el comportamiento de los grandes propietarios a principios de este siglo que realiza J. F. Sábato, en el trabajo ya citado. Al respecto dice:

"...los grandes terratenientes a menudo no lo eran por ser dueños de una sola y enorme propiedad sino por poseer una serie de campos de tamaño variable, medianos y grandes, distribuidos en diversos lugares".[40]

En otro orden de cosas las mismas evidencias, permiten afirmar, en términos generales, que para determinar las características productivas de esta y otras provincias pampeanas se deben distinguir dos planos de análisis. El básico que consiste en definir las condiciones productivas de una región, partido o zona, a partir de la dotación de factores de la producción (fertilidad del suelo, tecnología, mano de obra y capital) existentes en la misma. El segundo, que se origina en la propiedad de la tierra y que redefine al anterior a partir de aquellos propietarios que tienen dos o más establecimientos, los cuales están ubicados en zonas, con diferente dotación de factores. La interacción de ambos planos de análisis da como resultado la fisonomía que realmente tiene la producción para los distintos sectores sociales que están involucrados en la producción agropecuaria. No se trata entonces que la articulación de distintas zonas mediante la propiedad modifique las posibilidades productivas que se derivan de su específica dotación de factores, sino que dicha articulación le permite a los sectores sociales que las determinan, superar las restricciones y potenciar las posibilidades productivas iniciales.

Así por ejemplo, de los diferentes estudios regionales se desprende que la región de cría de ganado vacuno es muy especializada ya que su dotación de factores no le permite a los productores encarar el paso posterior de la invernada del ganado y/o dedicarse a producir cereales u oleaginosas. Esta es una restricción inevitable para aquellos que tienen un inmueble en la zona pero no para quienes además tiene otra propiedad en la zona de invernada y una tercera en la zona agrícola del norte. En este caso, la realidad productiva de la región está definida por establecimientos rurales que se dedican a la cría de ganado vacuno y por distintos tipos de productores, algunos de los cuales están especializados en dicha etapa de la producción ganadera y otros que articulan la misma con la terminación del ganado y/o la producción agrícola, basados en los establecimientos rurales que tienen en otras regiones productivas.

En este contexto, es evidente que el tipo de análisis que es válido para definir las condiciones productivas que presentan los establecimientos en determinada región o partido es apropiado para establecer solamente las de los propietarios de un establecimiento, que en general es el caso de los pequeños o medianos, pero no para delinear las características productivas de los propietarios de dos o más establecimientos, especialmente cuando estos últimos están ubicados en distintas regiones o incluso en diferentes partidos de una misma región. Para evaluar la importancia y los tipos de producción que encaran estos últimos es imprescindible relacionar la estructura de la propiedad con las condiciones productivas de la provincia.

Una primera aproximación a las vinculaciones regionales que se originan en la propiedad, consiste en determinar la importancia que tienen los propietarios con establecimientos agropecuarios ubicados en distintos partidos bonaerenses así como identificar las formas de propiedad que los mismos tienen.

A este respecto, en el Cuadro Nº 45 se puede observar que en esa

187

CUADRO Nº 45
Estimación de propietario:
Distribución de los propietarios con tierras en uno o en múltiples partidos provinciales según las formas de propiedad.

A) VALORES ABSOLUTOS

FORMAS DE PROPIEDAD	TOTAL			EN UN SOLO PARTIDO			EN DOS O MÁS PARTIDOS		
	propiet.	partidas	hectáreas	propiet.	partidas	hectáreas	propiet.	partidas	hectáreas
Total	33.729	85.052	21.434.286	29.799	59.859	14.789.770	3.930	25.194	6.644.664
Personas Físicas	14.862	27.415	6.794.515	13.789	22.585	5.575.948	1.073	4.830	1.218.567
Personas Jurídicas	5.546	19.166	6.386.788	4.757	12.619	4.263.345	789	6.547	2.123.443
Condominios	13.321	38.471	8.252.983	11.253	24.654	4.950.329	2.068	13.817	3.302.654

B) PORCENTAJES

FORMAS DE PROPIEDAD	TOTAL			EN UN SOLO PARTIDO			EN DOS O MÁS PARTIDOS		
	propiet.	partidas	hectáreas	propiet.	partidas	hectáreas	propiet.	partidas	hectáreas
Total	100 100	100 100	100 100	100 88	100 69	100 69	100 12	100 31	100 31
Personas Físicas	44 100	32 100	32 100	46 93	38 82	38 82	27 7	19 18	18 18
Personas Jurídicas	16 100	23 100	30 100	16 86	21 66	29 67	20 13	26 34	32 33
Condominios	40 100	45 100	38 100	38 84	41 64	33 60	53 15	55 35	50 40

FUENTE: Elaboración propia en base al catastro inmobiliario rural, 1988.

situación se encuentran 3.930 propietarios (12% del total) que tienen 25.194 partidas inmobiliarias (31% del total de la muestra) con una extensión total de 6.644.664 hectáreas (31%). Al confrontar el tamaño de los propietarios que tienen sus inmuebles en un solo partido con el de aquellos que los tienen desplegados en dos o más de ellos, se constata que, como era de esperar, los primeros tiene un tamaño promedio significativamente más reducido (496 hectáreas por propietario) que los otros (1.691 hectáreas por propietario).

En relación a las formas de propiedad, las evidencias obtenidas indican que los propietarios que controlan sus inmuebles rurales en términos individuales tienen localizadas las mismas, principalmente, en un solo partido (el 93% de dichos propietarios y el 82% de sus tierras se encuentran en esta situación), lo cual a su vez determina que esta forma de propiedad sea la menos relevante dentro de los propietarios que tienen campos en dos o más partidos, concentrando solamente el 7% de los propietarios (1.073) y el 18% de la superficie (1.218.567 hectáreas) del respectivo total. Por el contrario, en los condominios los propietarios con inmuebles en varias regiones tienen una importancia relativa significativamente más elevada que en las personas físicas (son el 15% y el 40% de los condominios y de la superficie total de los mismos respectivamente). De allí que esta forma de propiedad, sea la más relevante dentro de los propietarios con tierras en dos o más regiones (representan el 53% de este tipo de propietarios que concentran el 50% de la superficie total). Las personas jurídicas por su parte, se encuentran en una situación intermedia pero más cercana a los condominios que a las personas físicas. En ellas, los propietarios multirregión son el 13% de las sociedades agropecuarias las cuales tienen el 33% de la superficie total de las mismas. Dentro de los que tienen campos en dos o más partidos, las sociedades son el 20% de los propietarios con el 32% de la superficie total.

Estos grandes propietarios agropecuarios a través de sus 6,6 millones de hectáreas determinan la articulación de diferentes partidos. Ahora bien, estas vinculaciones pueden establecerse entre partidos que componen una misma región productiva o entre partidos que integran regiones productivas diferentes. La distinción entre ambas situaciones es relevante. En la primera de ellas, cuando se relacionan partidos que integran una región mixta se puede asumir que hay una complementación productiva entre los establecimientos pero cuando se trata de partidos de una región especializada, la complementación se hace más difusa. En la segunda, cuando un mismo propietario articula dos o más regiones diferentes, no

CUADRO Nº 46
Distribución de propietario:
Ejemplos de los propietarios con tierras en dos o más regiones y de aquellos que las tienen localizadas en varios partidos de una misma región.

A) PROPIETARIOS DE TIERRAS EN DOS O MÁS REGIONES

REGIONES	PERSONAS FÍSICAS (ELBA F. MAGUIRRE)			PERSONAS JURÍDICAS (COMEGA SA)			CONDOMINIO (ORTIZ BASUALDO)		
	Partido	Pdas.	Hect.	Partido	Pdas.	Hect.	Partido	Pdas.	Hect.
Agrícola del Sur				Lobería	36	6.297	Necochea	13	5.705
				Cnel. Suárez	8	3.980			
Agrícola del Norte	Salto	18	2.369	Cap. Sarmiento	31	3.754	Pergamino	31	5.749
							Rojas	19	2.701
Invernada	Gral. Villegas	2	5.789	Gral. Pintos	17	3.717			
				Lincoln	29	7.482			
Cría				Gral. Lamadrid	9	3.905	Pila	1	1.434
							Ayacucho	6	4.046
							Azul	5	1.955
Tambera									
Gran Buenos Aires									
TOTAL		20	8.158		130	29.135		75	21.590

B) PROPIETARIOS DE TIERRAS EN PARTIDOS DE UNA REGIÓN

REGIONES	PERSONAS FÍSICAS (MARÍA T. PEREDA)			PERSONAS JURÍDICAS (COMANHUE SA)			CONDOMINIO (RIGLOS)		
	Partido	Pdas.	Hect.	Partido	Pdas.	Hect.	Partido	Pdas.	Hect.
Agrícola del Sur							Lobería	12	7.084
							Coronel Dorrego	1	2.140
Agrícola del Norte									
Invernada	Trenque Lauquen	2	4.961						
	Viamonte	2	1.388						
Cría				Gral. Madariaga	4	3.523			
				Mar Chiquita	12	6.847			
Tambera									
Gran Buenos Aires									
TOTAL		4	6.349		16	10.370		13	9.224

FUENTE : Elaboración propia en base al catastro inmobiliario rural, 1988.

hay duda que en todos los casos se verifica, real o potencialmente, una clara complementación productiva.

Ambas situaciones están presentes en los propietarios con tierras en más de un partido. Así por ejemplo, entre los propietarios con inmuebles rurales en partidos que pertenecen a regiones productivas distintas se encuentran presentes también las distintas formas de propiedad. Así por ejemplo, los casos de Elba F. Maguirre, de Comega SA y de una rama de la familia Ortiz Basualdo (Cuadro Nº 46 A).

La primera es una propietaria que tiene, en términos individuales, 8.158 hectáreas en los partidos de Salto (2.369 hectáreas subdivididas en 18 partidas) y de General Villegas (5.789 hectáreas subdivididas en 2 partidas). Dichos partidos integran regiones productivas diferentes ya que el primero de ellos se ubica en la Agrícola del Norte y el restante forma parte de la de Invernada.

La segunda, Comega SA, es una de las grandes sociedades agropecuaria que integran el tradicional grupo económico Bunge y Born y que es propietaria de 29.135 hectáreas subdivididas en 130 partidas inmobiliarias. A diferencia del caso anterior, esta sociedad tiene propiedades en más de un partido en algunas de las regiones en que está presente. En la Agrícola del Sur, tiene inmuebles en el partido de Lobería (6.297 hectáreas) y de Coronel Suárez (3.980 hectáreas) y en la región de Invernada en los partidos de General Pinto (3.717 hectáreas) y Lincoln (7.482 hectáreas). Por otra parte, sus campos en la región Agrícola del Norte están ubicados en Capitán Sarmiento (3.754 hectáreas) y los de la región de cría en General Lamadrid (3.905 hectáreas).

La tercera es un vasto condominio que pertenece a la familia Ortiz Basualdo y que tiene su mayor superficie localizada en las mejores tierras de una región privilegiada: la Agrícola del Norte. Allí se localizan 8.450 hectáreas que son lindantes y, por lo tanto, forman un gran latifundio pero que al estar separadas por el límite de dos partidos aparecen como localizadas en los partidos de Pergamino y Rojas. Además, este condominio tiene campos en los partidos de Pila (1.434 hectáreas), Ayacucho (4.046 hectáreas) y Azul (1.955 hectáreas) todos los cuales forman parte de la región de cría. Finalmente posee 5.705 hectáreas en el partido de Necochea, integrante de la región Agrícola del Sur.

Por otra parte, también hay propietarios con tierras en distintos partidos pero de una región. En ellos, al igual que en el caso de los multi-región, se encuentran las distintas formas de propiedad. Así por ejemplo, los casos de la familia Riglos, Pereda y Comanhuel SA que se presentan en el mismo Cuadro Nº 46 B.

El primero de ellos es un condominio, integrado por Mercedes y Angélica Riglos, propietario de 9.224 hectáreas en la región Agrícola del Sur. De ellas, hay 7.084 hectáreas subdivididas en 12 partidas que se localizan en el partido de Lobería, mientras que las restantes 2.140 hectáreas, que integran una sola partida, están ubicadas en el partido de Coronel Dorrego.

El segundo caso está constituido por una gran propietaria de tierras, María Teresa Pereda, que tiene 6.349 hectáreas en la región de Invernada. En el partido de Trenque Lauquen se localizan 4.961 hectáreas subdivididas en dos partidas inmobiliarias, mientras que en General Viamonte es propietaria también de dos partidas con una superficie total de 1.388 hectáreas.

Finalmente, en la región de Cría tiene localizadas sus tierras Comanhuel SA, una de las sociedades que pertenece a la familia Paz Anchorena, que es propietaria de 10.370 hectáreas. La mayor parte de ellas, 6.847 hectáreas, se encuentran en Mar Chiquita y las 3.523 hectáreas restantes en el partido de General Madariaga.

Al determinar la importancia global de los propietarios con inmuebles rurales en distintos partidos de una misma región y de los que los tienen en partidos de diferentes regiones, se verifica que estos últimos son el 48% de los propietarios y que controlan el 57% de la superficie total (Cuadro Nº 47).

Por otra parte, los propietarios multiregión no sólo controlan una superficie más extensa que los otros, sino que tienen un tamaño medio apreciablemente más elevado (2.012 hectáreas por propietario contra 1.391 hectáreas por propietario). Estos resultados ponen en evidencia que hay una relación directa entre el tamaño de los propietarios y la diversificación territorial de sus propiedades. Los que tienen sus propiedades dentro de un mismo partido son los más pequeños mientras que los que las tienen en varios de una región son significativamente más grandes pero más pequeños que los que articulan varias regiones mediante sus tierras.

En las personas jurídicas y en los condominios, los propietarios multiregión tienen una superficie significativamente mayor que los propietarios con inmuebles en varios partidos de una misma región productiva. Nuevamente en este caso, la propiedad individual es la menos importante y la que presenta un tamaño medio más reducido, que tiene 1.231 hectáreas por propietario contra 3.137 y 4.396 de las personas jurídicas y los condominios respectivamente.

CUADRO Nº 47
Estimación de propietario:
Distribución de los propietarios con tierras
en dos o más partidos de una misma región o en varias de ellas
según formas de propiedad.

A) *VALORES ABSOLUTOS*

FORMAS DE PROPIEDAD	*TOTAL MULTIPARTIDO*			*EN UNA SOLA REGIÓN*			*EN DOS O MÁS REGIONES*		
	propiet.	*partidas*	*hectáreas*	*propiet.*	*partidas*	*hectáreas*	*propiet.*	*partidas*	*hectáreas*
Total	3.930	25.194	6.644.664	2.032	11.340	2.826.627	1.898	13.854	3.818.037
Personas Físicas	1.073	4.830	1.218.567	597	2.634	632.265	476	2.196	586.302
Personas Jurídicas	789	6.547	2.123.443	360	2.414	777.773	429	4.133	1.345.670
Condominios	2.068	13.817	3.302.654	1.075	6.292	1.416.589	993	7.525	1.886.065

B) *PORCENTAJES*

FORMAS DE PROPIEDAD	*TOTAL MULTIPARTIDO*			*EN UNA SOLA REGIÓN*			*EN DOS O MÁS REGIONES*		
	propiet.	*partidas*	*hectáreas*	*propiet.*	*partidas*	*hectáreas*	*propiet.*	*partidas*	*hectáreas*
Total	100	100	100	52	45	43	48	55	57
Personas Físicas	100	100	100	56	55	52	44	45	48
Personas Jurídicas	100	100	100	46	37	37	54	63	63
Condominios	100	100	100	52	46	43	48	54	57

FUENTE: Elaboración propia en base al catastro inmobiliario rural, 1988

5.3.1 Los propietarios con inmuebles rurales en varias regiones productivas

Los propietarios que, mediante sus inmuebles rurales, vinculan diferentes regiones productivas son un número reducido pero con una extensión de tierra muy significativa, lo cual indica que se trata, predominantemente, de propietarios rurales que integran la cúpula bonaerense. Una manifestación clara de ello, es que el 88% de superficie total que les pertenece, corresponde a propietarios insertos en varias regiones que tienen más de 1.000 hectáreas (Cuadro N° 48).

Sin embargo, cabe destacar que los propietarios bajo análisis no sólo integran la cúpula sino dentro de ella son una parte muy significativa de los más grandes. La estimación de propietario permite establecer que en el total de la muestra considerada, hay 384 propietarios con más de 5.000 hectáreas que en conjunto tienen 3.462.144 hectáreas (Cuadro N° 20). Si se confrontan dichos resultados con los obtenidos para los propietarios de campos en varias regiones (155 propietarios con 1.570.984 hectáreas, tal como consta en el Cuadro N° 48) se verifica que estos últimos son una porción apreciable del número total (el 40%) y que concentran nada menos que el 45% de la superficie que pertenece a los propietarios con más de 5.000 hectáreas. Se obtienen resultados más atenuados, cuando se realiza la misma comparación dentro de los propietarios que tienen entre 1.000 y 5.000 hectáreas. Allí, los dueños de inmuebles en varias regiones representan el 3,4% de los propietarios y sus tierras el 19% de la superficie total.

En este contexto, cabe reparar en el hecho de que no todos estos propietarios tienen inmuebles en la misma cantidad de regiones. Tal como se observa en los casos precedentemente analizados hay quienes vinculan dos regiones (como Elba F. Maguirre), tres de ellas (Ortiz Basualdo) o cuatro (Comega SA) e incluso otros, los menos, articulan las seis regiones productivas consideradas en este trabajo. En términos globales, se verifica que a medida que aumenta el número de regiones que se articulan por la propiedad disminuye la importancia de la superficie comprometida (Cuadro N° 48). Considerando las situaciones extremas, los que vinculan dos regiones productivas concentran el 78% de la superficie (2.969.977 hectáreas) mientras que los que relaciona cuatro o más de ellas el 9% de la misma (349.143 hectáreas).

Teniendo presente que se está frente a una parte considerable de los grandes terratenientes bonaerenses, es pertinente señalar que el tamaño medio de los mismos se incrementa a medida que aumenta el número de

CUADRO Nº 48
Estimación de Propietario:
Distribución de los propietarios con inmuebles en dos o más regiones y de su superficie según tamaño de los propietarios.

A) *TOTAL*

HECTÁREAS POR PROPIETARIO	TOTAL		DOS REGIONES		TRES REGIONES		CUATRO O MÁS REGIONES	
	Propiet.	Superficie	Propiet.	Superficie	Propiet.	Superficie	Propiet.	Superficie
Hasta 1.000	913 (48)	444.340 (12)	844 (50)	405.329 (14)	46 (29)	26.415 (5)	23 (44)	12.596 (4)
1.001- 5.000	830 (44)	1.802.713 (47)	731 (43)	1.563.671 (53)	83 (53)	201.423 (41)	16 (31)	37.619 (11)
Más de 5.000	155 (8)	1.570.984 (41)	114 (7)	1.000.977 (34)	28 (18)	271.079 (55)	13 (25)	298.928 (85)
TOTAL	1.898(100)	3.818.037 (100)	1.689 (100)	2.969.977 (100)	157 (100)	498.917 (100)	52 (100)	349.143(100)

B) *PERSONAS FÍSICAS*

HECTÁREAS POR PROPIETARIO	TOTAL		DOS REGIONES		TRES REGIONES		CUATRO O MÁS REGIONES	
	Propiet.	Superficie	Propiet.	Superficie	Propiet.	Superficie	Propiet.	Superficie
Hasta 1.000	295 (62)	138.510 (24)	281 (62)	130.202 (24)	10 (50)	5.606 (13)	4 (67)	2.702 (43)
1.001- 5.000	168 (35)	346.906 (59)	158 (35)	319.727 (60)	8 (40)	23.527 (55)	2 (33)	3.652 (57)
Más de 5.000	13 (3)	100.886 (17)	11 (3)	86.866 (16)	2 (10)	14.020 (32)	(0)	(0)
TOTAL	476 (100)	586.302 (100)	450 (100)	536.795 (100)	20 (100)	43.153 (100)	6 (100)	6.354(100)

C) Personas Jurídicas

Hectáreas por propietario	Total		Dos Regiones		Tres Regiones		Cuatro o más regiones	
	Propiet.	Superficie	Propiet.	Superficie	Propiet.	Superficie	Propiet.	Superficie
Hasta 1.000	109 (25)	50.719 (4)	101 (27)	47.838 (5)	4 (12)	2.040 (2)	4 (29)	841 (..)
1.001- 5.000	262 (61)	630.183 (47)	232 (61)	549.239 (51)	26 (76)	68.116 (69)	4 (29)	12.828 (7)
Más de 5.000	58 (14)	664.768 (49)	48 (12)	463.091 (44)	4 (12)	27.878 (28)	6 (42)	173.799 (93)
TOTAL	429(100)	1.345.670 (100)	381 (100)	1.060.168 (100)	34 (100)	98.034 (100)	14 (100)	187.468 (100)

D) Condominios

Hectáreas por propietario	Total		Dos Regiones		Tres Regiones		Cuatro o más regiones	
	Propiet.	Superficie	Propiet.	Superficie	Propiet.	Superficie	Propiet.	Superficie
Hasta 1.000	509 (51)	255.111 (14)	462 (54)	227.289 (17)	32 (31)	18.769 (5)	15 (47)	9.053 (6)
1.001- 5.000	400 (40)	825.624 (44)	341 (40)	694.705 (50)	49 (48)	109.780 (31)	10 (31)	21.139 (14)
Más de 5.000	84 (9)	805.330 (42)	55 (6)	451.020 (33)	22 (21)	229.181 (64)	7 (22)	125.129 (80)
TOTAL	993(100)	1.886.065 (100)	858 (100)	1.373.014 (100)	103 (100)	357.730 (100)	32 (100)	155.321 (100)

FUENTE: *Elaboración propia en base al catastro inmobiliario rural, 1988.*

regiones que vinculan. Tomando la superficie relativa que se localiza en el estrato superior (más de 5.000 hectáreas) se verifica que la misma representa el 34% del total en las que vinculan dos regiones y el 85% en las que relacionan cuatro o más de ellas.

La estructura que presentan las distintas formas de propiedad que están presentes en este tipo de propietarios, presentan tendencias similares a las globales pero que obviamente difieren en la intensidad que adquieren en cada una de ellas. Sin encarar un análisis detallado de las mismas, en el propio Cuadro Nº 48 se constata que las personas físicas son las que presentan una mayor concentración relativa en los estratos de menor tamaño y en los propietarios con inmuebles en un número reducido de regiones. Las personas jurídicas se ubican en el otro extremo, al presentar una mayor superficie relativa en el estrato de más de 5.000 hectáreas y en los propietarios con campos en cuatro o más regiones. Los condominios por su parte, se sitúan en una situación intermedia.

Conociendo algunas de las características básicas de estos propietarios, es ineludible preguntarse acerca de su estrategia productiva. Acerca de qué tipo de producciones articulan y cuales son las razones que determinan la diversificación territorial de sus tierras y no la concentración de las mismas en una localidad determinada.

Sin lugar a dudas, determinar la estrategia productiva de estos propietarios y las razones que la sustentan constituye una problemática sumamente compleja porque implica develar algunos de los factores claves del capitalismo agrario argentino lo cual supera en mucho los objetivos de este trabajo y las posibilidades teóricas y analíticas del equipo de trabajo. Su tratamiento tiene como intención realizar un primer diagnóstico y desplegar algunas hipótesis interpretativas.

El primer elemento a tener en cuenta para abordar la estrategia productiva de estos propietarios, es recordar que la definición de las regiones se realiza a partir del tipo de producción que predomina en los diferentes partidos. Por lo tanto, cuando un propietario determinado tiene inmuebles rurales en dos o más regiones vincula producciones agropecuarias diferentes que dan como resultado una función de producción distinta a la que predomina en cada una de ellas. Así por ejemplo, un propietario con campos en la región de invernada y en la de cría no es un invernador ni un criador sino un criador-invernador o viceversa según la superficie relativa que tenga en cada una de ellas.

A los fines de determinar los principales ejes productivos que definen los propietarios bajo análisis, se desplegaron todos los pares de regiones que es posible definir con la regionalización utilizada en este trabajo. Por otra parte, se procedió a determinar la superficie que tenía cada propietario en cada una de las regiones. Posteriormente, en base a las dos regiones de mayor superficie, se determinó la distribución de los propietarios en los distintos pares de regiones. Este procedimiento se realizó para los propietarios con inmuebles en dos, tres y hasta seis regiones. De esta manera para aquellos con tierras en 3 o más regiones se obtuvieron no solamente las dos principales regiones de acuerdo a la superficie sino también las otras de menor importancia.

En el Cuadro N° 49 se exponen los resultados obtenidos. En la primer columna se ubican los pares de regiones que definen los ejes productivos más importantes. La región que aparece en primer término es la más importante en la superficie total del respectivo eje productivo, lo cual no significa que dentro del mismo no hay un número considerable de propietarios que están basados en la combinación inversa de las respectivas regiones. Luego se presenta el número de propietarios, la superficie y el tamaño medio que tienen los propietarios en donde dichas regiones son la primera y la segunda en superficie. Por último, se expone la distribución porcentual de la superficie total del eje productivo, discriminando entre la primera región (la que encabeza el par), la segunda y el resto.

A diferencia de lo que se podía suponer, el eje productivo más relevante no está constituido por la cría y la invernada sino por aquel que determina la confluencia de la cría y la región agrícola del Sur donde se concentra el 25% de la superficie total que pertenece a los propietarios multiregión. Luego de la cría-invernada, que ocupa el segundo lugar con el 18% de la superficie, se encuentran dos ejes productivos liderados por la invernada, en un caso combinado con la agrícola del sur con el 12% de la superficie y en el otro con la agrícola del norte con el 10% de las hectáreas totales. Los cuatro primeros ejes productivos concentran el 65% de la superficie y se estructuran teniendo como regiones principales a la de cría y a la de invernada que se combinan entre sí y con las dos regiones agrícolas. Más aún, dichas regiones estructuran los siete ejes productivos más relevantes y recién del octavo en adelante las zonas agrícolas comienzan a aparecer como las de mayor relevancia.

La distribución porcentual de la superficie total de los ejes productivos, permite apreciar que la incidencia de las restantes regiones es sumamente reducida ya que únicamente en el de invernada-agrícola del sur y en el de cría-agrícola del norte, la participación de las mismas supera el 5%. Es decir que se está ante ejes productivos muy cerrados sobre sí mismos, con escasas proyecciones hacia terceras regiones.

La vinculación de los ejes productivos con las formas de propiedad,

CUADRO Nº 49

Estimación de propietario:

Distribución de los propietarios con tierra en más de una región según el par de regiones más importantes en el total de la superficie.

PRINCIPALES REGIONES ARTICULADAS	TOTAL			INCIDENCIA % DE LAS REGIONES		
	Propietario	Superficie	Sup. Media	Primera	Segunda	Resto
Cría-Agrícola del Sur	405 (21)	962.216 (25)	2.376	53	44	3
Cría-Invernada	196 (10)	679.524 (18)	3.467	59	39	2
Invernada-Agrícola del Sur	189 (10)	468.495 (12)	2.479	51	42	7
Invernada-Agrícola del Norte	244 (13)	393.414 (10)	1.612	62	37	1
Cría-Agrícola del Norte	86 (5)	257.056 (7)	2.989	63	27	10
Cría-Tambera	126 (7)	242.131 (6)	1.922	59	39	2
Invernada-Tambera	107 (6)	208.302 (5)	1.947	61	35	4
Agrícola del Norte-Tambera	196 (10)	171.108 (4)	873	52	47	1
Agrícola del Sur-Tambera	81 (4)	158.273 (4)	1.954	69	28	3
Agrícola del Sur-Agrícola del Norte	79 (4)	131.604 (3)	1.666	70	28	2
Resto	189 (10)	145.914 (4)	772	—	—	—
TOTAL	1.898 (100)	3.818.037 (100)	2.012	—	—	—

FUENTE: Elaboración propia en base al catastro inmobiliario rural, 1982.

permite aprehender otra característica relevante. Los cuatro primeros ejes productivos en la superficie total son también los más relevantes en las tres formas de propiedad que forman parte de la estimación de propietario. Además, en todos los casos cada uno de los ejes productivos ocupa el mismo lugar que en el total, salvo en las personas físicas donde el tercero y el cuarto (invernada-agrícola del sur e invernada-agrícola del norte respectivamente) intercambian el orden de importancia (Cuadro Nº 50). Recién a partir del quinto eje productivo, comienzan a producirse modificaciones en la importancia de los mismos.

En este contexto y teniendo presente que se trata de una aproximación general al tema en cuestión, cabe insistir en que los propietarios multirregión están asentados sobre ejes productivos muy nítidamente delimitados lo cual indica que responden a estrategias productivas específicas [41]. Sin embargo, todas ellas tienen, al menos, un objetivo común que se expresa con intensidad en los resultados obtenidos y previamente analizados. El hecho de que las regiones que organizan los ejes productivos que concentran más del 80% de la superficie total, sean la de invernada y especialmente la de cría, devela que un componente importante de la es-

CUADRO Nº 50
Estimación de propietario:
Importancia de los principales pares de regiones articuladas
en las diferentes formas de propiedad.

PRINCIPALES REGIONES ARTICULADAS	TOTAL UBIC.	PERS. FÍSICAS		PERS. JURÍDICAS		CONDOMINIOS	
		ubicación	% de la superf.	ubicación	% de la superf.	ubicación	% de la superf.
Cría-Agrícola del Sur	1	1	23	1	28	1	24
Cría-Invernada	2	2	14	2	18	2	19
Invernada-Agrícola del Sur	3	4	11	3	12	3	13
Invernada-Agrícola del Norte	4	3	13	4	10	4	9
Cría-Agríc. del Norte	5	8	5	6	7	5	7
Cría-Tambera	6	5	9	5	7	7	5
Invernada-Tambera	7	9	4	7	5	6	6
Resto			21		13		17
TOTAL			100		100		100

FUENTE : *Elaboración propia en base al catastro inmobiliario rural, 1988.*

trategia productiva de este tipo de propietarios es superar las restricciones naturales vigentes en las mismas.

Los diversos estudios sobre las condiciones de los suelos bonaerenses destacan que las posibilidades productivas de la región de cría están restringidas a la ganadería y dentro de ella a, como su nombre lo indica, la primera etapa de esta producción. Los propietarios multiregión superan esta limitación natural aún cuando dicha región sea la más importante en superficie para ellos, al tener tierras en otras regiones. Cuando estas últimas están localizadas en la región de invernada reproducen el circuito ganadero completo al constituirse en criador-invernador y tener la posibilidad cierta de complementarlas con la producción agrícola, la cual será más o menos importante de acuerdo a la situación de los precios relativos entre la ganadería y la agricultura . Cuando articula la zona de cría con la agrícola del sur, instala un sistema de producción ganadero-agrícola. Esta combinación, puede adquirir varias formas diferentes porque como lo muestran los trabajos recientes y ya mencionados sobre la producción pampeana, en la región agrícola del sur conviven varios sistemas productivos. Uno de ellos es el que conjuga la invernada con los cultivos de cosecha gruesa y en menor medida fina, que combinado con la cría daría como resultado también un propietario asentado sobre el circuito ganadero pero con una producción agrícola complementaria. Otro sistema, en cambio, al jerarquizar la agricultura sobre la ganadería daría como resultado global, al articularse con la cría de ganado, una producción más equilibrada en términos de ganadería-agricultura. De esta manera, para los grandes propietarios que tienen tierras en dos o más regiones productivas, aquella que por sus condiciones naturales tiene sus posibilidades productivas acotadas a la cría de ganado vacuno pasa a integrarse a las zonas mixtas de producción.

La invernada constituye el otro núcleo organizador de los ejes productivos no sólo porque se vincula con la cría sino también porque lo hace con las regiones agrícolas e incluso con la tambera. Esta difundidamente aceptado que las tierras de invernada también son aptas para la producción agrícola así como que las aptas para este último propósito pueden ser utilizadas para la terminación del ganado. Por lo tanto, a partir de esta región se despliega un compleja gama de sistemas productivos que articulan diferentes combinaciones productivas que comprenden incluso a la producción lechera.

La importancia que presenta la zona de cría como núcleo articulador de los ejes productivos que sustentan los grandes propietarios multiregión (congrega más de 2 millones de hectáreas de las cuales más de un millón están ubicadas en dicha región) y también la de invernada (concentra 1,7 millones de hectáreas incluyendo la que comparte con la cría, de las cuales casi 900 mil están ubicadas en la región) modifican, en parte, el funcionamiento que tradicionalmente se le adjudicó a la producción pampeana. Al respecto, cabe recordar la caracterización que realiza Jorge F. Sábato:

"La distinción entre ganadería de cría y ganadería de invernada tiene un alcance mayor que el de mostrar las posibilidades de la última para competir con la agricultura y explicar, así, el mantenimiento de las grandes propiedades rurales. A nuestro juicio este dato sirve, además para entender ciertos aspectos básicos del *funcionamiento* de la estructura productiva de la región.

"Debemos recordar, en primer lugar, que la invernada es una actividad *distinta* de la cría, ya que tienen funciones de producción diferentes: los plazos de producción no eran los mismos (dos años en promedio para la cría contra ocho meses en general para la invernada) y la composición de los rodeos totalmente diversa (la proporción de animales de distinto tipo en la explotación)."

Cabe acotar que, como posteriormente lo señala el autor, la mayor parte de la producción de cría, los novillitos, se destina al mercado interno y el resto se vende a los invernadores que luego de engordarlos los venden a los frigoríficos de exportación. De allí que los criadores no le puedan imponer precios diferenciales a los invernadores.

Sigue diciendo Jorge F.Sábato: "La invernada se vincula con la cría al comprarle novillitos para el engorde. Por otro lado se conecta con la agricultura al competir por el uso de tierras aptas para una u otra actividad. Debido a su doble vinculación la invernada constituye el nexo a través del cual las tres actividades productivas fundamentales de la región quedan relacionadas entre si".[42]

Esta caracterización y el funcionamiento que se deriva de ella al incorporar el movimiento de los precios relativos puede dar lugar a suponer que el mundo agropecuario se sustenta básicamente en tres sectores sociales. El primero de ellos estaría compuesto por los articuladores y árbitros de la producción pampeana: los invernadores que son los únicos que cuentan con la posibilidad de optar entre la terminación del ganado destinado a la exportación y la producción agrícola. El segundo sector social estaría compuesto por los propietarios dedicados a la cría de ganado vacuno, los cuales por las condiciones naturales ven restringidas sus posibilidades a dicha producción. Los agricultores constituyen el tercer sector, tratándose en general de propietarios más pequeños con escasas posibilidades económicas para desplazarse a la invernada ante cambios en los precios relativos.

A la luz de los resultados ya presentados se puede afirmar que los sectores sociales mencionados forman parte de la estructura del sector pero de ninguna manera dan cuenta de todas las realidades sociales que la integran. Dejan de lado a una parte substancial de los grandes terratenientes bonaerenses que al concentrar mediante sus propiedades inmobiliarias todas las posibilidades productivas redefinen el funcionamiento del sector. Tomando un caso concreto, es indudable que históricamente se desplegaron conflictos de intereses entre los criadores y los invernadores de ganado pero dichos conflictos involucraron no sólo a los que se dedicaban exclusivamente a alguna de las dos etapas del ciclo ganadero sino también a los que articulaban ambas mediante la propiedad de la tierra. En la relación entre los criadores y los invernadores hay tres sectores sociales involucrados pero uno solo está presente en las dos partes en conflicto lo cual indica que cada uno de ellos cuenta no sólo con intereses distintos sino también con un poder económico-social diferente para defenderlos. Los más débiles son los criadores en tanto se encuentran en inferioridad de condiciones respecto a los invernadores pero por encima de estos últimos se encuentran los que conjugan mediante sus propiedades ambas producciones.

5.3.2 Los propietarios agropecuarios
con inmuebles rurales en más de un partido
de una misma región productiva

Los propietarios bonaerenses que están circunscriptos a una determinada región productiva pero que dentro de ella tienen campos en más de un partido, integran, en muchos casos, la nomina de los grandes propietarios. Sin embargo, en términos globales, su extensión media es, como ya se indicó, inferior a la de los propietarios multirregión, anteriormente analizados. De la superficie total que controlan todos los propietarios con más de 5.000 hectáreas (3.462.144 hectáreas), ellos concentran el 22% (763.516 hectáreas, tal como se verifica en el Cuadro Nº 51), es decir casi la mitad de la participación que ostentan los propietarios multirregión (45%). Ciertamente no constituye una realidad para nada desdeñable que los propietarios con inmuebles en más de un partido, ya sea que se localicen en una región o formen parte de dos o más de ellas, sean

CUADRO Nº 51

Estimación de propietario:
Distribución de los propietarios con tierras en varios partidos de una región de acuerdo a las formas de propiedad según tamaño de los propietarios.

HECTÁREAS POR PROPIETARIO	TOTAL		PERSONAS FÍSICAS		PERSONAS JURÍDICAS		CONDOMINIOS	
	Propiet.	Superficie	Propiet.	Superficie	Propiet.	Superficie	Propiet.	Superficie
Hasta 1.000	1204 (59)	545.073 (19)	396 (66)	177.109 (28)	135 (38)	68.582 (9)	673 (63)	299.382 (21)
1.001- 5.000	735 (36)	1.518.038 (54)	186 (31)	355.050 (56)	196 (54)	474.548 (61)	353 (33)	688.440 (49)
Más de 5.000	93 (5)	763.516 (27)	15 (3)	100.106 (16)	29 (8)	234.643 (30)	49 (4)	428.767 (30)
TOTAL	2.032 (100)	2.826.627 (100)	597 (100)	632.265 (100)	360 (100)	777.773 (100)	1.075 (100)	1.416.589 (100)

FUENTE: Elaboración propia en base al catastro inmobiliario rural, 1988.

CUADRO Nº 52
Estimación de propietario:
Distribución de los propietarios con tierras en varios partidos de una misma región según las regiones productivas.

REGIONES	TOTAL				NÓMINA DE LOS PRINCIPALES PARTIDOS DE CADA REGIÓN	
	Propietarios	Superficie	Hectáreas por propia.	% de la Superf.(*)	Nombre por orden de importancia
Total	2.032 (100)	2.826.627 (100)	1.391		
Agrícola del Sur	469 (23)	817.729 (29)	1.744	42	Villarino, Puán, Tres Arroyos, C. Pringles, Lobería
Agrícola del Norte	456 (22)	255.004 (9)	559	43	Chacabuco, Pergamino, Salto, Rojas, Alberti
Invernada	408 (20)	652.357 (23)	1.599	49	Lincoln, G. Villegas, G. Pinto, T. Lauquen, C. Tejedor
Cría	448 (22)	951.647 (34)	2.124	40	Azul, Tandil, G. Lavalle, G. Madariaga, Tapalqué
Tambera	224 (11)	141.601 (5)	632		S. Andrés de Giles, Mercedes, G. Paz, Monte, Navarro
Gran Bs.As.	27 (1)	8.298 (.)	307		

(*) Se trata de la participación porcentual que tienen las tierras de los propietarios multipartidos de los cinco distritos más importantes que componen cada región en el total respectivo de la región

FUENTE: Elaboración propia en base al catastro inmobiliario rural.1988.

el 71% de los grandes propietarios y concentren el 67% de la superficie total que está en manos de la cúpula propietaria.

El análisis de las formas de propiedad y de la distribución de su superficie de acuerdo al tamaño de los propietarios permite detectar características complementarias a las ya señaladas (Cuadro N° 52). En primer lugar, se observa que la superficie perteneciente al conjunto de los propietarios con tierras en varios partidos de una misma región, se concentran principalmente en aquellos que tienen entre 1.000 y 5.000 hectáreas (54% del total de su superficie). En segundo lugar, que dicha característica es común, aunque con variaciones en la importancia relativa, a todas las formas de propiedad. En tercer lugar, la superficie que concentran los propietarios con más de 5.000 hectáreas es relativamente más importantes en las personas jurídicas y en los condominios (30% del respectivo total) que en las personas físicas (16% del total).

Ciertamente, la existencia de estos propietarios con tierras en diversos partidos de una misma región podría ser interpretada como contradictoria con la estrategia productiva que precedentemente se les atribuyó a los propietarios de inmuebles en partidos de distintas regiones. Si el objetivo productivo de estos últimos es plasmar sistemas productivos que superen las posibilidades que presenta cada región, cómo se explica que dentro de cada una de ellas haya propietarios con campos en distintos partidos.

Aprehender los motivos centrales que determinan que haya propietarios con una estrategia de diversificar sus tierras dentro de una región y no entre dos o más de ellas exige avanzar un paso más en la caracterización productiva de las regiones. Hasta este momento, se consideró que ellas eran homogéneas en términos productivos pero como lo ponen de manifiesto los trabajos sobre el tema ésto no es del todo cierto. Por el contrario, dentro de cada región hay diferentes alternativas productivas las cuales en algunas de ellas son muy relevantes y en otras menos acentuadas. A partir de la heterogeneidad productiva de las regiones se puede asumir, al menos como hipótesis de trabajo, que el objetivo de los propietarios con inmuebles en varios partidos de una misma región, al igual que los propietarios multirregión, busca evitar una excesiva especialización, es decir articular diferentes producciones alrededor de una producción central. Ciertamente, su espectro productivo es más acotado que el de los multiregión pero su tamaño (la extensión de sus propiedades inmobiliarias) también, lo que determina que se muevan dentro de una producción principal y no se propongan producciones alternativas como en el caso de los más grandes. Desde esta perspectiva, ambos tipos de propietarios (los multirregión y los multipartido en una región) responden a una lógica común cuyo alcance está limitado por el tamaño de cada uno. En síntesis, la estrategia productiva de los propietarios con inmuebles en varios partidos es única y su proyección hacia varias regiones o su limitación a sólo una de ellas esta en función del tamaño de los mismos.

En este contexto, es pertinente analizar algunos elementos que aporten evidencias sobre la estrategia productiva de los propietarios bajo análisis. Nuevamente en este caso, se trata de rasgos generales que serán profundizados cuando se incorporen los grupos societarios como forma de propiedad específica, es decir cuando se tenga una distribución de la propiedad de la tierra más cercana aún a la realmente vigente.

Una primera aproximación al tema indica que en este caso, al igual que los propietarios multiregión, la región de cría es la más relevante en términos de la superficie (34%), luego se encuentra la agrícola del sur (29%), la de invernada (23%) y la agrícola del norte (9%). Las dos regiones restantes tienen una importancia significativamente menor (Cuadro Nº 52).

Para analizar, en términos muy generales, la estrategia productiva de estos propietarios, en el Cuadro Nº 52 se indican los cinco partidos más importantes que articulan estos propietarios en cada una de las regiones así como la importancia de los mismos en la superficie total que tienen dichos propietarios en la respectiva región. No parece ser una arbitrariedad suponer que entre dichos partidos se establecen las interrelaciones de propiedad más numerosas de cada una de las regiones a las que pertenecen.

Circunscribiendo la atención a las cuatro regiones de mayor importancia, se verifica que los partidos de la región agrícola del sur, por orden de importancia son: Villarino, Puán, Tres Arroyos, Coronel Pringles y Lobería. Entre los dos primeros y los tres restantes median diferencias productivas considerables, lo cual pone de manifiesto la búsqueda de complementaciones productivas. Villarino es el partido con mayores limitaciones productivas de esta región, mientras que Puán, localizado al norte del anterior, pertenece a una zona que se puede caracterizar, según los autores mencionados precedentemente, de la siguiente manera: "Cubre 4,58 millones de hectáreas útiles para usos agrarios donde, si bien el 82% de sus suelos pueden ser sometidos a labranza periódica, la mayoría (61.9%) posee aptitud Ganadero-Agrícola, es decir, que admiten una rotación con una fase agrícola relativamente corta luego de un período prolongado bajo pasturas perennes... es la que soporta condiciones climáticas más desfavorables especialmente en cuanto al régimen de lluvias.

Esta es otra de las razones del porqué la actividad agrícola debe ser necesariamente limitada. Como resultado de todo ello, se registra una mayor cantidad de explotaciones mixtas, con la actividad ganadera ocupando el mayor espacio productivo" (pág. 136).

Los otros tres partidos (Tres Arroyos, Coronel Pringles, Lobería) integran una subregión productiva diferente que se caracteriza por tener un uso del suelo:

"... equilibrado, correspondiendo un 40-45% a los cultivos agrícolas y el resto a la ganadería. Existe un alto predominio de los sistemas mixtos, tendiendo a ser agrícola-ganaderos hacia el este y ganaderos-agrícolas hacia el oeste de la subzona". Es pertinente destacar que en el este se encuentran Tres Arroyos y Coronel Pringles y en el oeste de la subzona, Lobería.

Siguen los autores diciendo: "Los rubros ganaderos principales son la producción de carne bovina, leche y ovinos. En agricultura, los cultivos principales son el trigo y el girasol a los que sigue en importancia el maíz" (pág. 138).

Por otra parte, la región Agrícola del Norte es una zona eminentemente agrícola donde los tres cultivos principales son la soja, el trigo y el maíz. En ella los partidos más articulados por los propietarios de inmuebles en más de un partido, son el núcleo de la región y muchos de ellos son limítrofes entre sí, lo cual pone en evidencia que en muchos casos de trata de grandes propietarios cuyos campos son atravesados por los límites de los partidos, como el caso del condominio formado por una rama de la familia Ortiz Basualdo.

En la región de Cría, donde se concentra la mayor extensión de las tierras que pertenecen a los propietarios analizados, se articulan partidos con capacidad de generar producciones donde la cría se complementa con agricultura y con otros eminentemente ganaderos. Los primeros se ubican hacia el oeste de la región (Azul y Olavarría) y los otros en el este de la misma (General Lavalle y General Madariaga).

Finalmente, en la de invernada se articulan partidos eminentemente ganaderos-agrícolas (como Trenque Lauquen) con otros donde predomina la producción tambera y la agricultura como es el caso de General Pinto y de Lincoln.

[36] La distribución regional de las distintas variables (propietarios, partidas y superficie) tanto del catastro inmobiliario como de las estimaciones de titular, destinatario y titular-destinatario, pueden ser consultadas en el Anexo Estadístico de este trabajo.

[37] D. Slutzky, "Aspectos sociales del desarrollo rural en la pampa húmeda argentina", *Desarrollo Económico Nº 29*, abril-junio de 1968.

[38] P. Gómez, M. A. Peretti, J. Pizarro y A. Cascardo, "Delimitación y caracterización de la región" y A. Cascardo, J. Pizarro, M. Peretti y P. Gómez, "Sistemas de producción predominantes", ambos en *El desarrollo agropecuario pampeano*, INDEC-INTA-IICA, Grupo Editor de América Latina, Buenos Aires, 1991.

[39] La nómina de los partidos bonaerenses que integran las distintas regiones así como el respectivo código que tiene en el catastro inmobiliario rural, forman parte del Anexo Estadístico.

[40] Es pertinente mencionar que el citado investigador le atribuye a la dispersión geográfica de los inmuebles, causas diferentes a las esgrimidas como determinantes en este trabajo. Concluye que: "Una consecuencia obvia de tal dispersión es la disminución de los riesgos ocasionados por contingencias locales (granizo, langosta, inundaciones o sequías, etc.) que, a mediano plazo compensa ampliamente los mayores costos operativos y gerenciales que eventualmente pueden acarrear la división y separación de las explotaciones" (pág. 24, 25).

[41] Un análisis más profundo sobre el tema, que sólo se justifica cuando se incorporen los grupos societarios como forma de propiedad, requiere vincular los propietarios multiregión con los sistemas predominantes de producción dentro de cada una de las regiones. Sobre este último aspecto, recientemente se han publicado trabajos que realizan aportes significativos como el realizado por A. R. Cascardo, J. B. Pizarro, M. A. Peretti y P. O. Gómez, op. cit. Todas las citas que posteriormente se realizarán para precisar las características productivas de las regiones y de las diferentes zonas que las componen, provienen del mencionado trabajo.

[42] Jorge F. Sábato, *Notas sobre la formación de la clase dominante en la argentina moderna (1880-1914)*, mayo de 1979 (pág. 60).

Seis

LOS EFECTOS DE LA PROPIEDAD AGROPECUARIA SOBRE EL IMPUESTO A LA TIERRA EN LA PROVINCIA DE BUENOS AIRES

EL CONJUNTO DE ELEMENTOS que compone la problemática de la propiedad de la tierra tiene una importancia decisiva en el impuesto a la tierra. La necesaria existencia del mismo se podría fundamentar en que está destinado a paliar el efecto de la apropiación privada de la renta que se origina en un recurso natural escaso como la tierra o que simplemente constituye un patrimonio diferencial. Más allá de sus fundamentos teóricos y sociales, parece claro que la equidad y los ingresos estatales derivados del mismo, están directamente relacionados con el hecho de que la respectiva norma impositiva tenga en cuenta las características reales del sujeto a quien se pretende gravar. Este impuesto esta dirigido a los propietarios de tierras agropecuarias y no a la tierra en sí misma. Esta distinción elemental, obvia, no está presente, como se verá luego con mayor detalle, en el impuesto actual.

Aludir a los propietarios rurales es una generalización que encubre las diferencias cualitativas que median entre los dueños de tierras agropecuarias. Un criterio básico para distinguirlos es la extensión o el valor de sus inmuebles, el cual tradicionalmente ha sido tenido en cuenta por la legislación impositiva en esta materia. Sin embargo, el propio concepto de propietario es equívoco porque, como ya se mencionó en repetidas ocasiones, en el conjunto de la sociedad y en el sector agropecuario en particular conviven distintas formas de propiedad que son factores determinantes del grado de equidad y del nivel de los ingresos fiscales que genera el impuesto. En términos impositivos tampoco es indiferente asumir que hay únicamente personas físicas y personas jurídicas y dejar de lado la existencia de los condominios y los grupos societarios. Si así se procede se introduce una notable inequidad impositiva entre los diferentes propietarios rurales y se determina una merma en los ingresos fiscales.

Las notables falencias del régimen impositivo actual dan lugar a que los grandes propietarios rurales lleven a cabo una creciente subdivisión de las propiedades catastrales que acentúa aún más la inequidad original del mismo. La desaparición del propietario como sujeto de la imposición y su reemplazo por una porción de tierra, que se expresa en la partida inmobiliaria, es la base legal que impulsa una creciente subdivisión de las partidas inmobiliarias. Resulta evidente que un régimen que impone un gravamen progresivo sobre las partidas inmobiliarias y que, al mismo tiempo, les permite a sus dueños determinar el tamaño de las mismas impulsa la "elusión fiscal" de los propietarios de las partidas de mayor tamaño ya que mediante la subdivisión de las mismas pueden eludir la progresividad del impuesto. No se trata de un proceso de evasión fiscal sino de elusión del mismo por medio de la cual la progresividad original del impuesto se diluye.

Ambas cuestiones, las formas de propiedad y la subdivisión catastral de la tierra, son las líneas centrales que guiarán el análisis de la temática fiscal en tanto constituyen los factores decisivos que determinan la inequidad impositiva y la imposibilidad de que el Estado Provincial pueda redistribuir recursos mediante sus ingresos y gastos desde los sectores más poderosos hacia los mas desprotegidos.

6.1 Características generales del impuesto
inmobiliario rural de la provincia de Buenos Aires

La recaudación tributaria originada en el impuesto inmobiliario total (rural y urbano) alcanzaba en 1988 a 194 millones de dólares aproximadamente que representan el 16% de los ingresos totales percibidos por la administración provincial en dicho año. Dicha participación se eleva al 28% si se descartan los ingresos provenientes de la coparticipación federal y se consideran, por lo tanto, únicamente los recaudados directamente por el gobierno provincial. De esta manera, dentro de estos últimos es el segundo impuesto en importancia luego del que grava los ingresos brutos cuya participación supera el 46% de los impuestos provinciales. Finalmente, cabe destacar que dentro del impuesto inmobiliario la recaudación proveniente del rural representa el 50% del total.

El impuesto inmobiliario rural consta de una escala que, desde

1978, está constituida por 8 estratos definidos en base a la valuación fiscal de la tierra. Para cada uno de estos estratos existe una cuota fija, aplicable por igual a todas las partidas que por su valuación fiscal se ubican dentro de un determinado estrato, pero además una alícuota porcentual por medio de la cual se expresa la progresividad del impuesto. Cuanto más alta es la valuación fiscal de la tierra, mayor es la alícuota que, junto con la cuota fija constituye el impuesto. La progresividad también se refleja en la forma de aplicación de la alícuota. Antes de aplicarla se resta el valor mínimo del estrato de la valuación fiscal de la partida. Sobre el saldo se cobra la alícuota, tal como se verá en los siguientes ejemplos destinados a clarificar este funcionamiento.

En el Cuadro Nº 53 se observan los elementos constitutivos del impuesto inmobiliario rural, cuantificados para el año 1988. Tanto los estratos como la cuota fija están calculados en australes y en dólares para tener una idea aproximada de su importancia.

A los fines de describir la manera en que se determina el impuesto emitido, se puede suponer que se debe cuantificar el mismo para una partida determinada cuya valuación fiscal en el año analizado es de 1.000.000 australes. La misma se ubicaría en el sexto estrato (de 867.423 a 1.012.023 australes) y debería pagar la cuota fija de 15.811 australes más la resultante de multiplicar la alícuota (2,93%) por la diferencia entre la valuación fiscal de la partida (1.000.000) y el valor mínimo del respectivo estrato (867.423), es decir el 2.93% de 132.577 australes que son 3.885 australes. Por lo tanto, el propietario de esta supuesta partida tendría que pagar en concepto del inmobiliario rural 19.696 australes (15.811 australes de cuota fija, más 3.885 de alícuota) que son equivalentes a 3.581 dólares de enero de dicho año.

A los fines impositivos el padrón inmobiliario rural está compuesto por 306.924 partidas, siendo por lo tanto más reducido que el padrón inmobiliario total que como se señaló al comienzo de este trabajo tiene 312.887 partidas inmobiliarias. La diferencia de 5.963 partidas entre uno y otro padrón se debe a las exenciones que establece el artículo 112 del código fiscal de la provincia de Buenos Aires. Las mismas cubren una amplia gama de propietarios entre los que se encuentran: el Estado Nacional, provincial y municipalidades así como sus reparticiones, salvo aquellas que realizan operaciones comerciales con la venta de bienes o la prestación de servicios; las instituciones religiosas; las fundaciones, etc.

Tal como se aprecia en el Cuadro Nº 53, la distribución de las partidas de acuerdo a los estratos de valuación fiscal indican que el 95,3% de las mismas se concentran en los dos de menor valuación fiscal que, como lo indican sus alícuotas, son los de menor progresividad. Por otra parte, la valuación fiscal total de las partidas inmobiliarias que componen este padrón indica que las tierras rurales de toda la provincia de Buenos Aires están valuadas a los fines impositivos en 6.289 millones de dólares de 1988, es decir en alrededor del 10% de la deuda externa argentina. Finalmente, el impuesto emitido sobre dichas partidas alcanza en dicho año a 104 millones de dólares que representa el 1,65% de la valuación fiscal de la tierra imponible. Por lo tanto, estas evidencias indican que se trata de una recaudación ciertamente modesta cuya apreciable participación en la valuación fiscal de la tierra, sobretodo si se la compara en términos internacionales, sólo puede entenderse debido a la evidente subvaluación fiscal de la tierra que adopta la administración provincial a los fines impositivos.

6.2 Antecedentes históricos y situación actual del impuesto inmobiliario rural

En el mes de abril de 1986, el Poder Ejecutivo Nacional remitió al Congreso un proyecto de Ley para establecer un impuesto a la tierra libre de mejoras que funcionaría como un anticipo de los impuestos a las ganancias y a los capitales. Tal iniciativa se inscribía en el Programa Nacional Agropecuario que impulsó el gobierno constitucional de ese momento [43].

Este proyecto, que nunca fue aprobado, constituye un nuevo hito en los sucesivos fracasos que tuvieron los gobiernos constitucionales de las últimas décadas, para instaurar un impuesto nacional basado en la propiedad de la tierra aún cuando reemplazara o fuera un anticipo de otros impuestos. Años antes, en 1973, el gobierno constitucional de ese momento logró que el Congreso Nacional, mediante la Ley 20.538, aprobara el Impuesto a la Renta Normal Potencial de la Tierra que dió lugar al funcionamiento provisorio de un Impuesto de Emergencia a la Tierra Libre de Mejoras que se computaba como un anticipo al impuesto a las ganancias. Sin embargo, el impuesto legislado (Renta Normal Potencial de la Tierra) nunca pudo ser aplicado y terminó siendo derogado por la dictadura militar instaurada en 1976 en el país.

La imposibilidad de aplicar un impuesto de carácter nacional no significa que no haya regido ningún impuesto específico a la propiedad de la tierra durante las últimas décadas en el país. Estuvieron vigentes los impuestos sobre la propiedad inmobiliaria urbana y rural que estable-

Catastro inmobiliario rural:
Estructura del impuesto inmobiliario rural, de la
distribución de la valuación fiscal y del impuesto emitido, 1988.

A) AUSTRALES

Estratos de valuación fiscal (australes)	Cuota Fija (austr.)	Alícuota (%)	Partidas (cantidad)		Valuación Fiscal (mill. de A)		Impuesto Emitido (mill. de A)	
menos de 289.039		1,38	278.432	(90,7)	17.413	(50,4)	241	(42,1)
289.039 - 433.630	3.997	1,61	14.279	(4,6)	4.981	(14,4)	70	(12,2)
433.631 - 578.221	6.324	1,87	5.715	(1,9)	2.840	(8,2)	43	(7,5)
578.222 - 722.809	9.026	2,17	2.956	(1,0)	1.906	(5,5)	31	(5,4)
722.810 - 867.423	12.165	2,52	1.768	(0,6)	1.395	(4,0)	24	(4,2)
867.424 - 1.101.023	15.811	2,93	1.059	(0,3)	988	(2,9)	19	(3,3)
1.012.024 - 1.156.614	20.046	3,40	682	(0,2)	737	(2,1)	15	(2,6)
más de 1.156.614	24.965	3,95	2.033	(0,7)	4.322	(12,5)	129	(22,6)
TOTAL			306.924 (100,0)		34.581 (100,0)		572 (100,0)	

B) EN DOLARES (*)

Estratos de valuación fiscal (dólares)	Cuota Fija (dls.)	Alícuota (%)	Partidas (cantidad)		Valuación Fiscal (mill. de dls.)		Impuesto Emitido (mill. de dls.)	
menos de 53.553		1,38	278.432	(90,7)	3.166	(50,4)	44	(42,1)
53.553 - 78.842	726	1,61	14.279	(4,6)	906	(14,4)	13	(12,2)
78.843 - 105.131	1.149	1,87	5.715	(1,9)	516	(8,2)	8	(7,5)
105.132 - 131.419	1.641	2,17	2.956	(1,0)	347	(5,5)	6	(5,4)
131.420 - 157.713	2.212	2,52	1.768	(0,6)	254	(4,0)	4	(4,2)
157.714 - 184.004	2.875	2,93	1.059	(0,3)	180	(2,9)	3	(3,3)
184.005 - 210.293	3.645	3,40	682	(0,2)	134	(2,1)	3	(2,6)
más de 210.293	4.539	3,95	2.033	(0,7)	786	(12,5)	23	(22,6)
TOTAL			306.924 (100,0)		6.289 (100,0)		104 (100,0)	

(*) *Para la conversión de los australes en dólares se utilizó la tasa de cambio vigente en el mercado paralelo del mes de enero de 1988 (5,5 australes por dólar).*

FUENTE: Elaboración propia en base al catastro inmobiliario rural, 1988.

cieron en sus respectivas jurisdicciones, por mandato constitucional, las distintas administraciones provinciales, entre ellas la de la Provincia de Buenos Aires.

Ciertamente desde el punto de vista estrictamente técnico los objetivos de los frustrados impuestos nacionales y de los efectivamente aplicados impuestos provinciales son diferentes pero ambos tuvieron un destino signado por las iniciativas de una cúpula de grandes propietarios donde conviven algunos eminentemente agropecuarios con otros que son parte de los grandes grupos económicos nacionales y que políticamente se expresan mediante algunas de la entidades más poderosas e influyentes del sector.

En 1974, en el contexto de una reducción de los precios internacionales, no solamente no se puso en marcha el ya mencionado impuesto nacional sino que se introduce en el Impuesto Inmobiliario Rural una modificación substancial y regresiva respecto a toda la legislación sobre la materia vigente desde los años 40.[44] Mediante la Ley provincial 8.169 de 1974 se establece la eliminación del contribuyente como sujeto de imposición, sea éste una persona física o una sociedad, y su reemplazo por la partida inmobiliaria. Es decir que se transita de una legislación que, de una forma u otra, gravaba al conjunto de inmuebles rurales que pertenecían a un mismo propietario a otra que actúa sobre cada inmueble en forma independiente aún cuando los mismos pertenezcan a la misma persona física o jurídica.

Para comprender los principales cambios regulatorios que se registran en esta materia desde fines de los años 40 hasta el momento, es aconsejable tener presente la estructura del impuesto inmobiliario anteriormente descripta porque la misma permite aclarar al menos una parte de los elementos en juego, teniendo en cuenta que la incidencia de este impuesto depende, principalmente, de su progresividad vinculada a las alícuotas que se aplican; de la valuación fiscal sobre la que se determina el impuesto emitido y del criterio legislativo que define cuál es el sujeto imponible.

Teniendo en cuenta estos elementos, se puede abordar una revisión general de la evolución de las normas legales que reglamentaron el impuesto a la tierra.[45] El Código Fiscal de 1948 (Ley 5.246) establecía que el monto del impuesto emitido se determinaba mediante una escala progresiva aplicada sobre el monto de la valuación fiscal de cada inmueble, es decir sobre una estructura semejante a la vigente en 1988.

Sin embargo, en su artículo 81 estipulaba que en los casos de subdivisión, lo anterior se aplicaba sobre el valor total del inmueble fraccionado a menos que hubiese causas justificadas como la transmisión del dominio. Asimismo, indicaba en su artículo 82 que "todo inmueble o conjunto de inmuebles de 5.000 hectáreas o de superficie excedente, de propiedad de una misma persona natural o jurídica, sería gravado, además, con un impuesto anual adicional que sería pagado de acuerdo a una escala progresiva según el número total de hectáreas del inmueble o conjunto de inmuebles, aplicable sobre el monto total de las valuaciones fiscales". Por lo tanto, mediante el primer artículo mencionado impedía la "elusión fiscal" mediante la subdivisión de las partidas. A través del otro introducía al gran propietario como sujeto de imposición pero gravándolos de acuerdo a la extensión del conjunto de sus inmuebles.

Además, ponía en vigencia para las sociedades anónimas y las en comandita por acciones, un recargo del 25% que se sumaba al impuesto inmobiliario y al impuesto anual adicional. Por último, también establecía que si un propietario residía más de tres años en el exterior debía aplicarse otro recargo suplementario del 25%.

Esta legislación mantuvo sus rasgos fundamentales hasta el golpe militar que derrocó al gobierno constitucional peronista en 1955. Mediante distintas normas legales, se estableció, entre 1955 y 1957, que los inmuebles rurales (integrantes del catastro rural y subrural) pagarían un impuesto proporcional que se denominaría "inmobiliario básico" y que todo inmueble o conjunto de inmuebles de un mismo contribuyente estaría gravado, además con un impuesto progresivo, denominado "inmobiliario adicional" cuyas alícuotas serían fijadas anualmente por ley. Además de suprimir la progresividad del "inmobiliario básico", se eliminó el recargo a las sociedades pero se mantuvo el impuesto adicional por ausentismo que fue fijado en el 25%. De lo dicho, se desprende que aún después del derrocamiento del gobierno constitucional peronista, el impuesto provincial a la tierra sigue reconociendo al propietario como sujeto de imposición pero no circunscribiéndolo a los grandes propietarios sino a todos los existentes.

Durante los primeros años de la segunda etapa de la industrialización sustitutiva que fue liderada por las firmas extranjeras y que se puso en marcha durante la gestión gubernamental de A. Frondizi, aumentaron las exigencias derivadas del impuesto a la tierra. Siendo gobernador O. Alende se aprobó la Ley 6.007 de 1959 que introdujo dos modificaciones significativas orientadas a lograr una mayor equidad contributiva. El impuesto adicional debía aplicarse sobre la suma de las valuaciones fiscales de los inmuebles rurales o urbanos pertenecientes a un mismo contribuyente y restablece un impuesto adicional específico para los inmuebles o conjuntos de inmuebles que fueran propiedad de sociedades. En este contexto, se elevaron las alícuotas del impuesto adicional y la tasa mínima del adicional sobre las sociedades se fijó en el 1,6 %, mientras que el recargo por ausentismo se elevó al 50%. Cabe destacar que durante estos años, no sólo se mantiene al propietario rural como sujeto de imposición sino que para el impuesto adicional aquellos que tuvieran propiedades urbanas deben integrarlas y restablece al mismo tiempo un gravamen para una de las formas de propiedad vigentes en el sector: las sociedades.

Las modificaciones mencionadas generaron acentuados reclamos por parte de la Sociedad Rural que centró sus críticas en la elevación de la presión fiscal y la restauración del gravamen a las sociedades. El gobierno provincial fundamentó la validez de la medida en el hecho de que las pocas sociedades agropecuarias existentes (como ya se dijo, en 1958 había 238 sociedades con 2.500 o más hectáreas) pertenecían a un número reducido de propietarios, siendo por lo tanto, cada uno de ellos dueños de varias sociedades. Posteriormente, el gobierno provincial retrocedió en sus exigencias impositivas. En 1960, mediante la Ley 6.220 redujo las alícuotas del adicional de ese año y en 1961 (Ley 6.464) introdujo una nueva reducción y eliminó el impuesto adicional sobre las sociedades. Sin embargo, este retroceso no afectó el criterio básico de considerar al propietario como sujeto de imposición sino que por el contrario el mismo permaneció tal como lo planteaba la legislación original de esta etapa.

En 1974 se producen los drásticos cambios que se mencionaron anteriormente, los cuales afectan las ingresos provinciales y determinan un claro retroceso en la equidad del impuesto a la tierra. Se elimina el impuesto adicional progresivo sobre el conjunto de las propiedades de un mismo contribuyente que se habían establecido en 1959 y se instaura un impuesto progresivo sobre la valuación fiscal de cada inmueble. Por otra parte, no se establece ningún adicional sobre las sociedades y se elimina el que pesaba sobre el ausentismo.

Durante la dictadura militar se afectó la progresividad del impuesto mediante una reducción del número de estratos existentes. Los 16 estratos de valuación que componían la estructura impositiva original se redujeron primero a 13, en 1977 y luego a 8, en 1978, número que no fue modificado hasta la actualidad. De esta manera, se pasa de una estructura que tenía en 1974 una alícuota mínima del 4 por mil y una máxima del 25.5 por mil a otra que en 1978 tenía 8,8 por mil y 13,8 por mil respectivamente.

En este contexto, si se relacionan las características que asume el impuesto a la tierra con la acentuada subdivisión catastral de la tierra que se registra desde los años 60 y especialmente de los 70, surge claramente que esta última reconoce como una de sus causas, la intención de eludir el pago del impuesto a la propiedad inmobiliaria rural. Comportamiento especialmente importante en el caso de los grandes propietarios agropecuarios debido a que la progresividad del impuesto, tal como lo indican las alícuotas, es muy baja en los primeros estratos y muy acentuada en los de mayor valuación fiscal.

La división de una propiedad en múltiples parcelas que siguen perteneciendo a un mismo dueño permite disminuir el monto del impuesto inmobiliario ya que se trata de un gravamen de carácter progresivo. Las propiedades de mayor valuación fiscal (generalmente las de mayor extensión) pagan proporcionalmente más que las de menor valuación (generalmente menos extensas). Por ello, cuando se subdivide un inmueble en diversas partidas, el propietario paga menos gravamen ya que la suma de los impuestos pagados por el conjunto de ellas es inferior al monto que debería pagar por una propiedad única de igual extensión. La diferencia entre ambos importes es lo que se puede denominar "elusión impositiva". Cabe señalar entonces que el proceso de subdivisión mencionado, en nada afecta la concentración de la tierra ya que las parcelas en que se subdividen las grandes propiedades siguen perteneciendo, directa o indirectamente, a los mismos dueños.

Un caso supuesto permite comprender el fenómeno de la "elusión fiscal". Para ello, supongamos que el propietario de la partida inmobiliaria que consideramos anteriormente la subdivide y tiene ahora dos partidas con una valuación fiscal de 500 mil australes cada una de ellas. A los fines del impuesto ambas se ubican en el tercer estrato, en el cual la cuota básica alcanza a 6.324 australes, a la cual se le debe sumar el valor resultante de multiplicar la alícuota correspondiente (1,87%) por la diferencia entre la valuación fiscal de la partida (500.000 australes) y el valor mínimo del estrato (433.630 australes), es decir 1.241 australes. Por lo tanto el propietario debe pagar por cada partida 7.565 australes en concepto del impuesto inmobiliario rural, es decir un total de 15.130 australes, monto que es un 23% más bajo que el que pagaba cuando tenía una sola partida inmobiliaria (19.696 australes).

Evidentemente el proceso de subdivisión catastral de la tierra afecta las finanzas públicas ya que si se mantiene la misma estructura impositiva la recaudación disminuye en relación directa al incremento que se registra en la subdivisión catastral. De allí que se registra un incremento significativo en la alícuota media entre 1974 y 1989, el cual es muy pronunciado cuando la dictadura militar reduce el número de estratos pero que también se verifica, con mucha menos intensidad, durante la etapa constitucional. Resulta claro entonces que la mencionada subdivisión catastral impulsa un proceso por el cual la administración provincial para resguardar los ingresos fiscales incrementa, en términos relativos, la presión fiscal sobre los pequeños y medianos propietarios y no sobre los grandes terratenientes que eluden la misma en base a la subdivisión de las partidas. De esta manera un impuesto progresivo se torna regresivo.

Las distorsiones que genera la subdivisión de las partidas inmobiliarias formaron parte de las preocupaciones del ejecutivo y el parlamento provincial. En diciembre de 1986, la legislatura bonaerense modificó el Código Fiscal mediante la Ley 10.472. Lo sustancial es la modificación del artículo 105, que establece:

"Los titulares del dominio, los usufructuarios y los poseedores a título de dueño pagarán anualmente por cada inmueble situado en la Provincia, el impuesto establecido en la presente ley, cuyas alícuotas y mínimos serán los que fije la Ley Impositiva.

"A los efectos de lo dispuesto anteriormente, se considera también como único inmueble aquellos fraccionamientos de una misma unidad de tierra, pertenecientes a las plantas rural y subrural, aunque corresponde a divisiones efectuadas en distintas épocas, cuando pertenezcan a un mismo titular de dominio sean personas físicas o jurídicas; para el caso de estas últimas se considera igual titular cuando el antecesor en el dominio posea el 70% o más del capital social de la entidad sucesora.

"A tales fines, los sujetos señalados en el primer párrafo de este artículo determinarán la alícuota aplicable computando todos los bienes en esas condiciones".

Es decir, que la mencionada reforma no define claramente que a los fines fiscales se deben unificar todas las partidas de un mismo propietario sino que mediante la "reconstrucción" al menos parcial de la propiedad real de la tierra basada en la unidad de tierra, intenta neutralizar parte de la "elusión fiscal" que se genera en la subdivisión catastral de las grandes propiedad rurales.

Dicha reforma no se puso en marcha hasta 1989. El 17 de octubre de ese año, el nuevo gobierno provincial, mediante el Decreto 4076, puso en vigencia, a partir de 1990, la Ley 10.472, es decir la modificación del Código Fiscal. Obviamente esta medida dio lugar a una drástica condena de la Sociedad Rural Argentina. Este sector social que desde hacía mucho tiempo buscaba conseguir la supresión de las retenciones a la exportaciones y al mismo tiempo imponerles al resto de los impuestos un marcado carácter regresivo, mantuvo en este caso su coherencia al proponer una suma fija por hectárea.

Es de una importancia crucial determinar si la implementación de la reforma fiscal por parte del gobierno provincial revierte los efectos que tiene la subdivisión ficticia de las grandes propiedades (en la actualidad más del 95% de las parcelas rurales tienen menos de 500 hectáreas) con su consecuente efecto negativo sobre las finanzas provinciales, ya que el 70% de la recaudación se origina así en la partidas más pequeñas, en las que tienen menos de 500 hectáreas. O dicho en otros términos, si restituye la equidad impositiva. Hasta la sanción de la reforma los realmente pequeños y medianos propietarios veían incrementados sus impuestos relativos en forma notable debido a que los grandes propietarios eludían la progresividad del impuesto.

El ejecutivo provincial entiende en el Decreto 4.076 que, tomando como referencia la situación catastral de 1945, se deben integrar, a los fines impositivos, las distintas unidades fraccionadas que están ubicadas en un mismo partido y clasificadas como rurales, cuando pertenezcan a un mismo titular [46]. Esa restricción a los límites de un partido no figuraba en la ley y crea un hecho jurídico opuesto a la realidad sobre la que debe actuar. En efecto, el criterio de unificar las partidas sobre la base del mismo partido no tiene en cuenta a los grandes propietarios que tienen inmuebles localizados en varios de ellos que, como se dijo anteriormente, son 3.930 propietarios con 25.194 partidas inmobiliarias que reúnen una superficie total de 6,6 millones de hectáreas.

Es pertinente señalar que, posteriormente, la repartición encargada de efectuar la integración de las parcelas —la Dirección Provincial de Catastro Territorial— incurre en una tergiversación de los criterios establecidos por el aludido decreto, al considerar que deben integrarse únicamente las parcelas colindantes, dejando de lado la obligación de unificar también las parcelas no lindantes ubicadas en un mismo partido y que por supuesto pertenezcan a un mismo propietario. Obviamente, esta injustificable modificación del criterio definido por el ejecutivo provincial disminuye sustancialmente el número de partidas inmobiliarias que deberían ser unificadas ya que si bien bajo el nuevo criterio se unifican las lindantes que están en diferente partido, excluidas por el criterio del ejecutivo, deja sin unificar las que pertenecen al mismo propietario pero no son lindantes que son significativamente más numerosas. Por cierto, la Sociedad Rural Argentina en su condena a la Reforma Fiscal da por sentado que se trata de integrar únicamente las parcelas colindantes.

Posteriormente, el mismo gobierno provincial intenta revertir algunas de las falencias anteriores, proponiendo un impuesto adicional de emergencia para 1990 que fue aprobado por la legislatura provincial en abril de 1990 y que constituye un valioso precedente para reformular el impuesto inmobiliario rural en su conjunto. En efecto, mediante la Ley 10.897 se establece un impuesto adicional de emergencia que deben abonar los contribuyentes titulares de las partidas urbanas y rurales de mayor valuación fiscal. La misma en su segundo artículo establece que los titulares de las grandes parcelas deben, bajo declaración jurada, unificar todas las partidas inmobiliarias que tengan en el ámbito de la provincia y pagar un impuesto adicional determinado a partir de la valuación fiscal total resultante de dicha integración. Por lo tanto, dicha legislación establece que el adicional se aplica sobre la suma de la valuación fiscal de todas las partidas que son propiedad de un mismo contribuyente, más allá de que correspondan originalmente a un mismo inmueble, es decir a una misma "unidad de tierra".

Los conflictos que se desataron a raíz de esta disposición son ilustrativos de la profundidad que alcanza la subdivisión catastral que implementaron los grandes propietarios rurales.

En primera instancia, el mencionado impuesto de emergencia comprendía más de 10 mil partidas inmobiliarias y provocó la oposición de las entidades agropecuarias representativas de los medianos y grandes propietarios rurales pero también de las que nuclean a los pequeños propietarios como es el caso de la Federación Agraria Argentina. Esta última entidad fundamentaba su oposición en el hecho de que este impuesto a pesar de estar dirigido a los grandes contribuyentes, alcanzaba a un conjunto de sus agremiados que eran pequeños o medianos propietarios. Efectivamente, esto ocurría pero no debido a falencias en la implementación técnica del impuesto de emergencia sino a las condiciones estructurales que genera la subdivisión catastral de la tierra. Como los grandes propietarios fragmentaron sus partidas inmobiliarias de mayor extensión y valuación fiscal, aparecen dentro de las más de 10 mil partidas con mayor valuación fiscal, las que pertenecen a grandes propietarios junto a otras que son propiedad de contribuyentes que efectivamente son pequeños y medianos propietarios que tienen sus inmuebles localizados en partidos con una alta valuación fiscal (como Pergamino). Debido a que esta situación no podía ser modificada sin reformas estructurales de envergadura, las autoridades económicas de la provincia decidieron reducir el número de partidas alcanzadas por el impuesto de emergencia (se redujeron a menos de 7 mil) intentando afectar al menor número posible de pequeños propietarios rurales.

De todas maneras, es indudable que la Ley 10.897 constituye una iniciativa que intenta revertir la acentuada "elusión fiscal" a que da lugar el régimen impositivo que se origina en 1974 pero también trata de reincorporar un criterio fiscal decisivo para la equidad y los ingresos públicos, que dicho régimen dejó de lado a pesar de haber estado vigente durante décadas bajo las más disímiles administraciones provinciales desde el punto de vista político: el propietario como sujeto de imposición.

Sin lugar a dudas, el hecho de que la mencionada ley reglamente un impuesto de emergencia en un contexto legal que avanza sobre la realidad preexistente pero que la resuelve ambiguamente como lo hace la Ley 10.472 y de que el propio organismo de aplicación tergiverse el "espíritu" de esta última, determinan que sus alcances prácticos sean limitados. No ocurre lo mismo, si se la considera como un precedente jurídico y político que cuestiona las características actuales de impuesto a la tierra.

Finalmente, es preciso tener en cuenta que las características de la actual política económica así como el rumbo estructural de la economía argentina acentúan la necesidad de reincorporar el conjunto de criterios impositivos que históricamente estuvieron presentes en el inmobiliario rural. En relación a la primera no puede obviarse el hecho de que ya no rigen las retenciones a las exportaciones agropecuarias, debido a lo cual el impuesto inmobiliario rural es el único gravamen destinado específicamente a los propietarios rurales en una etapa que se caracteriza por orientarse estructuralmente hacia una salida exportadora.

6.3 El impacto de la subdivisión catastral de la tierra y de las distintas formas de propiedad sobre el impuesto inmobiliario rural

La aguda subdivisión catastral de la tierra y la existencia de distintas formas de propiedad en el agro bonaerense, cuestionan, de distinta manera, la estructura que adopta actualmente el impuesto inmobiliario rural. La primera señala la urgente necesidad de personalizar el impuesto como la única manera de poder evitar tanto una creciente inequidad impositiva como una merma en los ingresos estatales. La segunda indica la imperiosa necesidad de discriminar a los fines impositivos entre las distintas formas de propiedad que conviven en el agro bonaerense.

Ambas indican que realizar una drástica reforma fiscal que retome criterios básicos que rigieron históricamente es una exigencia ineludible especialmente teniendo en cuenta las necesidades sociales provocadas por las políticas de ajuste y que las mismas serán crecientes en tanto aumentará en un futuro cercano la intensidad de la reestructuración y ajuste de las economías provinciales. Ambos aspectos de la problemática fiscal serán tratados seguidamente.

6.3.1 METODOLOGÍA Y BASE DE DATOS

Las problemáticas impositivas serán evaluadas considerando la base de datos de elaboración propia cuya descripción fue abordada anteriormente. Sin embargo, dado que en este caso la variable central es la valuación fiscal de las partidas inmobiliarias ya que el impuesto inmobiliario se determina considerando la misma, es pertinente confrontar la distribución de las partidas, la valuación fiscal y el impuesto emitido resultante de la base de datos de este trabajo con las del catastro inmobiliario rural.

A este respecto, en el Cuadro N° 54 se pueden observar dichas distribuciones y la superficie promedio de las partidas en cada estrato de valuación fiscal. Al igual que lo que ocurría en el padrón inmobiliario total, en la muestra se registra una merma en el número de partidas, desaparecen 1.950 partidas de las 85.052 que conforman la muestra considerada, debido también en este caso a las exenciones que contempla el Código Fiscal de la Provincia de Buenos Aires.

Asimismo, al igual que en el catastro inmobiliario, una proporción claramente mayoritaria de las partidas inmobiliarias que componen la muestra (83%), se localizan en los dos primeros estratos de valuación fiscal, los menos progresivos, pudiéndose constatar en este caso que las mismas tienen una superficie media sumamente reducida (143 y 299 hectáreas, respectivamente). No menos importante es percibir que la superficie media de las partidas que se ubican en los dos estratos de mayor valuación fiscal tienen una superficie media decididamente reducida (839 y 1.199 hectáreas respectivamente) especialmente si se las compara con las dimensiones que tienen las propiedades inmobiliarias que pertenecen a los grandes propietarios de la provincia.

Al confrontar, una vez convertidos los valores a dólares de enero de 1988, los resultados de la muestra utilizada con el universo catastral (expuesto en el Cuadro N° 53) se puede verificar que capta el 27,1% de las partidas totales así como el 73,9% de la valuación fiscal y el 77,9% del

CUADRO Nº 54

Muestra del Catastro inmobiliario rural:
Estructura del impuesto inmobiliario rural, de la distribución
de la valuación fiscal y del impuesto emitido, 1988.

A) EN AUSTRALES

Estratos de valuación fiscal (australes)	Cuota Fija (australes)	Alícuota (%)	Partidas (cantidad)	Valuación Fiscal (mill. de A)	Impuesto Emitido (mill. de A)	Hectáreas promedio por partida
menos de 289.039		1,38	54.733 (65,9)	8.433 (33,0)	116 (25,9)	143
289.039 - 433.630	3.997	1,61	14.156 (17,0)	4.939 (19,3)	70 (15,7)	299
433.631 - 578.221	6.324	1,87	5.715 (6,9)	2.840 (11,1)	43 (9,6)	418
578.222 - 722.809	9.026	2,17	2.956 (3,6)	1.906 (7,4)	31 (6,9)	549
722.810 - 867.423	12.165	2,52	1.768 (2,1)	1.395 (5,5)	24 (5,4)	673
867.424 - 1.101.023	15.811	2,93	1.059 (1,3)	988 (3,9)	19 (4,2)	762
1.012.024 - 1.156.614	20.046	3,40	682 (0,8)	737 (2,9)	15 (3,4)	839
más de 1.156.614	24.965	3,95	2.033 (2,4)	4.322 (16,9)	129 (28,9)	1.199
TOTAL			83.102 (100,0)	25.560 (100,0)	447 (100,0)	253

B) EN DOLARES (*)

Estratos de valuación fiscal (dólares)	Cuota Fija (dólares)	Alícuota (%)	Partida (cantidad)		Valuación Fiscal		Impuesto emitido	
					mill.de dol	% del padrón	mill.de dol	% del padrón
menos de 53.553		1,38	54.733	(65,9)	1.533	48,4	21	47,7
53.553 - 78.842	726	1,61	14.156	(17,0)	898	99,1	13	100,0
78.843 - 105.131	1.149	1,87	5.715	(6,9)	516	100,0	8	100,0
105.132 - 131.419	1.641	2,17	2.956	(3,6)	347	100,0	6	100,0
131.420 - 157.713	2.212	2,52	1.768	(2,1)	254	100,0	4	100,0
157.714 - 184.004	2.875	2,93	1.059	(1,3)	180	100,0	3	100,0
184.005 - 210.293	3.645	3,40	682	(0,8)	134	100,0	3	100,0
más de 210.293	4.539	3,95	2.033	(2,4)	786	100,0	23	100,0
TOTAL			83.102	(100,0)	4.648	73,9	81	77,9

(*) Para la conversión de los australes en dólares se utilizó la tasa de cambio vigente en el mercado paralelo del mes de enero de 1988 (5,5 australes por dólar).

FUENTE: Elaboración propia en base al catastro inmobiliario rural, 1988.

impuesto inmobiliario rural emitido. Como era de esperar, la menor captación de la muestra utilizada en todas las variables mencionadas se origina casi exclusivamente en el estrato de menor valuación fiscal. En términos del número de partidas, la pérdida de captación se concentra especialmente en el estrato de menor valuación ya que allí se encuentran todas las parcelas de menor tamaño.

6.3.2 LA SUBDIVISIÓN CATASTRAL DE LA TIERRA COMO ORIGEN DE LA ELUSIÓN FISCAL

Durante el desarrollo de este trabajo se ha señalado reiteradamente y desde distintas perspectivas la importancia y la envergadura que alcanza la subdivisión de las partidas inmobiliarias que llevan a cabo los grandes propietarios agropecuarios de la provincia analizada. Más aún, el análisis de la cantidad de partidas que componen las propiedades rurales de los propietarios ha sido una de las variables que sistemáticamente fue evaluada en los diversos temas encarados hasta este momento. Sin embargo, es en la problemática impositiva donde la subdivisión de las partidas juega un papel central ya que mediante dicho proceso los grandes propietarios eluden sus obligaciones fiscales. Es decir, concretan la "elusión fiscal".

La "elusión fiscal" es diferente a la "evasión impositiva". La primera se verifica cuando en determinado marco legal, los destinatarios del impuesto adoptan prácticas que no transgreden la letra de la ley pero si sus objetivos y mediante las cuales consiguen disminuir el monto del impuesto que deben pagarle al Estado, es decir disminuyen los recursos que deben transferirle al resto de la sociedad. La evasión impositiva en cambio, esta basada en prácticas que directamente violentan o transgreden la letra y el "espíritu" de la ley.

La "elusión fiscal" al tergiversar la realidad económica podría considerarse en términos del derecho económico como un "acto irreal". Respecto de esto último el Dr. Julio H. G. Olivera afirma:

"De este modo, total o parcialmente, el acto jurídico viene a convertirse en acto irreal (desde luego, frente a la realidad económica). Piénsese, por ejemplo, en el caso siguiente que, huelga decirlo, no es un producto de nuestra fantasía. Un empresario, por cualesquiera razones, ha determinado fraccionar la titularidad de su empresa, y formar con ella una pluralidad jurídica de entidades. Constituye a ese fin varias sociedades distintas, y asigna a cada una la explotación de una parte del proceso económico que se desarrolla en su empresa. Se reserva la gerencia de las sociedades constituidas. Bien se ve que la realidad jurídica ha cambiado totalmente; cumplidos los requisitos legales, los bienes de la empresa dejan de pertenecer a su antiguo dueño, y penetran en el patrimonio de las nuevas personas. Pero la realidad económica, en cuanto a la unidad de la empresa, continúa siendo igual a la anterior; la relación objetiva entre los factores de producción permanece inalterada y también las decisiones de producción siguen sometidas a la misma voluntad.

"La hipótesis del ejemplo representa una situación de "conjunto económico", que es un paradigma de acto irreal". "La irrealidad es parcial en esta hipótesis, en cuanto se refiere sólo a la actividad de la empresa, y no excluye que la virtualidad del acto se manifieste en otros puntos, como v. gr. el régimen de distribución de los beneficios".[47]

De lo dicho se desprende que la evaluación de los recursos que compromete la "elusión fiscal" debe encararse en el contexto legal vigente. Como la misma se refiere a las partidas y desestima las formas de propiedad lo correcto metodológicamente es indagar el grado de subdivisión de las partidas y la envergadura de la elusión fiscal a partir de la estimación de titular, la cual, como se dijo anteriormente, consiste en agrupar las partidas inmobiliarias que tienen un mismo titular.

El primer paso en el análisis de la problemática en cuestión es determinar la magnitud que alcanza la subdivisión parcelaria en la estimación de titular. Al respecto, en el Cuadro Nº 55, se puede apreciar que las partidas inmobiliarias con una superficie inferior o igual a las 400 hectáreas representan nada menos que el 83,8% del total. Más importante aún es que esta concentración de las partidas en el estrato de menor superficie no involucra únicamente a los pequeños propietarios de tierras sino también a los grandes terratenientes. En efecto, si bien la importancia relativa de las partidas de menor superficie (menos de 400 hectáreas) disminuye a medida que aumenta el tamaño de los propietarios rurales, en aquellos con más de 30 mil hectáreas llega al 58,7 % del total de sus partidas.

La distribución de la valuación fiscal de la tierra agropecuaria está menos concentrada en las partidas con menos de 400 hectáreas, lo cual era de esperar ya que las de mayores dimensiones, en general, tienen una valuación fiscal más elevada, razón por la cual los grandes propietarios han subdividido muchas de ellas. Aún así, el 65,0% de la valuación fiscal de todas las partidas que forman el catastro impositivo se localiza en las que tienen menos de 400 hectáreas y el 16,3% de la misma en el estrato siguiente (de 401 a 700 hectáreas). La disminución de la importancia relativa de las partidas más pequeñas es generalizada y comprende a los propietarios de distinto tamaño.

CUADRO Nº 55

A) Estimación de titular:
Distribución de las partidas inmobiliarias según tamaño de los propietarios.

HECTÁREAS POR PROPIETARIO	TOTAL DE PARTIDAS	HECTÁREAS POR PARTIDA INMOBILIARIA									
		Total	hasta 400	de 401 a 700	de 701 a 100	de 100a a 3000	de 3001 a 5000	de 5001 a 10000	de 10001 a 20000	de 20001 a 30000	más de 30000
hasta 400	39.577	100,0	100,0	0,0	0,0	0,0	0,0	0,0	0,0	0,0	0,0
400 - 700	12.740	100,0	73,6	26,4	0,0	0,0	0,0	0,0	0,0	0,0	0,0
701 - 1000	7.166	100,0	71,9	14,0	14,1	0,0	0,0	0,0	0,0	0,0	0,0
1001 - 3000	16.166	100,0	67,0	15,4	6,4	11,2	0,0	0,0	0,0	0,0	0,0
3001 - 5000	4.065	100,0	64,4	15,8	6,8	10,8	2,1	0,0	0,0	0,0	0,0
5001 - 10000	2.184	100,0	61,5	16,4	5,4	13,0	2,0	1,6	0,0	0,0	0,0
10001 - 20000	846	100,0	64,9	16,1	5,3	10,6	1,5	0,9	0,0	0,0	0,0
20001 - 30000	215	100,0	60,5	29,3	7,4	1,4	0,0	0,0	0,0	1,4	0,0
más de 30000	143	100,0	58,7	19,6	2,8	9,8	7,0	0,7	0,7	0,0	0,7
TOTAL	83.102	100,0	83,8	9,7	3,0	3,2	0,2	0,1	...	...	...

FUENTE: *Elaboración propia en base al catastro inmobiliario rural, 1988.*

B) Estimación de titular:
Distribución de la valuación fiscal
según tamaño de los propietarios.

HECTÁREAS POR PROPIETARIO	VALUACIÓN FISCAL (mill. de $)	Total	HECTÁREAS POR PARTIDA INMOBILIARIA								
			hasta 400	de 401 a 700	de 701 a 1000	de 1001 a 3000	de 3001 a 5000	de 5001 a 10000	de 10001 a 20000	de 20001 a 30000	más de 30000
hasta 400	9.750	100,0	100,0	0,0	0,0	0,0	0,0	0,0	0,0	0,0	0,0
401 - 700	3.814	100,0	53,7	46,3	0,0	0,0	0,0	0,0	0,0	0,0	0,0
701 - 1000	2.374	100,0	46,7	22,3	31,0	0,0	0,0	0,0	0,0	0,0	0,0
1001 - 3000	6.270	100,0	39,6	20,8	12,6	26,9	0,0	0,0	0,0	0,0	0,0
3001 - 5000	1.819	100,0	37,4	17,6	10,6	27,6	6,9	0,0	0,0	0,0	0,0
5001 - 10000	1.040	100,0	33,5	16,1	8,0	30,9	7,2	4,4	0,0	0,0	0,0
10001 - 20000	341	100,0	41,1	15,0	6,5	22,9	7,0	3,2	4,4	0,0	0,0
20001 - 30000	81	100,0	46,9	24,7	19,8	7,4	0,0	0,0	0,0	1,2	0,0
más de 30000	71	100,0	29,6	12,7	1,4	18,3	21,1	1,4	9,9	0,0	5,6
TOTAL	25.560	100,0	65,0	16,3	7,2	10,2	0,9	0,2	0,1	...	...

FUENTE: Elaboración propia en base al catastro inmobiliario rural, 1988.

Habiéndose comprobado la existencia de un apreciable grado de subdivisión parcelaria, es pertinente determinar el impacto que produce la misma en la equidad y la recaudación del impuesto inmobiliario rural. Para ello, es preciso realizar una nueva cuantificación del impuesto emitido pero que en este caso no se realiza considerando en forma independiente cada una de las partidas inmobiliarias de la muestra sino el conjunto de las que pertenecen a cada uno de los propietarios que resultan de la estimación de titular. A los fines de explicar las diferencias entre las dos formas de determinar el monto del impuesto cabe señalar que la estimación del impuesto de acuerdo a las partidas, que es la manera en que actualmente se determina el impuesto emitido, se realiza tomando en cuenta cada una de ellas en forma independiente. Por el contrario, cuando el mismo se determina considerando el titular, se suman las valuaciones fiscales de todas las partidas que le pertenecen y teniendo dicho total se determina el impuesto inmobiliario rural sobre la base de los estratos de valuación fiscal que componen la escala impositiva. La diferencia entre ambos resultados indica lo que este contribuyente dejó de pagarle al fisco a raíz de la subdivisión catastral de la tierra, es decir constituye la medida de la "elusión fiscal".

Planteadas las definiciones básicas se hace necesario evaluar las características que asume y los montos que compromete la elusión fiscal. A este respecto, en la primera parte del Cuadro Nº 56 se presenta los montos del impuesto inmobiliario que debería emitir la Dirección de Rentas de la Provincia de Buenos Aires si tomara en cuenta la estimación de titular, es decir si considerara para cada contribuyente la valuación fiscal total de todas las partidas en que figura como titular. Complementariamente, también se presenta para cada uno de los estratos la distribución de los propietarios, de las partidas y de la valuación fiscal que resultan al considerar la estimación de titular.

Los resultados son concluyentes. Los 4.580 propietarios que se ubican en el estrato de mayor valuación fiscal (más de 1.156.614 australes) son definitorios en términos de la valuación fiscal total (concentran el 45,5% de la misma) y especialmente del impuesto inmobiliario emitido al concentrar el 62,4% del mismo.

En tanto la elusión fiscal resulta de la diferencia entre el impuesto a emitir de acuerdo a la estimación de titular y el efectivamente emitido para los mismos contribuyentes. En la segunda parte del Cuadro Nº 56 se cuantifica este último y se determina la elusión para cada uno de los estratos.

Los resultados obtenidos son igualmente contundentes. La elusión

CUADRO Nº 56

Estimación de titular:

**Distribución de la valuación fiscal, el impuesto emitido
y la elusión fiscal según los estratos que conforman
la escala impositiva del impuesto inmobiliario rural.**

A) IMPUESTO QUE DEBERÍA EMITIRSE SEGÚN LA ESTIMACIÓN DE TITULAR.

Escala Impositiva (australes)	Propietario	Partidas	Valuación Fiscal (mill. de aust.)	Impuesto a emitir según la estimación de titular (*)(mill. de aust.)
menos de 289.039	16.961	19.036 (22,9)	3.374 (13,2)	46,6 (8,0)
289.039 - 433.630	8.017	12.250 (14,7)	2.836 (11,1)	40,4 (6,9)
433.631 - 578.221	4.410	8.913 (10,7)	2.204 (8,6)	33,3 (5,7)
578.222 - 722.809	2.755	6.457 (7,8)	1.779 (7,0)	28,9 (4,9)
722.810 - 867.423	1.893	5.021 (6,1)	1.496 (5,8)	26,3 (4,5)
867.424 - 1.012.023	1.307	3.771 (4,5)	1.224 (4,8)	23,3 (4,0)
1.012.024 - 1.156.614	936	3.003 (3,6)	1.013 (4,0)	21,0 (3,6)
más de 1.156.614	4.580	24.651 (29,7)	11.634 (45,5)	364,7 (62,4)
TOTAL	40.859	83.102 (100,0)	25.560 (100,0)	584,4 (100,0)

B) ELUSIÓN FISCAL

Escala Impositiva (australes)	Impuesto a emitir según la estimación de titular (*) (mill. de australes)		Impuesto emitido por la Dirección de Rentas (**) (mill. de aust.)		Elusión Fiscal (***)		
					mill. de aust.		% del impuesto Dirección de Rentas
menos de 289.039	46,6	(8,0)	46,6	(10,4)	0,0	(0,0)	0,0
289.039 - 433.630	40,4	(6,9)	40,0	(8,9)	0,4	(0,3)	1,0
433.631 - 578.221	33,3	(5,7)	32,0	(7,1)	1,4	(1,0)	4,4
578.222 - 722.809	28,9	(4,9)	26,7	(6,0)	2,2	(1,6)	8,1
722.810 - 867.423	26,3	(4,5)	23,3	(5,2)	3,0	(2,2)	13,0
867.424 - 1.012.023	23,3	(4,0)	19,6	(4,4)	3,7	(2,7)	18,5
1.012.024 - 1.156.614	21,0	(3,6)	16,8	(3,8)	4,2	(3,0)	24,7
más de 1.156.614	364,7	(62,4)	242,6	(54,2)	122,1	(89,2)	50,2
TOTAL	584,4	(100,0)	447,6	(100,0)	136,8	(100,0)	30,6

(*) Se refiere al impuesto que deberían pagar los contribuyentes de acuerdo a la estimación de titular, es decir, de aquel que resulta de la valuación fiscal del conjunto de las partidas en que cada contribuyente figura como titular.

(**) Se refiere al impuesto que efectivamente le emite la Dirección de Rentas a los mismos contribuyentes, es decir, de aquel que resulta de la valuación fiscal de cada una de las partidas, y no de la suma de las partidas en que cada contribuyente figura como titular.

(***) Es el resultado de la diferencia entre el impuesto a emitir según la estimación de titular y el efectivamente emitido por la Dirección de Rentas.

FUENTE: Elaboración propia en base al catastro inmobiliario rural, 1988.

fiscal total asciende a 136,8 millones de australes de 1988 (equivalentes a 25 millones de dólares de enero de dicho año, aproximadamente) que representan el 30,6% del impuesto efectivamente emitido por la Dirección de Rentas. Igualmente importante es que la distribución de la elusión fiscal de acuerdo a los estratos que conforman la estructura impositiva indica que también en este caso la importancia de los propietarios de los inmuebles rurales de mayor valuación fiscal es definitoria y todavía más relevante que en el monto del impuesto emitido ya que en este caso llega al 89,2% del total. Si, para los mismos propietarios se confronta la elusión fiscal con el impuesto efectivamente emitido, se comprueba que la misma asciende al 50,2% de este último, participación que supera a la que se verifica en los restantes estratos de valuación fiscal.

Si bien la importancia absoluta de la "elusión fiscal" no involucra montos definitorios para el presupuesto provincial debido a la escasa magnitud del propio impuesto, su importancia relativa sí es de significación. Sin embargo, ambas están profundamente distorsionadas por la estructura que presenta el impuesto inmobiliario rural. Para poder apreciar estas distorsiones es necesario reparar en la superficie media de los propietarios que integran cada estrato de valuación fiscal.

Al respecto, en el Cuadro Nº 57 se expone la superficie media de las partidas y de los propietarios que componen cada uno de los estratos de la escala impositiva. Allí se comprueba que los 4.580 propietarios con los inmuebles mas valiosos son dueños de 8,7 millones de hectáreas y tienen por lo tanto un tamaño medio de 1.909 hectáreas. Esta llamativamente reducida superficie media constituye una evidencia sumamente relevante porque de la misma se infiere que la actual estructura impositiva trata igualitariamente a propietarios que son radicalmente diferentes en términos de su tamaño. Por lo tanto, en el estrato de mayor valuación conviven propietarios medianos y grandes que en consecuencia son tratados uniformemente a los fines impositivos ya que se les aplica la misma cuota fija e igual alícuota sobre la valuación fiscal excedente del límite mínimo. Esta característica de la estructura impositiva se origina en que los estratos de la escala están diseñados para gravar partidas independientes pero resultan absolutamente inadecuados cuando se aplican sobre la agregación de las valuaciones fiscales de los propietarios, aún en el caso de la estimación de titular que, como ya se dijo, es la que menos concentración de partidas y de superficie implica.

Asimismo, la vinculación estrecha que mantiene la escala del impuesto con la gama de valuaciones fiscales que cubren las partidas inmobiliarias individualmente consideradas pone de manifiesto la manera en

234

CUADRO N° 57
Estimación de titular:
Superficie media de las partidas y los propietarios
según los estratos de la escala del impuesto inmobiliario rural.

Escala Impositiva	Propietarios	Partidas	Hectáreas	Hectár. por partida	Hectár. por propiet.
menos de 289039	16.961	19.036	3.147.229	165,3	185,5
289039 - 433630	8.017	12.250	2.465.847	201,2	307,5
433631 - 578221	4.410	8.913	1.896.666	212,8	430,0
578222 - 722809	2.755	6.457	1.570.774	243,2	570,1
722810 - 867423	1.893	5.021	1.342.751	267,4	709,3
867424 - 1012023	1.307	3.771	1.059.655	281,0	810,7
1012024 - 1156614	936	3.003	826.836	275,3	883,3
más de 1156614	4.580	24.651	8.738.110	354,4	1.907,8
TOTAL	40.859	83.102	21.047.868	253,2	515,1

FUENTE: Elaboración propia en base al catastro inmobiliario rural, 1988.

que la propia subdivisión de las partidas condiciona la estructura del impuesto. La desaparición de las grandes partidas inmobiliarias planteó de hecho las condiciones para la reducción del número de estratos y por lo tanto una profundización de la inequidad del impuesto, condiciones que se institucionalizan, como ya se mencionó, durante el régimen militar.

En este contexto, surge claramente que es imprescindible la necesidad de replantear la estructura de este impuesto en el sentido de definir, a partir del último estrato, otros nuevos con cuotas fijas y alícuotas crecientes que introduzcan la progresividad entre los que actualmente son considerados indiscriminadamente como los de mayor valuación fiscal.

6.3.3 LAS CONSECUENCIAS IMPOSITIVAS DE LA EXISTENCIA
DE DIVERSAS FORMAS DE PROPIEDAD EN EL QUEHACER AGROPECUARIO

La diferenciación de las formas de propiedad en el sector agropecuario tiene, como ya fue señalado, profundas consecuencias en la determinación y el análisis de la concentración de la misma pero no menos importantes son sus efectos sobre el impuesto inmobiliario rural. En términos generales, se puede afirmar que la existencia de diferentes formas de propiedad produce un incremento en la "elusión fiscal"que implementan los grandes terratenientes en el ámbito provincial y lo que es más importante aún, vuelve insostenible la actual estructura del impuesto inmobiliario rural. La importancia de estas consecuencias requiere que estos aspectos sean analizados con mayor detalle.

La evaluación de la "elusión fiscal" que trae como consecuencia la existencia de diversas formas de propiedad debe realizarse sobre la base de la estimación que capta más acabadamente a las mismas. De allí entonces que la estimación de titular, utilizada anteriormente, deba ser reemplazada por la de propietario ya que la misma tiene en cuenta no sólo las formas de propiedad simple (personas físicas y jurídicas) sino también los condominios.

Al igual que en la estimación de titular, el primer aspecto que se evaluará en la de propietario es la distribución de las partidas y de la valuación fiscal según el tamaño de los propietarios. Al respecto en el Cuadro Nº 58 se verifican las mismas tendencias que las presentes en la estimación de titular, precedentemente analizadas.*

La mayor concentración de la propiedad de la tierra que resulta de la estimación de propietario es, sin lugar a dudas, un primer indicio de que en la realidad la "elusión fiscal" es mayor que la que se desprende de la estimación de titular. Sin embargo, esta presunción debe ser com probada y cuantificada. Para ello y al igual que en el caso de la estimación de titular, en la primera parte del Cuadro Nº 59 se presenta la distribución de los propietarios, las partidas, la valuación fiscal y el impuesto que debería emitir la Dirección de Rentas si tomara en cuenta la estimación de propietario. Los resultados son inequívocos porque muestran que aumentan los propietarios que se ubican en el estrato de mayor valuación (eran 4.580 en la estimación de titular y son 5.112 en la propietario) y lo que es más importante se incrementa la participación de los propietarios de dicho estrato en la valuación fiscal (del 45,5% al 53,1% entre las respectivas estimaciones) y la incidencia en el impuesto que debería emitir la Dirección de Rentas (del 62,4% al 69,1% respectivamente). Comprobada la presunción inicial no es arbitrario asumir que la notoria concen-

---

* Es pertinente aclarar que la distribución del total de las partidas inmobiliarias y de la valuación fiscal permanece inalterada en todas las estimaciones, incluidas la de titular y la de propietario (Cuadros Nº 55 y Nº 58), debido a que se trata de la distribución que presenta la muestra utilizada por este trabajo. Las diferencias entre las estimaciones se expresan en la forma en que se distribuye dicho total entre los propietarios con extensiones de tierra diferentes.

CUADRO Nº 58

A) Estimación de propietario:
Distribución de las partidas inmobiliarias según tamaño de los propietarios.

HECTÁREAS POR PROPIETARIO	TOTAL DE PARTIDAS	Total	HECTÁREAS POR PARTIDA INMOBILIARIA								
			hasta 400	de 401 a 700	de 701 a 1000	de 1001 a 3000	de 3001 a 5000	de 5001 a 10000	de 10001 a 20000	de 20001 a 30000	más de 30000
hasta 400	32.084	100,0	100,0	0,0	0,0	0,0	0,0	0,0	0,0	0,0	0,0
400 - 700	13.359	100,0	80,0	20,2	0,0	0,0	0,0	0,0	0,0	0,0	0,0
701 - 1000	7.894	100,0	78,2	11,9	9,9	0,0	0,0	0,0	0,0	0,0	0,0
1001 - 3000	19.426	100,0	72,4	14,0	5,5	8,1	0,0	0,0	0,0	0,0	0,0
3001 - 5000	4.874	100,0	66,1	15,9	6,3	10,2	1,5	0,0	0,0	0,0	0,0
5001 - 10000	3.261	100,0	62,1	17,4	6,3	11,5	1,4	1,0	0,0	0,0	0,0
10001 - 20000	1.421	100,0	64,4	16,7	6,3	10,3	1,2	6,3	0,4	0,0	0,0
20001 - 30000	605	100,0	64,6	22,1	7,3	4,8	0,5	0,2	0,0	0,5	0,0
más de 30000	178	100,0	53,4	23,0	3,9	10,1	6,7	1,7	0,6	0,0	0,5
TOTAL	83.102	100,0	83,8	9,7	3,0	3,2	0,2	0,1	...	...	...

Fuente: Elaboración propia en base al catastro inmobiliario rural, 1988.

B) Estimación de propietario:
Distribución de la valuación fiscal
según tamaño de los propietarios.

HECTÁREAS POR PROPIETARIO	VALUACIÓN FISCAL mill. Aust.	Total	HECTÁREAS POR PARTIDA INMOBILIARIA								
			hasta 400	de 401 a 700	de 701 a 1000	de 1001 a 3000	de 3001 a 5000	de 5001 a 10000	de 10001 a 20000	de 20001 a 30000	más de 30000
hasta 400	8.268,2	100,0	100,0	0,0	0,0	0,0	0,0	0,0	0,0	0,0	0,0
401 - 700	3.671,7	100,0	61,6	38,4	0,0	0,0	0,0	0,0	0,0	0,0	0,0
701 - 1000	2.395,3	100,0	54,9	20,9	24,1	0,0	0,0	0,0	0,0	0,0	0,0
1001 - 3000	6.795,1	100,0	45,5	21,1	12,0	21,5	0,0	0,0	0,0	0,0	0,0
3001 - 5000	2.063,3	100,0	39,7	18,5	10,3	26,0	5,6	0,0	0,0	0,0	0,0
5001 - 10000	1.450,9	100,0	34,3	18,6	9,7	29,2	5,2	3,0	0,0	0,0	0,0
10001 - 20000	571,0	100,0	39,9	19,4	9,9	22,4	3,9	1,8	2,7	0,0	0,0
20001 - 30000	267,4	100,0	46,0	18,8	13,2	17,0	4,1	0,7	0,0	0,2	0,0
más de 30000	78,2	100,0	27,7	15,2	2,9	19,4	19,1	2,1	9,2	0,0	4,5
TOTAL	25.560,0	100,0	65,0	16,3	7,2	10,2	0,9	0,2	0,1	0,0	...

FUENTE: *Elaboración propia en base al catastro inmobiliario rural, 1988.*

tración que presenta el último estrato aumentará aún más cuando se incorporen los grupos societarios en la propiedad de la tierra.

La magnitud y la concentración de la elusión fiscal también se incrementa. En la segunda parte del Cuadro N° 59 se puede verificar que la elusión fiscal de acuerdo a esta estimación alcanza a 174,8 millones de australes (32 millones de dólares de 1988, aproximadamente) siendo por lo tanto un 27% más elevada que la resultante en la estimación de titular (136,8 millones de australes). En esta nueva situación la elusión impositiva representa el 39,1% del impuesto emitido efectivamente por la administración provincial en el año 1988. Asimismo, al confrontar los resultados obtenidos por estrato de valuación con los obtenidos en la estimación de titular (Cuadro N° 56), se percibe inmediatamente que la elusión fiscal está aún más concentrada en los propietarios con mayor valuación fiscal. En efecto, la incidencia de los mismos alcanza al 90,9% cuando en la de titular era del 89,2%.

La importancia decisiva que tiene el estrato de mayor valuación en el monto del impuesto emitido, hace aún más evidente la inadecuación de la escala del inmobiliario rural a la valuación fiscal que tienen las tierras de los grandes propietarios. A este respecto, es apropiado reparar que la superficie media de los 5.112 propietarios que se ubican en el último estrato de valuación es de 2.035 hectáreas (Cuadro N° 60). Esto significa, al igual que en la estimación de titular, que la escala impositiva al estar diseñada para gravar partidas y no propietarios define un impuesto proporcional (la misma cuota fija y la misma alícuota) para un conjunto de propietarios que en la realidad tienen notorias diferencias entre sí las cuales deberían tenerse en cuenta a los fines impositivos. Dicho de otra manera, es evidente que el rango de la escala impositiva es sumamente estrecho cuando se consideran propietarios y no partidas, por lo cual el impuesto mantiene su carácter progresivo entre los propietarios medianos pero no entre los propietarios de mayor valuación. Teniendo en cuenta que la naturaleza de este impuesto indica que se debe tener en cuenta a los propietarios y no a las partidas, se puede concluir que se debe reemplazar la escala impositiva actual por otra con un mayor número de estratos que discrimen la carga impositiva (definiendo distintas cuotas fijas y alícuotas) entre los propietarios que en la actualidad son los de mayor valuación fiscal y son tratados igualitariamente.

Hasta el momento se le prestó atención a las consecuencias que trae aparejada la existencia de diversas formas de propiedad sobre la estructura actual del impuesto inmobiliario rural. Si bien este constituye un aspecto importante no es el único ya que el hecho de que haya diversas

CUADRO Nº 59

Estimación de propietario:
Distribución de la valuación fiscal, el impuesto emitido
y la elusión fiscal según los estratos que conforman
la escala impositiva del impuesto inmobiliario rural.

A) IMPUESTO QUE DEBERÍA EMITIRSE SEGÚN LA ESTIMACIÓN DE PROPIETARIO.

Escala Impositiva (australes)	Propietarios	Partidas		Valuación Fiscal (mill. de aust.)		Impuesto a emitir según la estimación de propiet. (*)(mill. de aust.)	
menos de 289.039	11.216	12.650	(15,2)	2.479	(9,7)	34,2	(5,5)
289.039 - 433.630	6.570	10.476	(12,6)	2.323	(9,1)	33,1	(5,3)
433.631 - 578.221	3.831	8.207	(9,9)	1.917	(7,5)	29,0	(4,7)
578.222 - 722.809	2.522	6.442	(7,8)	1.631	(6,4)	26,5	(4,3)
722.810 - 867.423	1.783	5.287	(6,4)	1.411	(5,5)	24,8	(4,0)
867.423 - 1.012.023	1.284	4.263	(5,1)	1.202	(4,7)	22,9	(3,6)
1.012.024 - 1.156.614	956	3.603	(4,3)	1.035	(4,0)	21,5	(3,5)
más de 1.156.614	5.112	32.174	(38,7)	13.562	(53,1)	429,8	(69,1)
TOTAL	33.274	83.102	(100,0)	25.560	(100.0)	621,7	(100,0)

B) ELUSIÓN FISCAL

Escala Impositiva (australes)	Impuesto a emitir según la estimación de propiet. (*) (mill. de australes)		Impuesto emitido por la Dirección de Rentas (**) (mill. de aust.)		ELUSIÓN FISCAL (***)		
					mill. de aust.		% del impuesto Dirección de Rentas
menos de 289.039	34,2	(5,5)	34.2	(7,7)	0,0	(0,0)	0,0
289.039 - 433.630	33,1	(5,3)	32.7	(7,3)	0,4	(0,2)	1,2
433.630 - 578.221	29,0	(4,7)	27.7	(6,2)	1,3	(0,7)	4,7
578.221 - 722.809	26,5	(4,3)	24.2	(5,4)	2,3	(1,3)	9,5
722.809 - 867.423	24,8	(4,0)	21.6	(4,9)	3,2	(1,8)	14,8
867.423 - 1.012.023	22,9	(3,6)	18.9	(4,2)	4,0	(2,3)	21,2
1.012.023 - 1.156.614	21,5	(3,5)	16.6	(3,7)	4,9	(2,8)	29,5
más de 1.156.614	429,8	(69,1)	271.0	(60,6)	158,8	(90,9)	58,6
TOTAL	621,8	(100,0)	446,9	(100,0)	174,8	(100,0)	39,1

(*) Se refiere al impuesto que deberían pagar los contribuyentes de acuerdo a la estimación de titular, es decir, de aquel que resulta de la valuación fiscal del conjunto de las partidas en que cada contribuyente figura como titular.

(**) Se refiere al impuesto que efectivamente le emite la Dirección de Rentas a los mismos contribuyentes, es decir, de aquel que resulta de la valuación fiscal de cada una de las partidas, y no de la suma de las partidas en que cada contribuyente figura como titular.

(***) Es el resultado de la diferencia entre el impuesto a emitir según la estimación de titular y el efectivamente emitido por la Dirección de Rentas.

FUENTE: Elaboración propia en base al catastro inmobiliario rural, 1988.

CUADRO Nº 60
Estimación de propietario:
Superficie media de las partidas y los propietarios
según los estratos de la escala del impuesto inmobiliario rural.

Escala Impositiva	Propietarios	Partidas	Hectáreas	Hectár. por partida	Hectár. por propiet.
menos de 289039	11.216	12.650	2.367.812	187,2	211,1
289039 - 433630	6.570	10.476	2.032.167	194,0	309,3
433631 - 578221	3.831	8.207	1.668.183	203,3	435,4
578222 - 722809	2.522	6.442	1.438.622	223,3	570,4
722810 - 867423	1.783	5.287	1.207.959	228,5	677,5
867424 - 1012023	1.284	4.263	1.048.766	246,0	816,8
1012024 - 1156614	956	3.603	876.816	243,4	917,2
más de 1156614	5.112	32.174	10.407.543	323,5	2.035,9
TOTAL	33.274	83.102	21.047.868	253,3	632,6

FUENTE: Elaboración propia en base al catastro inmobiliario rural, 1988.

formas de propiedad plantea la necesidad de establecer discriminaciones impositivas sobre ellas. Este es otro factor que cuestiona la existencia de un gravamen dirigido exclusivamente a las partidas inmobiliarias y más aún, pone en tela de juicio todo el régimen actual.

La estimación de propietario permite evaluar el comportamiento impositivo de los propietarios individuales, las personas jurídicas y los condominios. A tales efectos, en el Cuadro Nº 61 se presenta la distribución de la valuación fiscal, el impuesto emitido y la "elusión fiscal" de acuerdo a los estratos que componen la escala impositiva para cada una de las mencionadas formas de propiedad. Aún sin realizar un análisis detallado de cada una, es rápidamente comprobable que todas ellas tienen en común la característica de que los propietarios ubicados en el estrato con mayor valuación fiscal dentro de la escala impositiva del inmobiliario rural son definitorios en términos de la valuación fiscal del impuesto emitido y de la elusión fiscal resultante. Asimismo, también se percibe fácilmente que en otros aspectos median fuertes diferencias entre ellas. Los condominios son los que tienen la valuación fiscal más elevada, llegando a 9.792 millones de australes de 1988 es decir a 1.780 millones de dólares de enero de 1988 mientras que la de las personas jurí-

242

CUADRO Nº 61
Estimación de propietario:
Distribución de la valuación fiscal, el impuesto emitido y la elusión fiscal según formas de propiedad según los estratos que componen la escala impositiva del inmobiliario rural.

A) *PERSONAS FÍSICAS*

Escala Impositiva (australes)	*Propietario*	*Valuación Fiscal mill. de aust.*	*Impuesto emitido según la estimación de propiet. (*) mill. de aust.*	*Impuesto emitido por la Dirección de Rentas (**) mill. de aust.*	*ELUSIÓN FISCAL (***)*	
					mill. de aust.	*% del impuesto Direc. de Rentas*
menos de 289.039	6.248	1.370 (17,4)	18,9 (12,0)	18,9 (15,0)	0,0 (0,0)	0,0
289.039 - 43.3630	3.178	1.120 (14,3)	15,9 (10,2)	15,7 (12,4)	0,2 (0,6)	1,3
433.631 - 578.221	1.692	847 (10,8)	12,8 (8,1)	12,3 (9,7)	0,5 (1,6)	4,1
578.222 - 722.809	1.074	692 (8,8)	11,2 (7,1)	10,3 (8,1)	0,9 (2,9)	8,7
722.810 - 867.423	690	546 (6,9)	9,5 (6,0)	8,4 (6,6)	1,1 (3,7)	13,1
867.424 - 1.012.023	459	430 (5,5)	8,1 (5,1)	6,8 (5,4)	1,3 (4,2)	19,1
1.012.024 - 1.156.614	305	330 (4,2)	6,8 (4,3)	5,4 (4,3)	1,4 (4,5)	25,9
más de 1.156.614	.216	2.521 (32,1)	74,3 (47,2)	48,8 (38,5)	25,5 (82,5)	52,3
TOTAL	14.862	7.856 (100,0)	157,5 (100,0)	126,6 (100,0)	30,9 (100,0)	24,4

B) *PERSONAS JURÍDICAS*

Escala Impositiva (australes)	*Propietario*	*Valuación Fiscal* mill. de aust.	*Impuesto emitido según la estimación de propie.* (*) mill. de aust.	*Impuesto emitido por la Dirección de Rentas* (**) mill. de aust.	*ELUSIÓN FISCAL* (***)	
					mill. de aust.	% del impuesto Direc. de Rentas
menos de 289.039	658	147 (1,8)	2,0 (0,9)	2,0 (1,2)	0,0 (0,0)	0,0
289.039 - 433.630	606	218 (2,8)	3,1 (1,3)	3,1 (1,9)	0,0 (0,0)	0,0
433.631 - 578.221	525	264 (3,3)	4,0 (1,7)	3,8 (2,3)	0,2 (0,3)	5,3
578.222 - 722.809	408	266 (3,4)	4,3 (1,9)	4,0 (2,4)	0,3 (0,4)	7,5
722.810 - 867.423	387	306 (3,9)	5,4 (2,3)	4,8 (3,0)	0,6 (1,0)	12,5
867.424 - 1.012.023	294	275 (3,5)	5,2 (2,2)	4,5 (2,7)	0,7 (1,0)	15,5
1.012.024 - 1.156.614	244	264 (3,3)	5,5 (2,4)	4,4 (2,7)	1,1 (1,6)	25,0
más de 1.156.614	1.985	6.173 (78,0)	202,7 (37,3)	138,0 (83,8)	64,7 (95,7)	46,9
TOTAL	5.107	7.913 (100,0)	232,2 (100,0)	164,6 (100,0)	67,6 (100,0)	41,0

c) CONDOMINIOS

Escala Impositiva	Propietario	Valuación Fiscal mill. de aust.	Impuesto emitido según la estimación de propiet. (*) mill. de aust.	Impuesto emitido por la Dirección de Rentas (**) mill. de aust.	Elusión Fiscal (***) mill. de aust.	% del impuesto Direc. de Rentas
menos de 289.039	4.310	962 (9,8)	13,3 (5,7)	13,3 (8,6)	0,0 (0,0)	0,0
289.039 - 433.630	2.786	985 (10,1)	14,0 (6,0)	13,8 (8,8)	0,2 (0,3)	1,4
433.631 - 578.221	1.614	807 (8,2)	12,2 (5,3)	11,5 (7,4)	0,7 (0,8)	6,1
578.222 - 722.809	1.040	673 (6,9)	10,9 (4,7)	9,8 (6,3)	1,1 (1,4)	11,2
722.810 - 867.423	706	559 (5,7)	9,8 (4,2)	8,3 (5,3)	1,5 (2,0)	18,1
867.424 - 1.012.023	531	497 (5,1)	9,5 (4,1)	7,4 (4,8)	2,1 (2,8)	28,4
1.012.024 - 1.156.614	407	441 (4,5)	9,2 (4,0)	6,7 (4,3)	2,5 (3,3)	37,3
más de 1.156.614	1.911	4.868 (49,7)	152,7 (66,0)	84,7 (54,5)	68,0 (89,4)	80,3
TOTAL	13.305	9.792 (100,0)	231,6 (100,0)	155,5 (100,0)	76,1 (100,0)	49,0

(*) Se refiere al impuesto que deberían pagar los contribuyentes de acuerdo a la estimación de titular, es decir, de aquel que resulta de la valuación fiscal del conjunto de las partidas en que cada contribuyente figura como titular.

(**) Se refiere al impuesto que efectivamente le emite la Dirección de Rentas a los mismos contribuyentes, es decir, de que resulta de la valuación fiscal de cada una de las partidas, y no de la suma de las partidas en que cada contribuyente figura como titular.

(***) Es el resultado de la diferencia entre el impuesto a emitirse según la estimación de titular y el efectivamente emitido por la Dirección de Rentas.

FUENTE: Elaboración propia en base al catastro inmobiliario rural.

dicas y físicas alcanza a 7.913 y 7.856 millones de australes equivalentes a 1.439 y 1.428 millones de dólares de dicha fecha, respectivamente. El impuesto a emitir según la estimación de propietario es similar para los condominios y las personas jurídicas (231,6 y 232,2 millones de australes respectivamente) rondando los 42 millones de dólares de enero de 1988, mientras que para las personas físicas llega a 157,5 millones de australes (29 millones de dólares de la misma fecha). Finalmente, los condominios son los que tienen la mayor elusión fiscal en términos absolutos y relativos (76,1 millones de australes que representan el 49,0% del impuesto efectivamente emitido para ellos por las autoridades provinciales) seguidos por las personas jurídicas (67,6 millones de australes que representan el 41,0% del emitido para ellos) y las personas físicas (30,9 millones de australes que llegan al 24,4% del impuesto efectivamente emitido para ellas).

En este contexto, se puede concluir que no sólo es necesario modificar la estructura del actual impuesto inmobiliario rural sino reemplazarlo por un régimen que mantenga la progresividad pero que defina como sujeto de imposición a los propietarios y que discrimine la carga impositiva que deben asumir cada una de las formas de propiedad. Respecto a este último aspecto, es pertinente recordar que hay claros antecedentes históricos basados en la imposición adicional a las sociedades anónimas. Dichos criterios deberían también aplicarse a los condominios y los grupos societarios ya que los mismos son una parte constitutiva de la propiedad agropecuaria de nuestros días.

NOTAS

[43] Las características del Programa Nacional Agropecuario y del Impuesto a la Tierra Libre de Mejoras así como la estrategia seguida por el gobierno radical y las alianzas sociales que jugaron en favor y en contra de los mismos pueden ser consultadas en: L. García Fanlo, M. Martínez Ibarreta, Mariano y P. Pucciarelli, "El conflicto político y social generado en torno a la implementación del ITLM durante el gobierno radical de Raúl Alfonsín", XVII Congreso Latinoamericano de Sociología (Montevideo), 1988. También en J. Nun y M. Lattuada, op. cit., 1991.

[44] Ver Felix J. Weil, "La tierra del estanciero" en *Economía e Historia. Contribuciones a la historia económica argentina*. M. Rapoport (compilador), Editorial Tesis, 1988.

45 Mayores precisiones jurídicas sobre las leyes que rigieron de 1948 en adelante pueden ser consultadas en: E. Arceo, op. cit.

46 Los principales artículos del mencionado decreto, dicen textualmente:

Art. 1- Las previsiones de los párrafos segundo y tercero del artículo 105 del Código Fiscal (Texto según Ley 10.472 y disposiciones concordantes) serán de aplicación obligatoria a partir del día 1 de enero de 1990.

A estos fines, la expresión "unidad de tierra" contenida en el artículo citado se entenderá referida a los inmuebles involucrados en planos de modificación de estado parcelario posteriores al año 1945.

Art. 2- La integración como único inmueble a los fines impositivos de distintas unidades fraccionadas, comprenderá únicamente a los que a la fecha de integración estén ubicados en un mismo partido y se encuentren clasificados como "Rural sin mejoras", "Rural con edificio justipreciable" y "Rural sin edificio justipreciable" siempre que-en este último supuesto-no se trate de parcelas catalogadas como "Comercio o Industria en zona rural" las que se encuentran excluidas del presente régimen.

Art. 3- La integración será efectuada por la Dirección Provincial de Catastro Territorial en base a las declaraciones juradas que deberán presentar los sujetos obligados en los plazos, formas y modos que establecerá dicha repartición.

47 Julio H. G. Olivera, *Derecho Económico, conceptos y problemas fundamentales*, páginas 36 y 37. Ediciones Macchi, segunda edición actualizada con la colaboración de Eduardo Brieux, 1981.

Siete

NOTAS SOBRE LA EVOLUCION DE LA CONCENTRACION DE LA PROPIEDAD DE LA TIERRA BONAERENSE

HABIENDOSE INCORPORADO, mediante la estimación de propietario, una de las formas de propiedad compleja que están presentes en el agro bonaerense, los condominios, es pertinente evaluar el impacto que la misma tiene en la evolución de la concentración de la propiedad. Se trata de establecer, en este aspecto, una tendencia provisoria, de mínima, ya que una aproximación más ajustada a la realidad exige, necesariamente, tener en cuenta el efecto que los grupos societarios tienen sobre la distribución de la propiedad de la tierra.

Tal como se afirmó en la introducción de este trabajo, durante las últimas décadas se efectuaron tres trabajos empíricos que evalúan la concentración de la propiedad de la tierra en la Provincia de Buenos Aires. Ninguno de ellos, determina la distribución global de la propiedad agropecuaria sino que se circunscriben a establecer para los años 1958, 1972 y 1980, la distribución de la superficie rural entre los grandes propietarios, entendiendo por tales a los que tienen 2.500 o más hectáreas.

Considerando los años extremos, los resultados de los estudios mencionados indican que a partir de 1958, comienzos de la segunda etapa de industrialización sustitutiva, se despliegan dos procesos complementarios que definen una clara tendencia hacia la desconcentración de la propiedad en el agro bonaerense.

El primero de ellos, consiste en una apreciable disminución de la superficie que controla la cúpula de los propietarios del sector. En efecto, mientras que a comienzos del período analizado los mismos tenían 6.774.349 hectáreas, al final del mismo dicha superficie disminuye en un 12% ya que alcanza a 5.960.271 hectáreas (Cuadro Nº 62).

El segundo, consiste en la desconcentración que se registra dentro de la propia cúpula, la cual se pone de manifiesto mediante una disminución del tamaño medio de los grandes propietarios (pasa de 5.292,5 hectáreas por propietario en 1958 a 4.556,8 en 1980). Este deterioro es el resultado de un proceso en el cual se incrementan los propietarios que integran la cúpula pero su distribución se concentra en el estrato de menor tamaño (de 2.500 a 4.999 hectáreas).

La desconcentración de la propiedad rural adquiere nuevas facetas si se incorpora la situación vigente a principios de la década del 70. En 1972, la cúpula de propietarios tiene una superficie menor que la de 1958 e inclusive inferior a la de 1980 y una extensión media que supera a la vigente en los años extremos.

Dejando de lado, por el momento, el significado de la mayor extensión media que tienen los grandes propietarios en 1972 y deteniendo la atención en la menor superficie total que tienen en dicho año, se podría concluir que el proceso de desconcentración encontró su límite inferior a comienzos de la década del 70 para luego estabilizarse o incluso aumentar moderadamente tal como lo pone de manifiesto la comparación de los resultados obtenidos para 1972 y 1980.

Sin embargo, asumir la validez de dicha interpretación sería apresurado porque el incremento de la superficie que controla la cúpula de propietarios entre 1972 y 1980 se origina en las diferencias metodológicas que median entre ambas evaluaciones. En rigor, el proceso de desconcentración aparecería mucho más acentuado si se hubieran mantenido las pautas metodológicas adoptadas para determinar la superficie que controla la cúpula agropecuaria en 1958 y 1972.

El estudio realizado por la Junta de Planificación de la Provincia de Buenos Aires para 1958 se realizó sobre la base de un padrón especial que comprende a los propietarios de inmuebles que tenían más de 1.000 hectáreas en el catastro inmobiliario rural. Para cada propietario se considera la superficie total de sus inmuebles siempre que los mismos tengan como mínimo 1.000 hectáreas. Por lo tanto, en dicho trabajo no se tienen en cuenta las partidas con una extensión inferior a las 1.000 hectáreas, aún cuando las mismas pertenezcan a los propietarios que integran el padrón especial debido a que tienen otras partidas con una extensión superior al mencionado límite.[48] El estudio posterior realizado para el año 1972 por la Dirección de Recursos del Ministerio de Economía provincial estuvo basado en las mismas pautas metodológicas.[49]

El estudio realizado en la Secretaría de Agricultura y Ganadería de la Nación para 1980 asumió una metodología diferente a los anteriores.

CUADRO Nº 62
Cúpula de propietarios:
Distribución los propietarios y de la superficie
de los propietarios con 2.500 o más hectáreas
según tamaño de los propietarios (1958, 1972, 1980 y 1988).

A) VALORES ABSOLUTOS

HECTÁREAS POR PROPIETARIO	1958		1972		1980		1988			
							TITULAR OPCIÓN I (*)		TITULAR OPCIÓN II (**)	
	Prop.	Hectáreas	Prop.	Hectáreas	Prop.	Hectáreas	Propiet.	Hectáreas	Propiet.	Hectáreas
2.500- 4.999	861	2.935.170	761	2.553.748	1.003	3.376.966	406	1.352.729	946	3.187.174
5.000- 7.499	218	1.307.505	172	1.025.987	184	1.100.511	86	508.164	173	1.034.848
7.500- 9.999	93	804.941	68	600.593	73	635.353	31	265.923	55	476.285
10.000- 19.999	86	1.086.749	53	643.628	38	497.942	19	250.876	47	595.844
Más de 20.000	22	639.984	25	937.113	10	355.499	7	264.391	12	425.445
TOTAL	1.280	6.774.349	1.079	5.761.069	1.308	5.960.271	549	2.642.083	1.233	5.719.596

B) PORCENTAJES

HECTÁREAS POR PROPIETARIO	1958		1972		1980		1988			
							TITULAR OPCIÓN I (*)		TITULAR OPCIÓN II (**)	
	Prop.	Hectáreas	Prop.	Hectáreas	Prop.	Hectáreas	Propiet.	Hectáreas	Propiet.	Hectáreas
2.500- 4.999	67,3	43,3	70,5	44,3	76,7	56,6	74,0	51,2	76,7	55,7
5.000- 7.499	17,0	19,3	15,9	17,8	14,1	18,5	15,7	19,2	14,0	18,1
7.500- 9.999	7,3	11,9	6,3	10,4	5,6	10,6	5,6	10,1	4,5	8,3
10.000- 19.999	6,7	16,0	4,9	11,2	2,9	8,4	3,5	9,5	3,8	10,4
Más de 20.000	1,7	9,4	2,3	16,3	0,8	5,9	1,3	10,0	0,9	7,4
TOTAL	100,0	100,0	100,0	100,0	100,0	100,0	100,0	100,0	100,0	100,0

(*) *Resultados obtenidos considerando únicamente las partidas inmobiliarias de 100 o más hectáreas.*
(**) *Resultados obtenidos considerando el total de las partidas inmobiliarias.*

FUENTE: *Junta de Planificación Económica de la Provincia de Buenos Aires, 1958; Ministerio de Economía de la Provincia de Buenos Aires, Dirección de Recursos, 1973; O. Barsky, M. Lattuada, I. Llovet, 1988; Catastro inmobiliario rural de 1988.*

La base estadística del mismo son los mapas rurales y no el padrón inmobiliario rural. Si bien los mapas rurales se confeccionan considerando dicho padrón, entre ambos median diferencias relevantes que diluyen las consecuencias derivadas de algunos de los comportamientos adoptados por los grandes propietarios en las últimas décadas. En los mapas rurales de la época no se consigna cada una de las partidas que componen el padrón inmobiliario rural sino que se consolidan en una sola parcela todas las partidas inmobiliarias contiguas incorporándole a cada una de ellas el nombre del titular y la superficie total de la parcela. Basándose en los mapas rurales, se consideraron las parcelas con más de 250 hectáreas de cada uno de los partidos para finalmente agrupar las que tenían idéntico nombre y apellido del titular. De esta manera se individualizaron los titulares con 2.500 o más hectáreas.[50]

De la comparación de ambas metodologías surge con claridad que ambas coinciden en el criterio de unificar las parcelas a partir del nombre y el apellido del titular de la misma. Pero igualmente nítido es que ellas toman en cuenta partidas inmobiliarias de un tamaño muy distinto. Mientras que la primera toma en cuenta las partidas con 1.000 o más hectáreas, la segunda considera partidas inmobiliarias de una extensión mucho más reducidas no sólo porque el límite mínimo es de 250 hectáreas sino también porque unifica las contiguas, donde sin lugar a dudas hay partidas con una extensión más reducida aún que el límite mencionado anteriormente.

La extensión de las partidas que toman en cuenta los diferentes estudios es sumamente relevante porque se trata de un período que se caracteriza por contener cambios drásticos en el comportamiento de los propietarios agropecuarios en esta materia. Tal como fue analizado anteriormente, durante este período se registra una creciente subdivisión de las partidas inmobiliarias existentes durante la década del '50 que acarrean la reasignación de más de 4 millones de hectáreas que se dirigen desde las partidas con más de 1.000 hectáreas hacia las que tienen una extensión más reducida.

En este contexto, es que se puede afirmar que si la estimación realizada para 1980 hubiera respetado los criterios metodológicos de las anteriores, la superficie de los grandes propietarios (los que tienen 2.500 o más hectáreas) registraría una disminución aún mas significativa y sería inferior aún a la vigente en 1972.

La aplicación de los criterios metodológicos del trabajo inicial en el año 1988 permite obtener una evaluación aproximada de la reducción que se registra en la superficie de la cúpula durante el período analizado.

Para ello, es necesario situarse en la estimación de titular, ya que todos los estudios realizados se basan en ella, y tomar en cuenta únicamente las partidas que en 1988 tienen 1.000 o más hectáreas. Los resultados obtenidos se exponen en el mismo Cuadro N° 62 (titular opción I) e indican que la superficie que concentran los propietarios con mayor extensión de tierra es de 2.642.083 hectáreas que representa el 39% de la que tenían en 1958 y el 44% de la determinada para 1980. Es decir que se habría registrado una caída espectacular en la concentración de la propiedad.

Sin lugar a dudas, la modificación metodológica que se introduce en el estudio realizado para 1980 es la correcta si se quiere evaluar la evolución real de la concentración de la propiedad bonaerense. Idéntico criterio se debería haber aplicado para 1972 ya que se trata de un período en que la subdivisión de las grandes partidas inmobiliarias hacen que el límite de las 1.000 hectáreas fragmente y disperse cada vez más la propiedad inmobiliaria que en la realidad tiene cada uno de los grandes propietarios.

Sin embargo, la subdivisión de las grandes partidas inmobiliarias es tan intensa que incluso el límite adoptado para 1980 resulta demasiado elevado. Lo adecuado es considerar todas las partidas inmobiliarias que tienen los grandes propietarios ya que como se puede verificar en los diferentes ejemplos presentados en este trabajo, los mismos tienen una gran cantidad de partidas menores a 250 hectáreas. A los fines de remover esta limitación en el mismo Cuadro N° 62 se exponen los resultados obtenidos para 1988 al considerar dentro de la estimación de titular todas la partidas que tienen los grandes propietarios (titular opción II).

Se puede verificar entonces que la superficie que tienen en este caso los grandes propietarios (5.719.596 hectáreas) es más del doble que la resultante al considerar únicamente las partidas de 1.000 o más hectáreas (2.642.083). Pero aún así dicha superficie es inferior a la que tenían los grandes propietarios en 1980 y obviamente mas baja aún que la de 1958.

Se podría concluir entonces que aún cuando se tuviera en cuenta la creciente subdivisión catastral de la tierra que se registra durante las últimas décadas en la Provincia de Buenos Aires, la concentración de la propiedad de la tierra disminuiría en forma continuada no sólo hasta 1980 sino que dicha tendencia seguiría vigente hasta nuestros días.

Sin embargo, tal como se afirmó en repetidas ocasiones, la subdivisión catastral de la tierra no es la única ni la más importante de las modificaciones que se registran en el comportamiento de los propietarios agropecuarios. Ciertamente la subdivisión de las partidas inmobiliarias tiene relevancia en la problemática impositiva pero aún en ella y por su-

254

puesto en la temática estricta de la propiedad, el cambio más decisivo surge de las modificaciones que se registran en las formas de propiedad mediante las cuales los grandes terratenientes bonaerenses controlan sus propiedades inmobiliarias.

Avanzar en este sentido, implica modificar el criterio metodológico común a los estudios realizados desde 1958 hasta la fecha. Es decir dejar de lado la estimación de titular que está basada en el supuesto de que hay solamente dos formas de propiedad: las personas físicas y las personas jurídicas. La misma debe ser suplantada por otra que integre las otras formas de propiedad que también están presentes en la propiedad agropecuaria y que al mismo tiempo tenga en cuenta el intenso proceso de subdivisión de las partidas inmobiliarias.

La estimación de propietario es la más apta de las disponibles hasta este momento pero debido a que sólo integra una de esas formas de propiedad complejas, los condominios, los resultados obtenidos deben considerarse como el nivel mínimo de concentración vigente en 1988, el cual será más elevado cuando se incorpore la restante forma de propiedad: los grupos societarios.

En el Cuadro Nº 63 se compara nuevamente la distribución de la superficie agropecuaria de los propietarios con 2.500 o más hectáreas para los años 1958, 1972 y 1988. Pero en esta ocasión, los resultados del último año están basados en la estimación de propietario y en todas las partidas que tienen en la Provincia de Buenos Aires cada uno de los grandes propietarios.

Los resultados globales indican que entre 1958 y 1988 la superficie controlada por los mayores propietarios rurales se eleva de 6.774.349 a 6.950.654 hectáreas, es decir un 3% aproximadamente. Mayores diferencias surgen cuando se confrontan los resultados actuales con los obtenidos para 1972, alcanzando los mismos al 21% de la superficie total de la cúpula en dicho año.

Por lo tanto, al tomarse en cuenta no sólo el agudo proceso de subdivisión catastral de la tierra sino también los condominios como forma de propiedad se verifica que la concentración de la propiedad agropecuaria prácticamente no se modifica durante los últimos 30 años.

En este contexto, surge claramente que la desconcentración de la propiedad rural que establecen los estudios anteriores se genera en la exclusión de las formas de propiedad complejas, el condominio y el grupo societario. Este último, ya que no hay evidencias anteriores sobre los condominios, es el que aumentó notablemente su incidencia desde, por lo menos, el comienzo de la segunda etapa de industrialización sustituti-

CUADRO Nº 63
Cúpula de propietarios:
Distribución de los propietarios y de la superficie
de los propietarios con 2.500 o más hectáreas
según tamaño de los propietarios (1958, 1972 y 1988).

A) VALORES ABSOLUTOS

HECTÁREAS POR PROPIETARIO	*1958*		*1972*		*1988* ESTIMAC. PROPIETARIO	
	Propiet.	*Hectáreas*	*Propiet.*	*Hectáreas*	*Propiet.*	*Hectáreas*
2.500- 4.999	861	2.935.170	761	2.553.748	1.028	3.478.510
5.000- 7.499	218	1.307.505	172	1.025.987	226	1.340.165
7.500- 9.999	93	804.941	68	600.593	73	634.391
10.000- 19.999	86	1.086.749	53	643.628	67	855.338
Más de 20.000	22	639.984	25	937.113	20	642.250
TOTAL	1.280	6.774.349	1.079	5.761.069	1.414	6.950.654

B) PORCENTAJES

HECTÁREAS POR PROPIETARIO	*1958*		*1972*		*1988* ESTIMAC. PROPIETARIO	
	Propiet.	*Hectáreas*	*Propiet.*	*Hectáreas*	*Propiet.*	*Hectáreas*
2.500- 4.999	67,3	43,3	70,5	44,3	72,7	50,0
5.000- 7.499	17,0	19,3	15,9	17,8	16,0	19,3
7.500- 9.999	7,3	11,9	6,3	10,4	5,2	9,1
10.000- 19.999	6,7	16,0	4,9	11,2	4,7	12,3
Más de 20.000	1,7	9,4	2,3	16,3	1,4	9,2
TOTAL	100,0	100,0	100,0	100,0	100,0	100,0

FUENTE: Junta de Planificación Económica de la Provincia de Buenos Aires, 1958; Ministerio de Economía de la Provincia de Buenos Aires, Dirección de Recursos, 1973; Catastro inmobiliario rural 1988.

va. La importancia de las formas de propiedad complejas es tan significativa que la incorporación de sólo una de ellas revierte la tendencia preexistente a la desconcentración de la propiedad agropecuaria en la principal provincia integrante de la pampa húmeda. Asimismo, si se tiene en cuenta, tal como surge de la comparación de la estimación de titular-destinatario con la de propietario, que el condominio es la forma de propiedad compleja que menos efectos concentradores tiene sobre la propiedad agropecuaria, puede suponerse que la incorporación de los grupos societarios traerá como consecuencia un apreciable incremento en la incidencia de la cúpula en la superficie agropecuaria provincial.

Un análisis más minucioso de la evolución de la cúpula, permite verificar que si bien la concentración no registra mayores alteraciones sí se produce entre los años extremos una reducción del tamaño promedio de los grandes propietarios. En efecto, mientras que en 1958 los 1.280 integrantes de la cúpula eran propietarios de 6.774.349 hectáreas (Cuadro Nº 63) y por lo tanto cada uno de ellos, de 5.292,5 hectáreas en promedio, treinta años después, los 1.414 integrantes de la cúpula son propietarios de 4.915,6 hectáreas también en promedio. Asimismo, si se detiene la atención en la situación vigente a mediados del período considerado, se constata que la evolución del tamaño medio no es lineal ya que en 1972 es superior (5.339,3 hectáreas por propietario) al que se registra en los dos años restantes.

Estas alteraciones en el tamaño medio están vinculadas a la evolución de los factores que la determinan: número de propietarios y de la superficie total así como la distribución de las mismas por estrato de tamaño. Entre 1958 y 1988 si bien se mantiene la superficie total, se incrementa el número de grandes propietarios concentrándose más acentuadamente ambas variables en el estrato de tamaño inferior (de 2.500 a 4.999 hectáreas). Mientras que en 1958 allí se encontraban el 67,3% de los grandes propietarios y el 43,3% de la superficie de la cúpula, en 1988 se concentran el 72,7% y el 50,0% de dichas variables, respectivamente. Entre 1972 y los restantes, se registra una sensible merma en el número de propietarios y si bien disminuye la superficie total, la distribución de ambas variables no se desplaza hacia el estrato de menor superficie sino que incluso aumentan los propietarios y la superficie del estrato de mayor tamaño (más de 20.000 hectáreas).

Si bien el análisis precedente aporta una descripción de las modificaciones que se registran dentro de la cúpula, es insuficiente para esclarecer el significado de las mismas en términos de las formas de propiedad. Dicho en otros términos, los elementos disponibles no permiten delinear una interpretación plausible que vincule la evolución de la concentración de la propiedad durante las últimas décadas con las modificaciones que emergen en las formas de propiedad. Para ello, se requiere introducir nuevos elementos sobre la evolución de estas últimas.

El análisis de la evolución de las formas de propiedad durante los últimos 30 años, está seriamente afectado por la falta de evidencias históricas sobre las mismas. Pese a ello, los trabajos realizados sobre la problemática de la propiedad proveen elementos sobre una de ellas, las sociedades, que permiten reconstruir rasgos relevantes que caracterizan la evolución de la cúpula.

Una primera revisión de la evolución de las sociedades que forman parte de los grandes propietarios de tierras en la Provincia de Buenos Aires, permite constatar que las mismas se expanden significativamente en número y en superficie a partir de la década del 70 (Cuadro Nº 64). En 1958, formaban parte de la cúpula, 238 sociedades con una superficie total de 1.613.238 hectáreas. En 1972, si bien su número aumenta a 290 la superficie total de las mismas disminuye levemente (1.599.100). Finalmente, en 1988 se registra un notable incremento en su cantidad (suman 688) y en la superficie que poseen (llega a 3.402.233 hectáreas). Esta trayectoria determina que su incidencia dentro de la cúpula sea creciente tanto en términos de los propietarios como de la superficie. En efecto, la participación de las sociedades en los propietarios y en la superficie total pasa del 18,6% y el 23,8% en 1958 al 48,6% y 48,9% en 1988, habiendo llegado al 26,9% y al 27,8% respectivamente en 1972 (Cuadro Nº 65).

Este proceso de expansión de las sociedades propietarias de tierras dentro de la cúpula, es acompañada por una reducción sensible en su extensión media. Mientras que en 1958 tenían un promedio de 6.778 hectáreas, treinta años más tarde tienen 4.951 hectáreas.

El estudio realizado por la administración provincial para 1972 provee una valiosa información complementaria sobre las personas jurídicas que aporta nuevos elementos para comprender el desarrollo de las diferentes formas de propiedad. La misma consiste en la distribución de la cantidad y de la superficie de las sociedades según el tamaño de las mismas pero considerando desde las que tienen 1.000 hectáreas en adelante, es decir agregando por debajo del límite inferior de la cúpula un nuevo estrato que comprende a los propietarios que tienen entre 1.000 y 2.499 hectáreas.

Al confrontar entre 1972 y 1988, la cantidad de sociedades que tienen entre 1.000 y 2.499 hectáreas y la superficie total que tienen en propiedad (Cuadro Nº 64) se constata que el notable incremento en la inci-

CUADRO Nº 64
Sociedades agropecuarias:
Distribución de la cantidad y extensión de las sociedades
según tamaño de los propietarios (1972 y 1988).

Año	Sociedades con más de 2.500 hectáreas			Sociedades con 1.000 a 2.500 hectáreas		
	Cantidad	Hectáreas	Hectáreas por Propietario	Cantidad	Hectáreas	Hectáreas por Propietario
1958	238	1.613.238	6.778	s/d	s/d	s/d
1972	290	1.599.100	5.514	388	597.648	1.540
1988	688	3.402.233	4.945	1.268	1.976.404	1.559

FUENTE: Ministerio de Economía de la Provincia de Buenos Aires, Dirección de Recursos, 1973 y catastro inmobiliario rural, 1988.

CUADRO Nº 65
Sociedades agropecuarias:
Incidencia porcentual de las sociedades
según tamaño de los propietarios (1972 y 1988).

Año	Participación porcentual en el total del estrato			
	Sociedades con más de 2.500 hectáreas		Sociedades con 1.000 a 2.500 hectáreas	
	Cantidad	Hectáreas	Cantidad	Hectáreas
1958	18,6	23,8	s/d	s/d
1972	26,9	27,8	17,1	17,6
1988	48,6	48,9	32,9	33,8

FUENTE: Ministerio de Economía de la Provincia de Buenos Aires, Dirección de Recursos, 1973 y catastro inmobiliario rural, 1988.

dencia relativa de las sociedades en la cúpula, comprobado precedentemente, es resultado de un aumento significativo y generalizado en todos los estratos de tamaño ya sea que se considere el número de propietarios o la superficie. Más aún, se comprueba que las que más se expanden son las de menor tamaño. Mientras que el incremento de las de la cúpula en el número de propietarios y en la superficie total alcanza al 137% y al 112% respectivamente, el que registran las que integran los propietarios con 1.000 o más hectáreas y menos de 2.500, alcanza al 227% y al 231% en las respectivas variables. Esta tendencia también está presente dentro de la cúpula lo que trae como consecuencia que, tal como se constató anteriormente, disminuya el tamaño medio de los propietarios.

El análisis precedente permite extraer un conjunto de caracterizaciones relevantes para comprender la evolución de sociedades durante las últimas décadas. Teniendo presente que las sociedades en los últimos 30 años comienzan a expandirse recién a mediados del período, las evidencias presentadas indican que si bien su notable crecimiento desde 1972 en adelante involucra a las sociedades de todos los tamaños, las más dinámicas tanto en cantidad como en superficie son las que tienen una extensión inferior a las 2.500 hectáreas. Es decir que las que más crecen son las que no integran la cúpula. Por otra parte, el crecimiento de las sociedades es tan acentuado que, pese a lo anterior, las mismas aumentan su incidencia relativa en todos los tamaños superiores a las 1.000 hectáreas tanto en términos de la cantidad de propietarios como de la superficie. Lamentablemente no hay evidencias disponibles que aporten elementos para reconstruir la evolución de los condominios durante las últimas décadas, lo cual afecta también la posibilidades de analizar la evolución de la propiedad que ejercen las personas físicas ya que su importancia está distorsionada porque el condominio se considera como propiedad individual.

Esta omisión se origina en los primeros trabajos (1958 y 1972) porque, como se adelantó anteriormente, en el padrón inmobiliario las partidas figuran sistemáticamente con un titular aún cuando en la realidad los propietarios sean varios condóminos. Respecto a esto último cabe recalcar un rasgo de suma importancia para interpretar la evolución de las formas de propiedad entre 1958 y 1972. El titular de cada partida se elige aleatoriamente y cambia con frecuencia lo cual distorsiona la evaluación de la concentración a medida que se hace más intensa la subdivisión catastral, es decir a medida que aumentan las partidas inmobiliarias que componen el padrón inmobiliario rural.En el caso del trabajo que evalúa la cúpula agropecuaria en 1980, esta omisión se genera a partir de la propia base de la información ya que los mapas rurales consignan la superfi-cie de las parcelas (agregando la de las partidas contiguas) y el nombre del propietario que figura como titular en el padrón inmobiliario, lo cual imposibilita la identificación de los condominios.

A pesar de la falta de evidencias sobre aspectos trascendentes de la propiedad agropecuaria, es posible esbozar una interpretación de la evolución de la concentración de la propiedad bonaerense basada en la evolución tanto del número de propietarios y de la superficie que componen la cúpula como de las formas de propiedad durante los últimos 30 años.

Entre 1958 y 1972, los estudios realizados presentan evidencias de las cuales se infiere que hay un proceso de desconcentración en la propiedad de la tierra pero dichas cuantificaciones no tienen en cuenta que se registra un intenso proceso de subdivisión de las grandes partidas inmobiliarias. La sola existencia de este último fenómeno cuestiona la posibilidad de que efectivamente se haya registrado un proceso de desconcentración en la propiedad rural bonaerense.[51]

Sin embargo, no sólo la subdivisión de las partidas cuestiona la posibilidad de que se haya desconcentrado la propiedad de la tierra durante el período analizado, también lo hace la probable evolución seguida por los condominios. Es imposible que no haya habido condominios en 1958 no sólo porque esta forma de propiedad se origina en fenómenos sociales permanentes como lo es la sucesión hereditaria sino también porque su existencia como figura jurídica es de antigua data, muy anterior al período en cuestión. Pero también es muy probable aún cuando no demostrable que esta forma de propiedad se haya expandido como una manera de dispersar, aparentemente, no en la realidad, la propiedad de la tierra teniendo en cuenta que se trata de una etapa de la vida nacional (y también latinoamericana) en donde se desarrollan pujas dentro de los sectores dominantes y el surgimiento de proyectos populares alternativos. El período en cuestión comprende buena parte de la segunda etapa de sustitución de importaciones durante la cual se desplegaron contradicciones entre el capital extranjero industrial y los grandes propietarios rurales y especialmente una expansión de los proyectos populares que reconocía a la reforma agraria como una necesidad social impostergable.

Las presunciones precedentes son reforzadas por el comportamiento seguido por las sociedades durante el período analizado. Como se vio anteriormente, la modificación más relevante en las sociedades de la cúpula es que disminuye su tamaño medio al mismo tiempo que se mantiene su número y su superficie pero incrementando su incidencia en la cúpula debido a que disminuye el número total de grandes propietarios. Es

evidente que la disminución del tamaño medio indica que los propietarios individuales o los condominios existentes que tenían una superficie
media inferior al promedio de las mismas en el año inicial, organizaron
sociedades. O que un conjunto de grandes sociedades se dividieron permitiendo el surgimiento de nuevas sociedades con un tamaño más reducido. Este comportamiento, aún incipiente teniendo en cuenta lo que
ocurre en los años posteriores, generó el desplazamiento de un número
apreciable de propietarios y de superficie hacia abajo de la cúpula tal como lo ponen de manifiesto las evidencias analizadas para 1972.

No parece entonces arbitrario asumir que los condominios tuvieron
una evolución y un efecto similar, sobre todo si se tiene en cuenta que en
esa etapa la desaparición de la cabeza familiar no daba lugar, en general,
a la organización de sociedades.

Las evidencias disponibles para el período 1972-1988 son mayores
y permiten asumir que durante el mismo se conjugan la subdivisión de
las grandes partidas inmobiliarias con una muy probable expansión de
los condominios y una acentuada expansión de las sociedades. Es decir
que ésta es la etapa en que las formas de propiedad dinámicas son los
condominios y especialmente la sociedades. Sobre ellas entonces se cen-
trará la atención.

Para este período, al igual que para el anterior no hay evidencias
empíricas que permitan determinar la tendencia seguida por los condominios. Sin embargo es pertinente señalar que la metodología empleada
para determinar la concentración de la propiedad de la tierra en 1958
contiene una subvaluación significativamente más baja del efecto concentrador de los condominios que la que implica su utilización en las décadas posteriores, aún en el caso de que el condominio haya mantenido
su importancia o incluso disminuido su incidencia.

Ello se debe a que su pérdida de captación está en relación directa
al grado de subdivisión catastral de la tierra, el cual fue sumamente acentuado a lo largo de los períodos considerados ya que, tomando los años
extremos (1958 y 1988), las partidas con 1.000 o más hectáreas se redujeron de 4.701 con un total de 10.552.034 hectáreas a 2.959 con
5.323.632 hectáreas (Cuadro N° 1).

Teniendo en cuenta lo dicho, es conveniente analizar con mayor
detalle este proceso. La existencia de partidas catastrales de grandes dimensiones en 1958 indica que es muy probable que los condominios de
la época no abarcarán más de una partida o a lo sumo una partida de
gran extensión y algunas de superficie muy reducida. Por lo tanto, la
evaluación de la concentración que se realiza considerando únicamente

el nombre del titular contiene una reducida subestimación del efecto concentrador del condominio. Por el contrario, a medida que avanza la subdivisión catastral y disminuyen las grandes partidas, cada condominio comprende múltiples partidas de diverso tamaño y el mismo criterio metodológico subvalúa crecientemente el impacto concentrador del condominio. Planteando un caso extremo, se puede suponer que en 1958 había un condominio conformado por 6 hermanos que eran propietarios de 12.000 hectáreas que catastralmente comprendía una partida de igual extensión con uno de ellos como titular. En 1988, con del proceso de subdivisión catastral en marcha, el mismo condominio mantiene su superficie pero dividida en 6 partidas de 2.000 hectáreas cada una en las cuales figura como titular cada uno de los hermanos. En la situación inicial, al evaluarse la concentración tomando en cuenta el nombre del titular tendríamos dos propietarios: uno dentro de la cúpula con 12.000 hectáreas. En 1988, tendríamos 6 propietarios con 2.000 hectáreas y ninguno de ellos integraría la cúpula. En la realidad siempre hubo un propietario con 12.000 hectáreas.

Durante la etapa de gran expansión de las sociedades se profundizan un conjunto de comportamientos que es importante tener en cuenta. En estos años nuevamente disminuye el tamaño medio de las mismas. Al igual que en la etapa anterior este fenómeno podría deberse, simplemente, a que un conjunto de propietarios individuales con menos de 3.240 hectáreas (el tamaño medio de las sociedades con 1.000 o más hectáreas en 1972) haya pasado a controlar sus propiedades mediante una sociedad.

Sin embargo, este comportamiento, si bien está presente, no parece haber sido decisivo. A juzgar por la composición de los directorios y especialmente de los accionistas de las sociedades agropecuarias que se organizan durante el período, resulta evidente que tienen un rasgo común con los condominios: sus funcionarios y propietarios pertenecen a un mismo grupo familiar.

Más aún, la revisión de más de un millar de las sociedades con mayor extensión de tierra permite afirmar que en reiteradas ocasiones, las participaciones accionarias reproducen la subdivisión que surgiría de la propia transmisión hereditaria o de una distribución anticipada de la misma en la cual se le reconoce a la cabeza del grupo familiar sobreviviente el usufructo de la propiedad inmobiliaria.

La composición familiar de los accionistas de las personas jurídicas define un tipo de relación entre el condominio y la sociedad que tiene una importancia crucial para comprender la problemática de la propiedad rural. Todo parece indicar que el condominio constituye una forma de propiedad transitoria entre la propiedad individual y la societaria o el grupo de sociedades, lo cual por su importancia merece ser analizado aún cuando más no sea en forma preliminar.

De una manera esquemática y preliminar se puede afirmar que el funcionamiento tradicional de la propiedad agropecuaria está basado en que la transmisión hereditaria desemboque en un condominio y no en una sociedad. De allí que pese a su inestabilidad o precariedad el condominio sea considerado jurídicamente como "un mal necesario". El condominio se transforma en sociedad cuando complejiza la producción y se requiere unificar la conducción de la empresa y dejar atrás la posibilidad de un desmembramiento a raíz de conflictos familiares. La exposición de Carlos P. Blaquier, citada anteriormente, sobre la experiencia de su familia es elocuente al respecto. Pero el condominio culmina en la organización societaria no sólo por la mayor complejidad de la producción agropecuaria sino también por la diversificación de la operatoria empresaria, cuando el excedente apropiado en la actividad se destina hacia otras actividades extrasectoriales. A partir de estos factores se expande lo que era la forma de control propietario de unos pocos. Los medianos y una parte de los grandes propietarios pasan del condominio a la sociedad e incluso de la propiedad individual directamente a la organización societaria sin pasar por el condominio. Los propietarios de mayor tamaño que hasta ese momento controlaban sus propiedades mediante la propiedad individual o a través de una sociedad, organizan varias sociedades dando lugar al surgimiento de grupos societarios.

Ambos elementos estuvieron presentes con singular intensidad durante el período analizado. Como lo expresan los estudios sectoriales, se trata una etapa de profundas transformaciones productivas en el sector, donde confluyen modificaciones substanciales en el proceso de trabajo con la incorporación de nuevas tecnologías en los productos, insumos y gestión de la empresa. Pero también se trata de una etapa, tal como se verá en el capítulo siguiente, en la que, muy probablemente, estuvo presente un acentuada modificación en el destino del excedente en tanto la valorización financiera del mismo devino en un factor clave de la expansión de las firmas agropecuarias en el marco de las modificaciones que le impuso a la economía argentina la dictadura militar que se inicia en 1976.

En este contexto, surge con claridad que los condominios delimitan un amplio reservorio de tierra que, en gran medida, terminará engrosando la propiedad societaria dado que los factores que impulsan el tránsito hacia la forma de propiedad más estable (la persona jurídica) están actuando con notable intensidad.

En la cúpula de los propietarios, los procesos de partición de las propiedades y la organización de sociedades tiene una singular incidencia. Numerosos propietarios individuales crean varias sociedades y distribuyen sus tierras entre ellas, mientras que otros pasan a controlar solo una parte de sus inmuebles rurales mediante sociedades combinando, por lo tanto, la propiedad individual con la societaria.

La creación de nuevas sociedades para controlar inmuebles rurales no es patrimonio de los que hasta ese momento eran propietarios individuales o conformaban un condominio sino que el mismo comportamiento es seguido, generalizadamente, por las propias sociedades agropecuarias. Si bien algunas de ellas son el resultado de la división efectiva de la tierra entre las diferentes ramas familiares, en la mayoría de los casos se trata de propietarios que ya controlan una parte o la totalidad de sus tierras mediante sociedades y que, luego de crear nuevas sociedades, reasignan las tierras entre ellas, conservando la propiedad del capital social de todas las sociedades.

Los procesos descriptos precedentemente, expresan la reproducción en la realidad agropecuaria de un proceso mas vasto de concentración y centralización del capital que potenció la expansión de los grandes grupos económicos nacionales (algunos de los cuales integran la cúpula de propietarios bonaerenses) y de un conjunto de empresas transnacionales (algunas de ellas también presentes en la propiedad agropecuaria).

En este contexto, es pertinente analizar el comportamiento seguido a este respecto por algunas sociedades anónimas que fueron fundadas en distinta época y con inmuebles rurales localizados en partidos bonaerenses que tienen una capacidad productiva marcadamente diferente.

La primera de ellas es Las Invernadas del Oeste SA, sociedad fundada en 1935 y que pertenece a la familia Santamarina, tradicional propietario agropecuario (Cuadro Nº 66). Hasta 1982, esta sociedad tenía sus 42.505 hectáreas ubicadas en el partido de Villarino divididas en 8 partidas contiguas. En 1982 incrementa la subdivisión catastral de su propiedad pasando de 8 a 33 partidas inmobiliarias, descendiendo el tamaño medio de las mismas de 5.313 a 1.228 hectáreas. En 1983, organiza 4 sociedades más que pertenecen a los mismos accionistas (Las Isletas SA, Médanos Verdes SA, Reducto Sur SA y Bambú SA) reasignando entre ellas y la sociedad original las 42.505 hectáreas.

Es pertinente señalar que el acta de la asamblea de accionistas realizada el 30/6/83 afirma que "el compromiso de escisión de las Inverna-

CUADRO Nº 66
Estudio de caso:
Evolución de Las Invernadas del Oeste SA (partido de Villarino).

EVOLUCIÓN DE LA SOCIEDAD	DENOMINACIÓN	PARTIDAS	SUPERF.	HAS. POR PARTIDA
Hasta 1982	LAS INVERNADAS DEL OESTE S.A.	8	42.505	5.313
1982 Aumento de las partidas	LAS INVERNADAS DEL OESTE S.A.	33	42.505	1.228
1983	LAS INVERNADAS DEL OESTE S.A.	2	1.569	785
	LAS ISLETAS S.A.	12	11.263	939
Creación de	MEDANO VERDE S.A.	12	10.415	868
nuevas	REDUCTO SUR S.A.	6	14.585	2.430
sociedades y	BAMBU S.A	1	4.673	4.673
reasignación de la tierra	TOTALES	33	42.505	1.288

FUENTE: *Elaboración propia en base la información de la Inspección de Personas Jurídicas de la Provincia de Buenos Aires y los mapas catastrales del partido de Villarino.*

das del Oeste tiene por finalidad la división patrimonial y su asignación a las 6 nuevas sociedades que integran el mismo conjunto económico y persiguen la misma actividad".[52]

Tal como se verifica en el Cuadro Nº 66, en la nueva situación cada una de ellas recibe una cantidad variable de hectáreas y de partidas quedando Las Invernadas del Oeste SA con 2 partidas y 1.569 hectáreas.

La segunda sociedad es Los Cardos SA que fue fundada en 1944 y pertenece a otra tradicional familia terrateniente: los Blaquier-Nelson (Cuadro Nº 67). Esta sociedad también aumenta notoriamente las partidas inmobiliarias originales (de 9 a 21 en 1981) para posteriormente, en 1988, reasignar las mismas entre la sociedad inicial y 10 nuevas sociedades.

El último caso está constituido por La Oración SAA, la cual fue fundada en 1968 y pertenece a una rama de la familia Zuberbuhler, la cual también constituye un tradicional e importante propietario bonaerense (Cuadro Nº 68). Hasta 1978, tenía sus 4.354 hectáreas localizadas

Estudio de Caso: Evolución de Los Cardos SA (partido de Lobos).

EVOLUCIÓN DE LA SOCIEDAD	DENOMINACIÓN	PARTIDAS	SUPERF.	HAS. POR PARTIDA
Hasta 1981	LOS CARDOS S.A.	9	5.154	573
1981 *Aumento de las partidas*	LOS CARDOS S.A.	21	5.154	245
1988	LOS CARDOS S.A.	3	597	199
	MNB S.A.	1	134	134
Creación de	INDUCIR S.A.	2	455	228
nuevas	CULTIVADOR S.A.	2	388	194
sociedades y	BARBECHO S.A.	2	471	236
reasignación	ALFASI S.A.	2	554	277
de la tierra	ESTANDARTE S.A.	2	958	595
	FERTIL S.A.	1	619	619
	DIGNA S.A.	2	308	154
	GLOMEN S.A.	2	333	167
	HONGO S.A.	2	337	169
	TOTALES	21	5.154	245

FUENTE: Elaboración propia en base a la información de la Inspección de Personas Jurídicas de la Nación y de los mapas catastrales de la Provincia de Buenos Aires.

en los partidos de Salto y Benito Juárez divididas en sólo 2 partidas inmobiliarias. En dicho año, subdivide significativamente sus tierras pasando de 2 a 19 partidas inmobiliarias para finalmente reasignarlas en 1981 entre la sociedad inicial y otras 4 sociedades que sus accionistas organizan en dicho año (Bandurrias SA, Pekel SA, Sancti Spiritu SA y Crepúsculo SA). Al igual que la sociedad anteriormente tratada, la cantidad de partidas y de tierra que recibe cada una de las sociedades es variable pero en este caso, la más antigua es la que mayor superficie y partidas tiene.

Un análisis más pormenorizado del caso de La Oración SA, permite aprehender la complejidad de los procesos en marcha. Hasta 1981,

CUADRO Nº 68
Estudio de caso: Evolución de la Oración SAA
(partidos de Salto y B. Juárez)

EVOLUCIÓN DE LA SOCIEDAD	DENOMINACIÓN	PARTIDAS	SUPERF.	HAS. POR PARTIDA
Hasta 1978	LA ORACION S.A.A.	2	4.354	2.177
1978 Aumento de las partidas	LA ORACION S.A.A.	19	4.354	229
1981	LA ORACION S.A.A.	8	1.166	146
	BANDURRIAS S.A.	5	947	189
Creación de	PEKEL S.A.	4	1.025	256
nuevas	SANCTI SPIRITU S.A.	1	734	734
sociedades y	CREPUSCULO S.A.	1	482	734
reasignación de la tierra	TOTALES	19	4.354	229

FUENTE: *Elaboración propia en base a la información de la Inspección de Personas Jurídicas de la Nación y de los mapas catastrales de la Provincia de Buenos Aires.*

aproximadamente, el usufructo de las acciones de esta sociedad estaba en manos de Matilde Ortiz Basualdo de Zuberbuhler, mientras que la propiedad de las mismas pertenecía a sus cuatro hijas (Amelia Teresa J. Zuberbuhler de Leloir, Matilde María Zuberbuhler, María Zuberbuhler de Marín y Teresa María Zuberbuhler de Holmberg). Cabe consignar que en igual situación se encontraba la otra sociedad agropecuaria de la familia: Pinea SA.

Las evidencias disponibles indican que una vez fallecida la cabeza de la familia que tenía en sus manos el usufructo de las acciones, las herederas organizan nuevas sociedades y reasignan las tierras que originalmente les pertenecían a La Oración SA y a Pinea SA. Este habría sido el paso previo a una división de estas propiedades inmobiliarias entre las cuatro hijas, quedando cada una de ellas como propietarias de dos sociedades. Si esto fuera así se estaría frente un caso en que la organización de nuevas sociedades y de reasignación de tierras impulsa la desconcentración de la propiedad agropecuaria. En términos generales, esta conclusión no necesariamente es así porque su efecto final sobre la concentración de la propiedad depende de la confluencia o no de las sociedades que se separan con otras propiedades existentes.

Planteando las situaciones extremas, se puede afirmar que si todas las sociedades nuevas se integran, debido a los lazos matrimoniales, a un gran propietario con una extensión de tierra mayor a la que tenían las dos sociedades originales (La Oración SA y Pinea SA), la concentración aumentaría. Si por el contrario, los cuatro pares de sociedades (dos por cada una de las hijas) no se integran con ninguna otra propiedad y por lo tanto dan lugar a cuatro propietarios distintos cada uno de los cuales tiene, la cuarta parte de la extensión de las sociedades originales, la concentración de la propiedad disminuiría. Aparentemente el caso de la familia Zuberbuhler se acerca a la primera alternativa, es decir sería un caso que impulsaría una mayor concentración de la propiedad agropecuaria, ya que sus apellidos de matrimonio (Leloir, Holmberg y Marín) indicarían que al menos 6 de las ocho se integran con grandes propietarios de tierras.

Considerando los tres casos reseñados (La Invernada del Oeste SA, Los Cardos SA y La Oración SA) en conjunto, se puede afirmar que los propietarios de dichas sociedades, llevaron a cabo durante los años recientes, una marcada subdivisión de las partidas inmobiliarias para luego crear nuevas sociedades anónimas y reasignar las tierras de la sociedad original entre ellas. Factores que son decisivos para que las sociedades que se incorporan en la cúpula, entre 1972 y 1988, sean relativamente pequeñas, ubicándose mayoritariamente por debajo de las 3.200 hectáreas, determinando una disminución del tamaño medio de las sociedades que componen la cúpula.

Pero además y no menos importante es que el desplazamiento de las sociedades hacia los tamaños inferiores también provoca que muchas de las nuevas sociedades directamente no integren la cúpula, al ser propietarias de menos de 2.500 hectáreas. En efecto, en los casos analizados precedentemente puede constatarse que si bien en el primero de ellos (Las Invernadas del Oeste SA) sólo la sociedad original pasa a tener menos de 2.500 hectáreas, en el segundo (La Oración SA) y en el tercero (Los Cardos SA) ninguna de las 16 sociedades nuevas integra la misma. Más aún en los dos últimos casos hay 14 sociedades que están por debajo de las 1.000 hectáreas y sólo 2 que superan dicha extensión.

Se puede concluir entonces, que tanto la transformación de los condominios en sociedades como la propia división de éstas últimas, producen una disminución en el grado de concentración de la propiedad de la tierra que es, en buena medida, sólo aparente y que está estrechamente vinculada a las profundos cambios que se registran en las formas de control y en la organización empresarial de los grandes propietarios rurales.

La marcada expansión del número de sociedades propietarias de tierras en la Provincia de Buenos Aires indica que se esta registrando un acentuado proceso de formación de grupos empresarios de base agropecuaria, algunos de los cuales ya están plenamente constituidos y otros en vías de hacerlo, en tanto aún combinan la propiedad individual con la societaria.

Si bien el impacto global de los grupos societarios sobre la concentración de la propiedad no fue evaluado aún, las evidencias disponibles permiten afirmar que en la propiedad de la tierra, no sólo están presentes los grandes grupos económicos nacionales (como Bunge y Born, Bemberg, Loma Negra o Banco Mercantil) sino también, aquellos grupos agropecuarios que pertenecen a los tradicionales y grandes propietarios de tierras en la Provincia de Buenos Aires.

NOTAS

[48] Junta de Planificación Económica de la Provincia de Buenos Aires, op. cit (pág. 205)

[49] Ministerio de Economía de la Provincia de Buenos Aires, Subsecretaría de Finanzas, Dirección de Recursos, op.cit. (pág. 22).

[50] O. Barsky, M. Lattuada, I. Llovet, op. cit. (pág. 191).

[51] En efecto, teniendo en cuenta que el proceso de subdivisión parcelario es tan intenso entre 1958 y 1972 como el que se registra entre 1972 y 1988, no parece arbitrario incorporarle a las cifras existentes para 1972 el efecto de la subdivisión parcelaria estimado en base a la que se registra en 1988 que sí puede cuantificarse como se vio precedentemente. Suponiendo un efecto proporcional para 1972 se obtiene una superficie en la cúpula equivalente a la de 1958.

[52] La asamblea de accionistas del 30/6/83 menciona 6 sociedades: Las Isletas SA, Médanos Verdes SA, Reducto Sur SA, Bambú SA, Marilena SA y Yaguarundi SA . Las dos últimas no integran el padrón inmobiliario rural de la pro-

vincia de Buenos Aires en 1988 y por lo tanto sus propiedades no pudieron ser ubicadas en los mapas catastrales del partido de Villarino. Ante esta situación y teniendo en cuenta que en el acta de la asamblea no se específica las propiedades que recibe cada una de las sociedades, cabe asumir que a estas sociedades se le resignaron tierras que pertenecían a Las Invernadas del Oeste SA pero que están localizadas en otras jurisdicciones provinciales.

Ocho

NOTAS ACERCA DEL IMPACTO DE LA EVOLUCION ECONOMICA GLOBAL Y SECTORIAL SOBRE LA PROPIEDAD AGROPECUARIA

AL IGUAL QUE EN EL PASADO, dentro de los grandes terratenientes se diferencian distintos tipos de propietarios. Los que tienen sus tierras localizadas exclusivamente en un partido provincial, los que las tienen ubicadas en dos o más partidos de una misma región productiva y los que son propietarios de tierras en diferentes partidos pertenecientes a varias regiones productivas.

La mayor o menor diversificación de las tierras mantiene una relación directa con el tamaño de los propietarios y se orienta a cristalizar funciones de producción que diluyen las restricciones impuestas por la aptitud natural de cada región productiva. De esta manera, no se puede asimilar a una parte substancial de los integrantes de la cúpula de los propietarios bonaerenses con las actividades productivas típicas de la provincia (criadores, invernadores, agricultores, tamberos) sino que los mismos, por la diversificación espacial de sus propiedades, definen funciones de producción que son el resultado de articular diferentes producciones complementarias (cría-invernada) o alternativas (invernada-agricultura o viceversa). Quienes lo hacen son los propietarios con mayor capacidad para conducir al resto de los sectores sociales involucrados en la producción sectorial.

La permanencia de estas características no significa que no haya habido modificaciones en este terreno. Junto a las profundas transformaciones productivas y tecnológicas del sector se expresan modificaciones en las formas de ejercer la propiedad de la tierra que tienen un vasto alcance.

273

Pierde importancia la propiedad individual y se expande notablemente la que se ejerce mediante sociedades, especialmente anónimas. Esto último preanuncia que la conformación de grupos societarios no sólo es patrimonio de los que están insertos en la producción industrial, sino que también es una forma difundida y en plena expansión entre los grandes propietarios rurales cuyo principal sustento productivo se encuentra en la producción agropecuaria. En la actualidad, junto a las sociedades y los grupos societarios tiene una notable relevancia el condominio familiar, es decir la propiedad compartida entre varios integrantes de un mismo grupo familiar.

Tanto el condominio como la sociedad y el grupo societario neutralizan los efectos disgregadores que produce la transmisión hereditaria de la tierra. El condominio es la forma más primaria de evitar la subdivisión de la tierra ya que esta forma de propiedad mantiene las dimensiones de la propiedad original, incorporando a cada uno de los integrantes familiares con una participación, cuantificada en tierra, equivalente, presumiblemente, a sus derechos hereditarios. La sociedad y más aún el grupo societario son las formas mas desarrolladas y estables. Pero más allá de sus diferencias, en todas ellas la propiedad original se mantiene sin modificaciones, teniendo los herederos su respectiva participación en acciones y no en tierra. Ambas formas anulan el efecto desconcentrador de la transmisión hereditaria porque permiten mantener las dimensiones originales de la propiedad y eventualmente acrecentarla mediante adquisiciones posteriores. De esta manera, el fraccionamiento de la propiedad individual es compatible con altos niveles de concentración de la propiedad agropecuaria porque, aún cuando aumente el número de socios, permanece inalterable la superficie agropecuaria original.

El hecho de que las formas de propiedad que preservan el tamaño de las propiedades (condominio, sociedad y grupo societario) tengan una participación sobresaliente en la superficie agropecuaria, indica que el tamaño de la propiedad y la envergadura de la tasa de beneficio mantienen una relación precisa. Significa que el mantenimiento de la superficie original les garantiza a los propietarios una tasa de beneficio individual substancialmente mayor a la que obtendría cada uno de ellos si disolvieran el condominio, la sociedad o el grupo de sociedades y dividieran la tierra de acuerdo a la participación individual de cada uno de los copropietarios.

La obtención de una tasa de beneficio creciente a medida que aumenta la extensión de la propiedad, sólo puede ser el resultado, en el sector agropecuario, de una función de producción que esté basada en rendimientos crecientes a escala. Es decir, en formas de producción que dan como resultado un incremento más que proporcional en la producción obtenida así como una disminución de los costos del mismo tenor, a medida que aumenta la superficie explotada. Esta es la única manera en que los condóminos pueden obtener una tasa de beneficio mayor siguiendo juntos que separándose ya que en ninguno de los dos casos pueden determinar los precios de los productos que comercializan. Esto significaría que aún después de las transformaciones productivas y tecnológicas que se registraron durante las últimas décadas, las economías de escala seguirían vigentes en la producción agropecuaria.

La incorporación de los condominios como forma efectivamente vigente en la propiedad agropecuaria permite verificar dos procesos de distinta naturaleza. Por un lado, que los grandes propietarios rurales han desarrollado durante las últimas décadas una creciente "elusión fiscal" mediante la sistemática subdivisión de las partidas inmobiliarias de mayor tamaño que integran el catastro inmobiliario provincial. Su consecuencia ha sido que la administración provincial dejó de percibir no menos de 200 millones de dólares en los últimos 5 años, monto que será más elevado aun cuando se evalúe la envergadura que tienen los grupos societarios.

Por otro, que tomando en cuenta las formas simples de propiedad y los condominios no se registró, durante las últimas décadas, una modificación en la concentración de la propiedad de la tierra. En efecto, como se vio en el capítulo anterior, los grandes propietarios bonaerenses, aquellos con 2.500 o más hectáreas, tenían 6.774.349 hectáreas en 1958 mientras que treinta años más tarde la misma llega a 6.950.654 hectáreas. Esta situación preanuncia que la concentración aumentó en la realidad debido a que la forma de propiedad que aún no se cuantificó, los grupos societarios, tienen un notable impacto concentrador.

Dada la importancia que asumen las transformaciones en la propiedad agropecuaria es de crucial importancia indagar las causas que las originan. Es indiscutible que la evolución y características de la propiedad rural están estrechamente vinculadas tanto a las transformaciones que se registran en la sociedad como a las que ocurren en el propio quehacer agropecuario. Es por eso que en ambos tipos de transformaciones es posible encontrar algunas de las claves que explican el aumento en la concentración y la modificación de las formas de propiedad existentes en el sector agropecuario.

A esta altura de los acontecimientos resulta claro que a mediados de los años 70 se produjo un dramático replanteo de las bases sociales, económicas y políticas que sustentaban a la sociedad argentina. La conjunción de la irrupción de la crisis en los países centrales, el aletargamiento del crecimiento industrial interno, las crecientes heterogeneidades dentro de los sectores de mayor poder económico así como la consolidación social y política de los sectores sociales subordinados, le indicaron a los sectores sociales que detentan el poder en la Argentina la necesidad de redefinir el proceso de industrialización en marcha.

A diferencia de la dictadura militar de 1966 que intentó consolidar el patrón de acumulación generado en la segunda sustitución de importaciones, la última, iniciada en marzo de 1976, persiguió la disolución del mismo e intentó gestar uno alternativo, ya no mediante la expansión económica sino mediante la crisis y la centralización del capital.

La apertura económica jerarquiza a la internacionalización y valorización financiera como el espacio clave del proceso económico dando lugar a una profunda crisis interna. De esta manera ocupan el centro del proceso económico un conjunto de grupos económicos locales y una fracción de las ET que lideraron el patrón de acumulación anterior: las ET diversificadas y/o integradas.

Esta crisis desigual y prolongada que pretende lograr una articulación orgánica con la reestructuración de las economías centrales, homogeiniza a los sectores de mayor poder económico al mismo tiempo que fractura y disgrega a los sectores sociales subordinados.

Los grupos económicos y las ET diversificadas y/o integradas que ejercen no solamente el liderazgo industrial sino también el predominio sobre el conjunto del proceso económico, lo lograron durante la etapa de valorización financiera y la fuga de capitales al exterior a través de:

-La centralización del endeudamiento externo privado y a partir de allí, la determinación del ritmo y las modalidades del conjunto del endeudamiento externo (privado y estatal).

-La subordinación de la dinámica estatal a sus necesidades de expansión (concentración del gasto y de los subsidios, estatización de la deuda externa, determinación de una estructura impositiva vinculada a la masa salarial).

-Una estructura empresarial basada en una inserción multisectorial (empresas financieras, industriales, petroleras, constructoras, agropecuarias, etc.) que les permite articular la valorización financiera con el predominio productivo.

-Un incremento de su importancia industrial debido no sólo a la desindustrialización y la expulsión de empresas competidoras, sino también a la instalación de nuevas plantas industriales propias realizadas con recursos estatales provenientes de los regímenes de promoción industrial.

El nuevo bloque de poder revierte la creciente fractura de los sectores dominantes en las postrimerías de la segunda etapa de sustitución de importaciones mediante su inserción multisectorial a través de sus empresas líderes. No se trata entonces de una centralización que desplaza completamente a los restantes sectores que detentan el poder económico sino que, por estar insertos en las actividades más relevantes, tienen la capacidad de realizar una síntesis y articulación del gran capital en su conjunto y de subordinar al resto.

En este contexto global irrumpen en la producción agropecuaria pampeana un conjunto de cambios de notable magnitud. Hasta mediados de los años 70 continúan los procesos de capitalización y de transformación y expansión de la producción iniciado en las décadas anteriores, al mismo tiempo que se afianzan nuevas formas productivas. Se organizan empresas de servicios (contratistas) que basadas en una fuerte capitalización (equipos para la siembra y la cosecha) arriendan numerosas explotaciones anualmente.

Desde la segunda mitad de la década del 70, específicamente desde 1977, se ponen de manifiesto alteraciones significativas en el comportamiento tradicional del sector. Tal como lo señala el ya citado trabajo de la CEPAL, se produce una inusual, por lo prolongada, etapa de liquidación de ganado vacuno sin que se produzca el consecuente incremento en el área agrícola total,comportamiento que era típico de la relación que mantenía la producción ganadera con la agrícola hasta ese momento.

Para apreciar la trascendencia de la nueva situación es apropiado recordar las alternativas que seguían tradicionalmente los ciclos ganaderos. En el documento citado precedentemente se realiza una síntesis de los mismos. Al respecto se afirma: "Los ciclos ganaderos son fluctuaciones de importancia en las existencias y la faena de ganado vacuno, asociadas con oscilaciones en la demanda y en los precios internos e internacionales.

"El interés del ciclo ganadero se origina no sólo en el fenómeno por sí mismo, sino también en su vinculación con los precios internos y los salarios reales, así como en su efecto sobre las cuentas externas. Hay una abundante literatura dedicada al ciclo de la producción vacuna. La conclusión de estos estudios es que la optimización de los productores ganaderos los lleva a retener existencias cuando suben los precios. Ocurre que el ganado es, a la vez, bien de capital y de consumo final, y esta condición varía según categorías de animales. Cuando suben los precios (y se espera que la suba sea permanente), las empresas procuran aumentar su producción y, para eso, retienen hembras (para producir más terneros) y animales jóvenes (terneros y novillitos, para producir más carne por animal). A la inversa sucede cuando bajan los precios.

"Los cambios en los precios del ganado vacuno implican variaciones en la rentabilidad relativa del ganado frente a los granos. Por otra parte, las decisiones sobre el volumen deseado de existencias de ganado vacuno presuponen la disponibilidad de tierra, dado que todo el ciclo de producción se realiza en el campo. El hecho de que esa tierra tenga usos alternativos aumenta la amplitud de las fluctuaciones.

"No existen casi tierras libres en la región pampeana, y los métodos de producción no varían instantáneamente. Por ello, la expansión de una clase de actividad implica, al menos en lo inmediato, una caída en otras. Para aumentar la producción ganadera en el corto plazo, se deben expandir las existencias; esto requiere tierras (y capital) adicionales, que deben retirarse del cultivo para cosecha. Del mismo modo, si se trata de incrementar la producción de granos en el corto plazo, debe expandirse el área cultivada desplazando a la ganadería."[53]

Teniendo en cuenta que el ciclo ganadero y la evolución de la producción agrícola se implican mutuamente, resulta evidente que a partir de 1977 no se ponen en juego aspectos secundarios del funcionamiento del sector agropecuario sino que se altera el mismo núcleo del comportamiento sectorial. El sector en su conjunto se comporta de una manera desconcertante por lo inédito. El problema ahora consiste en determinar los factores que definen dichos cambios y la importancia que tiene cada uno de ellos. Sobre ellos se planteará un enfoque alternativo que jerarquiza aspectos poco valorados en las interpretaciones existentes. Constituye una hipótesis de trabajo que permite apreciar las vinculación entre los cambios que se registran en el funcionamiento del sector agropecuario y en la economía en su conjunto así como la de ambos con las transformaciones que se expresan en la propiedad de la tierra.

El primer elemento a computar es que la alteración del comportamiento sectorial comienza, tal como lo destaca la CEPAL, en el año en que se pone en marcha una Reforma Financiera que inicia un prolongado ciclo de altas tasas de interés. Dicho trabajo evalúa que los efectos de esta reforma fueron solamente accesorios en un ciclo ganadero que seguiría respondiendo básicamente a la relación entre los precios de la ganadería y la agricultura. Dice al respecto:

"Pero adicionalmente, influyó el aumento de la tasa real de interés a partir de la Reforma Financiera de 1977. Este aumento habría inducido un cambio en la composición del capital de las empresas: los fondos generados por la liquidación ganadera probablemente sustituyeron capital ajeno (crédito bancario). Esto explicaría porque a la liquidación ganadera no siguió, como ocurría típicamente, un aumento del área cultivada".

Ciertamente, la cancelación de créditos por parte de los propietarios agropecuarios puede haber sido una opción en un contexto de altas tasas de interés. Pero teniendo en cuenta que las nuevas reglas de juego del sector financiero fueron uno de los factores que a nivel global ubicó a la valorización financiera como determinante de la marcha del proceso económico, no es arbitrario asumir que los propietarios agropecuarios pusieron en práctica la liquidación de existencias ganaderas para valorizar financieramente los recursos provenientes de la misma y sólo secundariamente para cancelar sus deudas bancarias. Esto significa que la ruptura del ciclo agropecuario tradicional se encuentra principalmente determinado por la nueva dinámica global que introduce la dictadura militar en el país: la valorización financiera. De allí entonces que los recursos provenientes de la liquidación ganadera no se hayan dirigido a expandir la superficie agrícola.

Avalan esta interpretación evidencias de diversa índole. Por un lado, respecto a la evolución de los créditos bancarios hay otros trabajos que presentan resultados donde queda claro que los créditos destinados al sector primario habrían aumentado, al menos entre 1977 y 1980.[54] Si esto fuera así, el sector agropecuario se habría comportado como el resto de los sectores de actividad, aumentando su endeudamiento bancario durante la etapa de altas tasas de interés, para recomponer su cartera de créditos que había sufrido una acentuada licuación a partir del denominado "Rodrigazo". De esta manera, durante la etapa en que se rompe el ciclo ganadero tradicional, los propietarios agropecuarios, especialmente los grandes, definieron un nuevo comportamiento orientado a, por un lado, acentuar su endeudamiento bancario destinado a recomponer su capital de trabajo y, por otro, a canalizar el capital propio proveniente de la liquidación de existencias ganaderas hacia las colocaciones financieras en el mercado local e incluso externo.

La paralización del proceso de inversión en maquinaria y equipo a partir de 1977 también apunta en el mismo sentido. En un trabajo reciente se dice al respecto: "De esta breve reseña se deduce que si bien en todas las épocas se han detectado productores que no disponían de maquinaria, en los últimos años esa cantidad resulta ser sensiblemente mayor que en el pasado.

"La falta de maquinaria en establecimientos de mayor tamaño, tradicionalmente con orientación mixta, en gran medida se parece más a una estrategia de gestión productiva que a una limitación de tipo económico. Es que en esos casos casi siempre resulta más conveniente utilizar la maquinaria de terceros (en carácter de servicio o en arrendamiento) que adquirirla. La compra de maquinaria además de representar una inversión considerable, restaría flexibilidad para modificar la combinación de actividades ante un cambio en la relaciones de precios carne-granos".[55]

Respecto a la venta de maquinaria agrícola, el mencionado trabajo destaca específicamente que: " En los últimos años de la década del 60 se evidencia un estancamiento en las ventas que se reinicia a partir de 1970, evolucionando a partir de allí dentro de un sostenido ciclo ascendente que culmina en 1977, con cifras record de ventas de tractores...

"A partir de 1977 y como consecuencia de una profunda reforma financiera, son eliminados los créditos a tasa fija, introduciéndose al mismo tiempo la indexación como método de ajuste de los saldos de deuda. Desde ese momento disminuyen sensiblemente los niveles de venta de maquinaria nueva que en 1985 alcanza su nivel mínimo. A partir de entonces se observa una leve recuperación pero con niveles que se encuentran muy distantes de los vigentes en los mejores momentos de las décadas anteriores (60 y 70)".

Igualmente importante es destacar que las características históricas y actuales del comportamiento de los grandes propietarios agropecuarios pampeanos también apuntalan esta línea interpretativa. Sobre estas últimas detendremos la atención.

La activa participación de los grandes propietarios agropecuarios en la actividad financiera no sólo no es nueva sino que constituye una de las características centrales de su comportamiento histórico, más aún de la idiosincrasia de este sector social. Al respecto, Jorge F. Sábato en su trabajo sobre la clase dominante en la Argentina afirma:

"Es por eso que adquiere crucial importancia la formación de mecanismos y comportamientos adaptados a funcionar en condiciones de riesgo, tanto para aprovechar oportunidades como para amortiguar perjuicios.

"Las actividades comerciales y financieras se adecúan justamente a este requerimiento y en particular, en el caso argentino, existía una experiencia histórica que proveía además elementos muy valiosos para montar mecanismos y plasmar comportamientos ajustados a situaciones de riesgo.

"Al respecto deseamos destacar un par de cuestiones. Por un lado el hecho que, si la clase dominante se encuentra implantada en el comercio y las finanzas, dispone de grandes posibilidades de dispersar riesgos entre distintas actividades productivas y de aprovechar con gran rapidez coyunturas favorables. Pero también hay algo más: el conocimiento y el uso de esas posibilidades impone un cierto molde de comportamiento. En otros términos: la mentalidad con la que se está dispuesto a actuar dentro, por ejemplo, de una gran empresa agropecuaria, es más la de un comerciante o financista que la de un productor agropecuario. Desde ese punto de vista el empresario estaría mucho mas atento a las condiciones de coyuntura del mercado en el que coloca sus bienes o su capital que a los requerimientos productivos internos de la empresa. El aprovechamiento de las oportunidades o la eliminación de un riesgo adquiere preponderancia sobre los incrementos de eficiencia interna. Y esto es probablemente mucho mas racional, para maximizar ganancias a corto plazo, en situaciones de una economía sujeta a permanentes fluctuaciones."[56]

La propia fisonomía actual de la propiedad agropecuaria indica que los grandes propietarios del sector están estrechamente vinculados con el funcionamiento de la economía global ya sea porque tienen una inserción multisectorial y/o porque canalizan una parte de su excedente hacia otros sectores de actividad. Al respecto, es pertinente recordar que dentro de la cúpula de los propietarios agropecuarios se encuentran múltiples sociedades e incluso muchos accionistas de los grandes grupos económicos a nivel nacional y de conglomerados extranjeros de larga data en el país [57] así como que varias de las transferencias de tierras más importantes en los últimos años los han tenido como protagonistas principales y no precisamente como vendedores de tierras sino como los principales compradores de las mismas. Tal el caso del grupo empresario de origen extranjero Bracht que asociado con el grupo societario de la familia Pereda, adquiere en 1980 los campos pertenecientes a Liebig's (150.000 hectáreas aproximadamente) cuando esta firma inglesa se retira parcialmente del país. También conviene recordar que el grupo Pérez Companc adquiere recientemente el conjunto de las estancias del King Ranch. La presencia de estos sectores sociales que componen el gran capital local es relevante no sólo porque demuestra que una parte de los grandes propietarios tiene una notable experiencia en la diversificación de inversiones (generalmente realizadas no con capital propio sino con recursos del conjunto de la sociedad a través de la subordinación del Estado) y en la valorización financiera del excedente mediante una amplia gama de colocaciones, sino también por el efecto demostración sobre el resto de los grandes propietarios suponiendo que algunos de ellos fueran ignorantes de tales posibilidades. Vale la pena recordar que todos ellos se nuclean en instituciones tradicionales como la Sociedad Rural Argentina.

Asimismo, gran parte de los que actualmente son los mayores propietarios agropecuarios tienen un comportamiento similar al descripto por Jorge F. Sábato para los grandes terratenientes de principios de siglo. No sólo son los propietarios de buena parte de la estructura de comercialización del sector sino que también operan en base a una diversificación del riesgo donde la valorización financiera tiene un papel muy destacado cuando las condiciones macroeconómicas lo permiten. Dentro de los condominios analizados, por ejemplo el de la familia Cárdenas (véase 4.5) pone de manifiesto una de las muchas maneras en que se establecen las vinculaciones entre la actividad agropecuaria y el mercado financiero. Uno de sus integrantes (Emilio Cárdenas) además de propietario rural es presidente de la Asociación de Bancos de la República Argentina (A.B.R.A.) y un reconocido especialista en temas financieros y específicamente de capitalización de deuda externa dentro del *establishment* local. Resultaría ciertamente atípico que en dichos casos la valorización financiera no haya sido el destino prioritario para el excedente proveniente de la propia actividad agropecuaria en una etapa en que la misma se constituía en la de mayor rentabilidad.

La importancia central de las ganancias financieras para los propietarios agropecuarios fue mencionada por otros autores. Al respecto, J. Nun y M. Lattuada, dicen:

"Las empresas agropecuarias medianas y grandes, en especial aquellas que operan con contratistas y no tienen inversiones fijas importantes en maquinaria, suelen evaluar en cada campaña sus alternativas de inversión tomando en cuenta varios elementos. Uno es, desde luego, el cálculo de rentabilidad relativa de los diferentes cultivos y actividades que pueden llevar a cabo; pero, desde hace unos años, otra comparación muy central es la de las considerables ganancias obtenibles por inversiones extraprediales de corto plazo, como las que ofrece el mercado financiero".[58]

Retomando el análisis de este atípico ciclo ganadero, cabe destacar que no sólo se registra un proceso de liquidación ganadera sin expansión del área agrícola sino que dentro de esta última producción se verifica un apreciable cambio en la composición de los productos generados. En relación a este tema el documento de la CEPAL afirma:

"En realidad, se intensificaron las explotaciones en ciertas actividades de alta productividad, expandiéndose el área de doble cultivo. Con el área total sin cambios y el crecimiento de la superficie correspondiente a doble cultivo (contada dos veces en las estadísticas), esta reasignación del capital habría supuesto intensificar su uso en ciertas áreas y reducirlo en otras (donde las explotaciones se hicieron más extensivas)" (pág.128).

Dichas apreciaciones coinciden con las vertidas por otros especialistas. Al respecto, los mismos entienden que:

"El *primer* hecho de importancia se refiere al impacto acumulado de la incorporación de nueva tecnología ocurrido durante los últimos 15 años. Es evidente que una de las consecuencias de que los rendimientos aumentaran (casi el 100% en uno de los cultivos) es un aumento también importante en la rentabilidad de los mismos frente a otras alternativas productivas, incluyendo la ganadería". [58]

Estos procesos terminan por definir el contenido y la dinámica del nuevo ciclo ganadero. Teniendo presente que el destino prioritario del excedente fue el mercado financiero, se aprecia que dentro de las actividades agropecuarias se priorizan aquellas de mayor rentabilidad, las agrícolas, y se reduce la que exhibe la menor tasa de ganancia, la ganadería. Por varios motivos, es importante destacar que los cinco cultivos (trigo, maíz, sorgo, soja y girasol) sobre los cuales se concentra la producción agrícola tienen una mayor rentabilidad respecto a las otras actividades agropecuarias pero no a la ganancia financiera. De allí que no se pueda afirmar que una de las características del nuevo ciclo sea la especialización sino, por el contrario, las mismas reafirman la permanencia de un comportamiento de diversificación de riesgos sustentado en la combinación de las actividades agropecuarias y no-agropecuarias de mayor rentabilidad y que por lo tanto, también excluye la posibilidad de destinar todos los recursos a la más rentable, lo cual en este caso hubiera implicado paralizar toda actividad agropecuaria.

Las caracterizaciones realizadas sobre la evolución del ciclo ganadero, a partir de 1977, indican que la producción agrícola comienza a expandirse en 1980 y que la liquidación de existencias ganaderas se interrumpe en 1982. Sobre este aspecto es conveniente analizar las interpretaciones existentes. El trabajo publicado por el CISEA entiende que:

"Dentro de esas alternativas (se refiere a las alternativas de inversión) a partir de 1976 figuraban en forma creciente las extrarrurales, en razón de la apertura del mercado financiero y de la existencia de una nueva serie de actividades urbanas en las ciudades pampeanas". A juicio de los autores a partir de 1980, la recesión industrial y la crisis bancaria y financiera de ese año cambia la dinámica del sector. "Estos hechos muestran la fragilidad del sistema y, consecuentemente, la inseguridad de la inversión. No pretendemos afirmar que el sector deja de ser alternativa para el inversor, sino que hay indicios suficientes como para que un número importante de productores agrarios y especialmente los empresarios grandes con permanentes necesidades de inversión, decidieran liquidar parcialmente sus existencias bovinas y destinar esos, y otros fondos líquidos, al negocio de la siembra. En ese sentido puede hablarse de una quiebra en el modelo histórico de comportamiento, ya que la nueva decisión implicaba una especialización en un tipo de actividad que requería inversiones en maquinaria y gastos de operación relativamente elevados (pág. 41)."

Las modificaciones en el núcleo del comportamiento de la producción agropecuaria se inicia en 1977 cuando el impacto de la Reforma Financiera introduce a la tasa de interés como el precio relativo mas relevante y cobra entidad la valorización financiera como opción prioritaria para los propietarios agropecuarios mas relevantes por las dimensiones de sus propiedades inmobiliarias. Durante tres años las ganancias provenientes de dichas colocaciones que no se destinaron al consumo suntuario o se fugaron al exterior, confluyeron con los recursos provenientes de la nuevas liquidaciones anuales de existencias para seguir alimentando el ciclo de valorización en el propio circuito financiero. Una vez adoptado este nuevo comportamiento, ciertamente la crisis financiera de 1980 fue un llamado de atención que puede haber provocado que a lo sumo una parte de las ganancias financieras (por ejemplo las obtenidas en ese año) se hayan desviado hacia la producción agrícola como una manera de volver a diversificar los riesgos. De haber canalizado hacia la agricultura todos los fondos que tenían en la operatoria financiera, la expansión agrícola y la adquisición de maquinaria y equipo habrían alcanzado niveles inéditos, mucho más relevantes que los que realmente se verificaron. Asimismo, no se debería descartar la posibilidad de que la situación de incertidumbre haya provocado un incremento en la salida de capitales al exterior por parte de los grandes propietarios rurales.

Varios procesos avalan esta interpretación alternativa. Por un lado, la expansión de la producción agrícola no requería grandes inversiones en maquinaria y equipo si se tiene en cuenta que ya estaban presentes las empresas contratistas cuya funcionalidad consiste en evitar la necesidad de realizar inversiones generalizadas en bienes de capital. Teniendo en cuenta la idiosincrasia de los grandes propietarios agropecuarios precedentemente caracterizada, no es dable suponer que ante circunstancias tan inciertas inmovilizaran capital líquido de tal significación. Por otro, las evidencias disponibles indican que la expansión agrícola permanece hasta 1983, se contrae en 1984 y vuelve a subir levemente en 1985. Asimismo, la retención ganadera que comienza en 1982 es tenue hasta 1984 para producirse una nueva liquidación, también poco pronunciada, en 1985. Es decir que ambas producciones comienzan a estabilizarse dentro de un ciclo que sigue reconociendo a la valorización financiera como su eje conductor.

Esta interpretación alternativa sobre la ruptura del ciclo ganadero tradicional y su articulación con la dinámica global de la economía argentina aporta elementos para comprender las modificaciones que se expresan en la propiedad de la tierra.

A partir de la abrupta interrupción de la industrialización sustitutiva, se expresan cambios de notable importancia en el sector agropecuario que están estrechamente vinculados con los procesos que registra la economía argentina en su conjunto. La prioridad de orientar recursos hacia las colocaciones financieras y detener la expansión de la producción sectorial indica que los grandes propietarios rurales, al igual que los demás integrantes del gran capital, fueron sujetos centrales en la especulación financiera. Sin embargo, en el contexto de una economía que reconocía a la valorización financiera y la fuga de capitales al exterior como un espacio vital de su funcionamiento, los grandes grupos económicos y los grandes terratenientes vincularon la producción con la valorización financiera pero lo hicieron con alcances diferentes. Los mayores grupos económicos locales incrementaron su incidencia en diversas actividades económicas (industria, agropecuaria, financiera, etc.) basándose en la valorización financiera interna del excedente a través de la colocación de recursos en el mercado financiero, adquisición de bonos o títulos estatales, etc. y también mediante la valorización externa, proceso que dio lugar el endeudamiento externo y la posterior fuga de capitales al exterior. Los grandes propietarios rurales por su parte, articularon la producción agropecuaria con la valorización financiera interna lo cual trajo aparejado una modificación del funcionamiento sectorial de tal envergadura que se manifiesta en el comportamiento global de la producción agropecuaria. De allí entonces que mientras los grupos económicos acceden al predominio sobre el conjunto del proceso económico, los grandes propietarios y productores agropecuarios se consolidaron sectorialmente quedando como un sector dominante subordinado.

Asimismo la producción agropecuaria en su conjunto no transitó, a diferencia de lo que ocurrió con la producción industrial, por una crisis. Ello obedeció a que las diferentes políticas económicas ensayadas desde mediados de los años 70 estuvieron orientadas básicamente a revertir el modelo de sustitución de importaciones (que era el sustento estructural de la alianza social que expresaba el peronismo) para lo cual era imprescindible reestructurar y modificar el contenido social de la actividad central del mismo, la industrial, y no de la producción agropecuaria. Por el contrario, en esta última no había razones para alterar el rumbo productivo porque la misma estaba centrada en la exportación —no en el mercado interno— y en poder de grandes propietarios. De allí entonces que el previsible aumento de la concentración de la propiedad en el sector agropecuario haya evolucionado por senderos diferentes a los que recorrió la producción central de la sustitución de importaciones, es decir la industria.

El drástico cambio en el comportamiento productivo y económico del sector agropecuario también impulsó una modificación de las formas de propiedad. La conjunción de nuevas formas de producción portadoras de nuevas tecnologías con una administración económica significativamente más compleja en tanto incorpora la valorización financiera como parte integrante de la misma, aceleraron el tránsito de los condominios hacia formas de propiedad estables y aptas para transitar la nueva situación. De allí, el aumento del número y la incidencia de las sociedades y de la probable conformación de grupos societarios.

Finalmente, el hecho de que la actual cúpula de propietarios presente algunos rasgos estructurales (tierras en varios partidos y regiones) y especialmente el mismo comportamiento de diversificación del riesgo que los grandes propietarios rurales de principios de siglo son indicios que plantean una cuestión medular. Cabe la posibilidad de que dicho sector social permanezca, en lo sustancial, ejerciéndola en la actualidad. En esta alternativa, las notables modificaciones en términos del proceso de producción y de incorporación de tecnología que se verifican durante las últimas décadas no habrían sido acompañadas por la consolidación de un nuevo sector social y la disolución del anterior sino que habría permanecido, junto a un conjunto de nuevos propietarios, una parte relevante de los que tradicionalmente tuvieron en sus manos la propiedad de la tierra en la pampa húmeda.

Si esto fue así durante los últimos quince años, cabe preguntarse acerca de las tendencias futuras. Delinearlas es ciertamente complejo debido a la notable envergadura de los cambios acaecidos durante los años 80. Tanto es así que no hay una interpretación acabada para explicarlos ya que los diversos analistas al resaltar la importancia de unos sobre otros arriban a interpretaciones diferentes aún cuando no necesariamente enfrentadas.

Sin realizar un análisis exhaustivo de las distintas interpretaciones existentes, se puede mencionar a este respecto por ejemplo que mientras el CISEA afirma: "El elemento central de avance es el aumento de la agricultura en zonas de menor seguridad de cosecha y la intensificación de la misma, a través del desplazamiento de la ganadería en zonas tradicionales. Dado 'que los precios agrícolas continuaron cayendo durante estos años cabe preguntarse cuales fueron las causas subyacentes que impulsaron esta nueva fase expansiva cualitativamente distinta a las anteriores... argumentaremos que los cambios experimentados probablemente representen cambios perdurables en el comportamiento productivo de la región pampeana"[59], la CEPAL asegura que: "En el mediano y largo plazo, los aumentos en la receptividad ganadera por implantación de pasturas y el desplazamiento de otros ganados (ovinos y equinos, como sucedió en los últimos decenios), pueden hacer compatible el crecimiento de la ganadería vacuna con el mantenimiento o expansión del área cultivada para cosecha. El proceso de expansión del área cultivada en detrimento de la ganadería, al margen de los efectos cíclicos, se ve limitado por la necesidad de la rotación del uso de la tierra entre cultivos de granos y ganadería, dado el sistema de producción imperante en el área, donde se utilizan muy pocos fertilizantes. Por esta razón, el desplazamiento de la ganadería aquí descripto no constituye sino una fase de una fluctuación de corto plazo. Distinto es el caso del desplazamiento que obedece a cambios en el sistema de producción, lo que requiere un tiempo relativamente largo" (pág. 121).

Sin embargo, para delinear la posible trayectoria del sector agropecuario es necesario tener en cuenta no sólo la relación entre la ganadería y la agricultura sino también la de ellas con la valorización financiera. En este sentido cabe tener en cuenta que esta última estuvo vigente, bajo distintas formas y con diferente intensidad, hasta 1989. La hiperinflación, la crisis socioeconómica y la quiebra del Estado que irrumpen en ese momento son las manifestaciones del agotamiento de ese tipo de funcionamiento social que consolidó situaciones inéditas, por lo regresivas, en la sociedad argentina. De allí en más, ante la irreversibilidad del agotamiento de la valorización financiera, los sectores que detentan el poder económico y social se orientan hacia la implementación de un modelo basado en las exportaciones.

En términos estrictamente productivos es indudable que la modificación presuntamente irreversible de las condiciones económicas y sociales globales significan en el caso agropecuario la disolución de las causas que alteraron el funcionamiento del mismo. Si bien no hay aún un contexto consolidado se puede asumir como hipótesis que a partir de 1989 y especialmente de 1991 con el Plan de Convertibilidad, la relación entre los precios internos e internacionales de la ganadería y los diferentes productos agrícolas son nuevamente decisivos en la evolución del sector. A pesar de ello, seria un error asumir que la situación del agro se puede retrotraer a la vigente durante la sustitución de importaciones porque la ubicación actual de los sectores de poder y sus objetivos para superar la crisis son cualitativamente diferentes a los de aquella época y ubican a los grandes propietarios agropecuarios en una nueva situación de fuerza. Delinearla exige caracterizar el nuevo contexto global.

La crisis estructural del Estado se origina en la imposibilidad de mantener las ingentes transferencias de recursos desde los sectores asalariados hacia los integrantes del capital concentrado. El Estado ya no puede garantizar con sus ingresos decrecientes —debido a la reducción de la masa salarial— las transferencias crecientes que requieren los grupos económicos, las empresas extranjeras y los bancos extranjeros, acreedores de la deuda externa. No puede seguir pagando los intereses de la deuda externa y subsidiando los programas de capitalización y al mismo tiempo continuar subsidiando al sistema financiero, enfrentando los intereses de la deuda interna, manteniendo los sobreprecios a sus proveedores y sosteniendo los subsidios a la promoción industrial.

Ante el irreversible agotamiento de la valorización financiera, los sectores sociales que detentan el poder, se definen por una salida crecientemente exportadora. Los grupos económicos y los acreedores externos coinciden en el predominio absoluto que debe ejercer el capital sobre el trabajo lo cual determina la característica básica del modelo que pretenden construir. Ambos coinciden también en la política de destrucción y apropiación de los activos estatales. En un caso —los acreedores— porque de esa manera se aseguran que les serán pagados los intereses y una parte del capital adeudado. En el otro —los grupos económicos— porque ya poseen las nuevas fábricas que instalaron con recursos de la sociedad y serán, supuestamente, quienes más exportaran. Asimismo, porque ellos serán los nuevos dueños, asociados a capitales extranjeros, de las empresas estatales a privatizar.

Las diferencias entre ellos radican en la forma de definir el tránsito de un tipo de economía —valorización financiera y fuga de capitales— a otro —exportadora—, porque ello implica determinar quien deja de ganar y eventualmente quien desaparece como integrante de la cúpula del poder en nuestro país. En términos muy esquemáticos, se podría decir que la disputa consiste en definir si el Estado sigue afrontando los subsidios destinados a los grupos locales o por el contrario retoma el pago de los intereses y del capital adeudado a los acreedores externos. Ambas cosas, a la vez, no son posibles. Sus diferencias no acaban allí ya que el tipo de transición que se adopte define, en buena medida, las características específicas que tendrá la economía exportadora. El tipo de perfil exportador, quiénes exportarán y cuánto recibirán por ello, forma parte de las discrepancias que deben resolver.

Es imposible materializar una propuesta exportadora —ésta fue una de las imposibilidades que puso de manifiesto la dictadura— cuando la economía está centrada en la valorización financiera. Esta se contrapone tanto con la producción exportadora como con la producción destinada al mercado interno. El cambio de una situación a otra implica que muchas de las transferencias y subsidios que ese tipo de Estado les garantiza al capital concentrado interno y a los acreedores externos no pueden realizarse. Hay que definir cuales se cortan y cuales no. De allí que la crisis abierta en 1989 de lugar a una profundización de la contradicción entre los grupos económicos locales y los acreedores externos que ya comenzaron a desplegarse a partir del fracaso del Plan Austral.

En términos generales, se puede afirmar que durante el actual gobierno luego de un primer intento por avanzar hacia una salida exportadora conducida por los grupos económicos locales (la gestión ministerial de Bunge y Born) se ponen en marcha otras políticas de ajuste que responden a los intereses de los acreedores externos. El pago de la deuda externa y de sus intereses deviene entonces en un objetivo central de la política económica mientras que la privatización de empresas públicas constituye la línea de política económica más relevante para asegurar la viabilidad de los planes en tanto es allí donde se encuentran los acuerdos fundamentales entre acreedores externos y grupos económicos, nacionales y extranjeros, locales.

En un proceso donde tanto el pago de la deuda externa como las exportaciones, aún cuando no necesariamente sean compatibles, constituyen los núcleos centrales de la política económica, la situación de poder de los que controlan la propiedad de la tierra se fortalece, en principio, notablemente porque ellos producen los bienes que tienen mayores ventajas comparativas a nivel internacional. En cualquiera de las dos variantes exportadoras y especialmente en la acreedora, las exportaciones agropecuarias tienen un papel central.

El contexto estructural que comienza a cobrar forma a partir de 1989 está constituido por los cambios que se consolidaron a partir de 1976 y por otros nuevos que son una consecuencia del proceso económico y social que puso en marcha la dictadura y que mantuvieron los posteriores gobiernos constitucionales. De allí que un retorno al comportamiento global y sectorial imperante en los años 70 sea impensable. Estas condiciones estructurales tienen una singular importancia en la posible evolución de la propiedad agropecuaria y permiten esbozar algunas hipótesis sobre su comportamiento futuro.

Ciertamente la crisis de la valorización financiera como núcleo del comportamiento económico y social anula uno de los factores que impulsó la concentración de la propiedad rural y la modificación de las formas de propiedad en esta actividad pero es necesario tener cuenta que, a partir de allí, se impulsan políticas que comienzan a incorporar elementos diferentes los cuales, probablemente, lejos de revertir la tendencia en curso, la profundicen.

Al significativo papel del sector agropecuario en cualquiera de las variantes de un proceso crecientemente exportador, el avance de los sectores dominantes sobre la propiedad estatal le agrega nuevas posibilidades para la expansión y la diversificación de los grandes propietarios agropecuarios. La privatización de áreas y empresas del Estado no sólo le abre posibilidades inéditas a los grandes grupos económicos que son uno de los principales beneficiarios sino también a los grandes propietarios agropecuarios.

En las actuales circunstancias, la privatización de empresas y áreas del Estado se realiza sobre la base de condiciones que permiten avisorar que, al menos en algunos casos, los primeros compradores no serán necesariamente sus dueños definitivos o que en el futuro ellos pueden desprenderse de una parte de los bienes y servicios que se apropiaron mediante el desguace del Estado. Por otro lado y no menos importante es que la amplitud del proceso privatizador diseñado por los sectores dominantes, compromete la entrega al sector privado de áreas, funciones y bienes estrechamente ligados a la producción y comercialización de los bienes agropecuarios. El actual proceso de transferencia del Mercado de Liniers, la privatización de los silos portuarios e incluso la entrega de las líneas ferroviarias estratégicas para el transporte de los productos agrarios y pecuarios, son algunos ejemplos. También ante estas nuevas posibilidades no es difícil prever que los grandes propietarios rurales sean, solos o junto con otros, parte de los nuevos propietarios aun cuando los grupos económicos a nivel nacional, especialmente aquellos que están presentes en la cúpula agropecuaria, sean también los principales beneficiarios.

De ser ciertas estas tendencias, el proceso que se despliega a partir de 1989 tendrá un impacto sobre la concentración de la propiedad rural y la adopción de nuevas formas de propiedad que puede ser más profundo que el que se registró durante el período de la valorización financiera y la fuga de capitales al exterior.

La ruptura del comportamiento agropecuario tradicional expresa una diversificación del riesgo por parte de los grandes propietarios que potencia la producción de ciertos productos agrícolas e incorpora la ganancia financiera como un componente estratégico de la empresa agropecuaria, lo cual al introducir una complejidad (productiva y económica) cualitativamente diferente a la situación anterior, acelera el tránsito de aquellas formas de propiedad más elementales hacia la "sociedad" y el "grupo societario". Pero se trata de una reorganización de la forma en que controlan las propiedades agropecuarias y no de su incorporación a nuevas actividades económicas mediante la organización de sociedades o de grupos societarios. En las actuales circunstancias, si bien se diluyen las posibilidades de valorizar financieramente el excedente proveniente de la producción agropecuaria las privatizaciones abren la posibilidad de que los grandes propietarios se incorporen a nuevas actividades económicas mediante la propiedad total o parcial de nuevas sociedades, concretando grupos societarios que ahora sí cubren actividades económicas diferentes a las agropecuarias.

Marzo de 1992

NOTAS

[53] CEPAL, "Tendencias y fluctuaciones del sector agropecuario pampeano", op. cit. págs. 117/121.

[54] L. Cuccia, *La política agropecuaria y la economía argentina, 1955-1980,* CEPAL-FAO, 1983, Santiago de Chile.

En este trabajo se presenta la evolución de los saldos de préstamos bancarios con destino al sector primario relativos al indice de precios mayoristas agropecuarios y no agropecuarios en millones de pesos de 1970. Los mismos entre 1977 y 1980 se incrementan significativamente al pasar de 1.749 a 4.529,8 millones de pesos respectivamente, al relacionarlos con los precios mayoristas agropecuarios.

[55] J. B. Pizarro y A. R. Cascardo, "La evolución de la agricultura pampeana" en

El desarrollo agropecuario pampeano, INDEC-INTA-IICA, 1991, pág. 236/237.

[56] J .F. Sábato, op. cit. (pág. 24).

[57] Se trata de conglomerados de origen europeo tales como Bracht o Bemberg que expresan la forma de transnacionalización de los capitales europeos a principios de siglo, en la cual la realización de inversiones implicaba la radicación en nuestro país de algunos de los propietarios del capital. La adquisición de vastas extensiones de tierras dentro y fuera de la pampa húmeda fue, desde el principio, uno de los destinos de sus inversiones. Además, las ramas familiares que se instalaron en el país se vincularon, mediante los casamientos, con otras familias terratenientes argentinas.

[58] J. Num y M. Lattuada, op. cit., 1991, pág. 38.

[58] E. S. de Obschatko, F. Solá, M. Piñeiro y G. Bordelois, "Transformaciones en la agricultura pampeana:algunas hipótesis alternativas", CISEA, Documento Nº 3, 1984, pág. 39.

[59] E. S. de Obschatko, F. Solá, M. Piñeiro, G. Bordelois, op. cit.

Anexo

CONTENIDO

Regiones productivas de la provincia de Buenos Aires

Partidos provinciales de las regiones productivas

REGIONES PRODUCTIVAS DE LA PROVINCIA DE BUENOS AIRES

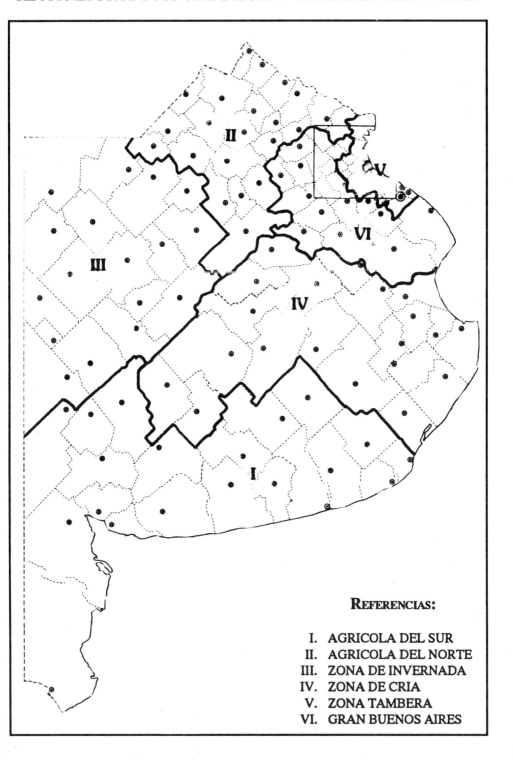

REFERENCIAS:

I. AGRICOLA DEL SUR
II. AGRICOLA DEL NORTE
III. ZONA DE INVERNADA
IV. ZONA DE CRIA
V. ZONA TAMBERA
VI. GRAN BUENOS AIRES

PARTIDOS PROVINCIALES DE LAS REGIONES PRODUCTIVAS

REGIÓN I: *Agrícola del Sur*

Código	Nombre
007	Bahía Blanca
008	Balcarce
079	Carmen de Patagones
022	Cnel. Dorrego
023	Cnel. Pringles
113	Cnel. Rosales
024	Cnel. Suárez
051	González Chávez
033	Gral. Alvarado
045	Gral. Pueyrredón
061	Lobería
126	Monte Hermoso
076	Necochea
085	Puán
092	Saavedra
116	San Cayetano
103	Tandil
106	Tornquist
108	Tres Arroyos
111	Villarino

REGIÓN II: *Agrícola del Norte*

Código	Nombre
109	25 de Mayo
002	Alberti
009	Baradero
309	Baradero Islas
010	Bmé. Mitre
012	Bragado
014	Campana
314	Campana Islas

299

121	Capitán Sarmiento
026	Chacabuco
028	Chivilcoy
021	Colón
035	Gral. Arenales
054	Junín
082	Pergamino
087	Ramallo
387	Ramallo Islas
090	Rojas
067	Salto
095	San Antonio de Areco
098	San Nicolás
398	San Nicolás Islas
099	San Pedro
399	San Pedro Islas
038	Zárate
338	Zárate Islas

REGIÓN III: *Zona de Invernada*

Código	*Nombre*
001	Adolfo Alsina
011	Bolívar
016	Carlos Casares
017	Carlos Tejedor
019	Daireaux
044	Gral. Pinto
049	Gral. Viamonte
050	Gral. Villegas
052	Guaminí
119	Hipólito Yrigoyen
060	Lincoln
059	L. N. Além
077	Nueve de Julio
080	Pehuajó
081	Pellegrini
089	Rivadavia
122	Salliqueló
107	Trenque Lauquen
127	Tres Lomas

REGIÓN IV: Zona de Cría

Código	Nombre
005	Ayacucho
006	Azul
053	Benito Juárez
020	Castelli
029	Dolores
034	Gral. Alvear
036	Gral. Belgrano
037	Gral. Guido
040	Gral. Lamadrid
042	Gral. Lavalle
039	Gral. Madariaga
056	Laprida
058	Las Flores
066	Maipú
069	Mar Chiquita
123	Mar de Ajó
078	Olavarría
083	Pila
124	Pinamar
088	Rauch
093	Saladillo
104	Tapalqué
105	Tordillo
125	Villa Gesell

REGIÓN V: Zona Tambera

Código	Nombre
015	Cañuelas
018	Carmen de Areco
027	Chascomús
013	Cnel. Brandsen
031	Exaltación de la Cruz
041	Gral. Las Heras
043	Gral. Paz
046	Gral. Rodríguez
062	Lobos

301

064	Luján
065	Magdalena
068	Marcos Paz
071	Mercedes
073	Monte
075	Navarro
091	Roque Pérez
094	San Andrés de Giles
100	San Vicente
102	Suipacha

REGIÓN VI: Gran Buenos Aires

Código	Nombre
003	Alte. Brown
120	Berazategui
114	Berisso
030	Esteban Echeverría
032	Florencio Varela
048	Gral. Sarmiento
115	Ensenada
118	Escobar
070	La Matanza
055	La Plata
072	Merlo
074	Moreno
101	Morón
063	Lomas de Zamora
084	Pilar
086	Quilmes
396	San Fernando Islas
057	Tigre
357	Tigre Islas

I. MUESTRA UTILIZADA EN LA INVESTIGACION

I.1 TOTAL PROVINCIAL

I.1.1 Escala desde 400 hectáreas

Hectáreas	Partidas	Superficie
hasta 400	71.372	9.697.191
401 - 700	8.202	4.291.788
701 - 1000	2.535	2.115.235
1001 - 3000	2.722	4.203.422
3001 - 5000	163	621.575
5001 - 10000	48	321.114
10001 - 20000	6	83.148
20001 - 30000	3	67.859
más de 30000	1	32.954
TOTAL	85.052	21.434.286

I.1.2 Escala desde 1.000 hectáreas

Hectáreas	Partidas	Superficie
menos de 1000	82.065	16.060.214
1000 - 2499	2.544	3.657.741
2500 - 4999	380	1.186.256
5000 - 7499	39	223.220
7500 - 9999	14	122.894
10000 - 14999	4	47.804
15000 - 19999	2	35.344
20000 - 24999	2	40.999
25000 y más	2	59.814
TOTAL	85.052	21.434.286

I.2 REGIONES PRODUCTIVAS

I.2.1 Agrícola del Sur

Hectáreas		Partidas	Superficie
hasta	400	15.955	2.676.007
401 -	700	2.357	1.218.219
701 -	1000	689	574.827
1001 -	3000	916	1.519.619
3001 -	5000	78	310.115
5001 -	10000	33	225.022
10001 -	20000	1	10.158
20001 -	30000	0	0
más de	30000	1	32.954
TOTAL		20.030	6.566.921

I.2.2 Agrícola del Norte

Hectáreas		Partidas	Superficie
hasta	400	18.531	1.619.602
401 -	700	541	279.258
701 -	1000	133	109.570
1001 -	3000	99	142.643
3001 -	5000	3	12.037
5001 -	10000	1	5.062
10001 -	20000	1	16.227
20001 -	30000	0	0
más de	30000	0	0
TOTAL		19.309	2.184.399

I.2.3 Zona de Invernada

Hectáreas	Partidas	Superficie
hasta 400	14.126	2.268.218
401 - 700	1.930	1.002.062
701 - 1000	638	537.871
1001 - 3000	640	967.306
3001 - 5000	28	101.156
5001 - 10000	5	34.453
10001 - 20000	2	30.344
20001 - 30000	1	20.998
más de 30000	0	0
TOTAL	17.370	4.962.408

I.2.4 Zona de Cría

Hectáreas	Partidas	Superficie
hasta 400	10.524	1.908.069
401 - 700	2.800	1.495.695
701 - 1000	907	753.178
1001 - 3000	953	1.414.518
3001 - 5000	52	188.698
5001 - 10000	8	51.272
10001 - 20000	2	26.419
20001 - 30000	1	20.001
más de 30000	0	0
TOTAL	15.247	5.857.850

I.2.5 Zona Tambera

Hectáreas	Partidas	Superficie
hasta 400	10.001	1.145.026
401 - 700	558	287.796
701 - 1000	164	136.352
1001 - 3000	111	153.470
3001 - 5000	1	4.601
5001 - 10000	1	5.305
10001 - 20000	0	0
20001 - 30000	1	26.860
más de 30000	0	0
TOTAL	10.837	1.759.410

I.2.6 Gran Buenos Aires

Hectáreas	Partidas	Superficie
hasta 400	2.235	80.269
401 - 700	16	8.758
701 - 1000	4	3.437
1001 - 3000	3	5.866
3001 - 5000	1	4.968
5001 - 10000	0	0
10001 - 20000	0	0
20001 - 30000	0	0
más de 30000	0	0
TOTAL	2.259	103.298

II. ESTIMACION DE TITULAR

II.1 TOTAL PROVINCIAL

II.1.1 Escala desde 400 hectáreas

Hectáreas		Propietarios	Partidas	Superficie
hasta	400	27.811	40.145	4.693.791
401 -	700	5.860	12.865	3.101.674
701 -	1000	2.646	7.376	2.216.771
1001 -	3000	4.158	16.359	6.721.570
3001 -	5000	572	4.155	2.183.058
5001 -	10000	225	2.283	1.496.133
10001 -	20000	47	903	595.844
20001 -	30000	7	526	169.614
más de	30000	5	440	255.831
TOTAL		41.331	85.052	21.434.286

II.1.2 Escala desde 1.000 hectáreas

Hectáreas		Propietarios	Partidas	Superficie
menos de	1000	36.291	60.346	9.986.236
1000 -	2499	3.807	14.486	5.728.454
2500 -	4999	946	6.063	3.187.174
5000 -	7499	173	1.694	1.034.848
7500 -	9999	55	594	476.285
10000 -	14999	40	776	468.716
15000 -	19999	7	127	127.128
20000 -	24999	4	82	84.294
25000	y más	8	884	341.151
TOTAL		41.331	85.052	21.434.286

II.2 REGIONES PRODUCTIVAS

II.2.1 Agrícola del Sur

Hectáreas		Propietarios	Partidas	Superficie
hasta	400	6.367	8.150	1.304.908
401 -	700	1.883	3.499	992.418
701 -	1000	780	1.946	652.241
1001 -	3000	1.313	4.389	2.117.723
3001 -	5000	165	1.113	640.595
5001 -	10000	68	462	456.692
10001 -	20000	22	392	279.762
20001 -	30000	0	0	0
más de	30000	3	79	122.582
TOTAL		10.601	20.030	6.566.921

II.2.2 Agrícola del Norte

Hectáreas		Propietarios	Partidas	Superficie
hasta	400	8.629	13.704	1.024.192
401 -	700	640	2.081	337.766
701 -	1000	244	1.066	203.260
1001 -	3000	279	1.818	415.080
3001 -	5000	25	391	93.358
5001 -	10000	11	148	71.715
10001 -	20000	3	101	39.028
20001 -	30000	0	0	0
más de	30000	0	0	0
TOTAL		9.831	19.309	2.184.399

II.2.3 Zona de Invernada

Hectáreas		Propietarios	Partidas	Superficie
hasta	400	5.044	6.777	968.834
401 -	700	1.275	2.764	673.933
701 -	1000	648	1.677	544.612
1001 -	3000	1.061	4.165	1.738.744
3001 -	5000	156	1.260	592.246
5001 -	10000	46	502	295.334
10001 -	20000	6	96	76.400
20001 -	30000	2	38	41.419
más de	30000	1	91	30.886
TOTAL		8.239	17.370	4.962.408

II.2.4 Zona de Cría

Hectáreas		Propietarios	Partidas	Superficie
hasta	400	3.592	4.466	827.451
401 -	700	1.745	3.032	930.407
701 -	1000	832	1.830	698.347
1001 -	3000	1.328	4.163	2.146.343
3001 -	5000	174	1.002	666.188
5001 -	10000	58	470	384.520
10001 -	20000	10	245	132.427
20001 -	30000	1	3	20.470
más de	30000	1	36	51.697
TOTAL		7.741	15.247	5.857.850

II.2.5 Zona Tambera

Hectáreas		Propietarios	Partidas	Superficie
hasta	400	4.532	7.041	709.321
401 -	700	600	1.534	313.721
701 -	1000	257	756	216.021
1001 -	3000	260	1.255	388.785
3001 -	5000	10	89	35.758
5001 -	10000	11	160	68.912
10001 -	20000	0	0	0
20001 -	30000	1	2	26.892
más de	30000	0	0	0
TOTAL		5.671	10.837	1.759.410

II.2.6 Gran Buenos Aires

Hectáreas		Propietarios	Partidas	Superficie
hasta	400	1.126	1.932	66.001
401 -	700	20	149	10.570
701 -	1000	7	28	5.629
1001 -	3000	9	148	13.179
3001 -	5000	0	0	0
5001 -	10000	1	2	7.919
10001 -	20000	0	0	0
20001 -	30000	0	0	0
más de	30000	0	0	0
TOTAL		1.163	2.259	103.298

II.3 FORMAS DE PROPIEDAD

II.3.1 TOTAL PROVINCIAL

A) PROPIETARIOS

Hectáreas		Personas Físicas	Personas Jurídicas			Total
			S.A.	S.C.A.	Otras	
hasta	400	25.461	1.491	407	452	27.811
401 -	700	4.958	578	238	86	5.860
701 -	1000	1.985	416	183	62	2.646
1001 -	3000	2.681	944	443	90	4.158
3001 -	5000	245	215	95	17	572
5001 -	10000	97	90	32	6	225
10001 -	20000	18	22	5	2	47
20001 -	30000	3	3	0	1	7
más de	30000	1	3	0	1	5
TOTAL		35.449	3.761	1.404	717	41.331

B) PARTIDAS

Hectáreas	Personas Físicas	Personas Jurídicas			Total
		S.A.	S.C.A.	Otras	
hasta 400	36.289	2.475	625	756	40.145
401 - 700	10.732	1.382	526	225	12.865
701 - 1000	5.473	1.178	476	249	7.376
1001 - 3000	9.750	4.279	2.000	330	16.359
3001 - 5000	1.481	1.752	789	133	4.155
5001 - 10000	830	1.010	346	97	2.283
10001 - 20000	280	488	78	57	903
20001 - 30000	8	207	0	311	526
más de 30000	1	142	0	297	440
TOTAL	64.844	12.913	4.840	2.456	85.052

C) SUPERFICIE (en hectáreas)

Hectáreas	Personas Físicas	Personas Jurídicas			Total
		S.A.	S.C.A.	Otras	
hasta 400	4.323.887	226.412	88.238	55.254	4.693.791
401 - 700	2.614.449	312.920	128.003	46.302	3.101.674
701 - 1000	1.658.865	352.151	154.077	51.679	2.216.771
1001 - 3000	4.197.795	1.601.554	774.034	148.187	6.721.570
3001 - 5000	927.805	825.294	368.214	61.745	2.183.058
5001 - 10000	629.128	618.913	209.257	38.835	1.496.133
10001 - 20000	223.368	283.412	64.107	24.957	595.844
20001 - 30000	68.480	72.075	0	29.059	169.614
más de 30000	32.954	134.070	0	88.807	255.831
TOTAL	14.676.731	4.426.800	1.785.930	544.825	21.434.286

II.3.2 REGIONES PRODUCTIVAS

II.3.2.1 Agrícola del Sur

A) PROPIETARIOS

Hectáreas	Personas Físicas	Personas Jurídicas			Total
		S.A.	S.C.A.	Otras	
hasta 400	5.931	222	105	109	6.367
401 - 700	1.628	147	77	31	1.883
701 - 1000	586	115	61	18	780
1001 - 3000	921	226	135	31	1.313
3001 - 5000	89	50	20	6	165
5001 - 10000	42	15	8	3	68
10001 - 20000	8	11	2	1	22
20001 - 30000	0	0	0	0	0
más de 30000	1	1	0	1	3
TOTAL	9.206	787	408	200	10.601

B) PARTIDAS

Hectáreas	Personas Físicas	Personas Jurídicas			Total
		S.A.	S.C.A.	Otras	
hasta 400	7.546	332	133	139	8.150
401 - 700	2.976	313	158	52	3.499
701 - 1000	1.434	307	144	61	1.946
1001 - 3000	2.692	979	605	113	4.389
3001 - 5000	409	434	141	129	1.113
5001 - 10000	189	156	55	62	462
10001 - 20000	109	261	12	10	392
20001 - 30000	0	0	0	0	0
más de 30000	1	9	0	69	79
TOTAL	15.356	2.791	1.248	635	20.030

C) SUPERFICIE (en hectáreas)

Hectáreas	Personas Físicas	Personas Jurídicas			Total
		S.A.	S.C.A.	Otras	
hasta 400	1.226.098	41.371	22.760	14.679	1.304.908
401 - 700	855.691	79.346	40.011	17.370	992.418
701 - 1000	486.980	98.319	51.549	15.393	652.241
1001 - 3000	1.463.206	377.054	222.672	54.791	2.117.723
3001 - 5000	342.256	199.114	77.214	22.011	640.595
5001 - 10000	279.309	110.650	47.257	19.476	456.692
10001 - 20000	89.872	150.123	29.595	10.172	279.762
20001 - 30000	0	0	0	0	0
más de 30000	32.954	32.446	0	57.182	122.582
TOTAL	4.776.366	1.088.423	491.058	211.074	6.566.921

II.3.2.2 Agrícola del Norte

A) PROPIETARIOS

Hectáreas	Personas Físicas	Personas Jurídicas			Total
		S.A.	S.C.A.	Otras	
hasta 400	8.005	411	110	103	8.629
401 - 700	439	143	45	13	640
701 - 1000	149	58	31	6	244
1001 - 3000	137	93	41	8	279
3001 - 5000	6	15	2	2	25
5001 - 10000	4	6	0	1	11
10001 - 20000	1	2	0	0	3
20001 - 30000	0	0	0	0	0
más de 30000	0	0	0	0	0
TOTAL	8.741	728	229	133	9.831

B) PARTIDAS

Hectáreas	Personas Físicas	Personas Jurídicas			Total
		S.A.	S.C.A.	Otras	
hasta 400	12.577	745	211	171	13.704
401 - 700	1.425	478	122	56	2.081
701 - 1000	584	250	135	97	1.066
1001 - 3000	716	724	315	63	1.818
3001 - 5000	76	214	43	58	391
5001 - 10000	44	79	0	25	148
10001 - 20000	1	100	0	0	101
20001 - 30000	0	0	0	0	0
más de 30000	0	0	0	0	0
TOTAL	15.423	2.590	826	470	19.309

C) SUPERFICIE (en hectáreas)

Hectáreas	Personas Físicas	Personas Jurídicas			Total
		S.A.	S.C.A.	Otras	
hasta 400	923.400	67.170	21.485	12.137	1.024.192
401 - 700	230.244	76.435	24.052	7.035	337.766
701 - 1000	123.396	48.701	26.217	4.946	203.260
1001 - 3000	191.160	146.221	65.243	12.456	415.080
3001 - 5000	22.847	54.693	8.461	7.357	93.358
5001 - 10000	20.909	43.296	0	7.510	71.715
10001 - 20000	16.227	22.801	0	0	39.028
20001 - 30000	0	0	0	0	0
más de 30000	0	0	0	0	0
TOTAL	1.528.183	459.317	145.458	51.441	2.184.399

II.3.2.3 Zona de Invernada

A) PROPIETARIOS

Hectáreas	Personas Físicas	Personas Jurídicas			Total
		S.A.	S.C.A.	Otras	
hasta 400	4.747	154	74	69	5.044
401 - 700	1.077	124	59	15	1.275
701 - 1000	473	109	46	20	648
1001 - 3000	575	327	136	23	1.061
3001 - 5000	52	72	27	5	156
5001 - 10000	15	21	9	1	46
10001 - 20000	1	5	0	0	6
20001 - 30000	1	1	0	0	?
más de 30000	0	1	0	0	1
TOTAL	6.941	814	351	133	8.239

B) PARTIDAS

Hectáreas	Personas Físicas	Personas Jurídicas			Total
		S.A.	S.C.A.	Otras	
hasta 400	6.372	213	99	93	6.777
401 - 700	2.384	231	121	28	2.764
701 - 1000	1.300	241	93	43	1.677
1001 - 3000	2.163	1.338	573	91	4.165
3001 - 5000	312	574	251	123	1.260
5001 - 10000	150	256	95	1	502
10001 - 20000	1	95	0	0	96
20001 - 30000	1	37	0	0	38
más de 30000	0	91	0	0	91
TOTAL	12.683	3.076	1.232	379	17.370

C) SUPERFICIE (en hectáreas)

	Personas	Personas Jurídicas			
Hectáreas	Físicas	S.A.	S.C.A.	Otras	Total
hasta 400	906.364	32.362	19.506	10.602	968.834
401 - 700	566.395	67.621	31.786	8.131	673.933
701 - 1000	396.715	92.819	39.060	16.018	544.612
1001 - 3000	883.426	573.047	242.178	40.093	1.738.744
3001 - 5000	194.033	276.930	101.807	19.476	592.246
5001 - 10000	95.490	136.368	58.055	5.421	295.334
10001 - 20000	19.117	57.283	0	0	76.400
20001 - 30000	20.998	20.421	0	0	41.419
más de 30000	0	30.886	0	0	30.886
TOTAL	3.082.538	1.287.737	492.392	99.741	4.962.408

II.3.2.4 Zona de Cría

A) PROPIETARIOS

	Personas	Personas Jurídicas			
Hectáreas	Físicas	S.A.	S.C.A.	Otras	Total
hasta 400	3.366	134	48	44	3.592
401 - 700	1.535	126	64	20	1.745
701 - 1000	652	108	54	18	832
1001 - 3000	895	279	134	20	1.328
3001 - 5000	76	65	29	4	174
5001 - 10000	23	28	6	1	58
10001 - 20000	2	5	1	2	10
20001 - 30000	1	0	0	0	1
más de 30000	0	1	0	0	1
TOTAL	6.550	746	336	109	7.741

B) PARTIDAS

Hectáreas	Personas Físicas	Personas Jurídicas			Total
		S.A.	S.C.A.	Otras	
hasta 400	4.176	162	54	74	4.466
401 - 700	2.650	226	95	61	3.032
701 - 1000	1.462	233	106	29	1.830
1001 - 3000	2.804	905	419	35	4.163
3001 - 5000	453	390	147	12	1.002
5001 - 10000	162	225	55	28	470
10001 - 20000	52	90	13	90	245
20001 - 30000	3	0	0	0	3
más de 30000	0	36	0	0	36
TOTAL	11.762	2.267	889	329	15.247

C) SUPERFICIE (en hectáreas)

Hectáreas	Personas Físicas	Personas Jurídicas			Total
		S.A.	S.C.A.	Otras	
hasta 400	776.495	29.868	13.368	7.720	827.451
401 - 700	815.329	69.050	35.355	10.673	930.407
701 - 1000	546.775	90.835	45.531	15.206	698.347
1001 - 3000	1.391.685	478.855	243.251	32.552	2.146.343
3001 - 5000	288.879	252.275	109.872	15.162	666.188
5001 - 10000	142.770	193.645	41.516	6.589	384.520
10001 - 20000	24.081	66.197	10.095	32.054	132.427
20001 - 30000	20.470	0	0	0	20.470
más de 30000	0	51.697	0	0	51.697
TOTAL	4.006.484	1.232.422	498.988	119.956	5.857.850

II.3.2.5 Zona Tambera

A) PROPIETARIOS

Hectáreas	Personas Físicas	Personas Jurídicas			Total
		S.A.	S.C.A.	Otras	
hasta 400	3.970	366	109	87	4.532
401 - 700	441	105	39	15	600
701 - 1000	169	52	30	6	257
1001 - 3000	134	72	44	10	260
3001 - 5000	3	5	2	0	10
5001 - 10000	3	6	1	1	11
10001 - 20000	0	0	0	0	0
20001 - 30000	1	0	0	0	1
más de 30000	0	0	0	0	0
TOTAL	4.721	606	225	119	5.671

B) PARTIDAS

Hectáreas	Personas Físicas	Personas Jurídicas			Total
		S.A.	S.C.A.	Otras	
hasta 400	6.083	646	150	162	7.041
401 - 700	1.156	253	102	23	1.534
701 - 1000	464	177	97	18	756
1001 - 3000	610	343	182	120	1.255
3001 - 5000	24	50	15	0	89
5001 - 10000	67	68	22	3	160
10001 - 20000	0	0	0	0	0
20001 - 30000	2	0	0	0	2
más de 30000	0	0	0	0	0
TOTAL	8.406	1.537	568	326	10.837

C) SUPERFICIE (en hectáreas)

Hectáreas	Personas Físicas	Personas Jurídicas			Total
		S.A.	S.C.A.	Otras	
hasta 400	613.008	61.802	22.856	11.655	709.321
401 - 700	229.310	55.881	20.683	7.847	313.721
701 - 1000	141.959	43.708	25.271	5.083	216.021
1001 - 3000	194.004	109.438	69.420	15.923	388.785
3001 - 5000	10.320	17.664	7.774	0	35.758
5001 - 10000	19.151	36.611	6.173	6.977	68.912
10001 - 20000	0	0	0	0	0
20001 - 30000	26.892	0	0	0	26.892
más de 30000	0	0	0	0	0
TOTAL	1.234.644	325.104	152.177	47.485	1.759.410

II.3.2.6 Gran Buenos Aires

A) PROPIETARIOS

Hectáreas	Personas Físicas	Personas Jurídicas			Total
		S.A.	S.C.A.	Otras	
hasta 400	656	350	33	87	1.126
401 - 700	10	5	2	3	20
701 - 1000	3	1	0	3	7
1001 - 3000	2	2	0	5	9
3001 - 5000	0	0	0	0	0
5001 - 10000	0	1	0	0	1
10001 - 20000	0	0	0	0	0
20001 - 30000	0	0	0	0	0
más de 30000	0	0	0	0	0
TOTAL	671	359	35	98	1.163

B) PARTIDAS

Hectáreas	Personas Físicas	Personas Jurídicas S.A.	S.C.A.	Otras	Total
hasta 400	1.110	574	75	173	1.932
401 - 700	105	32	2	10	149
701 - 1000	17	6	0	5	28
1001 - 3000	11	13	0	124	148
3001 - 5000	0	0	0	0	0
5001 - 10000	0	2	0	0	2
10001 - 20000	0	0	0	0	0
20001 - 30000	0	0	0	0	0
más de 30000	0	0	0	0	0
TOTAL	1.243	627	77	312	2.259

C) SUPERFICIE (en hectáreas)

Hectáreas	Personas Físicas	Personas Jurídicas S.A.	S.C.A.	Otras	Total
hasta 400	40.190	17.796	3.184	4.831	66.001
401 - 700	5.290	2.703	1.178	1.399	10.570
701 - 1000	2.322	947	0	2.360	5.629
1001 - 3000	2.657	2.417	0	8.105	13.179
3001 - 5000	0	0	0	0	0
5001 - 10000	0	7.919	0	0	7.919
10001 - 20000	0	0	0	0	0
20001 - 30000	0	0	0	0	0
más de 30000	0	0	0	0	0
TOTAL	50.459	31.782	4.362	16.695	103.298

II.4 Tamaño de las partidas según los estratos de propietarios

A) SUPERFICIE (en hectáreas)

Hectáreas	Total	hasta 400	de 401 a 700	de 701 a 1000	de 1001 a 3000	de 3001 a 5000	de 5001 a 10000	de 10001 a 20000	de 20001 a 30000	más de 30000
hasta 400	4.693.791	4.693.791	0	0	0	0	0	0	0	0
401 - 700	3.101.674	1.348.556	1.753.118	0	0	0	0	0	0	0
701 - 1000	2.216.771	835.908	528.474	852.389	0	0	0	0	0	0
1001 - 3000	6.721.570	1.837.288	1.339.313	868.874	2.676.095	0	0	0	0	0
3001 - 5000	2.183.058	514.092	346.287	234.595	753.351	334.733	0	0	0	0
5001 - 10000	1.496.133	280.258	192.246	100.589	518.453	166.939	237.648	0	0	0
10001 - 20000	595.844	120.218	76.690	39.471	170.721	55.087	61.936	71.721	0	0
20001 - 30000	169.614	31.917	37.349	13.492	10.883	8.114	0	0	67.859	0
más de 30000	255.831	35.163	18.311	5.825	73.919	56.702	21.530	11.427	0	32.954
TOTAL	21.434.286	9.697.191	4.291.788	2.115.235	4.203.422	621.575	321.114	83.148	67.859	32.954

B) PARTIDAS

Hectáreas	Total	hasta 400	de 401 a 700	de 701 a 1000	de 1001 a 3000	de 3001 a 5000	de 5001 a 10000	de 10001 a 20000	de 20001 a 30000	más de 30000
hasta 400	40.145	40.145	0	0	0	0	0	0	0	0
401 - 700	12.865	9.466	3.399	0	0	0	0	0	0	0
701 - 1000	7.376	5.336	1.017	1.023	0	0	0	0	0	0
1001 - 3000	16.359	10.958	2.521	1.041	1.839	0	0	0	0	0
3001 - 5000	4.155	2.681	651	281	453	89	0	0	0	0
5001 - 10000	2.283	1.433	360	119	290	44	37	0	0	0
10001 - 20000	903	586	148	47	95	14	8	5	0	0
20001 - 30000	526	426	72	17	6	2	0	0	3	0
más de 30000	440	341	34	7	39	14	3	1	0	1
TOTAL	85.052	71.372	8.202	2.535	2.722	163	48	6	3	1

II.5 Impuesto inmobiliario rural y elusión fiscal

II.5.1 Según la escala impositiva

Escala Impositiva australes	Propiet.	Partidas	Valuación mill. aust.	Imp.Fiscal Emitido(*) mill. aust.	Elusión Fiscal(**) mill. aust.	% del imp.
menos de 289039	16.961	19.036	3.374	46.6	0,0	0,0
289039 - 433630	8.017	12.250	2.836	40.3	0,4	1,0
433631 - 578221	4.410	8.913	2.204	33.3	1,4	4,4
578222 - 722809	2.755	6.457	1.779	28.9	2,2	8,1
722810 - 867423	1.893	5.021	1.496	26.2	3,0	13,0
867424 - 1012023	1.307	3.771	1.224	23.3	3,7	18,5
1012024 - 1156614	936	3.003	1.013	21.0	4,2	24,7
más de 1156614	4.580	24.651	11.634	364.7	122,2	50,2
TOTAL	40.859	83.102	25.561	584.4	137,1	30,6

(*)Se refiere al impuesto emitido considerando los propietarios resultantes de la estimación respectiva.
(**) Es el resultado de la diferencia entre el impuesto emitido considerando los propietarios de la estimación y el impuesto emitido efectivamente por la Dirección de Rentas. La incidencia % se determina sobre el impuesto emitido efectivamente por las autoridades provinciales.

II.5.2 Según escala desde 400 hectáreas

Hectáreas	Propiet.	Partidas	Superficie	Valuación mill. de A	Imp.(*) por prop. mill. de A	Imp.(**) por p. fisc. mill. de A	Elusión (***) mill. de A
hasta 400	27.489	39.577	4.655.861	9.750	171,2	164,2	7,0
401 - 700	5.813	12.740	3.076.347	3.814	72,6	61,8	10,8
701 - 1000	2.609	7.166	2.186.123	2.374	51,4	39,8	11,6
1001 - 3000	4.112	16.166	6.647.640	6.270	173,2	115,5	57,7
3001 - 5000	561	4.065	2.142.535	1.819	60,8	35,5	25,3
5001 - 10000	220	2.184	1.460.896	1.041	36,8	21,1	15,8
10001 - 20000	45	846	570.887	341	12,6	6,7	5,9
20001 - 30000	6	215	140.555	80	3,1	1,4	1,7
más de 30000	4	143	167.024	71	2,7	1,6	1,2
TOTAL	40.859	83.102	21.047.868	25.561	584,4	447,6	137,1

(*)Se refiere al impuesto emitido tomando en cuenta los propietarios resultantes de la estimación considerada.
(**)Se refiere al impuesto emitido considerando a cada una de las partidas por separado, es decir, tal como determina actualmente la Dirección de Rentas.
(***)Es el resultado de la diferencia entre el impuesto emitido considerando los propietarios de la estimación y el impuesto emitido efectivamente por la Dirección de Rentas.

III. ESTIMACION DE DESTINATARIO

III.1 TOTAL PROVINCIAL

III.1.1 Escala desde 400 hectáreas

Hectáreas		Propietarios	Partidas	Superficie
hasta	400	25.946	37.576	4.311.678
401 -	700	5.534	12.725	2.927.806
701 -	1000	2.559	7.543	2.148.311
1001 -	3000	4.071	17.211	6.639.142
3001 -	5000	615	4.693	2.341.338
5001 -	10000	274	3.029	1.827.582
10001 -	20000	61	1.321	791.680
20001 -	30000	8	511	188.462
más de	30000	5	443	258.287
TOTAL		39.073	85.052	21.434.286

III.1.2 Escala desde 1.000 hectáreas

Hectáreas		Propietarios	Partidas	Superficie
menos de	1000	34.017	57.806	9.365.795
1000 -	2499	3.673	14.968	5.526.936
2500 -	4999	1.032	6.969	3.460.544
5000 -	7499	205	2.109	1.220.592
7500 -	9999	72	925	621.990
10000 -	14999	47	961	553.219
15000 -	19999	14	360	238.461
20000 -	24999	6	379	132.368
25000	y más	7	575	314.381
TOTAL		39.073	85.052	21.434.286

III.2 REGIONES PRODUCTIVAS

III.2.1 Agrícola del Sur

Hectáreas		Propietarios	Partidas	Superficie
hasta	400	5.876	7.539	1.192.637
401 -	700	1.799	3.421	949.182
701 -	1000	786	2.043	659.030
1001 -	3000	1.317	4.782	2.175.227
3001 -	5000	164	1.054	629.380
5001 -	10000	78	725	531.974
10001 -	20000	22	370	281.011
20001 -	30000	1	13	23.435
más de	30000	3	83	125.045
TOTAL		10.046	20.030	6.566.921

III.2.2 Agrícola del Norte

Hectáreas		Propietarios	Partidas	Superficie
hasta	400	8.061	12.936	951.178
401 -	700	627	2.229	330.268
701 -	1000	254	1.210	211.186
1001 -	3000	305	2.258	460.915
3001 -	5000	24	363	88.102
5001 -	10000	18	248	115.853
10001 -	20000	2	65	26.897
20001 -	30000	0	0	0
más de	30000	0	0	0
TOTAL		9.291	19.309	2.184.399

III.2.3 Zona de Invernada

Hectáreas		Propietarios	Partidas	Superficie
hasta	400	4.792	6.420	906.012
401 -	700	1.220	2.813	647.872
701 -	1000	609	1.611	514.774
1001 -	3000	1.009	4.209	1.674.414
3001 -	5000	166	1.294	621.835
5001 -	10000	60	676	388.219
10001 -	20000	11	215	136.206
20001 -	30000	2	41	42.190
más de	30000	1	91	30.886
TOTAL		7.870	17.370	4.962.408

III.2.4 Zona de Cría

Hectáreas		Propietarios	Partidas	Superficie
hasta	400	3.377	4.155	756.636
401 -	700	1.614	2.858	857.887
701 -	1000	789	1.766	661.012
1001 -	3000	1.263	4.241	2.061.695
3001 -	5000	200	1.199	760.995
5001 -	10000	74	654	489.710
10001 -	20000	15	336	198.090
20001 -	30000	1	2	20.128
más de	30000	1	36	51.697
TOTAL		7.334	15.247	5.857.850

III.2.5 Zona Tambera

Hectáreas		Propietarios	Partidas	Superficie
hasta	400	4.226	6.620	655.026
401 -	700	587	1.633	309.810
701 -	1000	249	807	207.589
1001 -	3000	287	1.432	435.987
3001 -	5000	16	200	62.380
5001 -	10000	10	143	61.726
10001 -	20000	0	0	0
20001 -	30000	1	2	26.892
más de	30000	0	0	0
TOTAL		5.376	10.837	1.759.410

III.2.6 Gran Buenos Aires

Hectáreas		Propietarios	Partidas	Superficie
hasta	400	1.107	1.908	63.893
401 -	700	22	92	11.050
701 -	1000	6	22	4.682
1001 -	3000	11	235	15.754
3001 -	5000	0	0	0
5001 -	10000	1	2	7.919
10001 -	20000	0	0	0
20001 -	30000	0	0	0
más de	30000	0	0	0
TOTAL		1.147	2.259	103.298

III.3 Forma de Propiedad

III.3.1 Total Provincial

A) PROPIETARIOS

Hectáreas	Personas Físicas	Personas Jurídicas			Total
		S.A.	S.C.A.	Otras	
hasta 400	23.434	1.577	445	490	25.946
401 - 700	4.640	574	234	86	5.534
701 - 1000	1.899	401	199	60	2.559
1001 - 3000	2.670	892	417	92	4.071
3001 - 5000	297	206	95	17	615
5001 - 1000	130·	101	36	7	274
10001 - 20000	23	29	7	2	61
20001 - 30000	4	3	0	1	8
más de 30000	1	3	0	1	5
TOTAL	33.098	3.786	1.433	756	39.073

B) PARTIDAS

Hectáreas	Personas Físicas	Personas Jurídicas			Total
		S.A.	S.C.A.	Otras	
hasta 400	33.635	2.465	682	794	37.576
401 - 700	10.643	1.374	492	216	12.725
701 - 1000	5.645	1.132	513	253	7.543
1001 - 3000	10.636	4.286	1.907	382	17.211
3001 - 5000	2.077	1.640	840	136	4.693
5001 - 10000	1.339	1.178	416	96	3.029
10001 - 20000	465	718	93	45	1.321
20001 - 30000	23	206	0	282	511
más de 30000	1	142	0	300	443
TOTAL	64.464	13.141	4.943	2.504	85.052

C) SUPERFICIE (en hectáreas)

Hectáreas	Personas Físicas	Personas Jurídicas S.A.	S.C.A.	Otras	Total
hasta 400	3.920.307	235.998	94.012	61.361	4.311.678
401 - 700	2.444.335	309.796	127.057	46.618	2.927.806
701 - 1000	1.589.200	339.490	169.315	50.306	2.148.311
1001 - 3000	4.249.810	1.519.948	716.557	152.827	6.639.142
3001 - 5000	1.135.707	776.999	367.501	61.131	2.341.338
5001 - 10000	853.676	697.549	235.458	40.899	1.827.582
10001 - 20000	304.102	376.240	88.260	23.078	791.680
20001 - 30000	92.245	71.908	0	24.309	188.462
más de 30000	32.954	134.070	0	91.263	258.287
TOTAL	14.622.336	4.461.998	1.798.160	551.792	21.434.286

III.3.2 Formas de Propiedad

III.3.2.1 Agrícola del Sur

A) PROPIETARIOS

Hectáreas	Personas Físicas	Personas Jurídicas S.A.	S.C.A.	Otras	Total
hasta 400	5.389	251	112	124	5.876
401 - 700	1.542	154	75	28	1.799
701 - 1000	587	113	67	19	786
1001 - 3000	944	220	122	31	1.317
3001 - 5000	88	46	24	6	164
5001 - 10000	50	18	7	3	78
10001 - 20000	9	10	2	1	22
20001 - 30000	1	0	0	0	1
más de 30000	1	1	0	1	3
TOTAL	8.611	813	409	213	10.046

B) PARTIDAS

Hectáreas	Personas Físicas	Personas Jurídicas			Total
		S.A.	S.C.A.	Otras	
hasta 400	6.898	349	138	154	7.539
401 - 700	2.888	333	146	54	3.421
701 - 1000	1.499	297	178	69	2.043
1001 - 3000	3.099	957	545	181	4.782
3001 - 5000	447	397	167	43	1.054
5001 - 10000	365	244	55	61	725
10001 - 20000	119	228	13	10	370
20001 - 30000	13	0	0	0	13
más de 30000	1	9	0	73	83
TOTAL	15.329	2.814	1.242	645	20.030

C) SUPERFICIE (en hectáreas)

Hectáreas	Personas Físicas	Personas Jurídicas			Total
		S.A.	S.C.A.	Otras	
hasta 400	1.108.592	43.566	23.984	16.495	1.192.637
401 - 700	811.987	82.526	39.148	15.521	949.182
701 - 1000	489.086	97.273	56.723	15.948	659.030
1001 - 3000	1.535.832	374.960	207.720	56.715	2.175.227
3001 - 5000	337.099	178.326	93.153	20.802	629.380
5001 - 10000	328.091	138.456	49.307	16.120	531.974
10001 - 20000	104.206	137.281	29.352	10.172	281.011
20001 - 30000	23.435	0	0	0	23.435
más de 30000	32.954	32.446	0	59.645	125.045
TOTAL	4.771.282	1.084.834	499.387	211.418	6.566.921

III.3.2.2 Agrícola del Norte

A) PROPIETARIOS

Hectáreas	Personas Físicas	Personas Jurídicas			Total
		S.A.	S.C.A.	Otras	
hasta 400	7.411	425	119	106	8.061
401 - 700	438	134	41	14	627
701 - 1000	149	69	30	6	254
1001 - 3000	164	88	43	10	305
3001 - 5000	7	15	2	0	24
5001 - 10000	7	9	0	2	18
10001 - 20000	1	1	0	0	2
20001 - 30000	0	0	0	0	0
más de 30000	0	0	0	0	0
TOTAL	8.177	741	235	138	9.291

B) PARTIDAS

Hectáreas	Personas Físicas	Personas Jurídicas			Total
		S.A.	S.C.A.	Otras	
hasta 400	11.799	720	230	187	12.936
401 - 700	1.628	451	107	43	2.229
701 - 1000	689	306	111	104	1.210
1001 - 3000	1.102	694	349	113	2.258
3001 - 5000	94	226	43	0	363
5001 - 10000	93	128	0	27	248
10001 - 20000	1	64	0	0	65
20001 - 30000	0	0	0	0	0
más de 30000	0	0	0	0	0
TOTAL	15.406	2.589	840	474	19.309

C) SUPERFICIE (en hectáreas)

Hectáreas	Personas Físicas	Personas Jurídicas			Total
		S.A.	S.C.A.	Otras	
hasta 400	849.938	66.706	22.623	11.911	951.178
401 - 700	228.017	72.286	22.068	7.897	330.268
701 - 1000	123.360	57.357	25.605	4.864	211.186
1001 - 3000	243.351	140.024	62.687	14.853	460.915
3001 - 5000	26.636	53.005	8.461	0	88.102
5001 - 10000	42.147	60.621	0	13.085	115.853
10001 - 20000	16.227	10.670	0	0	26.897
20001 - 30000	0	0	0	0	0
más de 30000	0	0	0	0	0
TOTAL	1.529.676	460.669	141.444	52.610	2.184.399

III.3.2.3 Zona de Invernada

A) PROPIETARIOS

Hectáreas	Personas Físicas	Personas Jurídicas			Total
		S.A.	S.C.A.	Otras	
hasta 400	4.447	194	76	75	4.792
401 - 700	1.012	131	59	18	1.220
701 - 1000	429	112	47	21	609
1001 - 3000	571	291	124	23	1.009
3001 - 5000	64	66	32	4	166
5001 - 10000	23	28	8	1	60
10001 - 20000	2	8	1	0	11
20001 - 30000	1	1	0	0	2
más de 30000	0	1	0	0	1
TOTAL	6.549	832	347	142	7.870

B) PARTIDAS

Hectáreas	Personas Físicas	Personas Jurídicas			Total
		S.A.	S.C.A.	Otras	
hasta 400	5.952	257	111	100	6.420
401 - 700	2.426	239	109	39	2.813
701 - 1000	1.225	231	103	52	1.611
1001 - 3000	2.311	1.238	551	109	4.209
3001 - 5000	436	477	297	84	1.294
5001 - 10000	239	364	72	1	676
10001 - 20000	41	169	5	0	215
20001 - 30000	4	37	0	0	41
más de 30000	0	91	0	0	91
TOTAL	12.634	3.103	1.248	385	17.370

C) SUPERFICIE (en hectáreas)

Hectáreas	Personas Físicas	Personas Jurídicas			Total
		S.A.	S.C.A.	Otras	
hasta 400	833.628	41.464	19.045	11.875	906.012
401 - 700	534.336	71.433	32.434	9.669	647.872
701 - 1000	361.383	95.943	40.338	17.110	514.774
1001 - 3000	894.727	511.913	227.426	40.348	1.674.414
3001 - 5000	237.567	245.365	122.459	16.444	621.835
5001 - 10000	143.424	188.760	50.614	5.421	388.219
10001 - 20000	30.747	93.449	12.010	0	136.206
20001 - 30000	21.769	20.421	0	0	42.190
más de 30000	0	30.886	0	0	30.886
TOTAL	3.057.581	1.299.634	504.326	100.867	4.962.408

III.3.2.4 Zona de Cría

A) PROPIETARIOS

Hectáreas	Personas Físicas	Personas Jurídicas			Total
		S.A.	S.C.A.	Otras	
hasta 400	3.105	156	69	47	3.377
401 - 700	1.399	124	72	19	1.614
701 - 1000	611	99	63	16	789
1001 - 3000	860	264	118	21	1.263
3001 - 5000	105	65	26	4	200
5001 - 10000	31	34	8	1	74
10001 - 20000	6	5	2	2	15
20001 - 30000	1	0	0	0	1
más de 30000	0	1	0	0	1
TOTAL	6.118	748	358	110	7.334

B) PARTIDAS

Hectáreas	Personas Físicas	Personas Jurídicas			Total
		S.A.	S.C.A.	Otras	
hasta 400	3.820	183	77	75	4.155
401 - 700	2.468	234	101	55	2.858
701 - 1000	1.419	202	117	28	1.766
1001 - 3000	2.986	850	370	35	4.241
3001 - 5000	674	379	134	12	1.199
5001 - 10000	292	273	61	28	654
10001 - 20000	122	90	37	87	336
20001 - 30000	2	0	0	0	2
más de 30000	0	36	0	0	36
TOTAL	11.783	2.247	897	320	15.247

C) SUPERFICIE (en hectáreas)

	Personas	Personas Jurídicas			
Hectáreas	Físicas	S.A.	S.C.A.	Otras	Total
hasta 400	696.441	34.043	17.974	8.178	756.636
401 - 700	740.506	66.973	40.196	10.212	857.887
701 - 1000	511.992	83.182	52.616	13.222	661.012
1001 - 3000	1.372.237	446.259	210.885	32.314	2.061.695
3001 - 5000	398.840	249.466	97.527	15.162	760.995
5001 - 10000	199.839	231.781	51.501	6.589	489.710
10001 - 20000	80.339	66.197	20.129	31.425	198.090
20001 - 30000	20.128	0	0	0	20.128
más de 30000	0	51.697	0	0	51.697
TOTAL	4.020.322	1.229.598	490.828	117.102	7.334

III.3 2.5 Zona Tambera

A) PROPIETARIOS

	Personas	Personas Jurídicas			
Hectáreas	Físicas	S.A.	S.C.A.	Otras	Total
hasta 400	3.659	369	106	92	4.226
401 - 700	444	91	38	14	587
701 - 1000	169	46	30	4	249
1001 - 3000	146	83	45	13	287
3001 - 5000	9	3	4	0	16
5001 - 10000	3	7	0	0	10
10001 - 20000	0	0	0	0	0
20001 - 30000	1	0	0	0	1
más de 30000	0	0	0	0	0
TOTAL	4.431	599	223	123	5.376

B) PARTIDAS

Hectáreas	Personas Físicas	Personas Jurídicas S.A.	S.C.A.	Otras	Total
hasta 400	5.680	634	147	159	6.620
401 - 700	1.259	225	115	34	1.633
701 - 1000	543	157	95	12	807
1001 - 3000	710	419	176	127	1.432
3001 - 5000	104	50	46	0	200
5001 - 10000	64	79	0	0	143
10001 - 20000	0	0	0	0	0
20001 - 30000	2	0	0	0	2
más de 30000	0	0	0	0	0
TOTAL	8.362	1.564	579	332	10.837

C) SUPERFICIE (en hectáreas)

Hectáreas	Personas Físicas	Personas Jurídicas S.A.	S.C.A.	Otras	Total
hasta 400	560.585	59.556	21.989	12.896	655.026
401 - 700	232.606	49.110	20.607	7.487	309.810
701 - 1000	140.057	38.687	25.288	3.557	207.589
1001 - 3000	215.046	129.253	68.124	23.564	435.987
3001 - 5000	32.947	12.433	17.000	0	62.380
5001 - 10000	18.805	42.921	0	0	61.726
10001 - 20000	0	0	0	0	0
20001 - 30000	26.892	0	0	0	26.892
más de 30000	0	0	0	0	0
TOTAL	1.226.938	331.960	153.008	47.504	1.759.410

III.3.2.6 Gran Buenos Aires

A) PROPIETARIOS

Hectáreas	Personas Físicas	Personas Jurídicas			Total
		S.A.	S.C.A.	Otras	
hasta 400	628	348	35	96	1.107
401 - 700	13	4	2	3	22
701 - 1000	3	0	0	3	6
1001 - 3000	2	4	0	5	11
3001 - 5000	0	0	0	0	0
5001 - 10000	0	1	0	0	1
10001 - 20000	0	0	0	0	0
20001 - 30000	0	0	0	0	0
más de 30000	0	0	0	0	0
TOTAL	646	357	7	107	1.147

B) PARTIDAS

Hectáreas	Personas Físicas	Personas Jurídicas			Total
		S.A.	S.C.A.	Otras	
hasta 400	1.081	575	78	174	1.908
401 - 700	55	25	2	10	92
701 - 1000	17	0	0	5	22
1001 - 3000	19	99	0	117	235
3001 - 5000	0	0	0	0	0
5001 - 10000	0	2	0	0	2
10001 - 20000	0	0	0	0	0
20001 - 30000	0	0	0	0	0
más de 30000	0	0	0	0	0
TOTAL	1.172	701	80	306	2.259

C) SUPERFICIE (en hectáreas)

Hectáreas	Personas Físicas	Personas Jurídicas			Total
		S.A.	S.C.A.	Otras	
hasta 400	37.818	17.726	3.129	5.220	63.893
401 - 700	6.468	2.011	1.178	1.393	11.050
701 - 1000	2.322	0	0	2.360	4.682
1001 - 3000	3.286	5.005	0	7.463	15.754
3001 - 5000	0	0	0	0	0
5001 - 10000	0	7.919	0	0	7.919
10001 - 20000	0	0	0	0	0
20001 - 30000	0	0	0	0	0
más de 30000	0	0	0	0	0
TOTAL	49.894	32.661	4.307	16.436	103.298

III.4 Tamaño de las partidas según los estratos de propietarios

A) SUPERFICIE (en hectáreas)

Hectáreas	Total	hasta 400	de 401 a 700	de 701 a 1000	de 1001 a 3000	de 3001 a 5000	de 5001 a 10000	de 10001 a 20000	de 20001 a 30000	más de 30000
hasta 400	4.311.678	4.311.678	0	0	0	0	0	0	0	0
401 - 700	2.927.806	1.336.655	1.591.151	0	0	0	0	0	0	0
701 - 1000	2.148.311	878.745	492.376	777.190	0	0	0	0	0	0
1001 - 3000	6.639.142	2.005.123	1.345.242	820.968	2.467.809	0	0	0	0	0
3001 - 5000	2.341.338	557.452	426.008	269.849	804.519	283.510	0	0	0	0
5001 - 10000	1.827.582	368.016	268.688	160.372	613.323	181.037	236.146	0	0	0
10000 - 20000	791.680	175.025	110.709	65.745	228.429	87.353	52.698	71.721	0	0
20001 - 30000	188.462	28.906	39.303	14.286	14.395	12.973	10.740	0	67.859	0
más de 30000	258.287	35.591	18.311	6.825	74.947	56.702	21.530	11.427	0	32.954
TOTAL	21.434.286	9.697.191	4.291.788	2.115.235	4.203.422	621.575	321.114	83.148	67.859	32.954

B) PARTIDAS

Hectáreas	Total	hasta 400	de 401 a 700	de 701 a 1000	de 1001 a 3000	de 3001 a 5000	de 5001 a 10000	de 10001 a 20000	de 20001 a 30000	más de 30000
hasta 400	37.576	37.576	0	0	0	0	0	0	0	0
401 - 700	12.725	9.641	3.084	0	0	0	0	0	0	0
701 - 1000	7.543	5.645	963	935	0	0	0	0	0	0
1001 - 3000	17.211	11.995	2.537	986	1.693	0	0	0	0	0
3001 - 5000	4.693	3.009	796	320	493	75	0	0	0	0
5001 - 10000	3.029	1.895	504	190	356	48	36	0	0	0
10001 - 20000	1.321	868	208	78	132	23	7	5	0	0
20001 - 30000	511	401	76	18	8	3	2	0	3	0
más de 30000	443	342	34	8	40	14	3	1	0	1
TOTAL	85.052	71.372	8.202	2.535	2.722	163	48	6	3	1

III.5 Impuesto inmobiliario rural y elusión fiscal

III.5.1 Según la escala impositiva

Escala Impositiva australes	Propiet.	Partidas	Valuación mill. aust.	Imp.Fiscal Emitido(*) mill. aust.	Elusión Fiscal(**) mill. aust.	% del imp.
menos de 289039	16.091	18.094	3.123	43	-	0,0
289039 - 433630	7.143	10.876	2.525	36	-	0,0
433631 - 578221	4.004	8.095	2.001	30	1	3,4
578222 - 722809	2.584	6.107	1.666	27	2	8,0
722810 - 867423	1.768	4.760	1.400	25	3	13,6
867424 - 1012023	1.265	3.860	1.184	23	4	21,1
1012024 - 1156614	934	3.275	1.013	21	5	29,4
más de 1156614	4.797	28.035	12.648	400	142	55,0
Total	38.586	83.102	25.561	605	157	35,0

(*)Se refiere al impuesto emitido considerando los propietarios resultantes de la estimación respectiva.
(**) Es el resultado de la diferencia entre el impuesto emitido considerando los propietarios de la estimación y el impuesto emitido efectivamente por la Dirección de Rentas. La incidencia % se determina sobre el impuesto emitido efectivamente por las autoridades provinciales.

III.5.2 Según escala desde 400 hectáreas

Hectáreas	Propiet.	Partidas	Superficie	Valuación mill. de A	Imp.(*) por prop. mill. de A	Imp.(**) por p. fisc. mill. de A	Elusión (***) mill. de A
hasta 400	25.608	37.015	4.272.768	9.074	161,2	154,0	7,3
401 - 700	5.487	12.580	2.902.759	3.626	69,3	58,3	11,0
701 - 1000	2.525	7.331	2.120.007	2.425	54,0	40,4	13,5
1001 - 3000	4.025	17.030	6.561.976	6.355	177,7	115,3	62,3
3001 - 5000	603	4.565	2.299.401	2.044	68,8	39,7	29,1
5001 - 10000	268	2.934	1.791.594	1.359	48,4	26,9	21,5
10001 - 20000	59	1.276	768.602	521	19,4	9,9	9,5
20001 - 30000	7	228	163.737	86	3,3	1,5	1,8
más de 30000	4	143	167.024	71	2,7	1,6	1,2
TOTAL	38.586	83.102	21.047.868	25.561	604,8	447,6	157,2

(*)Se refiere al impuesto emitido tomando en cuenta los propietarios resultantes de la estimación considerada.
(**)Se refiere al impuesto emitido considerando a cada una de las partidas por separado, es decir, tal como determina actualmente la Dirección de Rentas.
(***)Es el resultado de la diferencia entre el impuesto emitido considerando los propietarios de la estimación y el impuesto emitido efectivamente por la Dirección de Rentas.

IV. ESTIMACION DE TITULAR-DESTINATARIO

IV.1 TOTAL

IV.1.1 Escala desde 400 hectáreas

Hectáreas		Propietarios	Partidas	Superficie
hasta	400	22.034	33.204	3.720.216
401 -	700	4.923	12.231	2.605.662
701 -	1000	2.282	7.228	1.911.966
1001 -	3000	3.869	18.017	6.346.638
3001 -	5000	633	5.494	2.423.652
5001 -	10000	346	4.623	2.326.412
10001 -	20000	83	1.908	1.122.223
20001 -	30000	20	1.210	460.558
más de	30000	12	1.137	516.959
TOTAL		34.202	85.052	21.434.286

IV.1.2 Escala desde 1000 hectáreas

Hectáreas		Propietarios	Partidas	Superficie
menos de	1000	29.218	52.628	8.216.844
1000 -	2499	3.495	15.609	5.300.517
2500 -	4999	1.026	7.934	3.480.773
5000 -	7499	254	3.075	1.522.122
7500 -	9999	94	1.551	814.290
10000 -	14999	60	1.293	723.927
15000 -	19999	23	615	398.296
20000 -	24999	15	642	321.355
25000	y más	17	1.705	656.162
TOTAL		34.202	85.052	21.434.286

IV.2 REGIONES PRODUCTIVAS

IV.2.1 Agrícola del Sur

Hectáreas		Propietarios	Partidas	Superficie
hasta	400	4.883	6.458	1.013.568
401 -	700	1.612	3.231	851.180
701 -	1000	712	1.847	595.791
1001 -	3000	1.293	5.150	2.149.685
3001 -	5000	192	1.475	737.435
5001 -	10000	99	1.100	655.635
10001 -	20000	26	432	330.498
20001 -	30000	3	223	71.476
más de	30000	4	114	161.653
TOTAL		8.824	20.030	6.566.921

IV.2.2 Agrícola del Norte

Hectáreas		Propietarios	Partidas	Superficie
hasta	400	7.041	11.938	851.441
401 -	700	609	2.396	320.971
701 -	1000	252	1.333	209.115
1001 -	3000	320	2.589	498.829
3001 -	5000	33	609	123.019
5001 -	10000	18	296	122.507
10001 -	20000	3	81	37.311
20001 -	30000	1	67	21.206
más de	30000	0	0	0
TOTAL		8.277	19.309	2.184.399

IV.2.3 Zona de Invernada

Hectáreas		Propietarios	Partidas	Superficie
hasta	400	4.078	5.586	781.861
401 -	700	1.077	2.669	570.639
701 -	1000	540	1.560	456.243
1001 -	3000	957	4.226	1.582.619
3001 -	5000	167	1.435	633.568
5001 -	10000	87	1.212	580.097
10001 -	20000	17	353	224.003
20001 -	30000	3	88	63.586
más de	30000	2	241	69.792
TOTAL		6.928	17.370	4.962.408

IV.2.4 Zona de Cría

Hectáreas		Propietarios	Partidas	Superficie
hasta	400	2.743	3.450	633.579
401 -	700	1.377	2.525	732.866
701 -	1000	693	1.675	580.255
1001 -	3000	1.213	4.456	1.981.507
3001 -	5000	205	1.302	779.762
5001 -	10000	104	1.117	695.521
10001 -	20000	26	629	360.882
20001 -	30000	2	57	41.781
más de	30000	1	36	51.697
TOTAL		6.364	15.247	5.857.850

IV.2.5 Zona Tambera

Hectáreas		Propietarios	Partidas	Superficie
hasta	400	3.709	6.072	586.449
401 -	700	569	1.672	299.855
701 -	1000	243	872	202.917
1001 -	3000	292	1.691	459.261
3001 -	5000	18	231	67.569
5001 -	10000	18	297	116.467
10001 -	20000	0	0	0
20001 -	30000	1	2	26.892
más de	30000	0	0	0
TOTAL		4.850	10.837	1.759.410

IV.2.6 Gran Buenos Aires

Hectáreas		Propietarios	Partidas	Superficie
hasta	400	1.053	1.881	61.536
401 -	700	25	107	12.593
701 -	1000	6	22	4.682
1001 -	3000	11	247	16.568
3001 -	5000	0	0	0
5001 -	10000	1	2	7.919
10001 -	20000	0	0	0
20001 -	30000	0	0	0
más de	30000	0	0	0
TOTAL		1.096	2.259	103.298

IV.3 FORMAS DE PROPIEDAD

IV.3.1 TOTAL PROVINCIAL

A) PROPIETARIOS

Hectáreas	Personas Físicas	Personas Jurídicas			Otras formas	Total
		S.A.	S.C.A.	Otras		
menos de 400	19.885	1.272	328	402	146	22.034
401 - 700	4.028	444	189	78	183	4.923
701 - 1000	1.600	335	156	50	141	2.282
1001 - 3000	2.127	745	346	75	576	3.869
3001 - 5000	175	161	74	16	207	633
5001 - 10000	71	71	18	6	179	346
10001 - 20000	8	15	5	1	54	83
20001 - 30000	2	3	0	1	14	20
más de 30000	1	3	0	1	7	12
TOTAL	27.897	3.050	1.117	631	1.507	34.202

344

B) PARTIDAS'

Hectáreas	Personas Físicas	Personas Jurídicas S.A.	S.C.A.	Otras	Otras formas	Total
menos de 400	28.970	2.106	530	691	907	33.204
401 - 700	9.139	1.073	413	229	1.377	12.231
701 - 1000	4.585	997	403	193	1.049	7.228
1001 - 3000	7.493	3.333	1.619	258	5.314	18.017
3001 - 5000	893	1.134	622	176	2.669	5.494
5001 - 10000	439	690	182	97	3.215	4.623
10001 - 20000	63	249	57	10	1.529	1.908
20001 - 30000	9	207	0	311	683	1.210
más de 30000	1	142	0	297	697	1.137
TOTAL	51.592	9.932	3.826	2.262	17.440	85.052

C) SUPERFICIE (en hectáreas)

Hectáreas	Personas Físicas	Personas Jurídicas S.A.	S.C.A.	Otras	Otras formas	Total
menos de 400	3.379.242	182.478	70.159	48.874	39.463	3.720.216
401 - 700	2.121.818	239.861	101.835	42.922	99.226	2.605.662
701 - 1000	1.335.501	282.872	132.897	41.412	119.284	1.911.966
1001 - 3000	3.327.406	1.264.135	606.868	119.212	1.029.017	6.346.638
3001 - 5000	651.482	615.597	286.976	60.699	808.898	2.423.652
5001 - 10000	450.996	493.886	122.016	38.105	1.221.409	2.326.412
10001 - 20000	104.336	193.841	66.026	10.172	747.848	1.122.223
20001 - 30000	48.782	72.075	0	29.059	310.642	460.558
más de 30000	32.954	134.070	0	88.807	261.128	516.959
TOTAL	11.452.517	3.478.814	1.386.777	479.263	4.636.915	21.434.286

IV.3.2 FORMAS DE PROPIEDAD Y REGIONES PRODUCTIVAS

IV.3.2.1 Agrícola del Sur

A) PROPIETARIOS

Hectáreas	Personas Físicas	Personas Jurídicas			Otras formas	Total
		S.A.	S.C.A.	Otras		
menos de 400	4.496	177	80	100	17	4.883
401 - 700	1.372	117	60	24	39	1.612
701 - 1000	516	94	52	14	36	712
1001 - 3000	783	187	109	24	190	1.293
3001 - 5000	69	41	18	6	58	192
5001 - 10000	40	11	6	3	39	99
10001 - 20000	5	9	2	1	9	26
20001 - 30000	0	0	0	0	3	3
más de 30000	1	1	0	1	1	4
TOTAL	7.282	637	327	173	392	8.824

B) PARTIDAS

Hectáreas	Personas Físicas	Personas Jurídicas			Otras formas	Total
		S.A.	S.C.A.	Otras		
menos de 400	5.866	261	101	128	77	6.458
401 - 700	2.614	249	120	47	201	3.231
701 - 1000	1.266	234	122	29	196	1.847
1001 - 3000	2.195	788	528	75	1.564	5.150
3001 - 5000	265	309	137	130	634	1.475
5001 - 10000	155	98	50	62	735	1.100
10001 - 20000	54	153	12	10	203	432
20001 - 30000	0	0	0	0	223	223
más de 30000	1	9	0	69	35	114
TOTAL	12.416	2.101	1.070	550	3.868	20.030

C) SUPERFICIE (en hectáreas)

Hectáreas	Personas Físicas	Personas Jurídicas			Otras formas	Total
		S.A.	S.C.A.	Otras		
menos de 400	947.790	30.691	16.937	13.001	5.149	1.013.568
401 - 700	722.241	62.785	31.075	13.592	21.487	851.180
701 - 1000	429.105	80.269	44.219	11.520	30.678	595.791
1001 - 3000	1.263.331	313.530	186.204	40.854	345.766	2.149.685
3001 - 5000	264.147	160.178	70.248	22.064	220.798	737.435
5001 - 10000	259.524	81.171	37.560	19.476	257.904	655.635
10001 - 20000	58.853	123.692	29.595	10.172	108.186	330.498
20001 - 30000	0	0	0	0	71.476	71.476
más de 30000	32.954	32.446	0	57.182	39.071	161.653
TOTAL	3.977.945	884.762	415.838	187.861	1.100.515	6.566.921

IV.3.2.2 Agrícola del Norte

A) PROPIETARIOS

Hectáreas	Personas Físicas	Personas Jurídicas			Otras formas	Total
		S.A.	S.C.A.	Otras		
menos de 400	6.396	337	94	88	114	7.041
401 - 700	356	115	37	13	88	609
701 - 1000	120	58	26	5	43	252
1001 - 3000	105	75	35	7	98	320
3001 - 5000	2	11	3	1	16	33
5001 - 10000	3	4	0	2	9	18
10001 - 20000	1	1	0	0	1	3
20001 - 30000	0	0	0	0	1	1
más de 30000	0	0	0	0	0	0
TOTAL	6.983	601	195	116	370	8.277

B) PARTIDAS

Hectáreas	Personas Físicas	Personas Jurídicas			Otras formas	Total
		S.A.	S.C.A.	Otras		
menos de 400	10.233	628	191	154	715	11.938
401 - 700	1.194	379	95	57	671	2.396
701 - 1000	476	262	101	92	402	1.333
1001 - 3000	529	587	269	56	1.148	2.589
3001 - 5000	21	168	52	57	311	609
5001 - 10000	17	49	0	27	203	296
10001 - 20000	1	63	0	0	17	81
20001 - 30000	0	0	0	0	67	67
más de 30000	0	0	0	0	0	0
TOTAL	12.471	2.136	708	443	3.534	19.309

C) SUPERFICIE (en hectáreas)

Hectáreas	Personas Físicas	Personas Jurídicas			Otras formas	Total
		S.A.	S.C.A.	Otras		
menos de 400	740.371	52.939	18.178	10.461	29.492	851.441
401 - 700	185.025	61.089	19.806	7.305	47.746	320.971
701 - 1000	98.323	48.424	22.381	4.018	35.969	209.115
1001 - 3000	152.055	118.745	53.234	10.290	164.505	498.829
3001 - 5000	8.484	39.657	11.770	3.446	59.662	123.019
5001 - 10000	16.560	30.742	0	13.085	62.120	122.507
10001 - 20000	16.227	10.593	0	0	10.491	37.311
20001 - 30000	0	0	0	0	21.206	21.206
más de 30000	0	0	0	0	0	0
TOTAL	1.217.045	362.189	125.369	48.605	431.191	2.184.399

IV.3.2.3 Zona de Invernada

A) PROPIETARIOS

Hectáreas	Personas Físicas	Personas Jurídicas			Otras formas	Total
		S.A.	S.C.A.	Otras		
menos de 400	3.820	123	57	63	10	4.078
401 - 700	882	96	50	16	33	1.077
701 - 1000	372	83	37	18	30	540
1001 - 3000	456	252	106	22	121	957
3001 - 5000	41	53	24	5	44	167
5001 - 10000	11	18	6	1	51	87
10001 - 20000	1	4	1	0	11	17
20001 - 30000	1	1	0	0	1	3
más de 30000	0	1	0	0	1	2
TOTAL	5.584	631	281	125	302	6.928

B) PARTIDAS

Hectáreas	Personas Físicas	Personas Jurídicas			Otras formas	Total
		S.A.	S.C.A.	Otras		
menos de 400	5.205	168	79	85	43	5.586
401 - 700	2.148	188	104	35	194	2.669
701 - 1000	1.073	190	76	39	182	1.560
1001 - 3000	1.707	978	478	89	974	4.226
3001 - 5000	232	333	213	126	531	1.435
5001 - 10000	44	228	70	1	869	1.212
10001 - 20000	1	86	5	0	261	353
20001 - 30000	5	37	0	0	46	88
más de 30000	0	91	0	0	150	241
TOTAL	10.415	2.299	1.025	375	3.250	17.370

C) SUPERFICIE (en hectáreas)

Hectáreas	Personas Físicas	Personas Jurídicas			Otras formas	Total
		S.A.	S.C.A.	Otras		
menos de 400	729.099	25.448	15.083	9.500	2.731	781.861
401 - 700	464.357	52.523	27.187	8.826	17.746	570.639
701 - 1000	312.687	70.687	32.080	14.504	26.285	456.243
1001 - 3000	689.037	443.743	191.901	39.133	218.805	1.582.619
3001 - 5000	147.490	201.349	88.239	21.036	175.454	633.568
5001 - 10000	67.712	119.355	40.483	5.421	347.126	580.097
10001 - 20000	19.117	46.276	12.010	0	146.600	224.003
20001 - 30000	21.869	20.421	0	0	21.296	63.586
más de 30000	0	30.886	0	0	38.906	69.792
TOTAL	2.451.368	1.010.688	406.983	98.420	994.949	4.962.408

IV.3.2.4 Zona de Cría

A) PROPIETARIOS

Hectáreas	Personas Físicas	Personas Jurídicas			Otras formas	Total
		S.A.	S.C.A.	Otras		
menos de 400	2.536	115	41	39	6	2.743
401 - 700	1.213	87	51	16	10	1.377
701 - 1000	519	89	46	16	23	693
1001 - 3000	728	225	105	21	134	1.213
3001 - 5000	55	56	24	4	66	205
5001 - 10000	14	29	6	1	54	104
10001 - 20000	1	5	1	2	17	26
20001 - 30000	0	0	0	0	2	2
más de 30000	0	1	0	0	0	1
TOTAL	5.066	607	274	99	312	6.364

B) PARTIDAS

Hectáreas	Personas Físicas	Personas Jurídicas S.A.	S.C.A.	Otras	Otras formas	Total
menos de 400	3.160	143	46	69	25	3.450
401 - 700	2.176	161	70	52	66	2.525
701 - 1000	1.232	205	90	28	120	1.675
1001 - 3000	2.458	724	344	43	887	4.456
3001 - 5000	254	305	119	12	612	1.302
5001 - 10000	80	215	45	28	749	1.117
10001 - 20000	33	90	13	90	403	629
20001 - 30000	0	0	0	0	57	57
más de 30000	0	36	0	0	0	36
TOTAL	9.393	1.879	727	322	2.919	15.247

C) SUPERFICIE (en hectáreas)

Hectáreas	Personas Físicas	Personas Jurídicas S.A.	S.C.A.	Otras	Otras formas	Total
menos de 400	588.787	24.708	11.244	6.918	1.922	633.579
401 - 700	643.365	47.204	28.419	8.614	5.264	732.866
701 - 1000	433.884	74.703	39.194	13.222	19.252	580.255
1001 - 3000	1.131.725	380.059	194.740	33.974	241.009	1.981.507
3001 - 5000	200.257	216.260	88.629	15.162	259.454	779.762
5001 - 10000	85.116	198.700	41.030	6.589	364.086	695.521
10001 - 20000	12.771	66.197	10.095	32.054	239.765	360.882
20001 - 30000	0	0	0	0	41.781	41.781
más de 30000	0	51.697	0	0	0	51.697
TOTAL	3.095.905	1.059.528	413.351	116.533	1.172.533	5.857.850

IV.3.2.5 Zona Tambera

A) PROPIETARIOS

Hectáreas	Personas Físicas	Personas Jurídicas			Otras formas	Total
		S.A.	S.C.A.	Otras		
menos de 400	3.185	314	89	75	40	3.709
401 - 700	404	87	32	14	32	569
701 - 1000	137	42	25	6	33	243
1001 - 3000	108	65	38	8	73	292
3001 - 5000	2	2	2	0	12	18
5001 - 10000	3	4	0	1	10	18
10001 - 20000	0	0	0	0	0	0
20001 - 30000	1	0	0	0	0	1
más de 30000	0	0	0	0	0	0
TOTAL	3.840	514	186	104	200	4.850

B) PARTIDAS

Hectáreas	Personas Físicas	Personas Jurídicas			Otras formas	Total
		S.A.	S.C.A.	Otras		
menos de 400	5.038	541	123	142	219	6.072
401 - 700	1.114	221	90	22	225	1.672
701 - 1000	392	145	90	18	227	872
1001 - 3000	408	326	157	116	684	1.691
3001 - 5000	8	26	15	0	182	231
5001 - 10000	67	28	0	3	199	297
10001 - 20000	0	0	0	0	0	0
20001 - 30000	2	0	0	0	0	2
más de 30000	0	0	0	0	0	0
TOTAL	7.029	1.287	475	301	1.736	10.837

C) SUPERFICIE (en hectáreas)

Hectáreas	Personas Físicas	Personas Jurídicas			Otras formas	Total
		S.A.	S.C.A.	Otras		
menos de 400	496.619	51.060	18.292	9.983	10.495	586.449
401 - 700	210.403	47.032	17.023	7.306	18.091	299.855
701 - 1000	114.068	35.191	21.070	5.083	27.505	202.917
1001 - 3000	155.694	101.869	58.532	13.804	129.362	459.261
3001 - 5000	7.210	6.488	7.774	0	46.097	67.569
5001 - 10000	19.151	23.960	0	6.977	66.379	116.467
10001 - 20000	0	0	0	0	0	0
20001 - 30000	26.892	0	0	0	0	26.892
más de 30000	0	0	0	0	0	0
TOTAL	1.030.037	265.600	122.691	43.153	297.929	1.759.410

IV.3.2.6 Gran Buenos Aires

A) PROPIETARIOS

Hectáreas	Personas Físicas	Personas Jurídicas			Otras formas	Total
		S.A.	S.C.A.	Otras		
menos de 400	569	331	31	84	11	1.053
401 - 700	12	5	2	4	2	25
701 - 1000	3	0	0	3	0	6
1001 - 3000	2	2	0	4	3	11
3001 - 5000	0	0	0	0	0	0
5001 - 10000	0	1	0	0	0	1
10001 - 20000	0	0	0	0	0	0
20001 - 30000	0	0	0	0	0	0
más de 30000	0	0	0	0	0	0
TOTAL	586	339	33	95	16	1.096

B) PARTIDAS

Hectáreas	Personas Físicas	Personas Jurídicas S.A.	S.C.A.	Otras	Otras formas	Total
menos de 400	953	561	74	162	77	1.881
401 - 700	45	28	2	15	17	107
701 - 1000	17	0	0	5	0	22
1001 - 3000	19	13	0	117	98	247
3001 - 5000	0	0	0	0	0	0
5001 - 10000	0	2	0	0	0	2
10001 - 20000	0	0	0	0	0	0
20001 - 30000	0	0	0	0	0	0
más de 30000	0	0	0	0	0	0
TOTAL	1.034	604	76	299	192	2.259

C) SUPERFICIE (en hectáreas)

Hectáreas	Personas Físicas	Personas Jurídicas S.A.	S.C.A.	Otras	Otras formas	Total
menos de 400	35.807	17.131	2.950	4.189	1.459	61.536
401 - 700	6.045	2.639	1.178	1.868	863	12.593
701 - 1000	2.322	0	0	2.360	0	4.682
1001 - 3000	3.286	2.417	0	6.072	4.793	16.568
3001 - 5000	0	0	0	0	0	0
5001 - 10000	0	7.919	0	0	0	7.919
10001 - 20000	0	0	0	0	0	0
20001 - 30000	0	0	0	0	0	0
más de 30000	0	0	0	0	0	0
TOTAL	47.460	30.106	4.128	14.489	7.115	103.298

IV.4 Tamaño de las partidas según los estratos de propietarios

A) SUPERFICIE (en hectáreas)

Hectáreas	Total	hasta 400	de 401 a 700	de 701 a 1000	de 1001 a 3000	de 3001 a 5000	de 5001 a 10000	de 10001 a 20000	de 20001 a 30000	más de 30000
hasta 400	3.720.216	3.720.216	0	0	0	0	0	0	0	0
401 - 700	2.605.662	1.301.257	1.304.405	0	0	0	0	0	0	0
701 - 1000	1.911.966	850.205	446.592	615.169	0	0	0	0	0	0
1001 - 3000	6.346.638	2.102.582	1.349.132	779.845	2.115.079	0	0	0	0	0
3001 - 5000	2.423.652	643.843	465.076	289.322	764.337	261.074	0	0	0	0
5001 - 10000	2.326.412	585.142	369.320	220.761	763.842	168.005	219.342	0	0	0
10001 - 20000	1.122.223	222.054	200.121	123.616	347.540	97.009	60.162	71.721	0	0
20001 - 30000	460.558	121.403	108.192	57.332	86.198	19.574	0	0	67.859	0
más de 30000	516.959	150.489	48.950	29.190	126.426	75.913	41.610	11.427	0	32.954
TOTAL	21.434.286	9.697.191	4.291.788	2.115.235	4.203.422	621.575	321.114	83.148	67.859	32.954

B) PARTIDAS

Hectáreas	Total	hasta 400	de 401 a 700	de 701 a 1000	de 1001 a 3000	de 3001 a 5000	de 5001 a 10000	de 10001 a 20000	de 20001 a 30000	más de 30000
hasta 400	33.204	33.204	0	0	0	0	0	0	0	0
401 - 700	12.231	9.702	2.529	0	0	0	0	0	0	0
701 - 1000	7.228	5.615	873	740	0	0	0	0	0	0
1001 - 3000	18.017	13.070	2.557	938	1.452	0	0	0	0	0
3001 - 5000	5.494	3.735	872	344	474	69	0	0	0	0
5001 - 10000	4.623	3.130	693	260	462	44	34	0	0	0
10001 - 20000	1.908	1.138	375	147	209	26	8	5	0	0
20001 - 30000	1.210	873	209	71	49	5	0	0	3	0
más de 30000	1.137	905	94	35	76	19	6	1	0	1
TOTAL	85.052	71.372	8.202	2.535	2.722	163	48	6	3	1

IV.5 Impuesto inmobiliario y elusión fiscal

V.5.1 Según la escala impositiva

Escala Impositiva australes	Propiet.	Partidas	Valuación mill. aust.	Imp.Fiscal Emitido(*) mill. aust.	Elusión Fiscal(**) mill. aust.	% del imp.
menos de 289039	13.200	14.723	2.652	37	-	0,0
289039 - 433630	6.276	9.875	2.221	32	1	3,2
433631 - 578221	3.585	7.606	1.795	27	1	3,8
578222 - 722809	2.307	5.746	1.490	24	2	9,1
722810 - 867423	1.613	4.628	1.278	22	3	15,0
867424 - 1012023	1.138	3.786	1.065	20	4	23,5
1012024 - 1156614	854	3.217	924	19	4	26,7
más de 1156614	4.829	33.521	14.136	458	178	63,3
TOTAL	**33.802**	**83.102**	**25.561**	**639**	**193**	**42,9**

(*)Se refiere al impuesto emitido considerando los propietarios resultantes de la estimación respectiva.

(**) Es el resultado de la diferencia entre el Impuesto emitido considerando los propietarios de la estimación y el impuesto emitido efectivamente por la Dirección de Rentas. La incidencia % se determina sobre el impuesto emitido efectivamente por las autoridades provinciales.

IV.5.2 Según escala desde 400 hectáreas

Hectáreas	Propiet.	Partidas	Superficie	Valuación mill. de A	Imp.(*) por prop. mill. de A	Imp.(**) por p. fisc. mill. de A	Elusión (***) mill. de A
hasta 401	21.768	32.721	3.691.222	8.117	146,9	139,5	7,3
401 - 700	4.882	12.093	2.582.939	3.325	64,4	53,0	11,4
701 - 1000	2.254	7.072	1.889.016	2.202	49,4	36,2	13,2
1001 - 3000	3.826	17.815	6.278.711	6.243	176,4	111,2	65,2
3001 - 5000	621	5.315	2.376.104	2.228	75,6	42,4	33,2
5001 - 10000	340	4.502	2.287.228	1.928	69,4	36,7	32,6
10001 - 20000	82	1.953	1.117.445	827	31,0	15,6	15,4
20001 - 30000	19	897	430.706	357	13,7	6,1	7,6
más de 30000	10	734	394.497	335	13,0	6,8	6,2
TOTAL	**33.802**	**83.102**	**21.047.868**	**25.561**	**639,8**	**447,6**	**192,2**

(*)Se refiere al impuesto emitido tomando en cuenta los propietarios resultantes de la estimación respectiva.

(**)Se refiere al impuesto emitido considerando a cada una de las partidas por separado, es decir, tal como determina actualmente la Dirección de Rentas.

(***)Es el resultado de la diferencia entre el impuesto emitido considerando los propietarios de la estimación y el impuesto emitido efectivamente por la Dirección de Rentas.

V. ESTIMACION DE PROPIETARIO

V.1 TOTAL PROVINCIAL

V.1.1 Escala desde 400 hectáreas

Hectáreas		Propietarios	Partidas	Superficie
hasta	400	20.642	32.640	3.728.899
401 -	700	5.331	13.484	2.822.903
701 -	1000	2.509	8.111	2.105.628
1001 -	3000	4.237	19.601	6.921.500
3001 -	5000	626	4.975	2.393.212
5001 -	10000	297	3.371	1.964.556
10001 -	20000	67	1.478	855.338
20001 -	30000	14	917	347.348
más de	30000	6	475	294.902
TOTAL		33.729	85.052	21.434.286

V.1.2 Escala desde 1000 hectáreas

Hectáreas		Propietarios	Partidas	Superficie
menos de	1000	28.462	54.196	8.637.430
1000 -	2499	3.853	17.205	5.846.202
2500 -	4999	1.028	7.407	3.478.510
5000 -	7499	226	2.442	1.340.165
7500 -	9999	73	932	634.391
10000 -	14999	58	1.232	697.406
15000 -	19999	9	246	157.932
20000 -	24999	7	229	152.128
25000	y más	13	1.163	490.122
TOTAL		33.729	85.052	21.434.286

V.2 REGIONES PRODUCTIVAS

V.2.1 Agrícola del Sur

Hectáreas		Propietarios	Partidas	Superficie
hasta	400	4.768	6.445	1.018.982
401 -	700	1.689	3.406	892.351
701 -	1000	751	2.049	630.258
1001 -	3000	1.348	5.299	2.220.156
3001 -	5000	190	1.452	738.530
5001 -	10000	88	813	580.996
10001 -	20000	26	452	323.995
20001 -	30000	0	0	0
más de	30000	4	114	161.653
TOTAL		8.864	20.030	6.566.921

V.2.2 Agrícola del Norte

Hectáreas		Propietarios	Partidas	Superficie
hasta	400	6.604	11.881	869.921
401 -	700	691	2.743	363.011
701 -	1000	267	1.470	221.503
1001 -	3000	315	2.441	484.478
3001 -	5000	29	454	109.438
5001 -	10000	13	202	86.529
10001 -	20000	4	118	49.519
20001 -	30000	0	0	0
más de	30000	0	0	0
TOTAL		7.923	19.309	2.184.399

V.2.3 Zona de Invernada

Hectáreas		Propietarios	Partidas	Superficie
hasta	400	3.703	5.321	767.389
401 -	700	1.207	2.980	639.295
701 -	1000	631	1.791	532.162
1001 -	3000	1.072	4.734	1.764.288
3001 -	5000	167	1.429	634.227
5001 -	10000	56	657	371.857
10001 -	20000	12	220	151.999
20001 -	30000	3	147	70.305
más de	30000	1	91	30.886
TOTAL		6.852	17.370	4.962.408

V.2.4 Zona de Cría

Hectáreas		Propietarios	Partidas	Superficie
hasta	400	2.582	3.360	636.529
401 -	700	1.482	2.775	789.721
701 -	1000	740	1.812	620.894
1001 -	3000	1.301	4.664	2.127.936
3001 -	5000	198	1.232	750.980
5001 -	10000	89	929	593.813
10001 -	20000	19	404	242.321
20001 -	30000	2	35	43.959
más de	30000	1	36	51.697
TOTAL		6.414	15.247	5.857.850

V.2.5 Zona Tambera

Hectáreas		Propietarios	Partidas	Superficie
hasta	400	3.574	6.159	606.049
401 -	700	613	1.803	321.385
701 -	1000	266	915	223.378
1001 -	3000	298	1.661	456.911
3001 -	5000	13	124	48.475
5001 -	10000	12	173	76.320
10001 -	20000	0	0	0
20001 -	30000	1	2	26.892
más de	30000	0	0	0
TOTAL		4.777	10.837	1.759.410

V.2.6 Gran Buenos Aires

Hectáreas		Propietarios	Partidas	Superficie
hasta	400	1.035	1.904	63.146
401 -	700	24	99	12.262
701 -	1000	7	28	5.629
1001 -	3000	10	226	14.342
3001 -	5000	0	0	0
5001 -	10000	1	2	7.919
10001 -	20000	0	0	0
20001 -	30000	0	0	0
más de	30000	0	0	0
TOTAL		1.077	2.259	103.298

V.3 FORMAS DE PROPIEDAD

V.3.1 TOTAL PROVINCIAL

A) PROPIETARIOS

Hectáreas		Personas Físicas	Personas Jurídicas			Condom.	Total
			S.A.	S.C.A.	Otras		
hasta	400	10.090	1.416	379	430	8.327	20.642
401 -	700	2.372	547	222	80	2.110	5.331
701 -	1000	931	394	173	54	957	2.509
1001 -	3000	1.298	894	407	83	1.555	4.237
3001 -	5000	118	202	90	15	201	626
5001 -	10000	43	87	32	6	129	297
10001 -	20000	8	20	5	2	32	67
20001 -	30000	1	3	0	1	9	14
más de	30000	1	3	0	1	1	6
TOTAL		14.862	3.566	1.308	672	13.321	33.729

B) PARTIDAS

Hectáreas	Personas Físicas	Personas Jurídicas			Condom.	Total
		S.A.	S.C.A.	Otras		
hasta 400	14.307	2.344	584	736	14.669	32.640
401 - 700	4.972	1.306	491	211	6.504	13.484
701 - 1000	2.489	1.112	435	230	3.845	8.111
1001 - 3000	4.493	4.027	1.863	303	8.915	19.601
3001 - 5000	704	1.657	749	122	1.743	4.975
5001 - 10000	347	994	346	97	1.587	3.371
10001 - 20000	100	467	78	57	776	1.478
20001 - 30000	2	207	0	311	397	917
más de 30000	1	142	0	297	35	475
TOTAL	27.415	12.256	4.546	2.364	38.471	85.052

C) SUPERFICIE (en hectáreas)

Hectáreas	Personas Físicas	Personas Jurídicas			Condom.	Total
		S.A.	S.C.A.	Otras		
hasta 400	1.842.865	211.111	82.691	52.411	1.539.821	3.728.899
401 - 700	1.248.243	295.781	119.348	42.996	1.116.535	2.822.903
701 - 1000	776.733	333.762	145.719	45.288	804.126	2.105.628
1001 - 3000	2.052.707	1.517.567	703.694	134.134	2.513.398	6.921.500
3001 - 5000	446.360	776.200	347.831	54.088	768.733	2.393.212
5001 - 10000	273.413	603.104	209.257	38.835	839.947	1.964.556
10001 - 20000	94.348	259.896	64.107	24.957	412.030	855.338
20001 - 30000	26.892	72.075	0	29.059	219.322	347.348
más de 30000	32.954	134.070	0	88.807	39.071	294.902
TOTAL	6.794.515	4.203.566	1.672.647	510.575	8.252.983	21.434.286

V.3.2 FORMAS DE PROPIEDAD Y REGIONES PRODUCTIVAS

V.3.2.1 Agrícola del Sur

A) PROPIETARIOS

Hectáreas	Personas Físicas	Personas Jurídicas			Condom.	Total
		S.A.	S.C.A.	Otras		
hasta 400	2.476	208	100	107	1.877	4.768
401 - 700	779	140	70	29	671	1.689
701 - 1000	253	109	56	14	319	751
1001 - 3000	473	208	121	29	517	1.348
3001 - 5000	43	47	20	6	74	190
5001 - 10000	18	14	8	3	45	88
10001 - 20000	4	11	2	1	8	26
20001 - 30000	0	0	0	0	0	0
más de 30000	1	1	0	1	1	4
TOTAL	4.047	738	377	190	3.512	8.864

B) PARTIDAS

Hectáreas	Personas Físicas	Personas Jurídicas			Condom.	Total
		S.A.	S.C.A.	Otras		
hasta 400	3.116	316	127	136	2.750	6.445
401 - 700	1.360	285	138	50	1.573	3.406
701 - 1000	623	290	130	53	953	2.049
1001 - 3000	1.281	871	538	105	2.504	5.299
3001 - 5000	221	415	141	129	546	1.452
5001 - 10000	82	150	55	62	464	813
10001 - 20000	53	261	12	10	116	452
20001 - 30000	0	0	0	0	0	0
más de 30000	1	9	0	69	35	114
TOTAL	6.737	2.597	1.141	614	8.941	20.030

C) SUPERFICIE (en hectáreas)

Hectáreas	Personas Físicas	Personas Jurídicas S.A.	S.C.A.	Otras	Condom.	Total
hasta 400	528.153	37.570	21.780	13.665	417.814	1.018.982
401 - 700	407.138	75.358	36.562	16.067	357.226	892.351
701 - 1000	208.797	93.099	47.172	12.244	268.946	630.258
1001 - 3000	767.180	350.807	197.796	50.537	853.836	2.220.156
3001 - 5000	166.999	188.681	77.214	22.011	283.625	738.530
5001 - 10000	121.154	104.075	47.257	19.476	289.034	580.996
10001 - 20000	43.206	150.123	29.595	10.172	90.899	323.995
20001 - 30000	0	0	0	0	0	0
más de 30000	32.954	32.446	0	57.182	39.071	161.653
TOTAL	2.275.581	1.032.159	457.376	201.354	2.600.451	6.566.921

V.3.2.2 Agrícola del Norte

A) PROPIETARIOS

Hectáreas	Personas Físicas	Personas Jurídicas S.A.	S.C.A.	Otras	Condom.	Total
hasta 400	2.900	383	99	97	3.125	6.604
401 - 700	226	135	42	11	277	691
701 - 1000	74	56	30	6	101	267
1001 - 3000	61	89	39	7	119	315
3001 - 5000	3	15	2	2	7	29
5001 - 10000	4	6	0	1	2	13
10001 - 20000	0	2	0	0	2	4
20001 - 30000	0	0	0	0	0	0
más de 30000	0	0	0	0	0	0
TOTAL	3.268	686	212	124	3.633	7.923

B) PARTIDAS

Hectáreas	Personas Físicas	Personas Jurídicas			Condom.	Total
		S.A.	S.C.A.	Otras		
hasta 400	4.537	684	193	167	6.300	11.881
401 - 700	651	455	113	46	1.478	2.743
701 - 1000	283	240	124	97	726	1.470
1001 - 3000	356	690	320	60	1.015	2.441
3001 - 5000	37	214	43	58	102	454
5001 - 10000	44	79	0	25	54	202
10001 - 20000	0	100	0	0	18	118
20001 - 30000	0	0	0	0	0	0
más de 30000	0	0	0	0	0	0
TOTAL	5.908	2.462	793	453	9.693	19.309

C) SUPERFICIE (en hectáreas)

Hectáreas	Personas Físicas	Personas Jurídicas			Condom.	Total
		S.A.	S.C.A.	Otras		
hasta 400	361.254	61.074	19.814	11.512	416.267	869.921
401 - 700	117.806	71.978	22.138	5.811	145.278	363.011
701 - 1000	60.605	47.022	25.224	4.946	83.706	221.503
1001 - 3000	82.534	140.521	60.788	10.358	190.277	484.478
3001 - 5000	12.383	54.693	8.461	7.357	26.544	109.438
5001 - 10000	20.909	43.296	0	7.510	14.814	86.529
10001 - 20000	0	22.801	0	0	26.718	49.519
20001 - 30000	0	0	0	0	0	0
más de 30000	0	0	0	0	0	0
TOTAL	655.491	441.385	136.425	47.494	903.604	2.184.399

V.3.2.3 Zona de Invernada

A) PROPIETARIOS

Hectáreas	Personas Físicas	Personas Jurídicas			Condom.	Total
		S.A.	S.C.A.	Otras		
hasta 400	1.864	145	67	65	1.562	3.703
401 - 700	508	120	59	13	507	1.207
701 - 1000	247	103	43	18	220	631
1001 - 3000	292	302	123	19	336	1.072
3001 - 5000	21	68	26	5	47	167
5001 - 10000	7	20	9	1	19	56
10001 - 20000	1	4	0	0	7	12
20001 - 30000	0	1	0	0	2	3
más de 30000	0	1	0	0	0	1
TOTAL	2.940	764	327	121	2.700	6.852

B) PARTIDAS

Hectáreas	Personas Físicas	Personas Jurídicas			Condom.	Total
		S.A.	S.C.A.	Otras		
hasta 400	2.490	204	90	88	2.449	5.321
401 - 700	1.136	225	121	26	1.472	2.980
701 - 1000	624	229	89	33	816	1.791
1001 - 3000	1.055	1.250	531	79	1.819	4.734
3001 - 5000	132	550	243	123	381	1.429
5001 - 10000	42	250	95	1	269	657
10001 - 20000	1	86	0	0	133	220
20001 - 30000	0	37	0	0	110	147
más de 30000	0	91	0	0	0	91
TOTAL	5.480	2.922	1.169	350	7.449	17.370

C) SUPERFICIE (en hectáreas)

Hectáreas	Personas Físicas	Personas Jurídicas S.A.	S.C.A.	Otras	Condom.	Total
hasta 400	381.044	30.040	17.606	10.052	328.647	767.389
401 700	267.856	65.544	31.786	7.062	267.047	639.295
701 - 1000	207.998	87.506	36.544	14.585	185.529	532.162
1001 - 3000	445.019	532.964	217.046	33.000	536.259	1.764.288
3001 - 5000	78.104	259.909	98.280	19.476	178.458	634.227
5001 - 10000	42.709	130.434	58.055	5.421	135.238	371.857
10001 - 20000	19.117	46.276	0	0	86.606	151.999
20001 - 30000	0	20.421	0	0	49.884	70.305
más de 30000	0	30.886	0	0	0	30.886
TOTAL	1.441.847	1.203.980	459.317	89,596	1 767 668	4.962.400

V.3.2.4 Zona de Cría

A) PROPIETARIOS

Hectáreas	Personas Físicas	Personas Jurídicas S.A.	S.C.A.	Otras	Condom.	Total
hasta 400	1.404	129	45	42	962	2.582
401 - 700	706	116	59	17	584	1.482
701 - 1000	288	103	50	15	284	740
1001 - 3000	399	270	124	17	491	1.301
3001 - 5000	37	61	29	4	67	198
5001 - 10000	11	26	6	1	45	89
10001 - 20000	1	5	1	2	10	19
20001 - 30000	0	0	0	0	2	2
más de 30000	0	1	0	0	0	1
TOTAL	2.846	711	314	98	2.445	6.414

B) PARTIDAS

Hectáreas	Personas Físicas	Personas Jurídicas S.A.	S.C.A.	Otras	Condom.	Total
hasta 400	1.749	154	51	71	1.335	3.360
401 - 700	1.217	211	89	56	1.202	2.775
701 - 1000	632	219	97	26	838	1.812
1001 - 3000	1.218	877	392	29	2.148	4.664
3001 - 5000	228	363	147	12	482	1.232
5001 - 10000	66	214	55	28	566	929
10001 - 20000	19	90	13	90	192	404
20001 - 30000	0	0	0	0	35	35
más de 30000	0	36	0	0	0	36
TOTAL	5.129	2.164	844	312	6.798	15.247

C) SUPERFICIE (en hectáreas)

Hectáreas	Personas Físicas	Personas Jurídicas S.A.	S.C.A.	Otras	Condom.	Total
hasta 400	351.007	28.374	12.597	7.324	237.524	636.529
401 - 700	372.913	63.837	32.809	8.904	311.258	789.721
701 - 1000	240.060	86.697	42.348	12.531	239.258	620.894
1001 - 3000	619.116	462.301	227.005	27.222	791.995	2.128.936
3001 - 5000	134.960	238.166	109.872	15.162	252.820	750.980
5001 - 10000	66.939	183.554	41.516	6.589	295.215	593.813
10001 - 20000	11.310	66.197	10.095	32.054	122.665	242.321
20001 - 30000	0	0	0	0	43.959	43.959
más de 30000	0	51.697	0	0	0	51.697
TOTAL	1.796.305	1.180.823	476.242	109.786	2.294.694	5.857.850

V.3.2.5 Zona Tambera

A) PROPIETARIOS

Hectáreas	Personas Físicas	Personas Jurídicas			Condom.	Total
		S.A.	S.C.A.	Otras		
hasta 400	1.600	352	102	83	1.437	3.574
401 - 700	225	98	34	14	242	613
701 - 1000	90	50	27	6	93	266
1001 - 3000	65	69	41	10	113	298
3001 - 5000	2	5	2	0	4	13
5001 - 10000	2	6	1	1	2	12
10001 - 20000	0	0	0	0	0	0
20001 - 30000	1	0	0	0	0	1
más de 30000	0	0	0	0	0	0
TOTAL	1.985	580	207	114	1.891	4.777

B) PARTIDAS

Hectáreas	Personas Físicas	Personas Jurídicas			Condom.	Total
		S.A.	S.C.A.	Otras		
hasta 400	2.491	625	139	157	2.747	6.159
401 - 700	581	243	93	20	866	1.803
701 - 1000	233	173	89	18	402	915
1001 - 3000	291	329	170	120	751	1.661
3001 - 5000	19	50	15	0	40	124
5001 - 10000	50	68	22	3	30	173
10001 - 20000	0	0	0	0	0	0
20001 - 30000	2	0	0	0	0	2
más de 30000	0	0	0	0	0	0
TOTAL	3.667	1.488	528	318	4.836	10.837

C) SUPERFICIE (en hectáreas)

	Personas	Personas Jurídicas				
Hectáreas	Físicas	S.A.	S.C.A.	Otras	Condom.	Total
hasta 400	260.561	59.261	20.969	11.078	254.180	606.049
401 - 700	116.762	52.519	17.979	7.295	126.830	321.385
701 - 1000	75.678	42.166	22.962	5.083	77.489	223.378
1001 - 3000	100.931	105.751	63.570	15.923	170.736	456.911
3001 - 5000	6.893	17.664	7.774	0	16.144	48.475
5001 - 10000	13.200	36.611	6.173	6.977	13.359	76.320
10001 - 20000	0	0	0	0	0	0
20001 - 30000	26.892	0	0	0	0	26.892
más de 30000	0	0	0	0	0	0
TOTAL	600.917	313.972	139.427	46.356	658.738	1.759.410

V.3.2.6 Gran Buenos Aires

A) PROPIETARIOS

	Personas	Personas Jurídicas				
Hectáreas	Físicas	S.A.	S.C.A.	Otras	Condom.	Total
hasta 400	277	344	30	87	297	1.035
401 - 700	5	6	2	2	9	24
701 - 1000	2	1	0	3	1	7
1001 - 3000	1	2	0	5	2	10
3001 - 5000	0	0	0	0	0	0
5001 - 10000	0	1	0	0	0	1
10001 - 20000	0	0	0	0	0	0
20001 - 30000	0	0	0	0	0	0
más de 30000	0	0	0	0	0	0
TOTAL	285	354	32	97	309	1.077

B) PARTIDAS

Hectáreas	Personas Físicas	Personas Jurídicas S.A.	S.C.A.	Otras	Condom.	Total
hasta 400	471	569	69	179	616	1.904
401 - 700	17	33	2	9	38	99
701 - 1000	5	6	0	5	12	28
1001 - 3000	1	13	0	124	88	226
3001 - 5000	0	0	0	0	0	0
5001 - 10000	0	2	0	0	0	2
10001 - 20000	0	0	0	0	0	0
20001 - 30000	0	0	0	0	0	0
más de 30000	0	0	0	0	0	0
TOTAL	494	623	71	317	754	2.259

C) SUPERFICIE (en hectáreas)

Hectáreas	Personas Físicas	Personas Jurídicas S.A.	S.C.A.	Otras	Condom.	Total
hasta 400	18.721	16.744	2.682	4.642	20.357	63.146
401 - 700	2.605	3.220	1.178	882	4.377	12.262
701 - 1000	1.615	947	0	2.360	707	5.629
1001 - 3000	1.433	2.417	0	8.105	2.387	14.342
3001 - 5000	0	0	0	0	0	0
5001 - 10000	0	7.919	0	0	0	7.919
10001 - 20000	0	0	0	0	0	0
20001 - 30000	0	0	0	0	0	0
más de 30000	0	0	0	0	0	0
TOTAL	24.374	31.247	.860	15.989	27.828	103.298

V.4 Tamaño de las partidas según los estratos de propietarios

A) SUPERFICIE (en hectáreas)

Hectáreas	Total	hasta 400	de 401 a 700	de 701 a 1000	de 1001 a 3000	de 3001 a 5000	de 5001 a 10000	de 10001 a 20000	de 20001 a 30000	más de 30000
hasta 400	3.728.899	3.728.899	0	0	0	0	0	0	0	0
401 - 700	2.822.903	1.433.595	1.389.308	0	0	0	0	0	0	0
701 - 1000	2.105.628	953.852	492.883	658.893	0	0	0	0	0	0
1001 - 3000	6.921.500	2.254.717	1.453.929	897.850	2.315.004	0	0	0	0	0
3001 - 5000	2.393.212	605.331	417.567	264.384	818.954	286.976	0	0	0	0
5001 - 10000	1.964.556	410.349	306.972	173.262	677.915	183.342	212.716	0	0	0
10001 - 20000	855.338	180.892	131.522	76.596	259.407	68.412	66.788	71.721	0	0
20001 - 30000	347.348	91.613	74.697	35.906	50.384	17.549	9.340	0	67.859	0
más de 30000	294.902	37.943	24.910	8.344	81.758	65.296	32.270	11.427	0	32.954
TOTAL	21.434.286	9.697.191	4.291.788	2.115.235	4.203.422	621.575	321.114	83.148	67.859	32.954

B) PARTIDAS

Hectáreas	Total	hasta 400	de 401 a 700	de 701 a 1000	de 1001 a 3000	de 3001 a 5000	de 5001 a 10000	de 10001 a 20000	de 20001 a 30000	más de 30000
hasta 400	32.640	32.640	0	0	0	0	0	0	0	0
401 - 700	13.484	10.786	2.698	0	0	0	0	0	0	0
701 - 1000	8.111	6.365	953	793	0	0	0	0	0	0
1001 - 3000	19.601	14.178	2.754	1.075	1.594	0	0	0	0	0
3001 - 5000	4.975	3.294	784	315	506	76	0	0	0	0
5001 - 10000	3.371	2.118	572	205	395	48	33	0	0	0
10001 - 20000	1.478	952	250	92	152	18	9	5	0	0
20001 - 30000	917	687	144	45	32	5	1	0	3	0
más de 30000	475	352	47	10	43	16	5	1	0	1
TOTAL	85.052	71.372	8.202	2.535	2.722	163	48	6	3	1

V.5 Impuesto inmobiliario rural y elusión fiscal

V.5.1 Según la escala impositiva

Escala Impositiva Australes	Propiet.	Partidas	Valuación mill. aust.	Imp.Fiscal Emitido(*) mill. aust.	Elusión Fiscal(**)	
					mill. aust.	% del imp.
menos de 289039	16.961	19.036	3.374	46.6	0,0	0,0
289039 - 433630	8.017	12.250	2.836	40.3	0,4	1,0
433631 - 578221	4.410	8.913	2.204	33.3	1,4	4,4
578222 - 722809	2.755	6.457	1.779	28.9	2,2	8,1
722810 - 867423	1.893	5.021	1.496	26.2	3,0	13,0
867424 - 1012023	1.307	3.771	1.224	23.3	3,7	18,5
1012024 - 1156614	936	3.003	1.013	21.0	4,2	24,7
más de 1156614	4.580	24.651	11.634	364.7	122,2	50,2
TOTAL	40.859	83.102	25.561	584.4	136,9	30,6

(*)Se refiere al impuesto emitido considerando los propietarios resultantes de la estimación respectiva.
(**) Es el resultado de la diferencia entre el impuesto emitido considerando los propietarios de la estimación y el impuesto emitido efectivamente por la Dirección de Rentas. La incidencia % se determina sobre el impuesto emitido efectivamente por las autoridades provinciales.

V.5.2 Según escala desde 400 hectáreas

Hectáreas	Propiet.	Partidas	Superficie	Valuación mill. de A	Imp.(*) por prop. mill. de A	Imp.(**) por p. fisc. mill. de A	Elusión (***) mill. de A
hasta 400	20.332	32.084	3.692.230	8.268	150,5	142,9	7,6
401 - 700	5.286	13.359	2.798.817	3.672	71,7	58,8	12,9
701 - 1000	2.472	7.894	2.074.960	2.395	53,2	39,3	14,0
1001 - 3000	4.196	19.426	6.854.971	6.795	190,9	121,6	69,3
3001 - 5000	614	4.874	2.349.665	2.063	69,3	39,3	30,0
5001 - 10000	291	3.261	1.922.876	1.451	51,5	28,2	23,3
10001 - 20000	65	1.421	830.381	571	21,2	10,7	10,5
20001 - 30000	13	605	317.873	267	10,3	5,1	5,3
más de 30000	5	178	206.095	78	3,0	1,7	1,3
TOTAL	33.274	83.102	21.047.868	25.561	621,7	447,6	174,1

(*)Se refiere al impuesto emitido tomando en cuenta los propietarios resultantes de la estimación considerada.
(**)Se refiere al impuesto emitido considerando a cada una de las partidas por separado, es decir, tal como determina actualmente la Dirección de Rentas.
(***)Es el resultado de la diferencia entre el impuesto emitido considerando los propietarios de la estimación y el impuesto emitido efectivamente por la Dirección de Rentas.

INDICE

Esta edición
se terminó de imprimir en
Verlap S.A. Producciones Gráficas
Vieytes 1534, Buenos Aires,
en el mes de abril de 1993.